한국 현대소설과 탈근대적 존재시학

◆◆◆ 김원희 金原希

　전남대학교 대학원에서 문학박사 학위를 받았다.

　저서로 『한국 단편소설 시작의 시학』 『한국문학과 창조적 여성성』 『한국문학이론과 비평 총서 1-기호학』(공저) 『박화성, 한국 문화사를 관통하다』(공저) 등이 있고 주요 논문으로 「현진건 소설의 극적 소격과 타자성의 지향」 「문학교육을 위한 백신애 소설세계의 인지론적 연구」 「강경애 「소금」의 개념적 은유 접근 방법」 「전경린 「천사는 여기 머문다」의 기호 읽기」 「이상 소설의 장르 확장과 탈근대적 존재시학」 「김유정 단편소설의 크로노토프와 식민지 외상의 은유」 「이상 「날개」의 인지론적 연구와 탈식민주의 문학교육」 「박태원 「소설가 구보씨의 일일」의 인지론적 연구와 문학교육」 「대학생의 비판적 읽기와 창의적 쓰기를 위한 지도 방안」 「강신재 「해방촌 가는 길」에 나타난 폭력적 시선과 젠더정체성」 등이 있다.

　현재 부경대학교, 동서대학교에서 학생들을 가르치고 있다.

한국 현대소설과 탈근대적 존재시학

초판 인쇄 · 2015년 11월 1일
초판 발행 · 2015년 11월 10일

지은이 · 김원희
펴낸이 · 한봉숙
펴낸곳 · 푸른사상사

주간 · 맹문재 | 편집 · 지순이, 김선도 | 교정 · 김수란
등록 · 1999년 7월 8일 제2-2876호
주소 · 서울시 중구 충무로 29(초동) 아시아미디어타워 502호
대표전화 · 02) 2268-8706~7 | 팩시밀리 · 02) 2268-8708
이메일 · prun21c@hanmail.net
홈페이지 · http://www.prun21c.com

ⓒ 김원희, 2015
ISBN 979-11-308-0569-6 93810
값 25,000원

현대문학
연구총서

42

한국 현대소설과
탈근대적 존재시학

김원희

*Korean Modern Fiction and The Post-modern Poetics
of Existence*

푸른사상
PRUNSASANG

이 도서의 국립중앙도서관 출판예정도서목록(CIP)은 서지정보유통지원시스템 홈페이지(http://seoji.nl.go.kr)와
국가자료공동목록시스템(http://www.nl.go.kr/kolisnet)에서 이용하실 수 있습니다.(CIP제어번호: CIP2015028427)

소설에 표면화되는 경험의 형상화를 통한 삶의 반성

이 책에서 필자가 한국 현대소설을 조명하는 시각은 미하일 바흐친이 『말의 미학』에서 문학의 언어적 특징이 '미완의 완결성'에 뿌리를 두고 있다고 한 관점과도 닿아 있다. 현대소설 시학은 공통적으로 탈근대성에 기반을 두고 있으며 각각의 작품에서 독창적으로 심화된 존재론적 의미를 함축한다. 이러한 시각으로 필자는 지난 10여 년 동안 발표한 논문들 중에서 한국 현대소설의 시학적 범주를 새롭게 바라보았다고 생각하는 논문을 추려 엮어 시대별 미학을 달리한 한국 현대소설의 낯설게 보기를 '탈근대적 존재시학'으로 제목을 정했다.

이에 따라 이 책에서 조명하는 한국 현대소설의 탈근대성은 한국문학의 역사적 과정과 맞물린 존재시학을 다양한 각도에서 보여준 작가들의 독창적 세계의 형상화 과정이라고 설명될 수 있을 것이다. 이러한 다양한 차이로 인하여 한국 현대소설은 탈근대적 존재시학을 풍부하게 보여줄 수 있다. 이야말로 한국 현대소설 존재시학의 새롭게 읽기가 가능한 이유이다.

필자가 그동안 시도한 한국 현대소설 존재시학의 새롭게 읽기는 작가의 세계관과 그가 접했던 문화 그리고 이 두 세계의 반목과 갈등을 소설 쓰기로 극복하고자 하였던 존재론적 가치를 소설 텍스트의 심층적 의미로 해명하는 방법이었다. 각기 다른 시대의 질곡과 세계관의 모순을 소설 창작으로 승화한 작가들의 존재론적 가치는 무엇보다 그들이 처한 구체적인 삶의 실제적인 행위의 구조를 재현하는 경험의 닮음과 다름의 이야기와 방법을 통하여 자신만의 독창성과 책임감을 보여주는 방식으로 탐색된다. 이를 통해 필자는 작가들이 지향하였던 문학적 목표가 작가의 실천적 삶과 그가 접했던 문화의 조화에 있기보다는 실제 소설 텍스트에 표면화되는 경험의 구체적 형상화를 통한 삶의 반성이었음을 깨달을 수 있었다.

이와 같이 필자는 소설 텍스트의 새로운 형식을 통하여 작가들이 구현한 탈근대적 존재시학의 다양성과 소통할 수 있었다.

이러한 관점에서 이 책의 맨 처음 제1부에서는 한국 근대소설 형성의 탈근대적 서사시학을 '1920~30년대 일인칭 단편소설의 존재 시각', '현진건 소설시학의 탈근대성－극적 소격과 타자성의 지향', '김동인·현진건 소설의 서술자 기능' 등으로 해명하였다. 다음으로 제2부에서는 '한국 근대소설 성장의 탈근대적 서사시학'에 집중함으로써 '김유정 소설 문체의 탈근대성', '김유정 단편에 투영된 탈식민주의－소수자와 아이러니의 형상화를 중심으로', '김유정 단편소설의 트로노토프와 식민지 외상의 은유', '박태원 「소설가 구보씨의 일일」의 서사시학과 윤리성', '이상 소설의 장르 확장과 탈근대적 존재시학', '이상 「날개」의 탈식민주의 은유와 탈근대성' 등으로 해명하였다. 제3부에서는 '한국 전후소설의 탈근대성'에 집중함으로써 '서기원 「이 성숙한 밤의 포옹」의 트라우마와 민중문화의 양상'과 '장용학 「요한 시집」에 내포된 몸의 은유'를 해명하였다. 마지막 제4부에서는 디지털 시대 소설의 탈근대성을 '김경욱 소설의 서사 패턴과 리듬', '김경욱 소설의 매체 접속 양상과 은유'로 보고자 하였다.

이 책을 펴면서 많은 분들께 감사한 마음이다. 무엇보다 학문의 길에서 도움을 준 은사님들, 선후배, 동료들 그리고 삶의 의미를 더해 준 가족과 존재들에게 감사하며 이 책이 출판되기까지 도움을 주신 푸른사상사 대표님과 편집부 직원 분들에게도 깊이 감사한다.

김원희

제1부 현대소설 시학의 형성과 탈근대성

제2부 현대소설 시학의 다양성과 탈근대성

제4부 디지털 시대 소설의 탈근대성

현대소설 시학의
형성과 탈근대성

1920~30년대 일인칭 단편소설의 존재 시각

1. 들어가며

이 글은 1920~30년대 일인칭 단편소설의 서술자[1] '나'의 존재 시각을 분류하고 이를 통해 한국 근대 서사시학의 다양한 특성과 흐름을 조명하는 데 그 목적이 있다.

단편소설에 있어 인칭의 구분은 서사시학으로서 전완적[2]인 서술 시각을 결정짓는 측면에서 그 의미를 결코 간과할 수 없다. 슈탄젤에 의하면 일인칭 단편소설의 서술자 '나'는 삼인칭 단편소설의 서술 상황[3]과 이야

---

1 서술자(narrator)라는 용어는 담화의 중개자로서의 기능을 강조한다.
2 서술적인 운문 모방 형식에 관해서 말하자면, 이것 역시 극 형식을 가진 비극에서와 같은 플롯을 구성해야 하고 전완적(全完的)이고 완벽하게 때문에(처음과 중간과 끝이 있기 때문에), 단일하고 완전한 유기체처럼 거기 합당한 즐거움을 성취할 수 있는 단일한 행동에 접합한 플롯을 구성해야 한다. 아리스토텔레스, 『詩學』, 최상규 역, 예림기획, 1997, 63쪽.
3 슈탄젤의 견해에 따라 소설의 일인칭 서술 상황은 주석적 서술 상황과 인물시각적 서술 상황을 아우르는 삼인칭 단편소설의 서술 상황과 대비적 개념으로 사용한다. Stanzel, F. K.,『소설형식의 기본 유형』, 안삼환 역, 탐구당, 1990, 32~35쪽 참조.

기의 사건들을 조망하는 방식, 그리고 어떤 것을 서술할 것인가 선별하는 동기의 유형에 있어 분명한 차이가 있다. 서술자의 동기화(motivation)[4] 에 있어 구체화된 일인칭 서술자 '나'의 동기가 존재론적이라면, 삼인칭 단편소설의 서술 상황의 동기는 문학 미학적이라는 것이다.

삼인칭 단편소설과 일인칭 단편소설의 서술 상황의 차이는 단지 '그' 또는 '그녀'가 '나'로 전이되는 표층적 기호 변화에 머물지 않는다. 기존 서술 상황의 질서를 벗어나 새로운 형식적 실험을 추구한 서술자 '나'야 말로 서사 세계를 새롭게 보여주는 자아의 발견이자 창조이기 때문이다. 한 편의 서사가 기존의 관습을 답습하지 않기 위하여 일인칭 서술 상황은 담화의 낯설기 하기로 서술 상황의 관습과 가치를 전복시킨다.

한국 단편소설사에 있어 1920년대에는 서사시학으로서의 단초를, 1930년대에는 본격적인 서사시학의 성과를 수확한 근대소설의 문학사적 측면[5]을 고려할 때, 이 시기 일인칭 서술자 '나'의 존재성의 추구는 한국 근대 서사시학의 다양성을 드러내주는 징표이다. 기존의 시각의 전통을 해체시킨 서술자 '나'의 시각은 창조적 서술 정신의 실현이기 때문이다. 한국 일인칭 단편소설의 시작은 그 자체로서 기존 서술 상황의 전통성에

---

4 Stanzel, F. K., 『소설의 이론』, 김정신 역, 탑출판사, 1982, 145~152쪽.
5 한국 근대 일인칭소설은 1920~30년대 정립되었으며, 한국 근대 일인칭 소설에 대한 대표적인 선행 연구는 다음과 같다. 이재선은 1920년대 단편소설의 특징으로 일인칭소설을 ① 자기 고백적이면서도 극화된 작중인물 ② 서간체 소설 ③ 일기체 소설 ④ 액자 소설 ⑤ 방관적 증인 또는 관찰자로 분류한다. 이재선, 『한국단편소설연구』, 일조각, 1975. 김용재는 1920년대 전반기 단편소설의 분석에서 삼인칭 주관적 서술에서 일인칭 객관적 서술로 전환되는 데 주목한다. 김용재, 『한국 소설의 서사론적 탐구』, 평민사, 1993. 최병우는 쥬네트 이론에 따라 시점유형을 분류함으로써 근대 일인칭 시점 유형을 객관적 기준으로 제시한다. 최병우, 「한국근대 일인칭소설연구」, 서울대학교 박사학위 논문, 1993; 『한국 현대 소설의 미적 구조』, 민지사, 1997.

대한 권력의 분산을 내포한다.

이처럼 일인칭 단편소설 서술자 '나'의 시각은 시점의 발견과 적용으로 근대적 서사 미학의 다양성을 제공한다. 물론 한국 소설에서 서사시학의 역사적 지평은 자율적인 요인이라기보다는 서구 문학 이론을 수용하는 입장에서 확대된 점이 없지 않다. 그러나 그것들을 수용하여 소설 창작에 변용하는 일에는 무엇보다 당대 작가들의 창조적 욕망과 미학적 실험이 중요한 힘으로 작동하였다.

이러한 인식을 토대로 이 글에서는 한국 근대 단편소설의 일인칭 서술자 '나'의 시각을 규명함으로써, 작가와 독자 그리고 역사와 사회의 소통을 중개하는 '나'의 다양한 존재성을 분석하고자 한다. 구체적으로는 첫째, 일인칭 단편에 적합하게 적용되는 서술자 '나'의 기능으로써 서사 시각을 분류하며, 둘째, 이를 준거로 1920~30년대 일인칭 단편소설을 분석하고, 존재성을 해석함으로써 한국 근대 서사시학의 공시적이며 통시적인 특징을 탐구할 것이다.

2. 일인칭 서술자 '나'의 시각

"서술 행위는 '나'를 결정한다 ; 나로서는, '나'가 서술 행위를 결정한다. 그러나 두 경우 서술자아와 경험자아의 상호 의존성은 해석상 결정적인 중요성을 갖는다."[6]

---

6 일인칭 서술자의 동기는 존재론적이지만 지금까지의 서술 이론은 일인칭과 삼인칭 서술 간의 차이점으로서 이 국면에는 아무런 주의를 기울이지 않았다고 슈탄젤은 지적한다. Stanzel, F. K., 앞의 책, 152쪽.

일인칭 서술 상황의 서술자 '나'의 존재성에 대한 슈탄젤의 지적은 한국 근대 일인칭 단편소설 연구에도 유효하다. 한국 일인칭 단편소설의 서술자 '나'의 정체성이야말로 다름 아닌 서술자아와 경험자아의 상호 의존적 긴장 관계에서 파악될 수 있기 때문이다. 한국 일인칭 단편소설은 신소설과는 구별된 형식으로서 일인칭 서술 상황, 즉 서술자 '나'의 시각으로 근대적 자아를 발견하고 존재성을 추구한다.

한국 최초의 일인칭 단편소설이라는 할 수 있는 현상윤의 「핍박」(『청춘』, 1917년 6월호에 발표)은 "이즘은 病인가 보다"라는 일인칭 서술자 '나'의 독백으로 시작된다. 이 작품은 이전의 단편소설에서 공통적으로 발견되는 서두의 장면 묘사의 무대 설정이나 행복한 결말의 방식의 신소설에 접근한 식상함에서 벗어난 시각을 참신하게 보여준다. 무엇보다 일인칭 독백으로 시작하는 '나'의 시각은 장면 묘사로 관심을 끌고자 했던 기법에서 벗어난 신선한 충격적 형식의 실험이다. 그 뒤를 이어 발표된 양건식의 「슬픈 모순」(『반도시론(半島時論)』 1918년 2월에 발표)에서도 일인칭 서술자 '나'의 독백은 식민지 사회의 비참한 현실 사회에 대해 '나'의 번민을 표출함[7]으로써 '나'의 존재성을 추구한다.

이와 같은 1910년대 후반의 작품에서 서술자 '나'의 독백은 개인의 허무의식, 번민, 방황 등을 전혀 외부 세계의 개입 없이 보여준다. 이처럼 일인칭 서술자 '나'의 형식적 실험은 1920~30년대 서술자 '나'의 다각적인 존재성으로 완성됨에 따라 이 글의 논의는 본격적인 한국 단편소설의 형성기라 할 수 있는 1920~30년대의 일인칭 단편소설에 한정시킨다.

주지하다시피 일인칭 서술자 '나'의 시각은 서술자아와 경험자아의 긴장 관계를 통해 심미적 특징을 달리한다. 슈탄젤의 이론에서 일인칭 서

---

7   조동일, 『한국문학통사』 4, 지식산업사, 2002, 448~450쪽.

술 상황은 서술자 및 인물들의 존재 영역의 동일성이 우세하다.[8] 일인칭 서술 상황의 '나'의 시각은 외부 시점과 내부 시점 축에 따라 작가적 서술 상황의 전달적 일인칭 시각과 반영적 서술 상황의 경험적 일인칭 서술 상황으로 분류된다.

따라서 필자는 일인칭 서술 상황에서 먼저 서술자 '나'의 거리와 위치를 고려하여 서사 세계의 '그때-그곳'을 바라보는 입장으로서 서술-자아가 강조되면 외관시각(外觀視角), '지금-이곳'을 바라보는 입장이 우세하면 경험-자아가 강조되면 내관시각(內觀視角)으로 상정[9]한다.

다음으로 '나'의 각기 다른 시각은 양식의 대립에 따른 구별로서 독자 수용 반응과도 연계된다. 그러므로 '나'의 서술자아와 경험자아의 긴장 관계의 차이를 보다 구체적으로 규명하기 위하여 '나'의 시각을 서술과 반영[10]으로 분류하면 화자-인물로서 '나'의 시각은 서술자아의 정체성을, 반영-인물로서 '나'는 경험자아로서의 정체성을 확보한다. 이에 따라 외관시각에서는 전달 기능과 고백 기능, 내관시각에서는 메타 기능과 해체 기능을 구분한다. 이와 같은 일인칭 단편소설의 서술자 '나'의 시각과 기능의 유형을 준거로 1920~30년대 작품[11]을 분석하면 다음과 같다.

---

8   Stanzel, F. K., 앞의 책, 93쪽.
9   담화 측면에서 보는 행위 이면에는 서술자의 관점이 거시적으로 작용한 점을 고려하여 필자는 서술자 시각의 명칭에 '보다'의 觀을 차용함으로써 기존 시점의 전달 방식을 담화 의미의 분석에 연계한다. 이러한 논의는 필자의 선행 연구의 연장 선장이자만, 이 글에서는 연구 범위를 일인칭 단편소설에 제한하였을 뿐만 아니라 작품 전체를 분석 대상으로 삼는 점에서 시점의 연구 범위와 논의를 달리한다. 김원희, 「1920~30년대 한국 단편소설 冒頭 서술자 기능연구」, 전남대학교 박사학위 논문, 2005 참조.
10 김정신의 번역본에서 'reflection'은 '반성'으로 번역되는데, 이 글에서는 그 의미의 보편적 이해를 위해 '반영'으로 대신한다. Stanzel, Franz K., 앞의 책 참조.
11 이 글에서는 1920~30년대 작품으로 김동인, 염상섭, 현진건, 박태원, 이상의 작품

3. 전달 · 고백 기능의 외관시각

외관시각은 서술자 '나'의 전달 기능이 뚜렷하게 부각된다. '나'의 서사 세계에 대한 역할과 위치에 따라 전달 기능과 고백 기능으로 분류된다. '나'가 서사 경험의 주변 인물로서 목격이나 관찰을 진술하여 신빙성을 담보하면 전달 기능이며, 주인공으로서 과거에 대한 회고와 통찰을 드러내어 심경을 토로하면 고백 기능이다. 화자-인물의 작가적인 서술자로서 '나'는 이야기 층위의 경험적 사건에 대해 일정한 시공간적 거리를 두고 통찰하거나 회상한다.

인식의 측면에서 외관시각은 서사 주변부의 목격이나 관찰하는 전달자의 입장이 강조되거나 과거 경험을 회고하는 고백자로서 입장이 강조된다. 서술자아의 인식 능력은 경험자아로서 '나'가 인지하는 것보다 더 많이 알거나 경험적 사건이 종결된 지점에서의 각성이나 통찰을 드러낸다.

시점의 측면에서 '나'는 전달 기능의 서술자아가 부각되면서 작가적 서술자에 가장 가까운 허구적 편집자, 이야기의 인용이나 돌림 이야기의 액자소설의 전달자, 회고자로서 고백자 등으로 형상화된다. 어법적 전달 방식은 작가적 입장에서 진술이나 요약 또는 설명적 어법이나 평가를 구사하기도 한다. 작가적 이데올로기에 따라 독자 반응은 고정된다.

에 주목한다. 텍스트는 韓國南北文學百選, 『김동인 편』 『염상섭 편』 『현진건 편』, 일신출판사, 1998. 4. 1987; 『박태원 소설집』, 깊은샘, 1994; 김윤식 편, 『이상문학전집』 2, 문학사상사, 2002로 삼고 본문 인용은 괄호 안 쪽수로 표기한다.

1) 객관적 목격의 전달 기능

전달 기능은 외관시각의 전형으로 '나'가 명시적인 화자의 입장을 드러낸다. 양식의 측면에서 '나'는 서사 경험에 대한 목격 내지는 회고의 거리를 '그때-그곳'의 서사 경험에 대한 순차성과 인과성을 추구한다. '나'는 서사 경험 주변의 관찰자나 목격자로서 서사의 신뢰성을 객관적으로 담보함으로써 사건의 핵심에서 주인공 역할을 맡지 않지만 주인공의 운명을 포함한 다양한 형태의 서사 경험의 주변인이나 목격자로 참여한다. 작가적 서술자 '나'의 신빙성이 객관적으로 드러난 만큼 독자의 상상력은 경직된다. 이러한 전달 기능은 1920년대 액자 소설에서 주로 드러나는 데, 김동인의 「배따라기」와 현진건의 「희생화」에서 그 특징을 살펴보면 다음과 같다.

> 좋은 일기이다. 좋은 일이라도, 하늘에 구름한 점 없는—우리 '사람'으로서는 감히 접근도 못할 위엄을 가지고…… 우리와 서로 손목을 잡자는 그런 하늘이다.
> …(중략)…
> "닛히디두 않는 십 구 년 전 팔월 열하룻날 일인데요 " 하면서, 그가 이야기한 바는 대략 이와 같은 것이다. (33~39쪽)

「배따라기」(1921)의 '나'는 담보된 신뢰적 목격으로 스토리의 핍진성을 강화시킨다. 서사 세계를 목격 관찰하는 허구 인물의 화자이지만 작가와 유사한 '나'는 액자 구조의 외부에서 '그때-그곳'의 서사적 신뢰를 담보하는 방식으로 '그'라는 인물의 설정에 개연성을 부여한다. 대동강 모란봉 기슭에서 하늘을 보며 봄날의 감상에 젖는 '나'는 '영유 배따라기'의 노래에 얽힌 '그'의 기구한 운명을 전달한다.

인식의 측면에서 '나'는 작가적 입장에서 전지성에 가까운 정보를 제공한다. '영유 배따라기'의 노래를 듣기 전까지 작품의 배경적 상황으로서 좋은 일기와 하늘, 삼월 삼질날이라는 정보, 모란봉 일대와 장림의 봄의 정경을 보고적 방식으로 장황하게 진술한다. 특히 서술자는 유토피아와 진시황 등을 진술하는 부분에서 작가적 평가와 감상을 통해 전지성의 권위를 드러냄으로써 작가적 이데올로기를 명시한다. 서술자 '나'는 작가적 신뢰를 담보로 서사를 전달하기 때문에 서술자아의 입장으로 이야기의 신뢰성을 담보하는 권위를 행사한다. 그리고 다시 '나'는 서사 내부 경험의 행동자인 '그'를 통해 '그'의 비극적 운명의 내력을 듣는 것으로 이야기를 전달한다.

> 끝없는 뉘우침을 다만 한낱 '배따라기'로 하소연하는 그는 이 조그만 모란봉과 기자묘에서 다시 볼 수가 없었다. 다만 그가 남기고 간 '배따라기'만 추억하는 듯이 모든 잎잎이 속삭이고 있을 따름이다.
> (49쪽)

결말에서 '나'는 그의 경험담에 신뢰성을 강화하는 보증인의 입장을 취한다. 담화의 신빙성을 담보하는 작가적 전달자로서 '나'는 이야기를 정리하는 차원에서 뱃사공의 떠남에 대한 구체적인 정보로 이야기의 개연성을 제공하며 플롯의 완결성을 추구한다.

요컨대 「배따라기」의 '나'는 작품의 외화에서는 작중인물이지만 내화에서는 작중인물과 영역을 달리한다. 결국 '나'의 외관시각은 작가적 권위의 목격을 통해 내부 이야기에 대한 신뢰성을 담보하면서 유토피아를 추구하였던 진시황을 흠모하는 세계관과 대비되는 영유 배따라기에 함의된 나약한 인간적 숙명을 진술한다. 시간성을 추동하는 권위적 진술 시각으로 인해 독자의 상상력은 화석화된다. 이와 같이 「배따라기」에서 '나'는 담보된 신뢰적 진술을 전달한다면, 「희생화」에서 '나'는 회상된 서술적 목격을 다음과 같이 전달한다.

> 어머님은 우리 남매를 데리고 사직골 막바지에서 쓸쓸한 가정을 이루었다
> …(중략)…
> 누님은 십팔세의 꽃 같은 처녀로○○학교 여자부 4년급에 우등 성적으로 진급되고 나도 2년급에 진급되던 해 봄의 일이다. (7~8쪽)

「희생화」(1920)에서 '나'는 서술적 회상으로 누님의 애달픈 사랑 이야기에 대한 신뢰적 보증인으로서 서사를 전달한다. '나'는 과거 누님의 사랑을 목격하였던 회상의 거리에서 '그때-그곳'의 서사 경험을 진술한다. 과거 경험자아로서 '나'가 목격한 누님의 사랑에 대한 회고된 기억은 현재 서술자아 '나'의 사고와 느낌 등에 의하여 채색되긴 하지만 시간의 흐름으로서 '그때-그곳'을 명시한다. '나'의 회고에 의한 '그때-그곳'의 누님의 사랑은 과거의 '나'가 경험자아로서 목격한 누님의 사랑을 회고하는 방식으로 전달된다.

총 10장으로 구성된 이 작품의 1장에서 서술자 '나'의 회고는 10여 년 전의 가족 정보를 명시적으로 요약·보고한다. 특히 누이와 K의 만남과 헤어짐이라는 사건의 시간은 '10여 년 전 일', '2년급에 진급되던 해 봄의 일'처럼 시간을 구체적으로 밝힌 일상 담화 형식을 차용한 방식으로 '그때-그곳'을 전달한다. 인식의 측면에서 '나'는 과거를 회상하고 통찰하는 입장을 드러내기 때문에 누님의 사랑을 목격하던 때보다 많은 서사적 정보와 각성을 제공한다.

서사 전개에서 행위의 주체인 '누님'의 대화와 행동을 '나'가 엿듣고 엿보는 방식[12]은 전통적 일인칭 서술자의 한계를 드러내기도 한다. 경험 주체인 누님의 관점으로 사랑의 상실에 대한 두려움이 표현되지 않고 어린 '나'의 관점으로 제시되기 때문에 독자 감동이 오히려 반감된다.

> 아아, 사랑아, 사랑의 불아! 네가 부드럽고 따뜻한 듯하므로 철없는 청춘들은 그의 연하고 부드러운 심장에 너를 보배로만 여겨 간직한다. …(중략)… 방 안에 켰던 촛불 홀연이 꺼지거늘 웬일인가 살펴보니 초가 벌써 다 탔더라! 양협(兩頰)이 젖던 눈물 갑자기 마르거늘 무슨 연유 묻겠더니 숨이 벌써 끊쳤더라. (32쪽)

결말에서 과거의 어린 시절 누님의 죽음을 목격하는 장면은 '나'의 과도한 상징적 서술은 부자연스러움을 드러낸다. 작가적 서술자의 개입은 '그'의 떠남과 그에 따른 누님의 좌절로 인한 죽음에 대한 슬픔의 정서를 오히려 박제된 상식으로 식상하게 한다.

사랑의 경험 주체가 '누님'이라는 점에서 드러난 표현의 한계에도 불구하고 '나'의 목격을 전면화한 작가적 서술 의도는 순수한 사랑에 대한 내면 의식이나 갈등을 보여주기보다는 이루지 못한 사랑 때문에 죽음을 선택하여야 했던 누님의 순정을 '나'의 감정으로 보증한 데 비중을 둔 듯하다. 궁극적으로 '나'는 누님의 사랑과 죽음의 이야기를 목격하였던 경험을 진술하여 전달하는 이중적 거리에서 작가적 위치를 부각시킴으로써

---

12 슈탄젤은 전통적인 소설에서는 일인칭 서술자의 지식과 경험의 제한이 불리점으로 간주되었고 이러한 지식의 제한은 도청, 열쇠구멍으로 엿보는 장면들을 통해서 주로 해결되어왔는데 이것은 시점화의 필요성에 대한 이해와 일인칭 서술 상황의 가능성에 대한 이해가 없었던 데서 기인한 것으로 본다. Stanzel, F. K., 앞의 책, 308~314쪽.

독자의 감동은 희석된다.

2) 주관적 심경의 고백 기능

고백 기능은 외관시각의 변이형으로 '나'가 서사 경험의 주인공으로서 과거에 대한 회고와 통찰을 드러낸다. 양식의 측면에서 '나'는 고백자로서 '그때-그곳'을 '지금-여기'로 관조한다. 서사 세계의 경험을 회고라는 거리에서 '나'는 서술자아와 경험자아의 긴장이 제한적으로 보여주지만 그 긴장이 갈등으로 진행되기보다 회상으로 침잠된다. 서사를 추동하는 것은 경험자아의 '지금-여기'의 역동적 갈등보다는 '그때-그곳'을 바라보는 '나'의 감상적 정서이다. 서사 경험에 대한 고백에 따라 독자는 서술자의 자아본원이라는 정체에 대해 주목한다. 이러한 고백 기능은 1920년대 소설에서 주로 드러나는데, 현진건의 「그립은 흘긴 눈」과 염상섭의 「표본실의 청개구리」에서 그 특징을 살펴보면 다음과 같다.

> 그이와 살림을 하기는 내가 열 아홉 살 먹던 봄이었습니다.
> 시방은 이래도-삼십도 못 된 년이 이런 소리를 한다고 웃지말아요.
> 기생이란 삼십이면 할미쟁이가 아니야요.-
> …(중략)…
> 그이는 간이라도 빼어먹일 듯이 나를 사랑해주었습니다. 나를 얻기
> 전에도 오입깨나 해본 모양이었으나 나이가 나이라 어리고 참다운 곳
> 이 있었습니다. (170~171쪽)

「그립은 흘긴 눈」(1924)에서 '나'는 탐색된 경험의 각성으로 서사 현실을 고백한다. '나'는 회고의 거리에서 초점 시간을 '내가 열아홉 살 먹던 봄'으로 명시하고 기생으로서 경험자아인 '나'가 '그'와 차린 살림살이 등

을 명시적 정보로 제공한다. 그리고 '나'는 '그'에 대한 평가로서 '어리고 참다운 곳이 있었습니다.'라는 회고된 각성을 토로한다.

인식의 측면에서 서술자 '나'는 초점 대상의 '그때-그곳' 열아홉 무렵의 '나'의 경험을 고백하는 데 있어 통찰하는 정보량을 드러낸다. 기생으로서 '나'가 '그'와 차린 살림살이 등의 정보는 단순한 목격이 아닌 고백의 주체로서 '나'의 입장을 시사한다. 경험자아로서 갈등보다는 서술자아의 통찰로서 자신의 경험과 각성을 진술하는 '나'의 회상은 사건의 추동하기보다는 자신이 그리워하는 무엇에 대한 탐색적 의미를 제공한다.

> 더구나 잊히지 않는 것은 그 눈자위야요. 일상 생글생글 웃는 듯하던 그 눈매가 위로 흽뜨이어서 미친 개눈깔 같이 핏발을 세워 나를 흘긴 것이야요. 그 무섭기란 시방 생각하여도 몸서리가 치어요.
> …(중략)…
> 그런데 시방 와서는 그 흘긴 눈이 떠오를 적마다 몸서리가 치이면서도 어째 정다운 생각이 들어요. 그립은 생각이 들어요! (180쪽)

'그때-그곳'의 '그'의 사랑을 '지금-여기'의 '나'는 회상하며 변화된 그리움의 심경을 토로한다. '그'와 '나'는 영원한 사랑을 위해 동반 자살을 시도했으나 약을 삼키지 못한 '나'에게 '그'는 죽으면서까지 약을 뱉으라고 권한 사랑을 보여준다. 초점 주체로서 '그때'와 '시방' 사이의 변화를 탐색한 '나'의 각성은 '무엇이 그리운가'에 대한 경험자아의 자각을 보여주기도 한다. "눈매가 위로 흽뜨이면서 미친 개눈깔같이 핏발을 세워 '나를 흘긴' '그'의 눈이 시방 와서는…… 어째 정다운 생각이 들어요. 그립은 생각이 들어요!"라는 고백을 통해 서술자 '나'는 '그때-그곳'에 대한 회상과 더불어 변화된 '지금-이곳'의 심경을 토로한다.

요컨대 '나'는 '그때'와 '시방' 사이의 변화로 그가 보여주었던 사랑에 대한 각성을 통해 얻는 자아의 성숙을 주체 지향적인 관점에서 고백한다. 그리움의 심리를 주체 지향의 고백으로 부각시키기 때문에 독서 경험은 '나'의 자아 본원을 추적한다. 이렇듯 현진건의「그립은 흘긴 눈」에서 '나'의 탐색된 경험의 각성이 고백된다면, 염상섭의「표본실의 청개구리」에서 '나'는 연상된 고통의 불안을 고백한다.

> 무거운 기분의 침체와 한없이 늘어진 생의 권태는 나의 발길을 남포까지 끌어왔다.
> …(중략)…
> 그 중에도 나의 머리에 교착(膠着)하여 불을 끄고 누웠을 때나 조용히 앉았을 때마다 가혹히 나의 신경을 엄습하여 오는 것은, 해부된 개구리가 사지에 핀을 박고 칠성판 위에 자빠진 형상이다. (5쪽)

「표본실의 청개구리」(1921)의 '나'는 병치된 회상의 연상으로 서사 현실을 전달한다. '무거운 기분의 침체와 한없이 늘어진 생의 권태'라는 '나'의 각성은 개구리 해부의 장면을 연상하며 '그때-그곳'의 자신의 심경을 '지금-여기'의 회상으로 토로한다. 서술자아가 회상한 '나'의 경험은 고뇌와 번민으로 인한 신경과민을 중학교 때 실험실의 해부된 개구리의 영상으로 병치된다.

10개의 장으로 나뉜 이 작품은 X군인 '나'의 이야기와 광인 김창억의 이야기로 전개된다. 1~5장과 9~10장까지는 서술자 '나'의 이야기이다. '나'는 경성을 출발하여 평양을 거쳐 남포에 사는 광인 김창억을 만나고 돌아와서, 친구의 편지를 통해 김창억에 대한 기행과 불행의 뒷이야기를 듣게 된다. 6~8장은 김창억에 관한 이야기이다. 그러므로 이 작품에 구현된 심층 담화를 파악하기 위해서는 '나'와 '김창억'의 내적 갈등의 상호 관련성에 유의할 필요가 있다.

결말에서 '나'의 목소리는 작가적 목소리로 전환되는 서술의 변화가 드러난다. 이는 이 작품의 전체적인 유기적 연관적 구조에 혼선을 초래하긴 하지만 '나'와 김창억의 심리적 정서가 연관성을 갖는 점을 객관화하여 보여주기 위한 실험적인 의욕으로 파악될 수 있다. 표면적 구조는 '나'의 이야기를 외화로 김창억의 이야기가 삽입되는 액자 양식을 보여주는데, '나'의 의식은 결말까지 이렇다 할 변화가 없다.

'나'와 '김창억'의 심리 상태는 마치 해부된 개구리가 사지에 핀을 꽂고 있는 고통과 등가로 환기될 뿐이다. 고백 주체로서 '나'는 서사 세계의 주인공으로서 자신의 이야기에 대해 전지성을 행사하지만 김창억의 이야기에서는 모호한 입장을 취한다. 요컨대 '나'는 현실 의식과 김창억의 현실 괴리의 기이한 삶의 무게를 '해부되는 실험실의 청개구리'로 연상하여 '지금-여기'로 연속되는 '그때-그곳'의 경험으로 배치한다. 이러한 병치된 고백의 공간에서 독자 반응은 식민지 치하 서술적 본원으로서 작가적 공포와 불안을 읽게 된다.

4. 메타 · 해체 기능의 내관시각

내관시각은 '나'의 전달 기능을 경험자아의 지각과 인식에 집중시킨다. 경험자아와 서술자아 간의 거리가 좁혀지거나 소거되면서 서사 현실로서 경험자아의 지각과 의식을 드러내는 서술자는 반영자로 기능한다. 경험적 사건에 대해 '나'의 지각은 경험자아의 '지금-여기'로 고정화되어 경험이나 의식의 현장을 구조화하거나 해체하는 방식으로 반영된다.

인식의 측면에서 '나'는 서술적 권위를 경험자아의 지각으로 제한한다. 모든 사건은 경험자아의 인식 수준에서 제시되고 사건이 완결된 뒤에

서술자아가 알게 된 지식이나 경험자아와는 상반된 태도 등은 거의 나타
나지 않는다. 공간적으로는 경험자아와 직접 관계 있는 곳으로, 심리적으
로는 경험자아의 사고에만 제한된다.

시점의 측면에서 경험자아의 반영 기능이 부각되므로 서사 행위와 경
험 사이의 거리는 단축되거나 소거된다. '나'의 의식에서 반영된 외부 사
건이나 다른 인물들의 생각은 알 수 없거나 추측의 형태로 제시된다. 경
험자아의 '지금—여기'로 집중되는 즉자적이며 유동적인 구조나 의식을
불확정하게 제시함으로써 독자의 작가성이 요구된다.

1) 구조적 경험의 메타 기능

메타 기능은 '나'의 경험의 반영으로서 플롯 구조의 심미성이 강조됨
으로써 서술자아와 경험자아의 간격이 좁혀지는 양상이 드러난다. 양식
의 측면에서 '나'는 '지금—여기' 서사 경험을 구조화함으로써 독자의 참
여를 유도한다. 경험의 순간을 극화하는 '나'는 경험자아와 수준을 같이
하지만 간혹 경험적 시공간을 초월한 정보를 전달하기도 한다. 어법적 특
징은 자유 간접화법인 극적 독백이다. 경험자아의 역동성에 비례하여 서
술자아 기능 역시 주동적이기 때문에, 이데올로기는 상징적이지만 해석
은 독자의 수용에 따라 다각적으로 조명된다. 이러한 메타 기능의 특징을
현진건의 「빈처」와 박태원의 「피로」에서 살펴보면 다음과 같다.

> "그것이 어째 없을까" 아내가 장문을 열고 무엇을 찾더니 중얼거
> 린다. "무엇이 없어?" 나는 우두커니 책장만 뒤적뒤적하다가 물어 보
> 았다. "모본단 저고리가 하나 남았는데……" 나는 그만 묵묵하였다.
> (33쪽)

「빈처」(1921)에서 '나'는 극화된 발화적 참여로 서사 현실을 메타적 장면으로 경험한다. 아내의 대화 장면을 보고 있는 경험자아 '나'와 그것을 서술하는 서술자아의 긴장이 '지금-여기'로 부각됨으로써 극적 현장감을 외적 초점화로 보여준다. 발화로 시작하는 서술의 장면은 독자의 관심 방향을 가장 빨리 유도해내기 위한 제시 순서의 역전과 관련된다.

아내의 내적 독백을 첫 문장으로 돌출시킴으로써 서사적 사건에 대한 독자의 참여를 유도하는 방식은 영화나 연극의 대화 장면을 서술로 배치시킨 점에서 당대로서는 파격적인 기법의 실험으로 주목할 만하다.

'그것이 어째 없을까' 하는 아내의 독백에 대하여 남편은 '무엇이 없어?' 하고 질문한다. 아내는 적극적인 대화의 자세로 응수하지 않는 채 다만 '모본단 저고리가 하나 남았는데……'라고 독백하는 장면의 현장성을 드러낸다. 인식의 측면에서 서술자아는 발화를 드러낸 점에서 전달 기능을 담당하지만 결국은 그 기능을 경험자아의 서사 경험을 메타적으로 구조화한다는 점에서 궁극적으로는 경험자아의 수준의 정보량과 같다. 서술자아로서 '나'는 진술하는 권위에 두지 않고 경험자아의 위치를 드러내어 구조화하는 데 한정한다.

> '아 아, 나에게 위안을 주고 원조를 주는 천사여!'
> 마음속으로 이렇게 부르짖으며 두 팔로 덥썹 아내의 허리를 잡아 내 가슴에 바싹 안았다.
> 그 다음 순간에는 뜨거운 두 입술이……
> 그의 눈에도 나의 눈에도 그렁그렁한 눈물이 물끓듯 넘쳐흐른다.
> (53쪽)

결말에서 '나'의 독백과 아내에 대한 애정 표현은 보여주기 방식으로 극적 현장감을 제공한다. 이렇듯 '나'는 작중 경험의 한 순간을 '지금-여기'로 제시하기 때문에 독자는 서술의 비중개성을 경험하게 된다.

이러한 비중개성은 작품 전체에 분포된 기호 공간의 느낌표(!), 경험자아에 대한 서술자아의 간접적 비판을 위한 물음표(?), 서술자아와 경험자아의 소통될 수 없는 현재 심경 묘사를 위한 말줄임표(……) 등의 보여주기 기법에서도 경험된다. 요컨대 '나'는 작중 경험의 한 순간으로서 발화 장면, 기호의 공간화, 현재형 행동 제시를 통해 경험을 구조화한다. 이는 말하기보다 보여주기 방식이 독자의 환상을 자극함을 발견한 내포작가의 근대적 서사 기법의 적용임직하다. 이처럼 현진건의 「빈처」에서 '나'는 극화된 장면적 발화를 메타화한다면, 박태원 「피로」에서 '나'는 장면된 일상적 풍경을 다음과 같이 메타화한다.

> 그 창은 −6尺×1尺 5寸 5分의 그 창은 동쪽을 향하여 뚫려 있었다…그 창으로는 길 건너편에 서 있는 헤멀숙한 이층 양옥과, 그 집 이층의 창과 창 사이에 걸려 있는 광고등이 보인다. 그 광고들에는, 〈醫療器械 義手足〉의료기계 의수족 (121쪽)

「피로」(1933)에서 '나'는 차용된 장면적 광고로 서사 세계의 경험을 반영한다. '나'는 내관 전망으로 경험자아의 의식과 경험을 반영하기 위하여 광고를 그대로 차용하여 작중 현실을 메타적으로 부각시킨다.

'〈醫療器械 義手足〉의료기계 의수족'의 광고 차용은 일상 세계의 경험을 메타적으로 구조화한 것이다. 이처럼 '나'는 서술자아와 경험자아의 공존적 정체를 드러내며 그 진술의 권위를 경험자아의 인식과 의식을 구조화하는 데에 한정시킨다. 서사 현실의 인식에 있어 서술자가 경험자아와 대등한 위치와 지각을 드러내기 때문에 독자는 경험자아의 순간적인 체험을 따라 서술자아의 의도를 파악하게 된다.

서술자아가 관찰의 현장을 관조하는 측면에서 부각시킨 '그'라는 지시 대명사의 사용에서도 경험의 관습적 경로가 드러난다. '그'라는 지시관형사는 서사 전개에서 잦은 반복을 보여주면서 이미 익숙한 경험을 메타적으로 구조화함으로써 낯선 정보의 불확실성에 대한 독자의 상상을 자동화된 관습으로 자극한다.

> 行衛不明의 編輯局長‧‧‧‧‧‧ (행위불명의 편집국장)
> 編輯局長의 紛失‧‧‧‧‧‧‧ (편집국장의 분실)
> 나는 속으로 신문기사의 표제를 고르면서, 그곳에 서서, 때마침 관청에서 물러나오는 샐러리맨들의 복잡한 행렬을 구경하고 있었다.
> (126쪽)

'나'는 신문기사의 표제를 고르는 경험자아의 인식과 지각을 구체적으로 외면화한다. 경험자아의 지각과 인식이 '지금—여기'로 반영되는 습관적인 지각의 경로에 의해 '나'는 자신의 경험적 추이를 메타적으로 구축한다. 이는 외부 현실의 객관적 세계의 단순환 재현이 아니라 일상 세계의 경험에서 환기되는 경험자아의 내적 의식의 외적 형상화로 설명할 수 있다.

경험의 외면화는 '6尺×1尺 5寸 5分'이라는 창문의 크기를 나타내는 숫자, '〈醫療器械 義手足〉'의 광고, 한자어와 일어 혼합의 광고 등의 차용과 같은 낯설게 하기로 서술자 '나'가 외부 현실을 설명하기보다는, 경험자아의 시점에 포착된 시각적 이미지를 메타적으로 구조화한 것이다. 이러한 구조의 심층에서 내면화된 경험자아의 피로는 '수동적 객체로 대상화된 존재'[13]의 의식을 부각시키면서 근대화라는 새롭고 낯선 것들에 대

---

13 공종구, 「박태원 소설의 서사지평 연구」, 전남대학교 박사학위 논문, 1992, 6쪽.

한 일상성의 동화를 차단하려는 소외 의식으로 체험된다.

작품의 결말까지 이어지는 일상 풍경에 대한 의식의 반영은 독자에게 경험자아가 공간 이동을 거치면서 체험한 '피로'를 독자에게 새롭게 경험하며 낯선 존재 의식으로서 소외감을 탐색하게 한다. 결국 '나'는 살풍경한 근대성을 일상의 순환적 공간을 반영하여 피로에 함몰되지 않으려는 자각적 의지로서 낯설게 바라보기를 발견하게 한다. 이러한 보여주기 기법으로 인해 독자는 일상의 관습화된 풍경을 새롭게 미적 체험하고 그 의미를 다채롭게 음미하게 된다.

2) 역동적 경험의 해체기능

해체기능은 '나'가 서술의 전달보다는 경험의 반영에 집중하는 경향을 드러냄으로써 서술자아와 경험자아의 간격이 소거된다. '나'는 경험자아로서 지각을 '지금-여기'에 집중함으로써 파편적인 의식을 보여준다. 양식의 측면에서 '나'는 해체된 서사 경험을 '지금-여기'로 반영하므로 인물 시각적 서술 상황과 경계가 해체되기도 한다. 어법적 특징인 자유 간접화법인 내적 독백은 경험을 해체하는 불확정한 공간에서 독자의 작가성을 유도한다. 이러한 해체기능의 특징은 이상의 「날개」에서 다음과 같이 파악할 수 있다.

> '박제(剝製)가 되어 버린 천재'를 아시오? 나는 유쾌하오. 이런 때 연애까지가 유쾌하오' …(중략)… 여왕봉(女王蜂)과 미망인-세상의 하고많은 여인이 본질적으로 이미 미망인 아닌 이가 있으리까? 아니! 여인의 전부가 그 일상에 있어서 개개 '미망인'이라는 내 논리가 뜻밖에도 여성에 대한 모독이 되오? 굿빠이. (318~319쪽)

「날개」(1936)에서 '나'는 독백된 대화적 해체로 서사 세계에 대한 경험을 반영한다. 프롤로그 형식의 내적 독백은 서사 경험에 대한 독자의 작가성을 역동시킨다. 서사 경험에 대한 어떤 예비 정보도 제공되지 않는, 전통적 액자 소설과는 판이하게 구별된 '박제(剝製)가 되어버린 천재를 아시오?'라는 화두는 독자 반응의 지평을 확장한다.

'왜 천재가 박제가 되었을까' 하는 기대감을 유보하고 지연시키면서 독서 경험은 박제의 존재에 대한 불확정성을 강화함으로써 경험자아의 즉물적인 의식과 순간에 집중한다. 이러한 서술자 시각은 내부 서사와 구분된 독자에게 건네는 대화 형식이기보다는 서술자 '나'가 허구적 인물인 또 다른 자아에게 말을 건네는 의식의 흐름에 무게를 둘 수 있다.

그러므로 '나'는 내포 작가이기보다 허구적 작중인물로서 경험자아에 가깝다. '그대'는 서술 주체 '나'에서 분리된 '지금─여기'의 경험자아로서 마치 거울 속 자신의 모습처럼 자아의 또 다른 그림자라고 할 수 있다. '나'와 '그대'의 경계가 사라진 시각에서 한국 일인칭 단편소설의 근대성은 탈근대[14]의 징후를 내포한다.

자아를 주체와 타자로 분리하는 행위는 반복되는 '굿빠이'를 통해서도 드러난다. 주체와 타자로 분리된 삶은 '흡사 두 개의 태양처럼 마주 쳐다보면서 낄낄거리는 것'으로 괴리되면서 '여인과의 생활'이 '감정의 공급이 중지된 포우즈화'된 내부 서사로 반영된다. 이에 따른 언술의 해체는 내부 서사에서 남녀 역할과 권력의 전복으로 전이된다. 이는 '나'와 '아내'의 생활에서 남녀의 권력이라는 전통적 질서가 해체된 것을 시사한다.

---

14 이 작품의 시각은 독자의 작가성에 따라 각기 다른 존재적 의미를 생성하는 점에서 한국 일인칭 단편소설의 탈근대성을 예고한다. 즉, '나'와 '그대', 또는 '나'와 '그', '그녀'의 경계가 해체되는 지점에서 읽게 되는 존재 시각의 탈근대성에 대한 구체적 논의는 향후 과제로 남긴다.

'박제된 천재'로서 '나'는 아내가 외출하는 이유와 아내의 돈과 아내의 직업과 아스피린과 아달린이 내포하는 의미를 통해 자신을 주체로 각성하기 시작한다.

그리고 마침내 '나'는 삶의 균형 감각인 날개를 자신의 주체 의지로 희구한다. '박제화된 천재'의 반려로서 '여왕봉(女王蜂)과 미망인'의 양극적 부부관계에서 불균형한 자아의 괴리감이 삶의 균형을 추구한 것이다.

> 날개야 다시 돋아라. 날자. 날자. 날자. 한 번만 더 날자꾸나.
> 한 번만 더 날아 보았구나. (344쪽)

결말에서 '나'의 욕망은 '박제가 되어버린 천재'에서 탈피하는 자유인으로서 날개의 비상을 희구한다. 아내와 '나'의 합치되지 못하는 숙명은 양 날개에 대한 각성적 의지를 보여준다. 삶의 주체성을 회복하는 것은 박제에서 탈피할 수 있는 날개이므로 '박제가 되어버린 천재를 아시오'라는 첫 문장은 작품 전체를 관통하면서 독자의 각기 다른 경험에 따라 다양한 해석을 끌어낸다.

인식의 측면에서 존재 영역의 동일성을 부각하지만 '나'의 정체는 불확정성을 내포한다. '나'는 내포 작가와 반영 인물이라는 대립적 해석 사이에서 다각적인 발견을 내장한다. 요컨대 이 작품의 서술자의 해체 기능은 한국 서사시학에 새로운 시사성을 제공한다. 내관 전망으로 기존의 서사 틀을 해체하는 서술자의 해체 기능은 천재/박제, 주체/타자, 제국주의/식민지, 현실/이상, 남성/여성 등의 경계를 불확정 영역으로 강화하였기 때문이다.

결국 '나'의 불확정성은 내관 전망의 해체기능으로 독자의 다양한 해석을 끌어내는 서사적 욕망으로 탈근대적인 존재성을 예고한다. '나'와

'그' 또는 '그녀'의 어떤 존재적 예측도 고정화되지 않는 불확정한 공간에서 독자 반응은 작가적 재창조성을 발휘하게 된다.

5. 나오며

이상에서 필자는 1920~30년대 일인칭 단편소설의 서술자 '나'의 다양한 존재 시각을 분석하였다. 일인칭 단편소설의 서사 시각은 외관시각과 내관시각으로 구분하였으며, 서술자 기능을 외관시각에서는 전달 기능과 고백 기능, 내관시각에서는 메타기능과 해체기능으로 세분하였다.

외관시각의 전달 기능에서는 서술자 '나'의 객관적 목격과 신뢰성을 보증하는 목격담의 주변성이 강조되는 데 비해 고백 기능에서는 자신의 과거 경험에 대한 주관적인 심경을 회고하며 토로하는 고백담의 주체성이 강조된다. 전달 기능은 「배따라기」 「희생화」에서 서사 현실의 목격담에 대한 신뢰적인 보증인으로서 서술자의 개연성이 부여된다. 고백 기능은 「그립은 흘긴 눈」 「표본실의 청개구리」에서 서사 현실의 경험담에 대한 고백자로서 서술자의 자각과 심경이 드러난다. 외관시각은 '그때-그곳'의 목격이나 경험을 외부에서 압축하는 방식으로 제시하므로 서술자아와 경험자아의 거리가 넓혀지고 독자의 상상력은 고정화된다.

내관시각의 메타기능에서는 서사 경험의 재현으로서 상징적 구조가 부각된다면, 해체기능에서는 서사 경험의 현현으로 의식적 불확정성이 파편화된다. 메타기능은 「빈처」 「피로」 등에서 발화의 장면이나 경험적 풍경이 구조화된다. 해체기능은 「날개」에서 경험자아의 의식을 유동적이며 파편적으로 현시한다. 내관시각은 경험자아의 '지금-여기'로 집중되는 즉자적이며 유동적인 관점이 반영되므로 독자의 상상력이 활성화된다.

해석의 차원에서 외관시각을 통하여 주체로서의 '나'가 작가적 이데올로기의 보편적 질서를 실현하는 주체로서 시간성을 추구하였다면, 내관시각을 통하여서는 개체적 이데올로기의 자율적 가치를 부여하는 타자로서의 공간성을 천착하였다. 시대별 흐름을 정리하면 1920년대 작품에서는 외관시각이, 1930년대 작품들에서는 내관시각의 경향이 두드러진다.

궁극적으로 1920년대 작품들의 서사 시각이 보편적 미학의 가치를 전달하는 주체로서 '그때-그곳'에 대한 서술자 '나'의 입장을 부각시킨 데 비해, 1930년대 작품들은 주관적 경험의 가치를 부여하는 개체로서 '지금-여기'에 대한 경험자아의 입장을 천착한 경향이 드러난다. '나' 의 변화로서 다양한 존재성을 모색한 것은 한국 단편소설이 일인칭 서술자의 탄력적 긴장을 잘 나타내주는 요인이다. 외관시각에서 내관시각으로의 변이 양상은 서술 자아의 질서가 경험자아의 불확정 영역의 독자 반응으로 환치된, 즉 서사 경험의 주체가 작가에서 독자로 이동되는 공간으로서 '나'의 존재성을 추구하였다고 할 것이다.

현진건 소설 시학의 탈근대성
—극적 소격과 타자성의 지향

1. 들어가며

이 글은 독자 수용의 입장에서 현진건[1] 단편소설에서 드러나는 극적 '소격(Verfremdung)'[2]을 아이러니와 언어놀이의 특징으로 조명함으로써 작가의 소설 미학과 현실 인식을 해명하고자 한다. 극적 소격은 독자를 향한 작가 현진건의 열린 세계를 볼 수 있는 통로이다.

현진건 소설은 당대 작가들의 작품과는 구별된 '초점시와 서술시를 일

---

1 빙허 현진건은 1920년 11월 『개벽』에 단편 「희생화」로 등단한 이후 1930년 초반까지 25편의 단편소설, 6편의 장편소설을 발표하였다. 이 글의 논의는 현진건의 단편소설 텍스트에 국한한다.

2 'Verfremdung'은 이화, 소이, 소원, 소외 , 소격, 생소화, 낯설게 하기 등으로 번역되는 데 이 글에서 낯선 충격의 거리에서 고양되는 독자의 인지 작용을 강조하는 면에서 '소격'을 사용한다. 현실 비판적 거리를 제공하는 소격은 브레히트 핵심 개념이다. 어떤 사건이나 인물을 소격한다는 것은 그 사건이나 인물에게서 자명한 것, 알려진 것, 명백한 것을 제거하고 그것들의 놀라운 면, 신기한 면들을 산출해내는 것을 뜻한다. 강창구, 『막스 프리쉬 물음의 극미학』, 충남대학교 출판부, 2003, 34쪽, 각주23 참조.

치'[3]시킨 시점을 활용함으로써 현재 서사의 장면화를 부각시킨 방식으로 연극적 현장성을 공유한다. 서사 경험을 현재 서사로 낯설게 보여주는 방식은 작중인물의 다층적인 감정과 행동을 돌발적으로 제시함으로써 극적인 효과를 얻게 되는 것이다. 이는 서사의 선조성이 강조되는 기존의 소설 형식에서 탈피한 극적 기법의 새로움이다. 이를 통하여 독자는 소설의 새로운 형식에 대한 작가의 끊임없는 고민과 노력뿐만 아니라, 연극에 대한 작가의 조예(造詣)[4]를 볼 수 있다. 그 심층에서는 한국 해학의 문학적 변용으로서 창조성을 발견하게 된다.

이처럼 현진건 소설의 극적 소격은 일제 식민지 민족의 한을 극복하는 정신적 자유와 저항 의지의 발현인 동시에 인간의 약점을 관대하게 포용하는 해학을 반영한다. 그러므로 현진건 소설의 극적 소격에 대한 논의는 "현진건의 소설에 나타난 현실은 정태적이며 한계성이 있는 것"이라는 기존의 평가[5]를 다른 시각에서 볼 수 있게 할 것으로 기대된다. 관객의 인식 변화에 궁극적 목적을 둔 브레히트 서사극의 핵심 전략은 생소화 기법이다. 무대 위에서 이미 잘 알려진 사실들을 낯설게 만들고 그것을 통해 새로운 인식을 획득할 수 있도록 하는 것이다.[6] 브레히트가 서사적 요

---

3   현진건은 초점시와 서술시를 일치시켰고, 작가의 언어와 서술 주체의 언어를 분리하여 대상을 서술하는 방식으로 객관적이고 구체적인 사건 전달을 가능하게 한다. 최병우, 『한국 현대 소설의 미적 구조』, 민지사, 1997, 79~80쪽.

4   현진건은 당시 연극에 관계하던 당숙 현희운의 소개로 『개벽』 1920년 11월에 처녀작 「희생화」를 발표하면서 창작 활동을 시작하였다. 이는 일찍부터 현진건이 연극에 대한 관심과 지식을 겸비할 수 있었던 환경을 이해할 수 있는 단초이다. 구인환, 「비판과 저항의 현진건」, 『현진건 단편 전집』, 가람기획, 2006, 14쪽 참조.

5   신희교, 「현진건의 초기소설 연구−주인공의 현실대응을 중심으로」, 『어문논집』, 민족어문학회, 1989, 217쪽.

6   이상복, 「디지털 매체시대의 새로운 브레히트 연출」, 『브레히트와 현대 연극』, 한국 브레히트학회, 2007, 41쪽.

소를 극에 접목시키는 소격으로 연극의 열린 세계를 지향하였다면, 현진 건은 극적인 요소를 서사에 접목시키는 소격으로 소설의 열린 세계를 지 향하고자 하였다.

선행 연구를 돌아보면, 현진건은 1920~30년대 당대 문단에서 모파상 이나 체호프에 비견할 만할 작가[7]로 평가되었지만 기교에 비해 주제의 식 즉 역사의식이 부재하다는 평을 받아왔다. 당대 문단에서 현진건의 기 법에 대한 평가는 작품의 체계적인 분석을 통하여 표현 기법에 담긴 의 미를 통찰하여 파악하기보다는 주로 인상주의 비평에 의존하여 주제의식 과 역사의식의 약화를 지적하는 데 그쳤다. 김동인과 임화는 현진건 소설 의 기교를 높이 평가한 반면에 총체적인 사상의 부재를 지적하였다.[8] 이 와는 달리 백철은 현진건을 "비상한 기교의 천재"로 평가하였고, 현진건 소설의 독창성을 기교의 탁월함과 더불어 시대적인 의미로 확장시켰다.[9] 이후 현진건 소설의 연구는 사실주의 경향을 입증하거나 반증하는 방법 으로 진행[10]되어왔다. 이러한 흐름 위에 현진건 소설에 대한 연구가 다각

---

7 "비상한 기교의 천재" 김동인, 「한국근대소설고」, 『김동인전집』 8, 홍자출판사, 1964, 595쪽; "사람을 매혹케 하는 오묘한 기교" 박종화, 「대전후의 문예운동」; "구성의 테 크닉" 백철, 「한국단편문학의 40년」, 『한국단편문학전집』 1, 백수사, 1970; "기교의 가치를 보여준 최초의 작가" 조연현, 『한국현대문학사』, 입문사, 1961, 571쪽.

8 김동인은 현진건을 "인생의 사진사"에 비유하지만, 그의 소설이 인생의 총체성을 이야기하지 못했다고 평가한다. 김동인, 「조선근대소설고」, 『김동인 전집』 16, 조 선일보사, 1988, 26쪽; 임화는 현진건을 "숙련한 工匠"으로 평가하되 미흡한 사상 을 지적하였다. 임화, 「소설문학의 20년」, 『임화전집』 2, 박이정, 2001, 391쪽.

9 백철, 『신문학사조사』, 민중서관, 1953, 213~215쪽.

10 윤병로, 이재선, 김우종, 신동욱은 현진건 소설의 사실주의적 경향을 파악한 반면 에 김중하와 신희교는 사실주의 경향의 한계를 지적하였다. 윤병로, 「현진건」, 『한 국근대소설연구』, 일조각, 1980; 이재선, 「현진건소설의 문학사적 위치」, 『한국단 편소설연구』, 일조각, 1975; 김우종, 「현진건론」, 『현대문학』, 1962; 신동욱, 「현진 건의 「무영탑」」, 『한국현대문학론』, 박영사, 1972; 김중하, 「현진건 문학에의 비판

적인 방향에서 천착[11]되기도 하였다.

기존 연구 성과를 발판으로 현진건 소설의 기법으로서 극적 소격과 그 효과를 심층적으로 파악하고자 한다. 선행 연구에서 드러나듯이 현진건 소설에 대한 기존의 논의는 전반적인 작품의 형식과 내용을 아우르는 차원에서 기법의 독창성을 규명하여 작가의 세계관을 통찰하는 데는 미진한 감이 없지 않다. 물론 문학적 기법에 주목한 연구 성과도 눈에 띄지만, 그것이 지향하는 소설 미학의 방향을 구체적으로 조망하는 차원에서 작가의 현실 인식과 독자 반응을 연계시켜 그 의미를 심화시키지는 못하였다. 이를 보완하는 차원에서 이 글은 현진건 소설의 극적 요소가 어떻게 변용되며, 어떠한 방식으로 독자에게 새로운 즐거움과 깨달음을 제공하며, 궁극적으로 어떠한 가치를 창출하는가에 대한 보다 심도 깊은 논의를 전개하려고 한다.

이러한 입장에서 본 논의는 현진건 소설 전반에 걸쳐 드러나는 극적 소격의 특징을 밝히고 그 효과가 한국 해학과 맞닿아 있음을 규명하게 될 것이다. 그리고 구체적인 작품 분석[12]을 통하여 시점과 상황의 아이러니

적 접근」, 『현진건 연구』, 신동욱 외, 새문사, 1981; 신희교, 「현진건의 초기소설 연구-주인공의 현실대응을 중심으로」, 『어문논집』, 민족어문학회, 1989.

11 백은영은 현진건 소설의 문학적 특징으로 아이러니를 파악하였다. 백은영, 「현진건 작품론」, 한성어문학, 한성대학교 한성어문학회, 1982; 나병철은 민중과 지식인 시점의 아이러니로 탈식민주의를 규명하였다. 나병철, 「현진건 소설의 아이러니와 탈식민주의」, 현대문학이론연구, 현대문학이론학회, 2000, 141~164쪽. 정주아는 '기교'의 문제로 작가 현진건의 현실 지향 의식을 고찰하였다. 정주아, 「현진건 문학에 나타난 '기교'의 문제」, 『현대소설연구』 제38호, 한국현대소설학회, 2008, 413~433쪽.

12 텍스트는 「희생화」(1920), 「빈처」(1921), 「술 권하는 사회」(1921), 「피아노」(1922), 「유린」(1922), 「그립은 흘긴 눈」(1924), 「운수 좋은 날」(1924), 「B사감과 러브레터」(1925), 「불」(1925), 「동정」(1926), 「고향」(1926) 등은 韓國南北文學百選, 『현진건』(일신출판사, 1998)으로 「정조와 약가」(1929), 「서투른 도적」(1931), 「연애의 청산」

와 객관적 인지 작용의 상관성, 언어 표현과 정서 표현의 언어놀이와 독자의 사회적 역할의 상관성을 차례로 규명함으로써 현진건 소설의 미학과 작가의 세계관을 총체적으로 해명하고자 한다.

2. 극적 소격 효과와 해학의 상관성

현진건 소설에서는 극적 소격을 보여주는 연극적인 요소가 다각적으로 발견된다. 첫째, 연극의 막이나 장을 차용하는 방식으로 서사의 장 또는 장면을 구별한다. 둘째, 단순하게 사건에 대한 이야기를 들려주기보다는 작중인물의 몸짓과 행동으로 보여준다. 셋째, 작중인물의 행동과 심리를 연극의 지문과 같은 기능을 하는 간결한 명사형 종결의 지시문으로 제시한다. 넷째, 다층적인 시점으로 작중인물들의 상호작용을 복합적으로 비약하는 반성을 제공한다. 다섯째, 희비극적 요소로 현실을 모방하는 충격적인 상황의 사건과 행동을 돌출시킨다. 여섯째, 배우의 몸짓 연기와 같은 가장된 언어 표현으로 서사 경험을 그로테스크하게 희화한다. 일곱째, 극적 '놀이 본능(play instinct)'[13]을 상충되는 정서 표현으로 제공함으로써 독자의 사회적 역할을 환기한다.

이러한 맥락에서 현진건 소설의 극적 소격의 구체적 특징은 아이러니와 언어놀이로 구분할 수 있다. 먼저 극적 아이러니는 작중인물의 시점을 낯설게 배치한 시점과 극화된 상황의 충격적 행동으로 독자의 인지 작용

(1931) 등은 현진건, 『현진건 단편 전집』(가람기획, 2006)으로 하고, 텍스트의 인용 면수는 괄호 안에 표기한다.

13 마틴 에슬린, 『드라머의 해부』, 원재길 역, 청하, 1980, 12쪽.

을 활성화한다. 낯선 충격의 시점과 상황에 따라 다층적인 감정과 행동이 제시되는 반성을 통하여 독자는 객관적 현실 인식을 갖는다. 한편 극적 언어놀이는 과장되거나 왜곡된 육체 표현과 유보적이거나 역설적인 정서 표현의 차이를 통하여 그로테스크하게 희화된 현실에 대한 인식을 낯선 충격으로 제공한다. 극적인 언어놀이의 즐거움을 통하여 독자는 사회적 역할로서 현실 비판 의식을 깨닫는다.

논리적 비약을 보여주는 시점과 대비적이며 충격적인 사건으로 극화 되는 아이러니의 효과는 서사 현실에 대한 독자의 객관적 현실 인식을 활 성화하는 데 비하여, 과장되고 역설적인 언어놀이의 소격은 상충된 언어 표현의 역동적 쾌락으로 독자의 비판적 현실 인식을 끌어내는 효과를 거 둔다. 이처럼 현진건은 그의 소설에 반어적 정관(反語的 靜觀)[14]을 장치함 으로써 다층적인 소격의 효과를 추수한다.

현진건 소설의 극적 아이러니와 언어놀이는 작가의 비판적 현실 인식 에 뿌리를 두는데, 그 심층에는 민족적 한의 정서를 극복할 수 있는 한국 인의 해학 체계[15]가 작동한다. 달리 표현하면 현진건 소설의 아이러니와

---

14 현진건은 반어의 구사에 매우 능한 작가이다. 그는 현실이나 사회의 단순한 사진 사적인 모사자로 머물기를 거부한다. 반어적 정관으로 현실을 관찰하는 눈을 당대 의 어느 작가보다도 지니려 했던 것 같다. 이것은 그만큼 그의 현실에 대한 도전이 집요했다는 반증이기도 하다. 이재선, 앞의 책, 227쪽.

15 이 글에서 해학은 과장 또는 왜곡 형식으로 드러난 익살스러움의 해학, 무의식적 이거나 의식적인 표현으로서 유희 본능의 해학, 풍자와 재치 그리고 반어와 같은 해학과 인접하는 요소와 관련되는 해학 등을 포괄하는 개념으로 확장된다. 엄밀 하게 말하면, 현진건 소설에서 표출되는 웃음은 해학뿐만 아니라 익살, 골계, 풍자 등으로 다양하게 구분될 수 있다. 그렇지만 한국 해학의 문학적 변용을 확장시키 는 차원에서 해학 체계는 한의 정서와 대비되는 정서 표현인 웃음을 공통으로 하 는 익살, 골계, 풍자 등을 포괄한다. 한국문화교류연구회편, 『해학과 우리』, 시공 사, 1998, 22~25쪽 참조.

언어놀이에서 드러난 소격의 효과는 눈물과 웃음 그리고 연민의 변증법적 포용력으로 타자성을 지향한 한국인의 해학적 통찰에 다름 아니다. 희비극적 현실을 낯설게 보여주는 현진건 소설의 극적 소격은 내용과 말, 실재와 기호 사이의 차이와 반어적으로 확장시키는 거리에서 현실에 대한 독자의 객관적인 인식과 비판 의식을 해학적 통찰로 반성하는 효과를 갖기 때문이다. 이는 현진건 소설의 기법이 서구 소설을 단순하게 모방하는 차원이 아니라 한국의 사실주의를 조선인의 얼굴로 그려내기 위하여 전통 해학을 적극 변용한 한국 문학의 창조적 산물임을 보여주는 증거이기도 하다.

요컨대 현진건 소설의 극적 소격은 소설 형식에 대한 지속적인 노력과 도전으로 식민지 현실에 대한 비판 의식과 인습에 대한 저항을 오롯이 담아낸 작가의 장인 정신이 해학적 통찰과 맞닿아 있음을 보여준다. 독자는 현진건 소설의 극적인 즐거움과 깨우침을 통하여 식민지 현실에 대한 작가의 저항과 비판 의식을 해학의 정신으로 응시한다.

3. 극적 아이러니와 객관적 인지 작용

현진건 소설은 현실 서사를 토대로 낯선 시점과 충격적인 사건을 배치시킴으로써 작중인물의 행위와 감정을 다층적으로 제시하는 아이러니[16]를 연출한다. 극적 시점의 아이러니[17]는 일인칭 소설에서 '나'의 목격 시

---

16 아이러니란 말과 생각의 차이에서 빚어지는 '언어의 아이러니'와 그러리라는 생각과 실제 상황과의 괴리에서 빚어지는 '상황적 아이러니'로 나눈다. 한국현대소설연구회, 『현대소설론』, 평민사, 1994, 91~92쪽.
17 극적 아이러니나 더블-테이크(double-take, 예기치 않았던 상황이나 말에 대해 뒤

점으로 반성적 거리를 낯설게 보여주는 데 비하여, 작가 시점에서는 제한적으로 인물 시점을 배치하여 서사 경험을 구체적으로 보여준다. 한편 극적 상황의 아이러니는 대비적이거나 충격적 사건으로 작중인물의 다층적인 행동과 감정을 복합적으로 제시함으로써 열린 결말을 보여준다. 이처럼 극적 아이러니는 낯선 시점의 반성으로 독자의 객관적 인지 작용을 고양하는 효과를 거둔다.

1) 극적 시점의 배치와 아이러니의 현장성

현진건의 일인칭 소설에서는 '나'의 목격 시점이, 삼인칭 작가 시점의 소설에서는 제한적 인물 시점이 배치됨으로써 아이러니의 현장성이 부각된다. 일인칭 작품의 경우 「희생화」에서는 '나'가 누님의 사랑을, 「빈처」에서는 '나'가 아내를, 「동정」에서는 '나'가 인력거꾼을, 「고향」에서는 '나'가 '그'를 목격하는 시점을 극화함으로써 아이러니를 보여준다. 삼인칭 작가 시점의 경우 「B사감과 러브 레터」에서는 어린 세 처녀들이 노처녀 B사감을, 「술 권하는 사회」에서는 아내가 남편을, 「정조와 약가」에서는 최 의원이 농부 부부를, 「연애의 청산」에서는 교도소 간수가 그들을 바라보는 제한적 인물 시점을 극화함으로써 아이러니를 보여준다.

먼저, 일인칭 소설의 작품에 드러나는 극적 시점의 소격은 다음과 같다. 현진건은 처녀작인 「희생화」에서부터 '나'의 목격 시점을 현재 서사로 접목시키는 장면화의 기법으로 연극적 현장성을 접목시킨다. '10여 년 전

늦게 반응하는 기법 : 역자 주) 같은 복잡한 기법은 물론 추론적인 문학의 영역 내에도 존재하지만 순간순간 요소들의 첨가에 의한 완전한 그림의 집적을 통해서 형성된다. 마틴 에슬린, 앞의 책, 27쪽.

일', '2년급에 진급되던 해 봄의 일', '하룻날', '이틀 후', '그 이튿날', '그 날 밤', '어떤 날 저녁', '그 후' 등의 시간적 흐름을 서사의 각 장에 명시한 것은 연극의 막이 전환되는 효과를 차용한 것이다. 누나의 사랑과 죽음을 목격하였던 14세 소년인 '나'의 '엿듣기'와 '엿보기'의 시점은 서술자의 현존성이 갑작스레 강조되는 것으로 서술의 단절[18]을 드러내는 거리에서 극적 장면의 현장성을 부각시킨다.

"아아, 사랑아, 사랑의 불아! 네가 부드럽고 따뜻한 듯하므로 철없는 청춘들은 그의 연하고 부드러운 심장에 너를 보배로만 여겨 간직한다."(32쪽)에서 드러난 초점시와 서술시를 일치시킨 '나'의 시점은 누님의 사랑과 실연을 감동적으로 전달하기보다는 과장된 감상을 낯설게 보여준다. 경험자아가 아닌 서술자아의 초점시와 서술시를 일치시킨 시점의 간격은 사랑의 슬픔을 눈물이 아닌 엉뚱한 웃음으로 보게 한다. '나'의 작위적 감상의 독백은 못 이룬 사랑으로 목숨을 끊은 누님의 심정을 신파조 연극에서 보게 되는 과잉된 감정으로 보여주기 때문이다. 눈물 대신에 웃음을 유발시키는 시점의 거리는 인습에 저항하지 못한 사랑과 실연 때문에 목숨까지 저버린 나약한 청춘에 대한 반성을 끌어낸다. 이러한 시점의 소격 효과를 고려할 때, 서사적 약점으로 평가된 신파조의 과잉된 감정은 독자의 객관적 현실 인식을 웃음으로 고양하는 측면에서 긍정적 평가를 받을 수도 있다.

"그것이 어째 없을까?"(33쪽)라는 아내의 독백으로 시작되는 「빈처」는 연극의 현장성과 상통하는 현실 서사의 보여주기로 첫 장면을 돌출시킨다. 1920년대 일인칭 소설의 정형적인 경향이던 시간의 제시도 없이, 인상이 깊고 독자의 관심을 끌 수 있을 만한 사건을 불쑥 내밀어 극적인 효

---

18 김용재, 『한국 소설의 서사론적 탐구』, 평민사, 1993, 103~104쪽 참조.

과를 얻고 있는 것이다.[19] 연극의 막과 장을 구별하는 방식으로 서사를 네 개의 장으로 구분한 것 또한 극적 기법의 장면화를 보여준다.

첫 장면에서부터 드러나는 아내를 목격하는 '나'의 시점은 서사 후반에 이르러 극적인 변화를 보여준다. 경제적 능력이 없는 문학가로서 '나'는 속물화된 주위 사람들로부터 비난을 받지만 아내 앞에서는 지고지순한 정신적 사랑의 가치를 고집한다. 심지어 아내의 물화된 태도에 대하여 야단을 치기도 한다. 그러나 서사의 말미에서 '나'는 헌신적인 사랑을 보여주었던 아내가 처형이 선물한 비단신을 신어보며 기뻐하는 모습을 지켜보며 "나도 어서 출세를 하여 비단신 한 켤레쯤은 사주게 되었으면 좋으련만……"(35쪽) 하는 갑작스러운 고백을 한다. '나'의 꼿꼿했던 삶의 태도가 물화된 가치를 선망하는 쪽으로 급변한 것이다. 이처럼 '나'의 시점의 논리적 비약을 보여주는 소격은 식민지 현실의 물화된 삶에서 자유로울 수 없었던 지식인의 삶과 부부애를 해학적 통찰로 성찰하는 효과를 거둔다.

한편 「동정」에서는 몇 푼의 돈을 더 벌어보려고 비탈길을 오르는 수고를 자처하다가 큰 손해를 보고 마는 순박한 차부의 불행 앞에서 냉정한 이기심을 보였던 '나'의 반성으로 아이러니를 극화한다. 차부는 "오죽 험한 데를 모시고 갔습니까?"(234쪽) 하는 명분으로 돈 몇 푼을 더 받기 위하여 굳이 '나'가 말리는데도 불구하고 위험하게 언덕을 올라가다가 인력거가 통째 굴러 파손되는 손해를 보고 만다.

"처분해주십시오. 저는 이 섣달 대목에 십여 원의 손해입니다."(235쪽)라며 애절하게 손을 내미는 차부에게 '나'는 한 푼도 손해를 보지 않기 위하여 "아까 내리우랄 제 내려주었으면 좋았지."(235쪽)라는 말을 하고 돈

---

19 최병우, 앞의 책, 80쪽.

1원만을 냉정하게 계산한 채 휙 돌아선다. 그러나 얼마 지나지 않아 "말할 수 없는 읍울(悒鬱)이 나의 덜미를 짚었다."(235쪽)는 '나'의 반성은 바보스러울 만큼 순진한 인력거꾼의 성실한 모습을 연민으로 환기시키는 거리에서 식민지 민중의 열악한 삶의 고통뿐만 아니라 더불어 사는 공동체 삶의 의미를 반성하게 한다.

「고향」에서는 서사의 시작에서 그의 모습을 우스꽝스럽게 바라본 '나'의 시점이 서사의 후반에서는 그의 얼굴에서 조선의 얼굴을 반성하는 아이러니를 보여준다. 기차 안에서 목격한 그의 희화된 모습에 대한 단순한 '나'의 관심은 그의 경험을 듣고 난 후 식민지 현실을 우리의 경험으로 확인한다. '웃기보다 찡그리기에 가장 적당한 얼굴'(239쪽)이었던 그의 얼굴이 '음산하고 비참한 조선의 얼굴'(242쪽)로 확대된다. '그'의 모습을 희화시킨 우스꽝스러움의 깊이에서 민족의 한을 발견한 것이다. 이는 '꼭 무덤을 파서 해골을 허리에 저처놓은 것'(241쪽)이 고향의 실상 즉 식민지 현실이라는 민족적 공감으로서 유대감을 형성한다.

한편 삼인칭 작가 시점의 소설에서 살펴지는 제한적 인물 시점의 소격은 다음과 같다. 「B사감과 러브 레터」에서는 처녀들의 시점을 제한적으로 변주시키는 방식으로 아이러니를 극화한다. 서사의 결말에서 처녀들의 시점에 의하여 전달되는 B사감의 과장된 몸짓, 목소리 등은 서사의 시작 부분에서 작가 시점으로 전달된 엄격한 B사감이 러브 레터를 '손이 발발 떨리도록 성을'(195쪽) 내며 읽는 행동의 극적 반전을 객관적으로 보여준다. 세 처녀의 제한적 시점의 이동은 B사감의 변조된 독백과 변태적 행동을 다층적으로 보여주는 특수 효과로 기능한다.

처녀들의 지각으로 전달되는 '간드러진 여자의 목소리', '정열에 뜬 사내의 목청', '한동안 침묵……', '아양 떠는 여자 말씨' 등의 간결한 설명은 연극의 지문과 같은 효과를 노리는 담화 전략으로 극적인 분위기를 고조시킨다. 처녀들의 놀라움과 긴장감 그리고 연민 등의 복합적 시점은 B사감의 양면성을 다층적으로 보여준다. 그 거리에서 B사감은 그로테스크한 웃음 너머 연민의 존재로 희화된다. B사감을 바라보는 첫째 처녀의 "에그머니, 제게 웬일이야!"(201쪽)라는 시점에는 놀라움이 드러난다. 이어지는 "아마 미쳤나보아." 둘째 처녀의 반응에는 놀라움이 고조된다. "에그 불쌍해!" 하면서 눈물을 짓는 마지막 셋째 처녀의 시점은 극적 절정에서 연민을 보여준다.[20] 세 처녀의 제한적 시점의 이동은 인간의 이중성을 해학적 통찰로 풍자하는 효과로 이어진다.

"아이그, 아야"(54쪽)라는 아내의 감탄사로 시작하는 「술 권하는 사회」에서는 아내가 남편을 바라보는 시점의 아이러니를 연출한다. 항상 술에 취하여 귀가하는 남편을 바라보는 아내는 남편이 목소리를 높여 강조하는 사회를 기껏해야 요릿집으로 생각할 만큼 순진한 정도를 넘어서 엉뚱하기조차 하다.

서사의 끝에서 "그 몹쓸 사회가 왜 술을 권하는고?"(67쪽) 하는 아내의 물음은 촌철살인의 웃음을 촉발시킨다. 이러한 아내의 순진무구한 시점은 에이런적 우직한 질문의 아이러니[21]로 현진건 소설이 보여주는 해학의 백미로 평가받을 만하다. 식민지 현실에서 술이나 마시며 사회를 탓하는 남편의 강한 논리성을 아내의 생뚱맞은 질문으로 무너뜨리는 시점의 소격은 식민지 현실의 지식인의 태도를 해학으로 반성하는 효과를 수

20　김원희, 「1920년대 김동인·현진건 소설의 서술자 기능」, 『현대문학이론연구』 제 25집, 2007, 110~111쪽 참조.
21　아이러니의 어원은 고대 희랍극에 두 유형의 붙박이 인물 에이런과 알라존에 뿌리를 둔다. 나약한 에이런의 우직한 질문이 영웅적인 알라존보다 강하고 현명하다는 것이다. 에이런적 요소를 작품에 원용하였을 때 아이러니가 된다. 한국현대소설연구회, 앞의 책, 91~92쪽 참조.

확한다.

「정조와 약가」에서는 비윤리적이리만큼 색을 밝히는 최 주부의 주객이 전도된 시점을 어긋나게 부각시킴으로써 아이러니를 극화한다. 명의로 소문난 최 주부가 남편을 병을 고치기 위하여 자신에게 정조를 허락한 아내와 그 남편을 바라보며 "저런 것들은 정조도 모르고 질투도 모르는 모양이지."(346쪽)라고 뇌까리는 거만한 태도에서 독자는 타자성의 권위가 우스꽝스럽게 전복되는 통쾌함을 본다. 그것은 정조를 약값으로 치를 수밖에 없었던 당대 민중의 삶에 대한 연민이며, 인술보다는 여색에 눈이 먼 자신의 행동은 돌아보지 않고 농부 부부의 정조를 폄훼하는 최 주부의 기고만장한 태도에 대한 조롱(嘲弄)이다.

현진건의 마지막 단편소설이라 할 수 있는 「연애의 청산」의 끝부분에서는 연극의 막이 내리는 방식을 차용한 교도소 간수의 시점이 제한적으로 극화된다. 이는 연극적 기법을 변용한 시점의 소격으로서 소설 기법의 새로움을 끊임없이 모색하고 실험한 작가의 집념과 열정을 보여주는 점에서 특별한 의미를 갖는다.

3년 징역살이를 하고 출옥을 일주일 앞두고 있는 형식은 면회를 하러 온 애인이며 동지인 혜경이에게 새로운 애인이 생겼다는 고백을 듣고 놀란 충격으로 '면회구멍 앞으로 쓰러질 듯' 다가간다. 그 순간 눈치 빠른 간수는 "인제 고만!"하고, "사정없이 포장을 내리고 말았다"(361쪽)는 것으로 서사는 끝이 난다.

막이 내리는 연극의 엔딩과 공유되는 면회실 포장이 내려진 서사의 마지막 장면은 제한적으로 배치된 간수의 기지(機智), 즉 간수의 연민을 통하여 실연의 아픔을 슬픈 눈물이 아닌 익살로 승화시킨다. 포장이 내린 현실의 어둠에서 독자는 작가의 따뜻한 인간애를 본다.

2) 극적 사건 배치와 아이러니의 현장성

현진건 소설은 플롯[22]의 정점에서 대비적이거나 충격적인 사건을 배치시킨 상황의 아이러니로 작중인물의 복합적인 감정이나 행동을 극적 반전으로 보여준다. 대비적인 사건이 배치된 경우 「운수 좋은 날」에서는 돈이 벌리는 행운과 아내의 죽음이라는 불행을, 「피아노」에서는 부부가 피아노를 샀지만 그것을 전혀 치지 못하는 모순을 극화시킨다. 충격적인 사건의 경우 「정조와 약가」에서는 정조를 약값으로 치르는 파격적 행동을, 「서투른 도적」에서는 도둑질을 한 할멈이 자신을 도둑으로 모는 얼굴에게 동전을 던지는 파격적 행동을 극전 반전으로 장치한다.

대립적인 상황을 배치하여 극적인 반전을 연출하는 아이러니는 「운수 좋은 날」 「피아노」에서 드러난다. 「운수 좋은 날」에서는 오랜만에 돈을 많이 벌게 되는 금전적 행운과 아내의 죽음이라는 사건을 대비시킴으로써 행운의 날이 가장 운이 나쁜 날이 되는 극적 반전을 보여준다. 금전적 수입의 증가에 따른 행운의 상승과 아내의 죽음이라는 비극의 하강을 극적 반전으로 대비시켜 반전을 끌어낸 것이다. 이러한 상황의 아이러니는 운수라는 속임수에서 깨어나는 충격으로 독자의 식민지 현실에 대한 객관적 인식을 고조시킨다. "설렁탕을 사다놓았는데 왜 먹지를 못하니, 왜 먹지를 못하니…… 괴상하게도 오늘은! 운수가 좋더니만……."(194쪽) 마지막 독백에서 독자는 아내가 먹고 싶어 한 설렁탕을 사기 위하여 돈을 벌어야 했던 김첨지의 현실을 이해하는 동시에 현실의 불행에 적극 대처하지 못하였던 행동에 대한 비판을 객관적 현실 인식으로 제기할 수 있다.

---

22 연민과 공포는 시각적 요소(spectacle)에서 유발되기도 하지만, 플롯의 구조 자체로부터 발생되기도 한다. 최상규 역, 『아리스토텔레스의 시학』, 예림기획, 1997, 39쪽.

「피아노」에서는 궐의 부부가 피아노를 샀지만, 피아노를 전혀 칠 줄 모르는 진상을 아이러니의 상황으로 폭로함으로써 현대인의 허위 의식을 풍자한다. 신혼살림을 차린 궐의 부부는 이상적인 가정을 꾸미기 위하여 피아노를 구입하였지만 부부가 모두 피아노를 치지 못한다. 작품의 말미에서 피아노를 칠 줄 모르는 아내를 향하여 "그것을 모른담."(136쪽) 하고 득의양양한 웃으며 "함부로 건반 위를 치훑고 내리훑을 따름"인 남편에게 아내는 해죽 웃으며 "참, 잘 치시는구려."(136쪽)라고 응수한다. 피아노를 샀던 문화적 우월 의식이 나약한 허위 의식으로 전복되는 통쾌한 웃음은 해학적 통찰을 보여준다.

한편, 파격적인 사건을 극화시킨 아이러니로 전통적 윤리 의식의 권위를 전복시키는 작품의 예는「정조와 약가」「서투른 도적」을 들 수 있다. 「정조와 약가」에서는 남편의 중병을 치유하기 위하여 성적 윤리를 파기하며 정조를 약값으로 치른 충격적 사건이 극화된다. 명의로 소문난 최 주부에게 자신의 정조를 허락한 아내는 최 주부가 보는 앞에서 남편에게 자신이 남편의 약값으로 정조를 바쳤다고 고백하고, 남편의 허락까지 받아 남편의 병이 나을 때까지 최 주부를 자신의 집에 묶어두기 위하여 성관계를 지속하는 파격을 보여준다.

남편의 병을 고치기 위하여 아내가 정조를 약값으로 치르는 사건의 낯선 충격은 기존의 윤리 의식에 대한 전복으로서 정조에 대한 고정관념을 깨뜨린다. 정조로 약값을 치루는 극적 사건의 아이러니를 통하여 독자는 그만큼 심각하였던 식민지 현실의 궁핍한 삶을 인식하는 깊이에서 정조의 진정성 또한 숙고한다.

「서투른 도적」에서는 굶주린 손자를 만나기 위하여 도둑질을 한 할멈이 자신을 도둑으로 몰아 내쫓는 인정에 대하여 분노하는 충격적 사건이 극화된다. '나'의 집에 안잠자기로 들어온 할멈이 굶주리는 손자를 위해

몇 줌의 쌀과 서푼 동전을 도둑질하였지만 자신을 도둑으로 매도하는 인정에 대하여 오히려 당당하게 분노를 폭발하는 아이러니를 보여준다.

작품의 끝에서 자신을 도둑으로 내몰아 쫓는 '우리의 얼굴을 향해' 할멈은 동전 서푼을 "일부러 네 보라는 듯이 던진 것이다!"(354쪽) 할멈의 행위는 식민지 현실의 메마른 인정을 통쾌하게 풍자하는 거리에서 공생 공존의 의미를 각인시킨다. 이들 작품에서 극화된 사건의 충격은 전통적 윤리의식의 권위가 전복되는 거리에서 독자의 객관적 현실 인식을 고양함으로써 인간적인 삶의 진정한 가치를 돌아보게 한다.

4. 극적 언어놀이와 비판적 현실 인식

극적 언어놀이의 소격은 과장되거나 왜곡된 육체 표현과 유보되거나 역설적인 정서 표현으로 극적인 가장(假裝)의 즐거움을 고조시키는 거리에서 독자의 비판적 현실 인식을 끌어낸다. 희비극(喜悲劇)적 요소를 함의하는 육체 표현을 얼굴이나 몸짓 언어로 과장하거나 감각적으로 왜곡하는 소격으로 웃음을 자아내는 언어놀이는 구체적인 연기 방식인 게스투스(Gestus)[23]와 같은 효과를 제공한다. 정서 표현의 언어놀이는 수사적 표현인 '~듯하다'와 비속어인 욕설의 상충된 긴장감으로 언어유희를 강화시킨다. 이처럼 허구적 현실을 언어놀이의 즐거움으로 깨닫게 하는 소격의 효과는 '무대와 관객 사이의 귀환(歸還, feed-back)'[24]처럼 놀이 본능

---

23 이는 브레히트 고유의 개념으로 '게스투스(Gestus)'라 한다. 원래 이 말은 정신적 태도나 심리적 상태를 육체로 표현하는, 다시 말해서 내적인 견해나 정신적 태도를 객관화하는 행위로서 몸짓을 뜻한다. 강창구, 앞의 책, 29쪽, 35쪽, 각주 24 참조,
24 마틴 에슬린, 원재길 역, 앞의 책, 43쪽.

을 통하여 독자의 사회적 역할로서 비판적 현실 인식을 확장한다.

1) 극적 육체 표현의 언어놀이와 사회성

현진건 소설에서 부각된 작중인물의 몸과 다양한 몸짓[25]의 육체 표현은 동작과 일화로 서사 경험의 극적 즐거움을 증폭시킴으로써 독자의 사회적 역할을 유도한다. 얼굴의 표정뿐만 아니라 몸과 몸짓으로 확대되는 가장된 육체 표현은 희비극적 요소를 함축한 현실에 대한 비판을 해학적 통찰로 강화한다.

「B사감과 러브 레터」에서는 B사감의 얼굴을 과장되게 희화함으로써 인간의 이중성을 그로테스크한 가면(假面)과 우스꽝스러운 진상(眞相)을 교차시킨 육체 표현의 언어놀이로 폭로한다. '시들고 거칠고 마르고 누렇게 뜬 품인 곰팡슬은 굴비'(195쪽)와 '처녀다운 맛이란 약에 쓰려도 찾을 수 없을 뿐'인 얼굴 묘사는 노처녀의 외양을 그로테스크하게 희화함으로써 인간의 비극을 역설적으로 강조하는 효과를 얻는다. '죽은 깨가 많은 얼굴'에서 '벗겨진 이마', '뾰족한 입', '쌀쌀한 눈' 등으로 구체화되는 외양 묘사는 무대 위 연기자의 가장된 표정처럼 생생하다. 또한 B사감이 과장된 몸짓으로 러브 레터를 읽는 장면은 극적 마임 내지 퍼포먼스와 같은 극적 충격으로 인간의 슬픈 모순을 보여준다.

---

25 성애적인 코드의 가장 작은 단위는 다양한 몸짓(posture)이다. 왜냐하면 몸짓은 어떤 행위와 그 행위가 이루어지는 신체 부분을 결합시켜 주는 가장 작은 단위이기 때문이다. 성적인 몸짓 이외에 가족관계, 사회적 신분, 생리학상의 변수 같은 다양한 동작요인(operator)이 있다. 몸짓은 서로 결합하여 '동작'(operation)을 만들어 내거나 또는 더욱 복잡한 성애적인 양상을 만들어낸다. 그리고 동작이 시간적으로 전개되면 그것은 다시 일화가 된다. 조너선 컬러, 『바르트』, 시공사, 1999, 63~64쪽.

「빈처」에서 드러난 육체 표현의 언어놀이는 "하나는 이글이글 만발한 꽃 같고 하나는 시들시들 마른 낙엽 같다."(47쪽)는 아내의 얼굴과 처형의 얼굴을 과장되게 대비시킨다. 아내의 얼굴에 대한 극적인 과장은 '나'의 몸짓으로 확대됨으로써 우스꽝스러운 분위기를 고조시킨다. '아 아, 나에게 위안을 주고 원조를 주는 천사여!'(53쪽)라고 마음으로 부르짖으며 "두 팔로 덥썩 아내의 허리를 잡아 내 가슴에 바짝 안"는 '나'의 몸짓과 "그의 눈에도 나의 눈에도 그렁그렁한 눈물이 물끓듯 넘쳐 흐른다."(53쪽)에서 드러난 슬픈 표정 또한 우스꽝스러움을 더한다. 이는 희화된 현실에 대한 독자의 그로테스크한 인식으로 확대됨으로써 사랑의 교환가치와 물화된 현대인의 삶에 대한 비판 의식을 고조시킨다.

한편 「불」에서 부각된 육체 언어는 열다섯 살 순이의 지각으로 성행위에 대한 고통을 극화시킴으로써 현실의 모순을 그로테스크한 분위기로 보여준다. "천 근의 무게를 더한 것", "온몸을 바스러뜨리는 쇠몽둥이" 등으로 전달되는 육체 표현의 소격은 순이에게 가해지는 성적 고통에 대한 비판 의식을 독자의 사회적 역할로 끌어낸다. 또한 성적 고통을 환기하는 "원수의 방"에 불을 지르고 "근래에 없이 환한 얼굴로 기뻐 못 견디겠다는 듯이 가슴을 두근거리며 모로 뛰며 새로 뛰"(210쪽)는 순이의 과장된 몸짓의 표현은 악습에 저항한 해방과 자유의 의미를 새로운 극적 깨달음의 교훈을 보여준다.

「고향」에서는 그의 얼굴과 몸을 우스꽝스럽게 표현한 희비극의 요소를 내포한 언어놀이로 민족의 한을 보여준다. '그'의 모습은 '기모노'와 '옥양목 저고리', 그리고 '중국식 바지'를 입고, '고부가리' 머리에 '집신'을 신은 한·중·일의 관계를 희화하여 함축한다. "소태나 먹은 것처럼 왼편으로 삐뚤어지게 찢어 올라가고, 좌던 눈엔 눈물이 괸 듯 30세밖에 되어 안 보이는 그 얼굴이 10년가량은 늙어진 듯"(239쪽)한 구체적인 이목구비의 표현은 역경의 세월을 우스꽝스러운 분위기로 환기시킨다. "웃기보다 찡그리기에 가장 적당한 얼굴", "신산스러운 표정" 등으로 반복되는 육체 표현은 "해골을 허리에 저처 놓은" 고향 즉 "조선의 얼굴"로 확대됨으로써 민족 공동체 연대감을 확장한다.

「그립은 흘긴 눈」과 「운수 좋은 날」에서는 눈에 대한 과장된 표현으로 독자의 비판 의식을 자극한다. '나'가 그리워하는 그의 흘긴 눈에 대한 과장된 표현은 그의 사랑을 극화하는 거리에서 '나'의 사랑에 대한 배신을 보여준다. 기생인 '나'는 그와 살림을 차렸는데, '나'를 위하여 돈을 많이 써서 파산한 그는 '나'와 영원한 사랑을 위해 동반 자살을 제의한다. '나'는 "신파연극을 하는 듯싶어 재미스러"(176쪽)운 심정으로 동반 자살을 수락한다. '나'가 약을 삼키지 못하지만 그는 정말로 약을 삼키고 만다. '나'가 약을 삼키지 않은 것을 확인한 그의 얼굴에 드러난 분노와 원한은 "눈매가 위로 흡뜨이면서 미친 개눈깔같이 핏발을 세워 나를 흘긴" 눈으로 생생하게 표현됨으로써 사랑의 진정성에 대한 반성을 촉구하는 극적 충격을 가한다.

「운수 좋은 날」에서는 죽은 아내의 눈의 그로테스크한 분위기로 현실 비판의 거리를 제공한다. "흰 창이 검은 창을 덮은, 위로 치뜬 눈"(193쪽)으로 남편을 바라보지 못하고 천장만 보는 눈의 충격은 당대 민중의 삶의 고통을 그로테스크한 분위기로 환기시킨다. "닭의 똥 같은 눈물이 죽은 이의 뺏뺏한 얼굴을 어룽어룽 적시었다"(193쪽), "미칠 듯이 제 얼굴을 죽은 이의 얼굴에 한데 비비대"(194쪽)는 과장된 몸짓 표현에서 독자는 식민지 민중들의 회한이 허구가 아닌 역사의 현실의 실체라는 것을 직시한다.

한편 「유린」과 「정조와 약가」에서는 몸의 과장된 표현을 통하여 허구적인 육체 이데올로기를 보여준다. 「유린」에서 정숙은 K라는 남성과 하룻밤을 자고 난 후 함께 기거하는 친구 정애의 몸을 부러워하며 자신의 몸을 모욕과 절망으로 여긴다. "옥이나 구슬같이 깨끗하고 영롱하거늘 자기는 짓밟힌 지렁이 모양으로 구역이 날 듯이 더러운 것"(142쪽)으로 육체적 순결을 과장하는 정숙의 태도는 정신이 배제된 몸의 허구적 이데올로기에 대한 비판적 거리를 제공한다.

「정조와 약가」에서는 약값으로 정조를 치른 농부의 아내의 얼굴을 맑고 깨끗한 자연의 아름다움으로 과장되게 표현한다. 최 주부에게 남편의 약값으로 정조를 바친 농부의 아내의 육체에 대한 표현은 "그 여자의 얼굴은 어디까지 맑고 깨끗하였다."(22쪽)에 그치지 않고 자연의 아름다움과 깨끗함으로 그 의미를 강조한다. '새파란 잎새로 새어 흐르는 햇발', '나비의 나래', '풀 끝에 맺힌 이슬' 등으로 비유되는 농부의 아내의 육체 표현은 정조의 아름답고 순결한 가치를 역설적으로 보여준다. 식민지 민중의 현실과 정조에 대한 진정성을 새롭게 깨닫는 지점에서 독자는 작가의 열린 세계를 본다.

2) 극적 정서 표현의 언어놀이와 사회성

현진건 소설 전반에 걸쳐 폭넓게 드러나는 '~듯하다'와 욕설을 포함하는 언어놀이는 차이의 소격을 통하여 극적 즐거움과 깨달음을 제공한다. '~듯하다'의 수사적 표현은 어떤 주어진 상태에 대한 발화자의 판단이나 가치가 아직 확정되지 않았다는 의미[26]로, 정서 표현을 우회적으로 늦추고 교란시킴으로써 서사 경험에 대한 낯선 충격을 가한다. 반면에 욕설은 그 자체로는 큰 의미가 없지만 당대 현실을 비판하는 역설적 의미를 민중

---

26 이성희, 「현진건의 「운수좋은 날」 연구」, 『서강어문』, 서강어문학회, 1994, 318~320쪽 참조.

의 정서와 직접 맞닥뜨리는 충격으로 표출한다.

　지면 관계상 이 글에서는 「운수 좋은 날」에 드러난 '~듯하다'와 욕설 표현의 상충된 차이로서 소격을 살펴본다. 이 작품의 첫 문장에서부터 드러난 '~듯하다'는 30여 차례나 반복되고 있으며, 욕설 또한 그에 못지않게 빈번하게 사용되고 있다. "새침하게 흐린 품이 눈이 올 듯하더니 눈은 아니 오고 얼다가만 비가 추적추적 나리는 날이었다"(181쪽)라는 첫 문장에서 살펴지듯 서술자 또는 내포 작가는 눈이 오기를 기대하였던 김 첨지의 정서를 직접 전달하기보다는 '올 듯하더니'의 우회적인 경로를 제시한다. "일어나기는 새로 모로도 못 눕는 걸 보면 중증은 중증인듯"(182쪽)에서는 아내의 병에 대한 김 첨지의 정서적 반응을 유보하고 교란함으로써 독자의 서사 경험을 활성화한다. '~듯하다'에서 유보된 정서 표현은 욕설에서 훨씬 빠른 속도감으로 전달된다.

　그런데 '젠장맞을 년', '빌어먹을', '제 할미를 붙을 비', '에미를 붙일 이 오라질 놈들', '육시를 할 돈' 등으로 반복되는 욕설의 의미는 특정 대상만을 겨냥한 것이 아닌 점에서 그것을 표출시킨 사회적 맥락으로서 현실 비판을 환기할 필요가 있다. 이처럼 욕설은 언어의 유희적 긴장을 통하여 식민지 현실에 대한 민중의 울분을 역설적으로 폭로한다.

　"김첨지의 말에 의지하면 그 오라질 년이 천방지축으로 냄비에 대고 끓였다."(182쪽)에서 서술자는 '오라질 년' 등과 같은 김 첨지의 욕설을 빌려 사용한다. 김 첨지의 발화로 표현되는 욕설은 서술자가 간접적으로 전달하는 욕설보다 한층 빠른 속도로 역설적 의미를 강조한다. "에이, 오라질 년, 조랑복은 할 수가 없어. 목 먹어 병, 먹어서 병, 어쩌란 말이야!"(182쪽) 하고 퍼붓는 김 첨지의 욕설은 아내에 대한 직접적인 분노로 보기 어렵다. 오히려 그것은 아내가 병들어 죽어가는 상황에도 그것을 개선할 수 없는 자신의 무력함과 식민지 물화된 현실을 향한 분노에 가깝다.

아내를 대하는 김 첨지의 태도를 '~듯하다'와 욕설의 구체적인 차이로 보여주는 상충된 언어 표현의 소격은 비판적 현실 인식을 고조시킨다. "모깃소리같이 중얼거리며 숨을 걸그렁걸그렁"한 아내의 애원에 대한 김 첨지의 정서는 "김첨지는 대수롭지 않은듯이"라는 표현으로 유보된다. 반면에 "아따, 젠장맞을년, 빌어먹을 소리를 다 하네. 맞붙들고 앉았으면 누가 먹여 살릴 줄 알아."(183쪽) 하는 김 첨지의 욕설에서는 돈을 벌어야 되는 냉혹한 현실에 대한 인식과 더불어 아내에 대한 끈끈한 정을 보여준다. 아내를 뿌리치고 나간 김 첨지는 돈을 벌었음에도 불구하고 "이 원수의 돈! 이 육시를 할 돈!"(190쪽)이라고 욕을 퍼붓는다. 이 또한 돈 자체에 대한 증오나 분노가 아닌, 죽어가는 아내가 먹고 싶어 하는 설렁탕을 사기 위해서라도 돈을 벌어야 하는 물화된 현실과 자신의 처지에 대한 원망과 분노를 내포한다.

이처럼 욕설과 '~듯하다'는 개인의 의지로는 극복할 수 없는 식민지 현실의 구조적 모순을 상충되는 리듬을 교차시켜 긴장감을 고조시킨 언어놀이로 폭로함으로써 독자의 현실 비판 의식을 일깨운다. 아내에 대한 절실한 애정의 반어적 표현으로 '오라질 년'을 반복한 김 첨지의 진정성은 작품의 말미에서 확인된다. "이년아, 말을 해, 말을! 입이 붙었어, 이 오라질 년!"(193쪽) 아내의 죽음 앞에서야 아내에 대한 그리움을 자신을 보지 못한 아내의 '눈깔!'을 반복하여 부르짖는 김 첨지의 태도는 식민지 민중의 고통과 회한이 정화되는 통로로써 욕설의 카타르시스를 보여준다. "문득 김첨지는 미친 듯이 제 얼굴을 죽은 이의 얼굴에 한데 비벼 중얼거렸다."(193~194쪽)에서는 김 첨지의 슬픔을 '미친 듯이'로 가장하는 언어놀이의 여유로움으로 냉혹한 현실에 대한 비판을 독자 반응으로 활성화한다.

요컨대 '~듯하다'와 욕설의 상충된 정서 표현의 조화는 희비극적 현실을 맺힘과 풀림의 리듬감으로 재현하는 역동적인 언어놀이의 즐거움으로 식민지 현실에 대한 비판 의식을 깨닫게 하는 해학적 통찰의 효과를 거둔다.

5. 나오며

이상에서 살핀 바와 같이 현진건은 식민지 현실에 대한 비판 의식과 인습에 대한 저항을 문학적 즐거움과 교훈으로 담아내기 위한 소설 형식으로 연극적 현장성을 공유하는 극적 소격을 장치하였다. 현재 서사의 장면화로 식민지 현실을 반어적 거리에서 보여주는 현진건 소설의 극적 소격은 한국의 해학과 맞물려 있다. 극적 소격의 구체적인 특징을 보여주는 극적 아이러니와 언어놀이의 소격 효과를 정리하면 다음과 같다.

첫째, 극적 아이러니는 낯설게 보여주기의 시점과 충격적인 상황을 통하여 독자의 인지 작용을 고양한다. 극적 시점의 소격은 '나'가 바라보는 시점과 제한적 인물 시점의 각기 다른 반성의 거리에서 독자의 객관적인 현실 인식을 활성화한다. 이에 비하여 극적 상황의 소격은 플롯의 정점에 배치된 대비적이거나 충격적 사건으로 물화된 세계와 인습에 대한 비판과 저항의 통찰력을 제공한다. 이러한 극적 아이러니의 소격 효과는 독자의 인지 작용을 고양함으로써 객관적 현실 인식을 끌어낸다.

둘째, 극적 언어놀이는 육체 표현과 정서 표현의 즐거움을 통하여 독자의 사회적 역할로서 비판적 현실 인식을 제공한다. 얼굴이나 몸짓을 과장되고 왜곡되게 보여주는 육체 표현은 희비극적 요소를 내포한 현실 인식을 확장한다. 이에 비하여 '~듯하다'와 욕설의 언어놀이는 각기 다른 속도와 리듬으로 작중인물의 정서를 늦추고 교란시키는 상충된 조화로움으로 역동적인 유희와 긴장감을 제공한다. 이처럼 언어놀이는 극적 즐거움을 고조함으로써 독자의 사회적 역할로서 현실 비판 의식을 새로운 깨달음으로 강화시킨다.

결과적으로 현진건 소설의 극적 소격은 한국 소설의 외연을 확장하는 방식으로 독자를 향하여 열린 세계를 보여주고 있다. 극적 아이러니와 언어놀이는 해학적 통찰로 타자성을 지향하는 거리에서 식민지 현실에 대한 작가의 저항과 비판 의식을 확장시킨다. 현진건은 한국인의 해학을 극적 소격으로 다양하게 변용시켜 한국문학의 세계적인 소통을 가능하게 한 것이다. 그것은 단순하게 외국의 단편소설의 기법을 차용한 것이 아니라, 한국 해학의 문학적 변용으로 새로운 소설 형식을 창조한 점에서 더욱 소중하다.

김동인·현진건 소설의 서술자 기능

1. 들어가며

1920년대 김동인과 현진건의 단편소설에 나타난 서술자 기능[1]을 파악하는 작업은 작중인물의 형상화와 밀접한 관련을 가진 타자성의 구현 양상을 파악할 뿐만 아니라 서사시학의 독창성을 조명하는 방법이 될 것이다. 작중인물의 형상화 방식을 달리하는 서술자 기능은 작가들의 시학적 차이로서 타자성의 구현 양상과도 밀접한 관련을 갖는다. 이 점을 감안하면, 김동인과 현진건의 소설에서는 작중인물을 형상화한 방식으로서 타자성의 구현 양상의 차이가 비교적 선명하게 부각된다. 그러므로 이 글은 1920년대 한국 소설의 서사시학[2]을 대비적인 입장에서 견인하

---

1   서술자(narrator)라는 용어는 소설의 중개자로서 작중인물로서 화자와 구별한다. Stanzel, F. K., 『소설형식의 기본 유형』, 안삼환 역, 탐구당, 1990; Stanzel, F. K., 『소설의 이론』, 탑출판사, 1982 참조.

2   이 글의 논의는 기존 성과를 발판으로 삼되 1920년대 김동인과 현진건의 서사시학과 타자성을 객관적이며 실증적인 서술자 기능으로 비교 분석하는 취지에서 출발한다. 1920년대 소설의 서사 시점에 대한 연구를 대략 살펴보면 다음과 같다. 이재선은 한국 단편소설을 서술자 주관적 삼인칭 소설, 일인칭 소설, 퇴행적 소설 등

였다고 판단되는 김동인과 현진건 소설의 서술자의 기능을 비교하는 방식으로 작가들의 타자성의 구현 양상과 소설 미학의 독창성을 구명하고자 한다.

1920년대 단편소설의 대가로 일컬어진 두 작가를 비교하면 김동인의 경우 자신의 미학적 신념을 "자기가 창조한 세계"라고 부르면서 맞섰지만, 현진건은 현실 지향의 당위성 앞에서 보다 고민을 거듭한 경우[3]로 대비된다. 따라서 이들의 작품에서 각기 다른 세계관의 흔적으로서 문학적 형상화의 차이를 밝힐 수 있다. 소설에 내포된 작가의 정체성과 차이의 논리는 서술자를 매개로 한 작가로서 주체와 작중인물로서 타자의 변증법적 관계로 유추될 수 있다. 물론 크리스테바의 주장[4]처럼 모든 작가들의 글쓰기는 정체성과 차이의 다양한 단계에 관한 것이지만, 각기 다른 단편 미학을 추구한 김동인과 현진건의 작품에서는 남성 작가로서 여성 혹은 이방인이나 소수자로서 타자성을 구현한 차이가 도드라진다. 이들 작가들의 세계관의 차이와, 그 내부에서 작용하는 정체성을 진단할 수 있는 서술자 기능은 타자성을 바라보는 작가들의 젠더 의식과 서사 미학의

으로 나누고 시점을 소설사와 연계시켰다. 이재선, 『한국단편소설연구』, 일조각, 1975; 최병우는 쥬네트의 초점화 이론을 적용 1920년대 전반기 일인칭 서술 방식을 분석하였다. 최병우, 「한국 근대 일인칭소설 연구」, 서울대학교 박사학위 논문, 1993; 『한국 현대 소설의 미적 구조』, 민지사, 1997. 장수익은 우스펜스키와 랜서 이론으로 시점의 '태도' 또는 '관념'을 제안 김동인, 염상섭, 현진건의 작품을 분석하였다. 장수익, 「1920년대 초기 소설의 시점 연구」, 서울대학교 박사학위 논문, 1998. 김용재는 슈탄젤의 이론에 입각 1920년대 일인칭 소설을 분석하였다. 김용재, 『한국 소설의 서사론적 탐구』, 평민사, 1993.

3 정주아, 「현진건 문학에 나타난 '기교'의 문제」, 『현대소설연구』 제38호, 한국현대소설학회, 2008, 428쪽.

4 타자성(alterity), 남(otherness) 그리고 이방인 등이 항상 크리스테바의 텍스트 중심에 자리한다. 켈리 올리버, 『크리스테바 읽기』, 박재열 역, 시와반시사, 1997, 22~23쪽 참조.

차이를 밝힐 수 있는 객관적인 실마리를 제공하게 될 것이다.

한국 소설사에서 주체와 타자의 논리를 통한 시점의 발견과 적용은 근대 미학의 모색이자 발전이다. 특히 1920년대 김동인과 현진건의 작품에서 파악되는 서술자 기능은 1910년대 작품에서 드러난 불안정한 서술 양식의 유동성[5]을 극복한 측면에서 근대 소설 미학의 방향성을 내포한다. 이는 작가 주석적 서술 상황에서 일인칭 서술 상황 내지는 인물 시각적 서술 상황으로 변이되는 서술 상황의 변동[6]을 함축하기 때문이다. 또한 슈탄젤의 언급처럼 서술자 기능에 따라 달라지는 '초점 맞추기'로서 초점화의 양상은 서술 시점이라는 수단에 의한 어떤 주제적 국면의 정경화로 정의[7]된다. 이처럼 서술의 목소리와 보는 지각을 달리하는 각기 다른 초점화[8]의 양상으로서 서술자 기능의 차이는 김동인과 현진건 소설에 내포된 작가들의 젠더 의식과 서사 미학을 대비할 수 있는 객관적 준거인 셈이다.

1920년대 일인칭 소설에서 '나'의 기능은 전통적인 액자 형식을 다양하게 변용한 시점의 적용으로서 타자성을 객관적으로 전달하거나 주관적으로 반영하는 서술의 차이를 내포한다. 이 시기 '나'의 존재성의 추구는

---

5 김현실, 「1910년대 단편소설 연구」, 이화여자대학교 박사학위 논문, 1988, 218쪽 참조.

6 슈탄젤의 서술 상황(narrative situation)은 독자 반응을 적극 수용한 시점의 의미를 함축한다. 작가적 서술 상황, 일인칭 서술 상황, 인물적 서술 상황의 분류 기준인 양식(mode), 인칭(person), 시점(perspective)의 세 요소는 서술자 기능의 차이를 내포한다. Stanzel, F. K., 『소설형식의 기본 유형』; Stanzel, Franz K., 『소설의 이론』 참조.

7 Stanzel, F. K., 위의 책, 173쪽.

8 쥬네트는 초점화의 유형을 '무 초점화', '내적 초점화', '외적 초점화로 구분하였다. '내적 초점화'는 초점이 한 사람에게 고정된 경우의 '고정적 초점화', 초점이 다른 사람에게로 옮겨가는 경우의 '가변적 초점화', 동일한 사건이 여러 인물의 관점으로 여러 번 서술되는 '복수 초점화'로 구분된다. 쥬네트, 『서사담론』, 권택영 역, 교보문고, 1992, 172~182쪽.

한국 근대 서사시학의 다양성을 드러내주는 징표이다.[9] 1920년대 이전 발표작인 김동인의 초기작 「약한 자의 슬픔」과 「마음이 옅은 자여」 등에서는 '나'의 서술자 기능의 고백 시점이 부각된 데 비하여 1920년대 이후 작품인 「목숨」「배따라기」 등에서는 객관적 진술을 제공하는 신빙성 있는 목격 시점이 부각된다. 이에 비하여 현진건의 일인칭 소설에 드러난 '나'의 기능은 「희생화」「빈처」「할머니의 죽음」 등에서 주관적인 경험을 주축으로 서사를 추동한다. 그리고 「고향」에서 '나'의 기능은 '그'를 관찰하는 시점에서 민족 공동체 경험을 반영하는 시점으로 변화를 꾀한다.

한편 1920년대 김동인과 현진건의 삼인칭 소설에서는 주석적 서술 상황에서 인물 반영 서술 상황으로 이동하는 경로가 다양한 스펙트럼으로 확산되기 때문에 서술자 기능이 어떠한 방식으로 작가적 시점을 전달하고 인물 시점을 반영하는가를 살피는 것이 무엇보다 중요하다. 작가적 관념의 외적 초점화가 압도하는 김동인의 「감자」에서 서술자 기능은 권위적 진술과 관념적 평가의 전달 기능이 우세하다. 이에 비하여 현진건의 「운수 좋은 날」에서 작가적 관념의 보고적 묘사와 상징적 아이러니를 보여주었던 서술자 기능은 「B사감과 러브 레터」과 「불」에서 이중 시점과 내적 초점화의 거리 조정으로 인물 반영 시점을 구체화한다.

이처럼 1920년대 김동인과 현진건 소설의 각기 다른 서술자 기능은 문학적 형상화로서 타자성의 구현과 서사 미학의 독창성을 규명할 수 있는 측면에서 각별한 의미를 갖는다. 따라서 이 글은 1920년대 김동인과 현진건의 구체적인 작품[10] 분석을 통하여 서술자 기능의 차이를 밝히

---

9 김원희 · 송명희, 「1920~30년대 일인칭 단편소설의 존재 시각」, 『현대문학이론연구』 제23집, 2007, 219쪽.

10 1920년대 김동인의 단편은 「목숨」「배따라기」「딸의 업을 이으려」「태형」「감자」 등이 있고 현진건의 단편은 「희생화」「빈처」「술 권하는 사회」「타락자」「피아노」「유

는 방식으로 작가들의 타자성의 구현 양상과 서사 미학을 조명하게 될 것이다.

2. 타자성 전달의 서술자 기능

1) '나'의 고백에서 목격으로

1920년대 이전에 발표된 김동인의 초기작인 일인칭 소설 「약한 자의 슬픔」(1919), 「마음이 옅은 자여」(1919)에서는 '나'의 고백적 시점이 압도한다. 김동인의 창작 방법론인 인형조정술의 일원묘사의 방법이 '나'의 고백적 기능에 의하여 실현된 것이다. 1920년대 이후 발표된 소설에서는 '나'의 고백 시점이 제한적으로 드러나는 반면에 타자성을 전달하기 위한 객관적인 목격 시점이 압도하는 서술자 기능의 변화가 살펴진다.

「목숨」(1920)에서부터 전통 액자 소설의 형식을 변용한 '나'의 목격 시점의 서술자 기능은 「배따라기」(1921)에서 완결된 소설 미학의 형식에 기여하게 된다. 「배따라기」는 액자 외화에서는 타자성을 전달하는 데 있어 '나'의 목격 시점이 부각되다가 액자 내화에서는 작가적 서술자 기능의 중립성이 강조된다. 액자 외화에서 '영유 배따라기'의 노래에 얽힌 '그'의 기구한 운명을 듣고 그 경험을 전달하는 '나'는 액자 내부에서 '그'의 이

린」「까막잡기」「할머니의 죽음」「그립은 흘긴 눈」「운수 좋은 날」「B사감과 러브 레터」「불」「사립정신병원장」「발」「동정」「고향」「우편국에서」「신문지와 철창」 등이 있다. 텍스트는 韓國南北文學百選『김동인』『현진건』(일신출판사, 1998)으로 삼는다. 대상 작품은 비교적 서사 시학적 관점에서 서술자 기능의 독창성을 파악할 수 있는 소설로 선택한다.

야기를 객관적인 작가적 시점으로 전달한다.

'나'가 서사 내부 경험의 행동 주체인 '그'의 십구 년 전 비극적인 운명의 내력을 듣고 '그'의 이야기를 전달하는 작가적 서술 상황의 이동은 "그가 이야기한 바는 대략 이와 같은 것이다."(39쪽)에서 확실하게 드러난다. 내부 이야기에서는 '그'의 이야기를 들었던 청자인 '나'의 작가적 시점이 강화되는 방식으로 타자성에 대한 핍진성을 제공한다. '그'의 비극적 운명은 액자 내부 서사의 첫 장면에서 다음과 같이 제시된다.

> 그는 아내를(이렇게 말하기는 우습지만) 고와했다. 그의 아내는 촌에는 드물도록 연연하고도 예쁘게 생겼다.(그는 나에게 이렇게 말하였다—).
> "성 내(평양) 덴줏골(갈보촌)을 가두 그만한 거 쉽디 않갔이요."
> 그러니까 촌에서는, 그리고 그 당시에는 남에게 우습게 보이도록 그 내외의 사이는 좋았다. 늙은이들은 계집에게 혹하지 말라고 그에게 권고하였다.[11]

인용문은 내부 서사의 전언이라 할 수 있다. '그'의 비극적 운명은 아내를 더없이 사랑하면서도 아내가 '그'의 아우와 가깝게 지내는 것을 질투하고 시기함으로써 불행을 맞게 된 것이다. '늙은이들은 계집에게 혹하지 말라고 그에게 권고'하였지만 '그'의 아내에 대한 편집증적인 사랑의 집착은 끝내 비극적 운명의 파국을 초래한 것으로 '그'의 타자성이 전달된다.

이처럼 뱃사람 '그'의 이야기는 '나'가 이미 들은 이야기를 전달하기 때문에 전지적 역할과 보고적 기법[12]이 우세하다. 작가적 관념과 편집을 드

---

11 『김동인』, 39쪽.
12 이재선, 앞의 책, 129쪽.

러낸 서술자 어법이 우세하지만 대화에서는 '그'의 어법이 전달되기도 한다. 특히 괄호의 활용에서는 (이렇게 말하기는 우습지만), (그는 나에게 이렇게 말하였다—)와 같이 '그'에게 들은 이야기를 전달하는 청자로서 작가적 입장이 부각되거나, '성 내(평양) 덴춧골(갈보촌)'과 같이 독자가 이해하기 쉬운 용어를 첨가하는 작가적 편집 기능이 부각된다. '늙은이들은 계집에게 혹하지 말라고 그에게 권고하였다.'는 전언에 내포된 비극적 운명은 몇 개의 장면으로 구체화된다.

"그런 이야기는 다 하려면 끝이 없으되 그만 '그', '그의 아내', '그의 아우' 세 사람의 삼각관계는 대략 이와 같다."에 이어지는 "각설—"(43쪽)에서 부각되는 서술자의 기능은 전통적 이야기꾼의 기능과 흡사하다. 특히 '각설'은 기존 고대 소설이나 판소리계 소설에 드러난 전통적 서술의 말하기를 차용한 경우다. 전통적 이야기꾼과 같은 서술자 기능은 팔월 열하룻날, 그가 아내의 거울을 사 오던 날의 사건을 외적 초점화로 조감한다. 방 한가운데 떡 상이 있고, 아내와 아우의 헝클어진 모습을 본 '그'는 쥐를 잡으려 하였다는 아우의 말을 믿지 않고 분노를 폭발시킨다. 그 상황이 불륜의 행각이 아니라 쥐 잡기였음을 확인할 때 이미 '그'의 아내는 "이전 같은 생기로 찬 산 아내가 아니요, 몸은 물에 붙어서 곱이나 크게 되고, 이전에 늘 웃음을 흘리던 예쁜 입에는 거품을 잔뜩 문, 죽은 아내였다."(45쪽)는 작가적 진술에서 살펴지듯이 서술자는 그의 아내의 삶과 죽음이라는 타자성을 주체적 경험으로 보여주기보다는 객관적인 설명과 요약으로 전달한다. 아내의 삶과 죽음의 엇갈림은 중립적인 작가 입장의 서술자 기능에 의하여 '그'의 비극적 운명의 동기로 활용된 것이다.

다시 '나'의 서술자 기능이 드러난 종결 액자 외부에서는 "말을 끝낸 그의 눈에는 저녁해에 반사하여 몇 방울의 눈물이 반짝인다."(47쪽)에서 살펴지듯이 '나'의 목격 시점으로 그의 모습을 보게 된다. 아내의 죽음과 형제간의 이별이라는 운명의 파국을 초래한 시간성의 추동은 서술 상황이 전이된 경로에서도 부각된다. 종결액자는 도입 액자에 비해 시간적으로 일 년 정도가 더 진행되었고 작품 내화의 서사가 19년 전의 이야기인 점을 감안할 때 작품 전체 서사에는 20여 년의 시간이 압축되어 있다. 액자 외부와 내부의 서술 상황을 달리하며 '그'의 이야기를 전달하는 '나'의 서술자 기능은 신적인 입장에서 인생의 그림자[13]를 창조하고자 하였던 서사적 욕망에 종속된 타자성을 객관적으로 전달한 것이다.

한편 '그'의 비극적 운명을 아내의 죽음으로 투영시킨 타자성은 자연 회귀로서 인생의 순환을 내포한다. '그'와 '그'와 '그의 아우'가 바다를 방황하는 것을 감안할 때 이 작품에서 바다는 자궁 회귀 즉 생명 근원지에 대한 열망을 보여주는 죽음과 재생의 상징으로 읽혀진다. 그러므로 아내라는 여성성은 '그'와 '그의 아우'에게 삶과 죽음의 자연 질서에 대한 그리움을 촉발하기 위한 희생양으로서 타자성을 내포한다. 그런 의미에서 아내가 죽은 장소가 바다인 것도 상징적이다. 결국 자연의 순환으로서 타자성의 운명을 형상화한 서사적 욕망에는 신적인 창조의 질서를 갈망한 김동인의 권위적인 젠더 의식을 엿볼 수 있다.

2) 작가 권위적 관념의 평가

김동인의 대표적인 삼인칭 단편소설인 「감자」(1925)에서는 복녀라는 여성의 삶과 죽음을 작가 권위적 진술과 관념적 평가로 전달하는 서술자 기능이 부각된다. 서술주체이자 초점주체로서 서술자는 복녀의 타락과

---

13 김동인의 견해에 따르면, 예술이란 '인생의 그림자'이며 참 인생과는 다른 창조된 인생이다. 권영민 편저, 『김동인』, 지학사, 1985, 245쪽.

비극적 운명을 외적 초점화로 조감하는데, 이는 서사 세계의 사건이나 인물을 신의 입장에서 자유롭게 조종하려고 하였던 작가적 입장이라고 할 수 있다.

> 싸움, 간통, 살인, 도적, 구걸, 징역 이 세상의 모든 비극과 활극의 근원지인, 칠성문 밖 빈민굴로 오기 전까지는, 복녀의 부처는(사농공상의 제2위에 드는) 농민이었었다.

> 복녀는 원래 가난은 하나마 정직한 농가에서 규칙있게 자라난 처녀였었다. …(중략)… 그러나, 그의 마음속에는 막연하나마 도덕이라는 것에 대한 저픔을 가지고 있었다.[14]

작품의 첫 장면에서부터 서술적 요약과 평가가 압도하는 작가 권위적 서술자 기능이 부각된다. 작가 관념의 서술자 기능은 '규칙있게 자라난 처녀였었다.', '엄한 가율이 남아 있었다.', '저픔을 가지고 있었다.' 등과 같은 정보를 그때-그곳의 외적 초점화로 제공하면서 '칠성문 밖 빈민굴'을 '싸움, 간통, 살인, 도적, 구걸, 징역 이 세상의 모든 비극과 활극의 근원지'로 규정한다. '복녀의 부처는(사농공상의 제2위에 드는) 농민', '새서방(영감이라는 편이 적당할까)이라는 사람'에서 드러난 괄호 활용은 상세한 보충 설명과 어휘 선택의 작가적 편집 기능을 반영한다. '가난은 하나마', '없어졌다하나', '그러나', '모르지만' 등의 역접 접속사의 잦은 반복은 논리적인 작가 관념을 드러낸다.

한편 서술자의 외적 초점화는 시간에 따라 변모되는 복녀의 타락을 기자묘 솔밭의 송충이잡이 감독, 수입이 많은 거지, 왕 서방과의 관계로 보

---

14 『김동인』, 83쪽.

여준다. 특히 더욱 깊숙한 성적 타락으로서 왕 서방과의 관계에 초점을 맞춘 장면은 시간에 따른 복녀의 인식 변화를 다음과 같이 조망한다.

(1)
"우리 집에 가."
왕서방은 이렇게 말하였다.
"가재믄 가디. 흰, 것두 못갈까."
복녀는 엉덩이를 한번 홱 두른 뒤에 머리를 젖히고 바구니를 저으면서 왕서방을 따라갔다.[15]

(2)
"자, 우리 집으로 가요."
왕서방은 아무 말로 못 하였다. 눈만 정처없이 두룩두룩하였다. 복녀는 다시 한 번 왕서방을 흔들었다.[16]

(1)과 (2)의 인용문에서는 시간의 흐름에 따른 인물의 변화된 성적 욕망과 갈등이 드러난다. (1)의 예문에서는 고구마를 훔친 대가로 '우리 집에 가.'라는 왕 서방의 말에 '엉덩이를 한번 홱 두른 뒤에 머리를 젖히고 바구니를 저으면서' 왕 서방을 따라가는 복녀의 행동에 초점이 맞춰진다. 왕 서방에게 몸을 허락하고 돈을 받아 나온 이후 그 횟수가 빈번해지면서 급기야 복녀는 왕 서방에 대하여 매음을 넘어선 성적 독점욕을 갖게 된다.

(2)의 예문에서는 '자, 우리 집으로 가요.'라는 복녀의 말에 '눈만 정처없이 두룩두룩하'다가 복녀의 청을 거절하는 왕 서방의 모습이 (1)에서

---

15 『김동인』, 88쪽.
16 위의 책, 90쪽.

왕 서방의 욕망에 망설임 없이 부응하였던 복녀의 모습과는 대비적인 각도에서 조명된다. 왕 서방이 새 장가를 가는 상황에서 복녀는 성적 독점욕과 경제적 위기 의식이 고조되었고 그것을 강한 분노로 표출한다. 순간적으로 복녀는 왕 서방에게 낫을 휘두르지만 오히려 왕 서방의 손에 죽고만다.

> 사흘이 지나갔다.
> 밤중 복녀의 시체는 왕서방의 집에서 남편의 집으로 옮겼다. 그리고 시체에는 세사람이 둘러앉았다. 한 사람은 복녀의 남편, 한 사람은 왕서방, 또 한 사람은 어떤 한방 의사 – 왕서방은 말없이 돈주머니를 꺼내어, 십원짜리 지폐 석장을 복녀의 남편에게 주었다. 한방 의사 손에도 십원짜리 두 장이 갔다.
> 이튿날, 복녀는 뇌일혈로 죽었다는 한방의의 진단으로 공동묘지로 가져갔다.[17]

복녀의 죽음을 둘러싼 서사 현실의 정보는 객관적인 서술자 관점으로 전달된다. 복녀가 죽은 후, 왕 서방은 복녀의 남편과 의사를 매수해 복녀의 사인을 뇌일혈로 조작하고 시신을 공동묘지로 보낸다. 세 남자가 복녀의 죽음을 흥정하는 결말 장면은 가부장제의 남성 권력에서 소외되고 물화된 타자성의 거래가 부각된 것이다.

결국, 「감자」라는 표제는 여성을 물화시킨 교환가치의 기호이다. 여성의 성과 생명의 가치가 감자의 기호로 상징된 것이다. 그런데 물화된 거래로서 여성의 죽음에 대해 서술자가 논평이나 평가를 자제한 것은 냉혹한 현실을 비판하려는 담화 전략이기도하지만 그 이면에는 남성 권위로

---

17 앞의 책, 91쪽.

서 타자성을 소외된 침묵으로 전달한 작가의 남성 권위적 입장을 배제할수 없다. 이 점에서 복녀의 죽음은 1920년대 남성 권력이 주도하는 사회에서 여성적 욕망의 좌초[18]를 읽게 할 뿐만 아니라 궁극적으로는 작가권위의 남성적 세계관에 종속된 여성성의 차별로서 타자성을 읽게 한다.

3. 타자성 반영의 서술자 기능

1) '나'의 관찰에서 경험으로

현진건의 첫 작품인 「희생화」(1920)에서 서술자 '나'의 기능은 목격과회고라는 주변인의 시점으로 서사 중심 사건인 '누님의 사랑 이야기'를전달한다. 이에 비하여 「빈처」(1921)에서 '나'는 아내를 바라보는 관찰 시점에서 주체적 각성으로서 경험 시점을 보여주게 된다.

「빈처」의 시작에서는 "그것이 어째 없을까"라는 아내의 독백이 제시되고 나와 아내의 대화 장면에 초점이 맞추어진다. 일인칭 소설에서 발화로시작된 첫 장면은 영화나 연극의 극화된 방식을 변용한 기법으로 서술의공간성을 확장시킴으로써 독자의 반응을 활성화한다. 몇 개의 에피소드는 무명 작가인 '나'와 아내가 겪게 되는 생활의 경험과 부부간의 애환을보여준다. 일상적인 삶을 꾸려나갈 수입이 없는 가장으로서 '나'의 경험에는 일상의 사건에서 겪는 갈등과 자신의 처와 주변 인물을 바라보며 깨우치는 각성이 구체적으로 제시된다. 경제적 능력이 없는 '나'는 사랑의 지고한 가치를 내세우지만 물질적 가치를 앞세우는 주변 사람들과 갈등 속

---

18 김현, 『현대소설의 담화론적 연구』, 계명문화사, 1995, 38쪽.

에 소외감을 느끼게 되고, 마침내 그에 대한 반성으로 아내에 대한 사랑의 표현을 비단신을 사주고 싶은 물질적인 교환가치로 보여주게 된다.

> "나도 어서 출세를 하여 비단신 한 켤레쯤은 사주게 되었으면 좋으련만……"
> 아내가 이런 말을 듣기는 참 처음이다.
> "네에?"
> 아내는 제 귀를 못 미더워하는 듯이 의아한 눈으로 나를 보더니 얼굴에 살짝 열기가 오르며,
> "얼마 안 되어 그렇게 될 것이야요!"
> 라고 힘있게 말하였다.[19]

결말에서는 '나'와 '아내'의 대화 장면이 초점화된다. '나'는 물질적으로 아내에게 풍요로움을 주지 못하는 자신의 처지를 반성하는 방식으로 아내를 향한 사랑과 관심을 물질적 가치에 기반을 둔 '비단신 한 켤레'로 표현한다. "나도 어서 출세를 하여 비단신 한 켤레쯤은 사주게 되었으면 좋으련만……"이라는 고백은 아내에게 처음 하는 사랑의 표현인 점에서 '나'의 입장의 변화를 보여준 것이다. 물론 이런 '나'의 변화는 가난을 극복하려는 적극적인 의지를 보여주지는 않지만, 아내에게 대한 사랑의 표현 방식에 대한 변화를 보여준 점에서 '나'의 주체적 경험으로서 반성을 내포한다. 이와 같은 '나'의 경험적 각성을 통하여 궁극적으로 작가는 애틋한 부부애와 더불어 물질적 가치에 지배받을 수밖에 없는 현실 비판을 보여준 것이다.

한편 「할머니의 죽음」(1923)에서 '나'는 '조모주 병환 위독'이라는 전보

---

19 『현진건』, 53쪽.

를 받고 급하게 생가를 찾아 할머니의 죽음을 눈앞에 둔 친척들의 행동을 바라보는 '나'의 경험을 통하여 인간의 이기심을 비판한다. 구성적 측면에서는 '조모주 병환 위독'과 '오전 3시 조모주 별세'라는 전보 내용이 수미상관을 이루면서 '나'의 경험을 지금-여기로 초점화한 문학적 형상화가 돋보인다. '나'가 상황이나 자신의 각성을 자세하게 진술하거나 평가하지 않고 지금-여기 장면으로 포착하여 보여준 것은 '당대 일인칭 소설과의 수준차'[20]로 설명될 수 있다.

할머니의 병환과 죽음 앞에 보여준 이기적인 타자성에 대한 진술을 생략한 채 "그날 밤차로 모여 든 자손들은 제각기 흩어졌다. 나도 그날 밤에 서울로 돌아왔다."(169쪽)는 장면은 '나'의 경험과 주체적 각성을 독자 반응으로 끌어들인다. 할머니의 병환과 죽음을 일상적 시간의 소비로 환산하는 타자들의 모습을 바라보는 '나'의 각성은 인간의 냉정한 이기심을 보게 한다. 이처럼 죽음을 목전에 둔 할머니의 삶의 욕망을 외면하는 자손들의 이기심에 대한 '나'의 성찰은 인간의 이기심에 대한 작가의 예리한 현실 비판을 직접 전달하기보다는 지금-여기 경험으로 초점화한 것이다. 이처럼 현진건의 작품은 당대 사회 현실과 인간의 속성을 지금-여기 경험으로 포착하여 극화시킨 지점에서 독자 반응으로서 현실 비판 의식을 활성화한다.

한편 「고향」(1926)에서 부각되는 '나'의 기능은 대구에서 서울로 오는 차 안에서 만나게 된 '그'의 모습의 관찰과 '그'의 이야기를 통하여 일제 치하 민족 현실의 고통을 공동체의 경험으로 반성하는 주체적 경험을 보여준다. 액자 외화 서사의 시작에서 '나'는 우연히 차 안에서 만난 '그'의 외형을 '기모노'와 '옥양목 저고리', 그리고 '중국식 바지'를 입고, '고부가리' 머리에 '짚신'을 신은 우스꽝스런 모습으로 보여준다. 담화 구조상

---

20 최병우, 앞의 책, 81쪽.

한·중·일 차림으로 희화된 '그'의 타자성은 '해골을 허리에 저처 놓은 것'으로 '조선의 얼굴'에 다름 아니다. '그'의 희화된 모습을 관찰하였던 '나'의 시점은 '그'의 이야기를 듣고 난 후 '그'의 타자성이 다름 아닌 민족 공동체의 경험임을 주체적 각성으로 반성한다.

> 볏섬이나 나는 전토는
> 신작로가 되고요―
> 말마디나 하는 친구는
> 감옥소로 가고요―
> 담뱃대나 떠는 노인은
> 공동묘지 가고요―
> 인물이나 좋은 계집은
> 유곽으로 가고요―[21]

작품의 끝 부분에 삽입된 민요는 민족 공동체의 수난으로서 경험을 반영한다. "꼭 무덤을 파서 해골을 허리에 저처 놓은 것"이 '그'의 고향의 실상이라면 결말의 민요 삽입은 '시대와 사회에 대한 소설의 반성적 사고(reflexive thinking)'[22]를 투영한 것이다. 이처럼 '나'의 서술자 기능은 '그'의 타자성을 주체적인 경험으로 변화시킨 지점에서 민족 수난의 역사를 반성케 한다.

2) 인물 시각적 경험의 반응

현진건의 「운수 좋은 날」(1924)에서 서술자의 기능은 작가적 관점의

---

21 『현진건』, 243~244쪽.
22 우한용, 『한국현대소설구조 연구』, 삼지원, 1990, 307쪽.

보고적 묘사와 상징적 아이러니를 추구한 데 비하여, 「B사감과 러브 레터」(1925)과 「불」(1925)에서 서술자 기능은 작가적 관점보다는 인물 시각을 반영하는 서술의 거리 조정과 초점화를 통하여 타자성을 다각적이며 구체적인 경험으로 반영한다.

우선 「B사감과 러브 레터」에서는 초점화자인 서술자가 서사 전반에서 노처녀인 B사감의 외양을 묘사적으로 진술하다가 서사 후반에서는 기숙생들과 세 처녀에게 초점 주체를 이동시켜 B사감의 기괴한 행동을 보여준다. 이러한 초점화의 이동과 거리 조정은 다른 사람에게로 초점이 옮겨가는 '가변적(variable) 초점화'를 거쳐 동일한 사건이 여러 인물의 관점으로 여러 번 서술되는 '복수(multiple) 초점화'로 서술의 공간성을 확장하며 플롯을 극화시키는 방식으로 작중인물의 시각을 구체적으로 반영한다.

> C여학교에서 교원 겸 기숙사 사감 노릇을 하는 B여사라면 딱장대요 독신주의자요 찰진 야소꾼으로 유명하다. 40에 가까운 노처녀인 그는 주근깨 투성이 얼굴이 처녀다운 맛이란 약에 쓰려도 찾을 수 없을 뿐인가, 시들고 거칠고 마르고 누렇게 뜬 품인 곰팡슬은 굴비를 생각나게 한다.

> 여러겹 주름이 잡힌 훨렁 벗겨진 이마라든지, 숱이 적어서 법대로 쪽찌거나 틀어올리지를 못하고 엉성하게 그냥 빗겨넘긴 머리꼬리가 뒤통수에 염소똥만 하게 붙은 것이라든지, 벌써 늙어가는 자취를 감출 길이 없었다. 뾰족한 입을 앙다물고 돋보기 너머로 쌀쌀한 눈이 노릴 때엔 기숙생들이 오싹하고 몸서리를 치리만큼 그는 엄격하고 매서웠다.[23]

---

23 『현진건』, 195쪽.

작품의 시작에서 초점화자로서 서술자는 초점 대상인 B사감의 외양을 구체적으로 보여준다. 서사적 사건에 대한 전지적 권위는 B사감의 외양과 성격을 외적 초점화로 조명하는 데 한정된다. "B여사라면 딱장대요 독신주의자요 찰진 야소꾼으로 유명하다."는 서술자의 시각은 '죽은 깨가 많은 얼굴', '벗겨진 이마', '앙다문 입', '돋보기 너머의 쌀쌀한 눈', '거침없는' 등의 외모 묘사를 통하여 작중인물의 성격을 부각시킨다. 특히 40에 가까운 노처녀를 '누렇게 뜬 품인 곰팡슬은 굴비', '처녀다운 맛이란 약에 쓰려도 찾을 수 없을 뿐'이라는 관점은 나이와 외모로 여성의 가치를 재는 작가의 젠더 의식을 반영한다.

첫 단락에서는 우선적으로 B사감의 얼굴로 초점의 거리가 좁혀진다. '주근깨 투성이 얼굴'로 향한 초점화의 거리는 '처녀다운 맛이란 약에 쓰려도 찾을 수 없을 뿐'이라는 지각을 '시들고 거칠고 마르고 누렇게 뜬 품인 곰팡슬은 굴비'로 초점화한다. 이어지는 두 번째 단락에서는 초점화의 거리를 '여러겹 주름이 잡힌 훨렁 벗겨진 이마'에서 벗어나 '엉성하게 그냥 빗겨넘긴 머리꼬리가 뒤통수에 염소똥만 하게 붙은' 머리 모양으로 확대한다. 이러한 외모로 조망하는 B사감의 성격은 '뾰족한 입을 앙다물고 돋보기 너머로 쌀쌀한 눈'에 대한 공포를 '오싹하고 몸서리를 치는 기숙생들의 구체적인 촉각적 반응으로 환기된다.

B사감이 러브 레터를 '손이 발발 떨리도록 성을 내'며 읽는 행동은 서사 후반 B사감의 변조된 독백과 변태적인 연출을 아이러니로 끌어내는 동기로 작용한다. 서사 전반에서 초점 주체로 기능한 서술자의 시점은 서사의 후반에서 세 처녀에게 초점 주체를 넘겨줌으로써 B사감의 이중적인 성격과 행동을 인물 시점으로 초점화한 제한된 거리에서 독자 반응을 활성화하게 된다.

러브레터에 대한 B사감의 반응은 '넉넉히 십년 감수는 시'(197쪽)킨 기숙생의 경험으로 전달된다. "이 B사감이 감독하는 그 기숙사"(198쪽)에서 드러나듯 서술자는 서사 현실과 가까운 위치다. 사건의 발생 시기와 이유도 "그 괴상한 일이 언제 '시작된' 것은 귀신 밖에 모르니까."와 같은 불확실성으로 독자 반응을 유인한다. "이 수수께끼가 풀릴 때는 왔다."(198쪽)에서는 사건을 바라보는 거리가 세 처녀의 시점으로 이동되는 경로가 드러난다.

또한 서술자가 작중인물의 시각으로 이동하는 거리에서는 마치 연극을 보는 것처럼 사건이 극화된다. '간드러진 여자의 목소리', '정열에 뜬 사내의 목청'(199쪽) 등에서는 처녀들의 지각에 의하여 B사감의 목소리가 초점화된다. '한동안 침묵……'과 더불어 대사와 대사 사이에 삽입된 '아양 떠는 여자 말씨' 등은 연극의 지문처럼 기능한다. "사내의 피를 뿜는 듯한"에서 드러난 '……듯한'에서는 '초점화 대상의 내적 상태가 외적 행동 속에 함축'[24]되어 있다. 그리고 '모르리라'는 불확정한 추측이 세 번이나 되풀이된 것은 세 처녀들의 '로맨틱한 생각'을 다른 각도에서 보여준다.

> "에그머니, 제게 웬일이야!" 첫째 처녀가 소곤거렸다.
> "아마 미쳤나보아, 밤중에 혼자 일어나서 왜 저러고 있을꾸." 둘째 처녀가 맞방망이를 친다……
> "에그 불쌍해!"
> 하고 셋째 처녀는 손으로 괸 때 모르는 눈물을 씻었다.[25]

작품의 말미에서는 B사감에 대한 세 처녀의 지각과 심리적 국면을 이동하는 방식으로 사건이 극화된다. 초점화의 거리 조정에 의해 B사감은

---

24 Rimmon-Kenan, S,『소설의 시학』, 최상규 역, 문학과지성사, 1990, 123쪽.
25 『현진건』, 201쪽.

냉소와 연민을 유발시키는 대상으로 전락한다. 먼저 첫째 처녀가 "에그머니, 제게 웬일이야!"라고 소곤거리는 태도에서 B사감의 기이한 행동에 대한 놀라운 반응이 드러난다. 이어지는 "아마 미쳤나보아." 둘째 처녀의 반응은 놀라움과 두려움을 동시에 보여준다. 마지막 셋째 처녀의 "에그 불쌍해!" 하면서 눈물짓는 반응은 독자의 연민을 자극하는 극적 긴장을 보여준다. 점층적 반응으로 세 처녀의 지각과 심리를 보여주는 초점화의 거리 조정으로 인하여 B사감의 성격과 행동이 입체적인 각도로 조명된다.

이렇듯 서술자의 관점과 세 처녀의 시점으로 나이 든 독신 여성을 초점 대상으로 삼은 서술의 이면에는 남성 편파적 시각이 포착된다. 나이 든 여성에 대한 냉소와 연민은 다름 아닌 여성의 가치를 노처녀/처녀만으로 분류하는 어린 세 처녀의 시점을 반영하는 심층에 자리한 남성 작가의 편견과 무관할 수 없기 때문이다. 물론 '곰팡슬은 굴비'로 노처녀를 평가절하시킨 편견과 가변 초점화와 복수 초점화의 거리 조정의 이면에는 여성을 '나이 어린 처녀/노처녀'로 구분한 사회적 시각과 더불어 인간의 이중성에 대한 비판 또한 읽혀진다. 이처럼 이 작품에서 서술자 기능은 초점화의 거리 조정으로 서사의 극적 효과를 서술의 공간성으로 확대하는 유연함으로 다각적인 독자 반응을 끌어낸다.

한편 「불」에서는 고정 초점화와 제한적 시점이 부각된다. 인물 반영적 시점의 서술자 기능은 서사 현실에 대한 정보를 작가적 관점에서 제공하면서도 순이의 눈을 빌려 서사 경험을 보여준다. 순이가 초점 주체로 기능하는 장면에서는 순이를 '나'로 바꿔도 될 만큼 내적 경험이 압도한다. 따라서 독자는 순이의 구체적인 지각과 관념으로 서사현실을 경험할 수 있다.

큰 바위로 내리누른 듯이 가슴이 답답하다. 바위나 같으면 싸늘한 맛이나 있으련마는 순이의 비둘기 같은 연약한 가슴에 얹힌 것은 마

치 장마지는 여름날과 같이 눅눅하고 축축하고 무더운데다가 천근의
무게를 더한 것 같다. 그는 복날 개와 같이 헐떡이었다. 그러자 허리
와 엉치가 빠개내는 듯 쪼개내는 듯 갈기갈기 찢는 것같이, 산산이 바
수는 것같이 욱신거리고 쓰라리고 쑤시고 아파서 견딜 수 없었다. 쇠
막대 같은 것이 오장육부를 한편으로 치우치며 가슴까지 치받쳐올라
콱콱 뻗지를 때엔 순이는 입을 딱딱 벌리며 몸을 위로 추스른다……
　'이러다간 내가 죽겠구먼! 죽겠구먼! 어서 잠을 깨야지, 깨야지.'[26]

　첫 장면에서부터 인물 반영의 서술자 기능은 이중 시점과 내적 초점화
를 부각시킨다. '잠이 어릿어릿한 가운데도 숨길이 갑갑해짐', "큰 바위로
내리누른 듯이 가슴이 답답하다." 등에서는 초점 주체가 순이로 전이됨
으로써 내적 초점화가 드러난다. 한 문장 안에 서술자의 외적 초점과 순
이의 내적 초점이 빈번하게 결합된다. '바위나 같으면 싸늘한 맛이나 있
으련마는'에서 부각된 순이의 지각적 초점에 이어지는 "순이의 비둘기 같
은 연약한 가슴에 얹힌 것은 마치 장마지는 여름날과 같이 눅눅하고 축축
하고 무더운데다가 천근의 무게를 더한 것 같다."의 서술자 진술의 결합
에서는 이중 시점이 형성된다. "그는 복날 개와 같이 헐떡이었다."는 외적
초점에 이어지는 "그러자 허리와 엉치가 빠개내는 듯 쪼개내는 듯 갈기갈
기 찢는 것같이, 산산이 바수는 것같이 욱신거리고 쓰라리고 쑤시고 아파
서 견딜 수 없었다."는 순이의 지각적 내적 초점이 이어짐으로써 이중 시
점이 강화되기도 한다.
　또한 '쇠막대 같은 것이 오장육부를 한편으로 치우치며 가슴까지 치받
쳐올라 콱콱 뻗지를 때'로 드러난 내적 초점과 "순이는 입을 딱딱 벌리며
몸을 위로 추스른다."는 외적 초점이 결합된 이중 시점이 드러난다. 빈번

---

26 『현진건』, 202쪽.

하게 발견되는 이중 시점은 순이의 경험을 부각시킨다. 또한 "이러다간 내가 죽겠구면! 죽겠구면! 어서 잠을 깨야지, 깨야지." 하는 독백은 순이의 심리를 내적 초점화로 보여줌으로써 타자성을 보여준다. 이렇듯 내적 초점과 이중 시점으로 인물 시점을 반영하는 서술자 기능은 지금-여기 타자성의 경험을 생생하게 보여주게 된다. '가슴을 지질러서 숨길을 막는 바위', '온몸을 바스러뜨리는 쇠몽둥이'에 내포된 남편 육체의 무게와 삽입의 강도에는 '바위', '쇠몽둥이' 등으로 어린 순이의 타자성을 반영한다. '함지박만 한 큰 상판', '번쩍이는 눈갈' 등과 같은 어휘에서도 순이의 개별적 체험이 반영된다.

순이에게 고정시킨 인물 시점은 급기야 폭압적 성행위에 대한 경험을 '원수의 방'이라고 투사하는 '제한적인 여성성의 언어'[27]로서 타자성의 경험을 보여준다. 성적 고통이 '원수의 방' 때문이라는 순이의 각성은 열다섯 살의 미숙한 순이가 낮의 노동과 밤의 성적 고통으로 육체가 쇠약해진 만큼 판단력이 흐려진 관념적 국면을 내포한다. '원수의 방'에 불을 지르는 순이의 행위는 강요된 성과 노동에 대한 해방과 자유에 대한 열망으로서 당대 소수자로서 여성성을 반영한 것이다. 당대로서는 인물 반영 시점의 파격을 보여준 타자성의 고정 시점을 통하여 작가는 주관적인 타자성의 경험을 구체적으로 반영하는 방식으로 당대 현실의 부조리한 관습을 비판하고 있다.

---

27 "우리는 더 이상 '모든 여성'을 이야기하지 말아야 한다"고 크리스테바의 주장에 비추어볼 때 현진건은 「불」에서 모든 여성이 아닌 순이의 고정적인 시각을 통하여 현실 비판적인 입장의 주체적인 타자성을 구현하였다. 켈리 올리버, 앞의 책, 244쪽 참조.

4. 나오며

이 글은 1920년대 김동인과 현진건 소설에 나타난 서술자 기능을 분석함으로써 타자성의 구현 양상과 서사 시학의 독창성을 조명하고자 하였다. 1920년대 한국 소설 미학을 대비적인 각도에서 견인하였던 두 작가의 작품에 드러난 서술자 기능을 분석하는 것은 타자성을 바라보는 작가들의 젠더 의식과 서사 미학의 차이를 밝힐 수 있는 객관적인 근거의 실마리를 제공하게 된다.

김동인의 소설에서는 타자성의 객관적 전달자로서 작가 관점의 서술자 기능이 특징적으로 부각된다. 1920년대 이전 발표작인 김동인의 초기작에서는 '나'의 고백 시점이 부각되었지만 1920년대 이후 「목숨」「배따라기」 등에서 '나'의 기능은 목격자 시점에 따른 타자성의 객관적인 경험의 전달에 초점을 맞추고 있다. 한편 삼인칭 소설인 「감자」에서는 서술자 기능을 통하여 작가 권위적 진술과 관념적 평가로 타자성을 전달하고 있다. 이처럼 김동인은 그때-그곳을 전달하는 작가 관념의 서술자 기능으로 비극적인 운명에 종속된 객관적인 타자성을 구현하고 있다.

현진건의 소설에서는 작중인물의 주관적 입장으로 타자성을 반영하는 서술자 기능이 부각된다. 현진건의 초기작인 「희생화」에서 '나'의 기능은 주변인으로서 목격과 회고의 시점을 전달하지만, 「빈처」「할머니의 죽음」 등에서는 '나'의 주관적 경험이 전체 서사를 관통하는 경향이 보인다. 한편으로 「고향」에서 '나'의 기능은 '그'를 관찰하는 시점을 통해 민족 공동체 경험을 반성함으로써 주체적인 경험으로서의 공감적 반응을 이끌어낸다. 삼인칭 소설인 「B사감과 러브 레터」과 「불」 등에서는 이중 시점과 내적 초점화로 타자성의 경험을 조정해 보이는 인물 반영의 서술자 기능이 우세하다. 이처럼 현진건은 지금-여기를 보여주는 인물 반영의 서술자 기능으로 주체적인 타자성을 구현하고 있다.

　요컨대 김동인 소설에 드러난 타자성의 객관적 전달로서 서술자 기능은 '나'의 고백 시점에서 목격 시점으로 변화를 보여주는 한편 작가 권위적 관념과 평가를 보여주었다. 이에 비하여 현진건 소설에 드러난 타자성의 주관적 반영으로서 서술자 기능은 '나'의 관찰 시점에서 서사 전체를 관통하는 '나'의 경험 시점으로 변화를 보여주는 한편 이중 시점과 내적 초점화의 거리 조정으로 인물 시점을 부각시켰다. 이러한 대비적인 서술자 기능은 김동인의 소설에서 객관적인 타자성의 운명을 보여준 데 비하여, 현진건의 소설에서 주관적인 타자성의 경험을 보여주는 타자성의 구현 양상과도 관련이 있음을 살필 수 있다. 결과적으로 두 작가는 동시대 삶의 풍경과 인간의 존재 의식을 그렸음에도 불구하고 서술자 기능의 변화를 꾀함으로써 각기 다른 타자성과 젠더 의식을 보여줄 뿐 아니라 1920년대 소설 미학의 지평을 다각적으로 확장하는 데 크게 기여하였다.

김유정 소설 문체의 탈근대적 시학
— 다성적 경향과 서정성의 조율

1. 들어가며

문체 연구는 그 형식을 통해 외면화된 작가의 심미적 의식을 구명할 수 있는 수단이다. 한 작가의 문체적 특징을 연구하는 것은 당대 현실을 바라보는 작가적 입장과도 깊은 관련이 있다.[1] 문체 연구는 단순하게 문장 수준의 구조나 문법 규칙의 차원이 아니라 단어와 문장이 선택되고 형성되는 맥락[2]적인 차원의 분석을 통하여 작가의 세계관과 사회 역사적 환경에 대한 해석이 독자 반응과 연계되는 경로를 밝히기 때문이다.

김유정에 대한 연구는 그동안 활발하게 진행되어왔지만, 소설 문체의 독창성을 밝히는 데 있어 주요 지침을 제시하는 선행 연구에 집중하면 다

---

[1] 작가 개인의 문체론은 문체가 작가의 개성과 인격의 독자적이며 개성적인 표현임을 주시하여 그 언어의 표현 기능과 그 과정을 연구하여 그 특이성을 구명하려는 것이다. 구인환,『한국문학 그 양상과 지표』, 삼영사, 1978, 151쪽.

[2] 바흐친에 의하면 단어의 선택은 단어가 독자에게 하나의 의미를 갖도록 해주는 기본적 요소이므로 작품은 당대 시대 상황과 작가의 세계관 그리고 독자의 수용 반응과 관계된다. Bakhtin, M. M.,『문학 사회학과 대화이론』, 츠베탕 토도로프 역, 최현무 재역, 까치글방, 1987 참조.

음과 같다.[3] 정한숙(1972)은 김유정 소설의 문체 연구에서 판소리계의 전통 수용성을 제시한 바 있다. 김용직(1974)은 김유정 작품에 표면화된 반산문체를 규명하면서 영토 확장으로서 김유정 소설 언어의 긍정성을 설파하였다. 김상태(1976)는 「동백꽃」의 분석을 통해 그 특성을 활력의 언어, 투사적 서술, 이중의 비전, 아이러니적 양상으로 규명하였다. 김정자(1985)는 시간 착오의 서술 기법을 문체 연구에 접목시켜 「소낙비」의 배경 묘사의 특성을 기능적 묘사 기법으로 파악한다.

그러나 기존 연구들은 김유정 소설문체의 특징들을 단면적으로 부각시키는 경향이 있다. 김유정의 소설문체 연구를 한 단계 더 발전시키기 위해서는 그 개성의 입체성을 규명할 필요가 있다. 이에 따라 필자는 김상태가 밝힌 활력적 소설 언어의 측면과 김용직이 밝힌 시적 산문체의 서정성의 측면을 동시에 고려하면서 김유정의 소설문체의 독창성과 의의를 규명하고자 한다. 또한 김정자의 기능적 묘사 기법과 정한숙의 판소리계의 전통 수용성 또한 김유정 문체의 특성을 보다 풍부하게 밝힐 수 있는데 시사를 제공한다.

이와 같은 맥락에서 필자는 김유정의 소설 미학의 심미성을 외면화하는 문체 연구를 통하여 작가의 현실 인식과 역사의식을 조망함으로써 김유정 소설의 독창성을 규명하려고 한다.

---

3   정한숙, 「해학의 변이」, 『고대인문논총』, 고려대학교 출판부, 1972, 73~91쪽; 김용직, 「반산문적 경향과 토속성─김유정의 소설 문체」, 『문학사상』 22호, 1974. 7; 김상태, 「생동의 미학」, 『현대작가 연구』, 민음사, 1976; 김정자, 『한국근대소설의 문체론적 연구』, 삼지원, 1985.

2. 반사체의 개념과 유형

김유정은 1930년대 식민지 현실을 바라보는 작가의 입장을 30여 편의 작품을 통해 개성적으로 보여준다. 이러한 개성을 밝히는 데 있어 최병우는 "다중적 시점이라는 독특한 미적 장치의 활용이야말로 김유정이 불과 4년에 이르는 창작 활동을 통해 이룩해낸 소설 창작 방법상 최대의 업적이며, 한국 근대 소설사에서 갖는 커다란 의의"[4]라고 피력한 바 있다.

그런데 김유정의 소설은 식민지 농촌 사회의 궁핍하고 괴로운 현실을 객관적 거리에서 제시한 후, 이에 대한 비판과는 거리가 먼 극화된 해학이나 작중인물의 관념을 보여준다는 점에서 '주제를 배반한 문체'[5]라는 평을 받기도 한다. 따라서 김유정의 소설 문체 연구는 당대 현실을 입체적으로 보여주는 맥락으로서 시점[6] 구조에 대한 이해가 병행될 때 온전한 성과를 거둘 수 있다.

이러한 측면에서 살펴볼 때 김유정 소설들은 단편임에도 불구하고 다중적 시점의 활용하는 다성적(polyphonic)[7] 경향을 보여준다. 다성적 경향은 담화 체계[8]의 다층 구조, 시점의 아이러니, 해학적 분위기 등을 통

4　최병우, 「김유정 소설의 다중적 시점에 관한 연구」, 『현대소설연구』 제23호, 한국현대소설학회, 2004. 9, 29~44쪽.

5　정한숙, 『한국현대작가론』, 고려대학교 출판부, 1976, 209쪽.

6　김원희, 「1920~30년대 한국 단편소설의 冒頭 서술자 기능 연구」, 전남대학교 박사학위 논문, 2005. 21~22쪽.

7　바흐친의 대화주의를 구성하는 가장 핵심적 개념인 다성성(多聲性, polyphony)은 이데올로기적 지평에서 다중적인 관점의 현현이다. 바흐친은 도스토예프스키의 소설에서 다성성을 천착하여 이론의 기틀을 마련하였다. 김욱동 편, 『바흐친과 대화주의』 나남, 1990, 356~357쪽 참조; 여홍상 편, 『바흐친과 문학이론』, 문학과지성사, 292~293쪽 참조.

8　담화(discours)의 용어 규정은 서사 텍스트를 구성하는 데 동원된 언술의 총화, 혹

해 구체적 경로를 드러낸다. 이는 소설 언어의 시각 다중화 방식[9]와 밀접한 관련을 갖는다. 이 점을 고려하면 김유정 소설의 다성적 경향은 독자가 작중인물의 이데올로기를 자유롭게 선택하기 위한 기여라기보다는 작중인물의 다양한 경험을 통해 연대 의식을 환기시키는 데 그 목표를 두는 소설 언어의 시각적 분화라 할 수 있다.

다성적 경향으로 서사 현실을 작중인물들의 다양한 경험으로 보여주는 작가적 입장은 작중인물의 도덕적 가치나 생활 방식을 판단하는 차원이 아니라, 식민 치하의 역사적 모순과 당대 민중들의 삶에 대한 독자의 서정적 공감에 호소하며 연대 의식을 발현시키는 데 그 목적이 있다. 이에 따라 김유정은 그의 작품에서 다성적 경향과 서정성의 조화를 추구하는 문학적 형상화로 시대의 아픔과 작가 개인적 삶을 반사하는 심미적인 언어 운용을 독자 반응의 경로로 선택한 것이다. 김유정의 언어 운용에 있어 반사의 의미는 실제 현실을 카메라의 기계적 기법으로 보여주는 반영과는 차이가 있다. 김유정은 '카메라 눈'[10]의 기법으로 서사의 시공간과 사건을 재구성하는 데 있어 독자 반응의 다성적 경향과 작가적 서정을 조율하는 소설 언어의 각기 다른 시각을 반사하기 때문이다.

이에 따라 필자는 김유정의 문체적 특징을 반사체(反射體, Reflector's Style)'로 규정한다. '지금·여기' 독자 반응을 지향하기 위한 작가의 의도인 '테마(theme)'는 직접 드러나기보다 서사 현실의 작중인물들의 경험 즉

은 서사 구조의 표현적 국면을 총칭하는 측면에 입각한다. 한용환, 『소설학 사전』, 문예출판사, 2001, 109~111쪽 참조.

9　Julia Kristeva, *Lexte du roman*, Paris, 1976, p.68. 우한용, 『한국현대소설구조연구』, 삼지원, 1990, 201쪽에서 재인용.

10　N. Friedman; 'Point of View', 1178~9, Leon Edel; 'Novel and camera', in the *The Theory of the Novel. New Essays*, ed John Halperin, New York, 1974, pp.177~88, Stanzel, F. K., 『소설의 이론』, 김정신 역, 탑출판사, 1982, 333쪽에서 재인용.

'레마(rheme)'로 형상화된다.[11] 서사 현실과 작중인물들 경험을 소설 언어의 배치로 조명하는 반사체의 특징은 독자 반응을 다음과 같이 지향한다. 첫째, 서정적 언어의 반사는 보여주기 방식으로 유대감을 강화한다. 둘째, 육화된 공감의 반사는 은유 심층의 의미 생성을 개방한다. 셋째, 해학과 아이러니 기능의 반사는 작가 전망을 심미적 체계로 환기한다. 넷째, 상호텍스트성의 반사는 입체적 소통으로서 서사 체계의 통합적 대화를 추구한다.

이와 같은 특징의 반사체는 언어의 운용 방식을 기준으로 다음과 같이 분류된다. 언어 운용이 은유 체계로 수렴되면 개방적 공감 반사체, 담화 체계로 확산되면 입체적 담화 반사체로 구분한다. 반사체의 두 유형은 상호 대립적이라기보다는 유기적 상관성으로 조화되는 심미적 언어 체계이다. 반사체 유형의 특징은 각 장을 달리하여 분석하고자 한다.

3. 개방적 공감 반사체(開放的 共感 反射體)

개방적 공감 반사체는 서사 현실을 다성적인 경향과 서정성을 공감 어법으로 반사함으로써 독자 반응을 강화하는 은유 구조의 언어적 운용 방식이다. 삼인칭 작가 시점의 공감 어법은 첫 문장에서부터 독백체의 불확정한 시점이 부각된다. 이에 비해 일인칭 화자 시점의 공감어법은 첫 문

---

11 김유정의 소설은 당대 민중들의 삶을 내면적으로 이해하며, 연민하는 과정을 문학적 언어로 육화시킨 것이다. 이러한 연유에서 김유정 소설의 궁극은 주권 잃은 시대의 언어를 구원이자 불행한 작가 개인의 불우한 삶을 승화시킨 구원으로 읽혀진다. 따라서 김유정의 문학적 형상화의 방식은 로고스의 진리가 예수의 성육신 경험으로 내려앉은 복음의 과정에 비유할 수 있다. Stanzel, F. K., 『소설의 이론』, 탑출판사, 1982, 242~250쪽 참조.

장에서부터 화자 '나'와 독자의 동일성을 환기한다.

한편 은유 구조의 공감 시점과 어휘 선택은 독자 반응을 강화함으로써 작가적 해석이 개방된다. 개방적 시점의 어법은 궁극적으로 완결짓지 않은 해석의 다양성을 있는 그대로 관찰함으로써 그 뒤에 숨은 의미를 독자로 하여금 반성하게끔 기능한다.[12] 이와 같은 개방적 공감 반사체의 어휘 선택은 의성어, 의태어, 의성의태어, 첩어 등을 적재적소에 배치하는 방식과 수사적 상징으로 시적 산문체[13]의 은유구조를 보여준다. 개방적 공감 반사체의 구체적 특징은 삼인칭 작가 시점의 「金따는 콩밧」과 일인칭 화자 시점의 「동백꽃」을 통해 살펴보기로 한다.

1) 은유 구조의 서정성

땅속 저 밑은 늘 음침하다.

고달픈 간드렛불. 맥없이 푸르끼하다. 밤과 달라서 낮엔 되우 흐릿하였다.

거츠로 황토장벽으로 앞뒤좌우가 콕 막힌 좁직한 구뎅이. 흡사히무덤속같이귀중중하다. 싸늘한 침묵, 쿠데브레한 흙내와 징그러운 냉기만이 그 속에 자욱하다.

고깽이는 뻔질 흙을 이르집는다. 암팡스러이 나려쪼며, 퍽 퍽 퍽-

이렇게 메떠러진 소리뿐. 그러나 간간 우수수하고 벽이 헐린다. (64쪽)[14]

「金따는 콩밧」 첫 문장 '땅속 저 밑은 늘 음침하다.'의 독백체는 불확정

---

12 우한용, 앞의 책, 337쪽.

13 김용직, 앞의 글 참조.

14 텍스트(전신재 편,『원본 김유정전집』, 도서출판 강, 1997)의 본문 인용은 괄호 안 쪽수로 표기함.

한 작중인물의 시점으로 독자 반응을 '지금-여기'로 강화한다. '무덤속같이귀중중하다.'의 형용사와 '곡괭이는 뻗질 흙을 이르집는다.'는 현재형 시제에서 독자는 절망 같은 음산한 분위기를 경험한다. '암팡스러이 나려쪼며, 퍽 퍽 퍽-', '이렇게 메떠러진 소리뿐' 등의 문장 구조는 작중인물의 지각적 어법은 땅을 파는 힘겨운 행위의 지난함을 시적 분위기로 강조한다. 이와 같은 공감 어법은 은유구조의 서정성을 다음과 같이 환기한다.

> 마치 사태만난 공동묘지와도 같이 귀살적고되우 을씨냥스럽다. (66쪽)
> 금전이란 칼물고 뜀뛰기다. (68쪽)
> 가을은 논으로 밭으로 누-렇게 나리엇다. (74쪽)
> 볕은 다스로운 가을 향취를 풍긴다. (75쪽)

직유법, 은유법, 의인법, 활유법 등의 다양한 수사를 활용한 시적 서정성은 영식이네의 콩밭의 비극적 상황과 콩밭에서 금을 캐려는 황당함에 대하여 독자 반응을 환기한다. 영식이 처는 추수를 기뻐하는 상황과 대조되는 을씨년스런 콩밭에서 콩이 맺지도 못한 채 잘라져 깔려버린 콩 포기의 상실을 '자식 죽는걸 보는게 낫지 차마 못할 경상'으로 여긴다. 독자는 영식이 처의 시선으로 콩밭을 바라보면서 그녀의 참담한 심경을 공감하며 연민한다. 더불어, 콩밭을 칼 물고 뜀뛰기하는 금점으로 바꿔야 했던 당대 농촌 현실에 대한 연대 의식을 강화한다.

> 오늘도 또 우리숫탉이 막 쪼끼였다. 내가 점심을 먹고 나무를 하러 갈양으로 나올 때이었다. 산으로 올라스랴니까 등뒤에서 푸드득, 푸드득, 하고 닭의 횃소리가 야단이다. 깜짝 놀라며 고개를 돌려보니 아니나다르랴 두놈이 또 얼리었다. (219쪽)

'오늘도 또 우리숫탉이 막 쪼키였다.' 「동백꽃」의 첫 문장에서부터 일인칭 화자 '나'의 서정성을 불확정한 경험의 유대감으로 개방하는 공감 어법이 강조된다. '오늘도', '우리', '또', '막' 등과 같은 경험의 불확정성 은 '지금-여기' 독자 반응을 환기함으로써 독자와 '나'는 동일성을 확보 한다. '우리 마누라는 누가 보던지 뭐 이쁘다고 안할것이다.' 「안해」의 첫 문장에서도 드러나듯 김유정은 일인칭 시점의 소설에서 '우리'를 부각시 킨다. 「동백꽃」에서 '우리'가 열두 번이나 반복됨으로써 독자 반응의 동일 성을 강조한다. 그리고 '두 놈이 또 얼리었다.'에서는 불확정한 반복을 환 기시키는 '또'가 부각됨으로써 독자와 '나'의 공통된 경험의 유대감을 드 러낸다. 이러한 유대감은 '얼리었다'의 감각과 리듬 반복으로 독자경험을 활성화한다. '두 놈'의 정체마저도 문장 내에서는 불확정하다. 이와 같은 은유 구조에서 닭싸움의 반복은 다름 아닌 '나'와 점순이의 되풀이되는 애정 전선이다.

한편으로 김유정 소설의 어휘 선택에 주목하면 환유의 질서를 보여주 기보다 은유의 선택이 부각된다. 시적 리듬과 감각을 보여주는 의성어, 의태어, 의성의태어, 부사, 형용사, 첩어 등의 단어 선택은 「金따는 콩밧」 에서 무려 450회를 초과할 정도로 그 양이 방대하다.

> 저, 늘, 음침하다, 고달픈, 맥없이, 푸르끼하다, 달라서, 되우, 흐릿
> 하였다, 거츠로, 앞뒤좌우, 콕, 좁직한, 흡사히, 무덤속같이, 귀중중
> 하다, 싸늘한, 쿠데브레한, 징그러운, 자욱하다. 암팡스러이, 퍽 퍽
> 퍽-, 메떠러진 소리뿐, 간간, 우수수

작품 모두의 인용문에서 드러난 은유 체계의 어휘 선택을 뽑아 나열한 예이다. 어둠 속 콩밭에서 금을 캐려는 행위 묘사에 있어 작가의 직관이 묻어나는 의성어, 의태어, 의성의태어, 부사, 형용사, 첩어 등이 압도하 는 언어 선택에서 명사나 동사를 체계적으로 풀어가기보다 독자의 공감

을 서정성으로 강화시키는 문체적 특징이 드러난다. 특히 '나릿나릿', '설면설면' 등의 첩어 반복의 운율과 감각은 고유어의 아름다움을 음미하게 한다. '뽕이 나서 뼉따구도 못추리기전에 훨훨 벗어나는게 상책이겠다.'의 마지막 문장까지 반사되는 공감 어법은 '훨훨'의 리듬과 감각으로 독자 반응을 개방한다.

「동백꽃」에서도 은유 구조 어휘 선택은 부각된다. 그 반복 횟수가 대략 120회가 넘는다. 닭싸움 현장의 분위기를 활력적으로 전달하는 '푸드득, 푸드득'의 의성의태어는 작품 전체에 4회나 반복되면서 약동하는 생명력을 역동적 리듬 감각으로 파장한다. '아니나다르랴', '엎더질듯 자빠질듯', '들릴듯말듯한' 등의 첩어에서 다름의 차이는 이어지는 어울림의 겹친 조화로 인하여 이미지와 리듬을 새롭게 파생시킨다. '붉은 선혈', '홍당무', '새빨개진', '꼬추장' 등이 빨강이라면, '황소', '노란 동백꽃' 등은 노랑이다. 빨강과 노랑의 원색적 심상은 강렬한 생명력이자 욕망이다. 점순이의 '나'에 대한 욕망이 노골화된 치열함을 드러난다면, '나'의 욕망은 서정적 비유와 수사로 암시된다.

> 싱둥겅둥 나무를 지고는 부리낳게 나려왔다. (225쪽)
> 걱실걱실이 일 잘하고 얼골 이뿐 계집애인줄 알았드니 시방 보니까 꼭 여호새끼같다. (225쪽)
> 알싸한, 그리고 향깃한 그 내움새에 나는 땅이 꺼지는듯이 왼정신이 고말아찔하였다.(226쪽) 점순이가 겁을 잔뜩 집어먹고 꽃밑을 살금살금 기어서 산알로 나려간 다음 나는 바위를 끼고 엉금엉금 기어서 산우로 치빼지 않을 수 없었다.(226쪽)

'싱둥겅둥', '걱실걱실이', '알싸한, 그리고 향깃한', '살금살금', '엉금엉금' 등의 첩어 반복의 리듬과 감각의 서정은 독자 반응을 환기한다. 점순이은 '나'의 어깨를 짚은 채 그대로 퍽 쓰러짐으로써 '나'에 대한 여우 새끼 같은 욕망을 능동적으로 보여준다. 이에 비해 '나'의 욕망은 '알싸한 그리고 향긋한' 향기에 아찔해진 욕망의 우회적이며 상징적인 경로를 환기할 뿐이다. 점순이와 '나'의 육체적 접촉은 대조의 겹침이며, '어우러졌다'가 생략된 문맥이다. 산 아래로 내려간 점순이와 산 위로 치빼는 '나'의 공간 이동의 능동적 해석은 '기어서'의 공통성에 집중하게 한다.

2) 해석의 탈영토성

김유정의 소설 문체는 반산문적인 경향을 표층에서 보여주되 그 역설로서 소설의 심미성을 구현한다.[15] 소설 장르의 극단에 위치한 서정을 독자 반응으로 환기하는 그의 작품에서 표제와 음성이 상징하는 심층적 의미는 은유 구조로 수렴된다. 소설 자체가 온갖 파격과 전복까지를 수용하는 유연성[16]임을 고려할 때 반사체의 영향은 서사의 극단에 위치한 은유 구조를 유연하게 수용함으로써 소설 언어의 영토를 확장시킨 것으로 해석할 수 있다.

「金따는 콩밧」의 표제는 그 궁극에 콩밭에서 금을 캐려는 소작인의 경험을 아이러니로 구축함으로써 식민 치하 절박한 어둠에서 벗어나려는 탈식민주의의 현실 인식[17]을 읽어내게 한다. 「만무방」과 「따라지」의 표제

---

15 김용직, 앞의 글, 286~295쪽 참조.

16 바흐친의 언급처럼 소설은 장르적인 골격 또한 아직도 굳어져 있지 않으며, 따라서 소설이 앞으로 발전하게 된 모든 가능성을 예측하기란 불가능하다. 송명희, 『현대소설의 이론과 분석』, 푸른사상, 2006, 13~14쪽.

17 김원희, 「김유정 단편에 투영된 탈식민주의-소수자와 아이러니의 형상화를 중심으로」, 『현대문학이론연구』 제29집, 현대문학이론학회, 2006. 12, 176쪽.

또한 당대 주권을 잃은 민중들의 삶을 환기시킨다. '만무방'과 '따라지' 등의 별명은 식민 치하의 권력에서 소외된 민중의 정체성 그 은유이다.

이에 비해 「동백꽃」의 표제는 객관적 상관물 '동백꽃'으로 남녀의 사랑을 환기한다. '얼리었다'와 '기어서'의 서정적 리듬과 감각은 마름/지주, 남/녀의 이분법적 경계를 해체시키면서 새로운 생성을 확장시키는 어울림이자 생명력이다.

한편으로 음성의 상징에 주목하면 「산ㅅ골나그내」에서 작품 전체에서 부각되는 의성의태어의 잦은 반복은 결말에서 '와글와글' 아우성이 된다. 부서지는 물방울이 슬픈 민초들의 슬픈 운명이라면, 늑대 소리는 '지정치 못할' 곳에서 '와글와글' 쏟아내는 민중들의 분노인 셈이다. 「총각과 맹꽁이」에서 암수 짝을 지어 '맹-'하면 '꽁-' 하고 음충맞게 사랑의 노래를 화답하는 맹꽁이 소리는 당대 농촌 현실과 민중의 삶에 대한 독자의 연민과 비판을 역설적 상황으로 환기시킨다. 또한 「심청」은 부조리한 사회와 역사에 대한 기존의 제비 소리를 새롭게 배치한다. 제비 노랫소리, "비리구 배리고" 그 반어적 심술이야말로 진정한 박애를 실천하지 못한 인심과 당대 사회의 구조적 모순을 비판하는 작가적 냉소이다.

> 다만 맷맷한 미루나무 숲에서 거츠러가는 농촌을을프는듯 매미의
> 애긋는 노래-
> 매-움! 매-움![18]

---

18 박정규(『김유정의 소설과 시간』, 깊은샘, 1992)의 지적처럼 신춘문예 당선작 원본에는 '매-움!'으로 표기되어 있는데 전신재 편 『원본 김유정전집』을 비롯한 대부분의 텍스트들은 '매-음'으로 표기하고 있다. 작가 의도를 파악하는 긴장으로서 '움'과 '음'의 차이는 간과할 수 없다. 매미 노래는 매미의 울음을 역설적으로 보여준다. '매-음!'이 텍스트 표면에 드러난 매음을 읽게 하는 기표라면, '매-움!'은 텍스트의 심층의 작가 의도를 해석할 수 있는 기표이기 때문이다. 작가 의도로서 '테마

「소낙비」에 제시된 매미의 노래는 상징적 코드로서 작가 시점을 작품 모두에 장치한다. '매-움!'의 의미를 밝히는 작업은 중요하다. 김유정의 작품은 은유 체계가 강화되기 때문에 비록 음성 상징이더라도 원본에 충실할 필요가 있다. 독자 반응으로 '움'은 움막을 연상한다. '매미의애끗는 노래'의 음성 상징인 '매-움!'은 춘호 처의 매음을 예언하는 중의적 의미로 한정되기보다 새로운 의미를 생성된다. 원본의 표기가 '매-음!'이라면 작가적 상상은 매미 울음이 춘호 처의 매음 행위를 상징하는 데 그치지만, '매-움!'이라 표기한 작가적 상상은 민초들이 살아가는 움(집)으로서 우리 땅을 빼앗긴 채 침략자와 더불어 살아가는 오욕을 상징한다. 작가 김유정의 천재적 상상과 은유적 발상은 작품의 궁극적 해명으로서 상징적 음성언어 '매-움!'을 신중하게 선택하고 그에 대한 구체적 사건의 예로 '매음'의 이야기를 전개했을 것이라는 해석이 독자로서 필자의 작가적 상상이다.

4. 입체적 담화 반사체(立體的 談話 反射體)

입체적 담화 반사체는 복합적인 담화 전달 체계[19]의 소통 과정을 소설 언어의 시각 다중화에 의해 확산시켜 독자 반응의 대화를 통합하는 언어적 운용 방식이다. "말은 한 개인의 것이 아니라 민중 전체의 것이다. 글 쓰는 사람이 문장은 제 문체대로 쓸 수 있으나, 말은 자기 것이 아니라 그

(theme)'는 실제 메시지 '레마(rheme)'에 의해 해소된다는 점에 입각할 때, '움!'은 움집, 곧 민중들의 삶의 터전을 은유한다. 『朝鮮日報』, 1935. 1. 29 一等當選短篇小說 「소낙비」 제1회분 참조.

19 실제 작가-내포 작가-서술자-인물들-피서술자-내포 독자-실제 독자

    A - A' - N - C - N' - R' - R

O' Neill, Patrick. 『담화의 허구』, 이호 역, 예림기획, 2004, 190~191쪽 참조.

인물의 것을 찾아놓은 데 충실하지 않을 수 없다."[20]는 이태준의 지적에서 드러난 입말의 개성은 김유정의 소설에서 생생하게 육화된다.

입체적 담화 반사체는 독자 소통 체계를 확산하는 방식으로 당대 민중들의 입말을 반사한다. 김유정 소설에서 입말의 활력은 작중인물을 개성화할 뿐만 아니라 더러는 화자의 입말을 작품 전체로 확장하며 민중들의 생활 현장을 독자 반응의 '지금-여기'로 복원한다. 소설 언어의 시각 다중화로 드러나는 다층적 발화 체계의 상호텍스트성은 산문적 언어의 확장을 부각시킴으로써 담화의 입체성이 두드러지게 한다. 특히 괄호 활용, 메타 발화와 텍스트의 삽입 등의 상호텍스트성은 판소리의 상관성을 보여준다. 여기에서 화자의 기능은 소리꾼으로 부각시킨 서술자 역할뿐만 아니라 고수처럼 괄호 속 지문을 채우거나 메타 텍스트와 서사적 리얼리티를 전략하는 내포 작가 역할을 반사하면서 대화 체계의 통합성을 시현한다.

1) 괄호 활용의 입체성

「봄·봄」 18회, 「夜櫻」 12회, 「생의 반려」 6회, 「貞操」 5회, 「솟」 5회, 「가을」 4회, 「옥토끼」 3회, 「총각과 맹꽁이」 2회, 「심청」 2회, 「이런音樂會」 2회, 「동백꽃」 1회, 「정분」 1회, 「따라지」 1회, 「산ㅅ골나그내」 1회

위와 같이 김유정은 많은 작품에 괄호를 활용함으로써 소설 언어의 시각 다중화를 구체화한다. 그의 소설에서 괄호 활용은 화자의 내면을 부각시키거나 단어의 강조, 뜻풀이, 모순어법, 발화적 상황 등을 드러내는 방식으로 다양하다. 김유정 소설의 괄호 활용은 장거리 문장의 측면에서 박

---

20 이태준, 『문장강화』, 임형택 해제, 창작과비평사, 2005, 49~69쪽 참조.

태원의 작품[21]과 비교하게 된다. 그러나 박태원의 괄호 활용은 그의 대표 단편 14편 중 한자 표시 기능을 제외한 초기작 「옆집 색시」 2회, 「사흘 굶은 봄달」 4회에 그친다는 점에서 별 의미를 갖지 못한다. 이에 비해 김유정의 괄호 활용은 문체적 특징으로 활성화된다. 일인칭 작품에서 괄호 활용은 화자의 주로 내면 의식이나 발화 상황을 다층적으로 부각시키지만, 「총각과 맹꽁이」에서는 (此間七行略), (此間四行略) 과 같이 행의 생략을 명시함으로써 독자의 호기심을 자극하기도 한다. 괄호를 가장 많이 활용한 경우는 「봄·봄」이다. 그 횟수가 무려 18회이다.

> (많이 먹는다고 노상 걱정이니까)//(다른 사람보다 좀 크긴 하지만)//(가 너머 먹은걸 모르고 내병이라나 그배)//(번 이름이 봉필이니까)//(을 아즉 모르지만 병)//(장인님의 소니까)//(장인님은 이걸 채시니없이 들까븐다고 하지만)//(속으로)//(얼름보면 지붕우에 않은 제비꼬랑지 같다)//(사실 장모님은 점순이보다도 귓배기하나가 적다)//(그러나 암만해두 돌 씹은 상이다)//(뭉태의 말은 구장님이 장인님에게 땅 두마지기 얻어 부치니까 그래꾀였다구 하지만 난 그렇게 생각안는다)//(여기에 그만 정신이 번쩍 낫다)//(사경받으로 정장가겠다 했다)//(예전에 원님이 쓰든 것이라나 옆구리에 뽕뽕 좀먹은 걸레)//(제 원대로 했으니까 이때 점순이는 퍽 기뻤겠지)//(눈에 참아무것도 보이지 않었다)//(지금까지도 난 영문을 모른다)

「봄·봄」에서 괄호 활용은 일인칭 화자의 내면 의식 부각, 발화적 상황 강조, 뜻풀이나 강조, 반어적 상황, 의문, 발화의 문맥 대조, 남의 말 인용, 사물 묘사 등의 이중적 발화로 부각됨으로써 판소리 고수의 해학과 풍자를 보여준다. 괄호 안팎 발화의 겹처럼 표제조차 '봄·봄'이다. 한편

---

21 박태원 소설집, 『소설가 구보씨의 일일』, 깊은 샘, 1995 참조.

으로 삼인칭 작가 시점의 「솟」과 「정분」에 사용된 괄호의 대비는 작가의 담화 전략의 변화를 이해하는 데 시사적이다. 알려진 바 「솟」은 「정분」의 개작[22]이다. 괄호 활용의 횟수가 「정분」에서는 1회이지만 「솟」에서는 5회로 늘어난다. 두 작품에서 괄호 활용의 비교는 작가의 담화 전략의 변화를 객관적으로 입증한다. 다음은 「정분」의 같은 장면에서 없는 괄호 활용이 「솟」에 드러나는 예이다.

> "아 회엔 안오고 술집에만박혀잇스니싸 그러치"
> (이건 멀정한 거즛 말이다. 회에좀 안갓기로 내쫏는 경오가 어딧니,
> 망할 자식?) (144쪽)
> "그자식 어찌 못난는지 안해까지 동리로 돌아다니며 미화라구 숭을
> 보는걸―"
> (또 거즛 말, 안해가 날어써케무서워하는데 그런 소리를 해!)
> (144쪽)
> "내가 아나 근식이처가그러니싼 나두 말이지"
> (안해가 설혹 그랫기루 그걸다 쇠드겨밧쳐 개새끼갓으니!) (145쪽)

「정분」에서 은식이가 뭉태와 게숙이의 베개 송사를 엿듣는 장면에서는 괄호가 없지만, 「솟」에서 뭉태(「정분」의 주인공 은식이의 이름이 근식으로 바뀜)가 베개 송사를 엿듣는 장면에서는 위와 같이 괄호가 세 번이나 추가되면서 뭉태에 대한 근식이의 의식을 생생하게 보여준다.

> 뭣뭣을 가저가야 하는지 실은 가저갈 그릇도 업거니와 첫째 생각이
> 안나서이다. 올새에는 그러케도 여러 가지가 생각나드니 실상 싹 와

---

22 『조광』(1937. 5)에 발표된 「정분」은 1935년 발표했던 「솟」의 초고이다. 갈등 구조, 심리묘사 언어 구사 등에서 「정분」은 「솟」보다 미숙하다. 전신재 편, 앞의 책, 336쪽.

닥시니짜 어리둥절하다가

얼마 뒤에야

(올치 이런 망할 정신보래!)

그는 이짓든 생각을 겨우 쌔치고 벽에 걸린 바구니를 쎼들고 뒤적어린다. (149쪽)

「솟」에서 근식이가 게숙이에게 갖다줄 솥을 챙기는 장면이다. 여기에서도 「정분」에는 없는 괄호가 추가된 것이다. 괄호를 추가한 작가의 의도는 신혼의 추억이 깃든 솥뿐 아니라 바구니까지 챙기는 근식이의 행동을 추동하는 의식의 변화 과정을 또렷하게 보여주기 위한 담화의 전략으로 파악된다.

그중에서 덕이(아들) 먹을 수저 한개만 남기고는 모집어서 궤춤에 쏙 쇠잣다.〈솟〉(150쪽)
덕이(아들)먹을 한 개만 남기고는 모집어 궤춤에 꽂았다. (「정분」, 343쪽)

두 작품에서 공통되는 괄호 활용은 아들로서 덕이의 정체성을 강조한 '덕이(아들)' 부분뿐이다. 이상 두 작품의 비교를 통해 살펴지듯이, 김유정은 개정 작업에서 무엇보다 괄호 활용의 횟수를 늘려가며 소설 언어의 시각 분화를 꾀한다. 괄호활용의 기능에 대한 깊은 논의는 다음 기회로 미룬다.

2) 대화적 상호텍스트성

담화 내적 발화 또는 외적 층위의 상호텍스트성은 독자 반응의 담화 체계를 확장한다. 담화 소통을 확장하는 상호텍스트성은 소설 언어의 시각다중화에 기여함으로써 당대 민중들의 삶과 감정에 밀착된 사투리와 비속어 등 구어체를 통해 작중인물들의 개성을 살릴 뿐만 아니라 당대 사회 현실과 민중들의 애환을 객관적인 거리에서 조명한다.

"장인님! 인젠 저—"의 '나'의 발화로 시작되어 점순이의 발화로 끝나는 「봄·봄」에서 입말의 개성은 웃음을 독자 반응의 '지금-여기'로 끌어낸다. "제—미키두!", "빙모님은 참새만 한 것이 그럼 어떻게 앨낫지유?" 등의 점순이의 키와 상관되는 화자의 입담은 그 파급적 효과를 해학과 우행으로 확장한다. "니 자식아, 일허다말면 누굴 망해놀 셈속이냐 이 대가릴 까놀 자식?", "이걸 까셀라부라!", "이자식! 장인입에서 할아버지 소리가 나오도록해?" 등의 사투리와 비속어의 입담에서 화자의 개성과 발화적 상황이 해학적으로 전달된다.

> "이 바보 녀석아!"
> "얘! 너 배내병신이지?"
> "얘! 너 느그아버지가 고자라지?" (223쪽)

「동백꽃」의 작중인물 점순이가 '나'에게 육담을 건네는 장면이다. 점순이의 발칙한 입담으로 인하여 독자는 웃음을 유발하게 되고 그녀의 개성을 엿보게 된다. 「옥토끼」에서 화자 '나'의 화법은 마치 토끼가 깡충 건너 뛰는 듯이 사실을 비약시키는 발화의 개성을 드러낸다. 숙이가 옥토끼를 먹었기 때문에 자신의 아내가 되리라는 확신은 '인제는 틀림없이 너는 내거다!'라는 내면 의식의 비약적 발화를 통해 화자의 순진한 성격을 개성화한다.

발화의 입체성은 「두꺼비」에서도 조각된다. 두꺼비의 정체성은 화자 '나'의 바보스러움을 보여주는 화법으로 인하여 전복된다. 작품 시작 부분에서 두꺼비는 화자가 짝사랑하는 옥화의 남동생으로 소개되지만 화법으로 반사되는 두꺼비의 정체는 다름 아닌 '나', 화자 자신이다. 실연의 상태에서 화자는 '지금은 본체도 안하나 옥화도 늙는다면 내게 밖에는 갈데가 없으려니, 허고 조곰 안심하고 늙어라, 늙어라, 하다가…… 늙어라,고 만물이 늙기만 마음껏 기다린다.'며 얼빠진 모습으로 자신의 내면을 보여준다. 질질 끌듯 이어가는 장거리 문장의 화자 화법은 바보스러우리만큼 순진한 화자의 순정을 개성화한다. 이와 같이 김유정은 각 작품마다 작중인물 또는 화자의 개성적인 화법으로 담화의 입체감을 추동한 것이다.

> 아리랑 아리랑 아라리요
> 아리랑 띄여라 노다가세
> 증긔차는 가자고 왼고동 트는데
> 정든님 품안고 낙누낙누
> 아리랑 아리랑 아라리요
> 아리랑 띄여라 노다가세
> 낼갈지 모래갈지 내모르는데
> 옥씨기 강낭이는 심어뭐하리
> 아리랑 아리랑 아라리요
> 아리랑 띄어라…… (110~111쪽)

「만무방」에서 민요 삽입의 상호텍스트성은 소설 언어의 시각 다중화 방식으로 식민 치하 만무방적 태도의 민중의 삶을 민중 어법으로 이해하게 한다. 민요 속에 나타난 증기기관차는 정든 님과의 헤어짐을 강요하는 흉기의 상관물로 대체된다. 특히 '옥씨기 강냉이 심어 뭐하리'에서 식민 치하 유랑하는 백성의 아픔이 민요 속에 용해되었다.[23] 민요의 가락과 리듬은 그 문맥을 확장하며 메타텍스트로 기능한다. '펄펄 뛰는 생선이 조코, 아츰햇발에 비끼어 힘차게 출렁거리는 그물결이 조코'에서 '-이 조코'가 반복되면서 드러나는 리듬과 해학적 분위기는 당대 민중들의 삶을 역설적으로 보여주면서 식민지 이전의 풍요롭던 민족의 때를 상기시킨다. 민요의 상호텍스트성은 '그래도 즈이 딴는 무어 농사좀 지엇답시고 약을 복복쓰며 잘두 떠들어 대인다.', '이러든 가을과는 저 딴쪽이다.', "내 것 내가 먹는데 누가 뭐래?" 등의 구체화된 발화로 반사됨으로써 독자 반응의 비판을 해학적 풍자로 환기시킨다.

> 내가 밤에 집에 돌아오면 년을 앞에 앉히고 소리를 가르치겟다. 우선 내가 무릎장단을 치며 아리랑타령을 한번 부르는구나. 아리랑 아리랑 아라리요, 춘천아 봉의산아 잘 있거라. 신연강 배타령 하직이라. 산골의 계집이면 강원도 아리랑쯤은 곧잘 하련만 년은 그것도 못배웠다. 그러니 쉬운 아리랑부터 시작할밖에. 그러면 년은 도사리고 앉아서 두손으로 응뎅이를 치며 숭내를 낸다. 목구녕에서 질그릇 물러앉는 소리가 나니까 낭종에 목이 티이면 노래는 잘 할게다 마는 가락이 딱딱 들어맞아야 할턴데 이게 세상에 되먹어야지. 나는 노래를 가르키는데 이 망할 년은 소설책을 읽고 앉았으니 어떻거냐. (174쪽)

「안해」에서 '아리랑 타령', '시체창가', '신식창가' 등의 상호텍스트성은 일인칭 화자의 입담에서 자칫 차단되기 쉬운 담화의 다층적 경로를 민중 어법의 해학과 리듬으로 보여준다. 화자의 능변과 어울리는 아리랑 타령은 소설 언어의 시각적 분화를 풍부하게 드러내는 해학적 아이러니를 반사한다. '년은 도사리고 앉아서 두손으로 응뎅이를 치며 숭내를 낸다'의 해학적 분위기와 '목구녕에서 질그릇 물러앉는 소리'의 관용구는 민중 생활을 실감나게 보여준다. 또한 '소리를 가르치겟다.', '한번 부르는구나.',

---

23 유인순, 『김유정을 찾아가는 길』, 도서출판 솔과 학, 2003, 248쪽.

'누군데 그래.', '이게 세상에 되먹어야지.', '이 망할 년은 소설책을 읽고 앉았으니 어떻거냐.' 등에서 살펴지는 청자 지향의 화법은 판소리의 상호텍스트성을 읽게 한다. 판소리의 사설에 풍부한 해학과 풍자가 용해되었듯이 '망할 년'으로 구체화된 여성 비하적인 입담은 가난과 절망에서도 웃음을 잃지 않고 여성성으로 희망을 추구하는 화자의 긍정적 태도를 아이러니로 반사한다.

> 매매계약서
> 일금 오십원야라
> 우금은 내 안해의 대금으로써 정히 영수합니다.
> 갑술년 시월 이십일
>
> 조 복 만
>
> 황거풍 전 (194~195쪽)

한편, 「가을」에서 매매계약서는 소장사에게 아내를 파는 황당한 사건의 핍진성을 담보하는 상호텍스트성이다. 문학 외적 텍스트의 차용 방식은 소설 언어의 시각 다중화의 입체성을 추구하며 서사 현실을 객관적으로 증명한다. 매매계약서는 서사 현실의 객관적 자료이자 메타텍스트로 기능한다. 매매계약서의 문맥은 아내를 팔아야 할 만큼 절박한 당대 민중들의 가난을 실감나게 이해시키는 담화의 입체적 조명이다.

이에 비해 「生의 伴侶」에서는 '나명주선생께', '유명렬선생전 답상서' 등의 비교적 장문의 편지글을 그대로 차용하는 방식으로 작가의 실제 연애 사건이 재구되는 경로의 입체성을 보여준다. 그리고 「산골」 「두포전」 등은 단편임에도 불구하고 마치 장편소설처럼 소제목을 분할하여 제시한다. 담화 층위를 명시한 소설언어의 시각다중화는 각 장별 공간의 상호텍스트성을 구체화한다. 「산골」에서는 산, 마을, 물, 길 등의 모티프로서 네 개의 소제목을, 「두포전」에서는 1. 난데없는 업둥이 2. 행복된 가정 3. 놀라운 재복 4, 칠태의 복수 5. 두포를 잡으려다가 6. 이상한 노승 7. 이상한 지팽이 8. 엉뚱한 음해 9. 칠태의 최후 10. 두포의 내력 등의 주요 사건으로 열 개의 소제목을 제시함으로써 담화의 분할 공간을 병치한다.

소설 전체가 하나의 형식 단락인 「슬픈 이야기」에서 화자는 식민 치하 모순된 세태를 '풍자와 직서(直敍)'[24]로 드러내어 슬픈 이야기의 내력을 자신의 시점으로 재구하며 성찰하는 담론의 전복을 보여준다. 화자의 입담은 칡넝쿨처럼 얽힌 장거리 문장 속에 '곤내질을 하며', '무슨 지랄병이 났는지', '줄청같이 들볶는 모양' 등의 관습적 민중 경험을 전유하는 방식으로 한 여인의 비극적 경험이 결국 '나'의 슬픈 이야기로 귀결됨을 소설 언어의 시각 다중화로 반사한다. 작가 자신의 불우하고 외로웠던 현실의 편린을 전기적인 상호텍스트성으로 보여주며 독자와 대화하기를 원하는 '나'의 입담에서 판소리 사설의 풍부한 해학과 풍자를 발견할 수 있다. 이와 같이 입체적 담화 반사체로 당대 민중들의 슬픈 이야기를 위대한 사랑으로 조명해낸 김유정 소설의 깊이에서 독자는 시리고 아픈 작가의 현실 인식을 되새김한다.

5. 나오며

김유정 소설의 반사체의 특징은 다음과 같다. 개방적 공감 반사체는

---

24 풍자와 직서는 시각의 다중화로 표현되는데, 산문예술의 본질인 반어적 거리가 확보되는 것은 현실 인식이 날카로울 때이며, 그것이 무뎌지면 시각이 단일화되는 경향을 보인다. 이는 작가의 의식과 언어기법이 일정한 대응관계를 맺고 있다는 증거이다. 우한용, 앞의 책, 229쪽.

시적 산문체의 은유 구조를 독자 반응으로 강화한다. 첫째, 불확정한 독백체의 공감 어법의 동일성은 서정을 환기한다. 둘째, 의성어·의태어 등의 첩어와 리듬감은 '지금-여기'의 서정을 환기한다. 이에 따른 독자 반응의 해석은 한국 소설 언어의 탈영토성을 읽게 된다.

입체적 담화 반사체는 입말의 개성과 대화적 상호텍스트성을 소설 언어의 시각 다중화로 추구하며 독자 반응을 확장한다. 첫째, 괄호 차용의 상호텍스트성은 다층적 담화 체계를 드러낸다. 둘째, 메타 발화의 상호텍스트성은 담화의 핍진성과 리얼리티를 드러낸다. 이에 따른 상호텍스트성의 대화적 소통은 서사 현실에 심층적으로 반사되는 작가 의식을 독자 반응으로 성찰하게 한다. 김유정 소설의 역동성을 보여주는 반사체의 특징은 서사적 경험에서 추구하는 진정한 리얼리티의 목표를 서정성으로 강화시키며 상호텍스트성으로 해학과 아이러니를 확대한다. 고정된 산문적 질서에서 탈피한 반사체의 유연성은 시대와 개인의 아픔을 웃음으로 승화시킨 작가의 긍정적 삶의 태도를 보여준다. 도스토예프스키가 그의 소설에서 작중인물의 다양한 입장을 자율적으로 보여주며 독자와 대화하기를 원한다면, 김유정은 그의 소설에서 환유로 풀 수 없는 시대의 모순, 즉 식민 치하의 질곡에 대한 해법으로서 독자의 연대 의식을 바흐친이 끝내 소설의 다성성과 구별한 서정을 조화시켜 모색한 것이다.

산문과 운문의 경계를 해체시켰을 뿐만 아니라 인간과 자연, 환유와 은유, 전통과 파격, 육담과 리듬, 남성과 여성, 형식과 내용 등의 조화로 긍정적 생성을 추구하는 반사체의 역동성은 한국 소설 언어의 새로운 영토의 확장을 발견하게 한다. 그러므로 김유정 소설 문체의 독창성은 시공을 초월한 문학적 구원으로서 앞으로도 독자들의 작가적 상상과 해석에 의해 새롭게 찬란해지는 빛으로 거듭날 것이다.

김유정 단편에 투영된 탈식민주의

— 소수자와 아이러니의 형상화를 중심으로

1. 들어가며

김유정은 그의 소설 속에서 특별히 기층 민중들의 삶과 애환에 대하여 깊은 관심을 보인다. 김유정 소설의 작중인물들은 사회를 이끌어가는 중심 권력층이 아니라, 그 권력에서 소외된 소수자[1]들이다. 김유정은 당대 기득권 세력에서 소외된 소수자의 정체성과 경험을 민주적 서술 방식으로 부각시킴으로써 그의 소설을 읽는 독자들로 하여금 소수자의 이야기를 통해 식민지의 삶을 공감하도록 하고 있다. 독자들은 궁극적으로 당대의 역사적 모순에 대하여 비판 의식을 갖게 되는 것이다. 따라서 김유정의 소설에 투영된 소수자의 경험을 이해하고 그 의미를 해석하는 것은 곧

---

1 다수성이 지배하는 세계에서 소수자(minority)들은 척도의 강요 속에 산다. 동시에 그 척도에서 벗어난 삶을 창안하고자 한다. 따라서 이들의 삶은 항상-이미 척도로서 주어지는 것과 대립하고 척도의 형태로 작용하는 다수자의 권력과 잠재적으로 충돌하고 있다. 이러한 측면에서 살펴볼 때, 김유정은 제국주의의 척도에 대립하는 소수자의 경험을 그의 소설에 부각시키는 민주적 서술 태도를 보여준다. 이진경, 「문학-기계와 횡단적 문학」, 『들뢰즈와 문학-기계』, 소명출판, 2002, 45~49쪽 참조.

독자 수용의 입장에서 작가의 세계관을 탐구하는 일이 될 것이다.

김유정은 약하고 힘없는 소수자를 식민 치하 민족 정체성을 드러내는 아이러니[2]로 형상화한다. 제국주의 권력에 대한 작가의 현실 인식을 파격과 전복이라는 형식을 빌려 극적으로 제시하고 있는 것이다. 한낱 개인적인 경험으로 보이는 허구적인 소수자의 이야기를 심층적으로 들여다보면 주권을 빼앗긴 당대 현실 상황에서 탈식민 지향의 정체성을 추구하는 작가의 전망이 투영되어 있음을 알 수 있다. 이처럼 소수자의 경험을 아이러니로 형상화함으로써 김유정은 역사와 현실의 모순 그 너머에 존재하는 이상과 자유의 역설을 보여준다. 그의 소설에서 소수자와 아이러니는 은유 체계로 구축되어 작가의 문학성뿐 아니라 작가의 역사 인식과 세계관을 반영하는 것이다.

이러한 점에서 소수자와 아이러니에 대한 천착은 김유정 소설에 형상화된 작가 의식을 탐구하는 첩경이 될 수 있다. 작중인물들의 우행과 해학을 추동하는 작가의 전망과 역사의식[3]을 구명함으로써 김유정의 세계관과 역사 인식을 조명할 수 있게 되는 것이다.

주지하다시피 김유정의 소설에서 반산문체로 표면화된 형식의 파격[4]

---

2   그리스의 희극에서 eiron이라고 불리는 작중인물은 "시치미 떼는 사람"으로서 자신을 낮추어 말하고 실제보다 똑똑치 못한 사람인 척하는 것이 특징이었다. 그러나 자기 기만적인 못난 허풍선이인 alazon을 이겨내는 인물이었다. "아이러니"는 여러 가지 비평에서 사용되고 있지만 시치미를 뗀다든가, 실제와 주장과의 차이라든가 하는 원래의 뜻을 잃지 않는다. 김유정은 아이러니를 구조적으로 원용하여 식민지 치하 비참한 삶의 현실 인식과 전망을 해학적 개성으로 표현한다. ABRAMS, M. H. 『문학용어사전』, 최상규 역, 1997, 182~189쪽 참조.
3   김준현, 「김유정 단편의 '반半소유' 모티프와 1930년대 식민수탈 구조의 형상화」, 『현대소설연구』 제28호, 2005. 12, 160~161쪽 참조.
4   김용직, 「반산문적 경향과 토속성-김유정의 소설 문체」, 『문학사상』 22호, 1974. 7, 286~295쪽 참조.

과 아이러니의 특징은 작품의 내용에까지 그 의미가 심화된다는 점이다. 형식과 내용이 유기적으로 상관되는 파격과 아이러니를 통하여 온전한 해방과 자유에 관한 전망을 총체적으로 제시하고 있는 것이다. 따라서 그의 세계관과 역사의식을 정치하게 파악하기 위하여서는 작품의 형식과 내용을 연결하는 차원에서의 탐구가 필요하게 된다.

한편으로 김유정 소설의 분석에 있어서는 '탈식민적인 것'에 대한 적용 또한 유연한 접근으로서 정체성, 탈식민성, 문화적 비평적 실천을 설명하는 다양한 모델들을 차용하는 것이 가능하고 또한 필요하다고 보인다.[5] 김유정의 소설에 형상화된 소수자들의 경험은 들뢰즈의 표현을 빌리자면 '오이디푸스의 희극적 확장'을 보여준다. 권위 체계의 가족 삼각형 밑에서, 혹은 그것 안에서 튀어나온 다른 삼각형들의 대립 추론적 발견과 고아 같은 동물-되기의 탈주선이 강화된 궤적을 보여주는 오이디푸스의 희극적 확장[6]을 추구하는 소수자의 경험과 아이러니의 형상화는 제국주의 권력과 질서를 조롱하며 초월하는 작가의 탈식민주의의 의식을 읽게 하기 때문이다.

김유정은 그의 소설 속에 참담하였던 현실의 눈물을 감추는 대신 극화된 웃음으로 식민 외상을 극복하려는 창조적 소수자로서 탈식민주의 의식을 실천하는 모습을 보인다. "유정의 예술은 그의 고통과는 역비례해서

---

5 "이러한 문제들을 탐구할 수 있는 유일한 방법이란 있을 수 없다. 백 송이의 꽃이 만발할 수 있다면, 우리는 잡초가 자라나도 개의치 않을 것이다."며 인도의 식민지 역사에 대한 적절하고 '타당한' 분석 양식이 과연 무엇인가에 대한 논쟁에서 밝힌 구하의 입장은 김유정의 작품 분석에도 유효하다. "Guha, "On Some Aspects of the Historiography of Colonial India" in Guha and Spivak, Selected Subaltern Studies, p.43. 바트무어-길버트, 『탈식민주의! 저항에서 유희로』, 이경원 역, 도서출판 한길사, 1976, 449~450쪽 참조.

6 들뢰즈 · 가타리, 『카프카-소수적 문학을 위하여』, 이진경 역, 동문선, 2001, 40쪽.

즐겁다."는 김문집의 평[7]에서 읽을 수 있듯이, 당대 민족의 삶으로 은유되는 소수자의 고통스런 삶을 표현하는 데 있어 김유정은 슬픔과 비극을 직접 드러내지 않고 억압을 초월하는 아이러니적 해학을 보였다.

이 장에서는 이러한 논의를 바탕으로 김유정 소설에 형상화된 소수자와 아이러니에 대해 심층적으로 해석하고자 하였다. 이러한 작업은 김유정의 역사의식과 문학성을 새롭게 재조명하는 의의가 있을 것이다.

2. 소수자 권익의 전복적 자유

김유정의 소설에서 부각되는 소수자와 아이러니의 형상화는 일제 수탈에 의해 차별받고 소외된 삶을 살아가야 하는 우리 민족의 정체성을 보여준다. 그것은 주권을 잃은 민족적 경험이 다름 아닌 소수자라는 작가의식과 맞닿는다. 따라서 독자 수용 미학의 맥락[8]으로 김유정 소설의 전망을 파악하기 위해서는 작품이 배태된 공간인 1930년대의 역사적 상황을 간과할 수 없다.

일제 파시즘 체제의 수탈과 모순이 노골화되는 극도로 궁핍[9]한 시대 상황에서 김유정은 식민 치하 피지배자로서 역설적 자유를 추구하는 저항적 전략을 그의 작품 속 소수자의 경험을 통해 보여준다. 따라지와 들병이의 구체적인 가치 전도의 경험을 통해 소수자의 권익을 보여주는 작가의 민주적인 서술 태도에서 독자는 탈식민주의 의식을 파악할 수 있다.

---

7   김문집, 「김유정」, 『김유정전집』, 현대문학사, 1968 참조.
8   임환모·최현주, 「수용미학」, 『문학이론의 경계와 지평』, 한국문화사, 2004, 203~204쪽 참조.
9   김병익, 「땅을 잃어버린 시대의 언어」, 『문학사상』 22호, 1974. 7, 279쪽.

1) 별명과 장면의 전복—따라지

「따라지」는 식민 치하 주권을 잃고 소수자로서 살아가는 우리 민족의 삶의 정체성을 읽게 한다. 작중인물들은 이름보다 별명으로 존재한다. 주인 노파는 '능구렁이'이다. 한집에 세 들어 사는 궁핍한 따라지들의 별명은 방에 박혀 소설만 쓰는 '톨스토이'와 그 누나 '변덕쟁이', 버스 여차장의 아버지 '노랑퉁이' 등으로 정체성을 표시한다. 이와 같은 별명은 당대 소수자의 정체성을 전달한다. 정식 이름으로 국민의 정체를 드러내지 못하는 특수한 역사적 맥락을 고려할 때, 세를 들어 살아가는 '따라지'라는 별명은 주권을 빼앗긴 식민 치하 민족적 경험과 정체의 동질성을 보여주는 은유적 체계로 이해된다.

이 작품에서 작가는 삶의 주체적 권력과는 상관없는 무능력한 따라지들에게 시점을 균등하게 이동시킴으로써 민주적인 서술 태도를 지향한다. 서술자는 작품의 모두에서 주인마누라의 시점을 부각시키지만, 서사의 전개 과정에서 따라지들의 시점을 다채롭게 옮겨가다가 결말에서는 아끼꼬의 시점을 부각시키는 것으로 시점의 전복을 보여준다. 밑바닥 생활을 하는 따라지들에게 공평하게 시점을 이동시킨 작가의 입장은 소수자의 자유과 권익을 옹호하기 위하여 가치 전도를 보여주는 서술 전략으로 파악할 수 있다.[10]

> 이런 제기헐, 우리 집은 은제나 수리를 하는 겐가 해마다 고친다, 고친다. 벼르기는 연실 벼르면서 그렇다고 사직골 꼭대기에 올라붙은

---

10 김원희, 「1920~30년대 한국 단편소설의 冒頭 서술자 기능 연구」, 전남대학교 박사 학위 논문, 2005, 95~99쪽 참조.

깨웃한 초가집이라서 싫은것도 아니다. 납짝한 처마끝에 비록 묵은 이영이 무데기무데기 흘러 나리건말건, 대문짝 한짝이 삐뚜루 배기건 말건 장뚝뒤의 판장이 아주 버컥 나자빠저도 좋다. 참말이지 그 놈의 벽 옆에 뒷간만 좀 고첬으면 원이 없겠다. 밑둥의 벽이 확 나가서 어떤게 벅이고 뒷간인지 분간을 모르니 게다 여름이 되면 벅바닥으로 구데기가 슬슬 기어들질 않나. 이걸 보면 고대 먹었던 밥풀이 고만 곤두스고만다. 에이 추해추해, 망한 녀석의 영감쟁이 그것좀 고처달라고 그렇게 성화를 해도- (302~303쪽)[11]

　이 작품의 모두에서 서술자는 주인 노파의 시점을 부각시킨다. 사직원의 화려한 봄 풍경과 대비되는 남루하고 초라한 집에 대한 노파의 불만은 뒷간을 고쳐주지 않는 영감쟁이에 대한 원망으로 이어진다. 초라한 집의 정경을 노파의 불쾌한 감정으로 노골화시키는 것은 뒷간을 고치지 못해 '여름이 되면 벅바닥으로 구데기가 슬슬 기어'드는 기억이다. '이걸 보면 고대 먹었던 밥풀이 고만 곤두스고만다.'는 노파의 구데기에 대한 반응은 '망한 녀석의 영감쟁이 그것좀 고처달라고 그렇게 성화를 해도-'라는 불만으로 격앙된다. 주인 노파의 불만은 후행 서사에서 낡은 집을 고치기 위하여 세든 따라지들에게 집세를 적극적으로 요구하는 것으로 이어진다. 주인 노파의 관점에서 환기하는 따라지들의 인상은 우거지상, 노랑퉁이, 말괄량이, 몹쓸 것, 망할 것 등의 별명으로 특징화된다.

　그러나 따라지들은 별명으로 불려지는 소극적 입장에서 탈피하여 적극적인 저항으로서 입장의 전복을 보여준다. 그들은 마치 별명을 짓는 주체로서 권익을 쟁취하듯이 오히려 주인 노파를 능구렁이라 부른다. 별명

11　전신재 편, 『원본 김유정전집』, 도서출판 강, 1997. 이하 본문의 인용은 괄호 안 쪽수로만 표기함.

을 결정짓는 주체로서 시점의 전복을 꾀하는 것은 따라지의 가치 전도를 드려내려는 의도로 파악된다. 한 걸음 발전하여 따라지들은 집세를 각출하려 하지만 뜻대로 되지 않자 톨스토이의 세간을 강제로 끌어내려는 주인 노파의 부당한 행위에 대항하게 된다. 주인 노파에게 힘을 뭉쳐 대항하며 톨스토이를 옹호하는 따라지들의 단합된 모습은 소수자로서 권익을 쟁취하는 실천적 행동을 구체적으로 보여준다.

이는 집이 있는 자/없는 자 즉, 빈/부의 가치에서 오는 부당한 인권 유린에 대항하는 민주적 방식의 인권 회복으로 파악할 수 있다. 이 장면의 심층적 의미는 식민지 차별에 대한 반발과 저항을 상징적으로 보여주는 오이디푸스의 희극적 확장으로서 제국주의의 질서와 권력에서 탈주하려는 작가 의식을 읽게 한다. 작가의 현실 인식은 아끼꼬의 시점으로 주인 노파를 비소하는 아이러니를 통해서도 확인된다.

> 활텃길로 올라오다 아끼꼬는 궁금하야 뒤를 돌아본다. 너머 기가 막혀서 방방히 바라보고 있다가 다시 주먹으로 나른한 하품을 끄는 순사. 한편에선 날뛰고 자빠지고 쾌활히 공을 찬다. 아끼꼬는 다시 올라가며 저도 남자가 됐더라면 '풋뽈'을 차볼걸 하고 후회가 막급이다. 그리고 산을 한바퀴 돌아 내려가서는 이번엔 장독대우에 요강을 버리리라 결심을 한다. 구렁이는 장독대우에 오줌을 버리면 그것처럼 질색이 없다.
> "망할 년! 이번엔 봐라 내 장독우에 오줌까지 깔길 테니!"
> 이렇게 아끼꼬는 몇번 몇번 결심을 한다. (323쪽)

주인마누라의 고발로 아끼꼬가 경찰에 불려갔다 집으로 돌아오는 결말의 장면이다. 아끼꼬는 표독스러우리만치 당당하게 능구렁이인 주인마누라에게 보복을 결심한다. 작품의 모두에서 주인마누라의 관점이 부각되었다면 결말에서는 아끼꼬의 관점이 부각되는 것으로 소수자의 가치 전도가 시점의 전복으로 구현된다. '아끼꼬는 다시 올라가며 저도 남자가 됐더라면 풋볼을 차볼걸 하고 후회가 막급이다.'에 내포된 서술적 태도는 남녀 차별에 대항하는 소수자의 평등 의식을 아이러니로 보여준다.

한편으로 '구렁이는 장독대 위에 오줌을 버리면 그것처럼 질색이 없다.'는 아끼꼬의 독백은 권력을 비소하며 조롱하는 소수자의 가치 전복을 구체적 경험으로 실현해 보인 것이다. "망할 년!" 이라는 아끼꼬의 독백은 작품의 모두에 제시된 '망할 녀석의 영감쟁이'라는 노파의 독백과 상응한다는 점에서 감정의 주체가 전복됨을 보여준다. 집주인/따라지라는 상반된 관점에서 주인 노파는 자신의 힘을 과시하여 아끼꼬를 순경에게 넘겨주었고 그에 대한 보복으로 아끼꼬는 주인 노파가 가장 질색을 하는 장독 위에 오줌을 갈길 보복을 계획한다.

결과적으로, 집주인이라는 권력 계층과 따라지라는 소수 계층 간의 상충되는 갈등에 있어 작가는 최종적으로 따라지의 입장을 주체화하여 소수민의 삶에 대한 가치 전도를 추구한다. 아끼꼬의 독백은 따라지의 권익과 가치 전도를 옹호하는 작가의 현실 인식을 파악하게 한다. 식민 치하 주권 없는 소수자로서 삶을 살아가는 민족적 동일성을 따라지의 경험과 아이러니로 형상화한 점을 고려할 때, 아끼꼬의 내면이 부각되는 결말의 장면은 작가의 탈식민주의의 의식을 촌철살인으로 환기시켜준다.

2) 소유와 위상의 전복―들병이

김유정은 사전에서도 찾을 수 없는 '들병이'라는 단어를 작중인물의 생생한 경험과 숨결로 그려내어 독자에게 그들의 삶을 응시하게 한다. 지

역적이며 특수한 소수 계층으로 그려진 들병이의 경험은 당대 농촌 사회의 모순된 현실과 여건을 역력하게 보여준다. 그의 소설에 형상화된 들병이의 역할과 위상[12]을 통해 독자는 소수자로서 삶을 경직된 도덕이나 법의 제도로 재단하기 보다는 인간관계와 사회구조적 맥락에서 상대적 욕구와 필요성을 이해하고 수용하는 작가의 유연한 통찰력과 개방된 세계관을 가늠할 수 있다.

김유정 소설에 복원된 들병이의 역할과 위상을 통해 독자는 당대 궁핍한 농촌 사회를 구체적으로 경험하고 이해하면서 모순된 역사에 대한 비판 의식을 모색하게 된다. 「솟」과 「총각과 맹꽁이」에 그려진 들병이의 삶과 그를 바라보는 작중인물에 투영되어 있는 작가의 현실 인식은 다음과 같다.

> 남편은 어청어청 등뒤로거러오는듯 하드니 아이를 번쩍 들어안는
> 모양이다.
> "이놈아, 왜 성가시게 굴어?"
> 이렇게 아이를 꾸짖고
> "어여들 편히자게유!"
> 하야 쾌히 선심을 쓰고 윗목으로 도로나려간다.
> 그 태도며 그 말씨가 매우 맘세조차 보엿다. 마는 근식이에게는 이
> 것이 도리어 견딀수 업슬만치 살을 저미는 듯 하엿다. 이러케 되면 이
> 왕 죽을 바에야 얼른 죽이기나 바라는것이 다만 하나남은 소원일지도
> 모른다. (153쪽)

---

12 김유정은 「朝鮮의 집시-들병이의 철학」이라는 수필을 1935년 11월 『朝光』지에 발표한 바 있다. 이 수필에서 그는 들병이들의 비정상적 삶을 비난하기보다는 인간의 정서를 완화시키는 측면에서 들병이의 순기능을 인정하는 것으로 모순된 사회현실에 대한 비판을 구조 맥락적인 차원에서 제기한다. 수필 내용은 전신재 편, 앞의 책, 414~434쪽의 것을 참조함.

근식이는 들병이 계숙이에게 홀려 집안 살림을 갖다 바친다. 부뚜막에 걸린 솥까지 떼어다 바친 근식이는 아내와 자식을 버리고 대신 계숙이와 함께 떠나겠다고 다짐하고 계숙이 옆에 잠을 자는데, 새벽에 계숙이의 남편이 나타난다. 근식이는 들병이의 남편이 되어 떠나겠다는 꿈이 좌절되었을 뿐 아니라 남의 아내를 끼고 잔 대가로 자신에게 떨어질 계숙이 남편의 보복을 두려워하게 된다.

그런데 충격적이고 파격적인 것은 들병이 남편의 태도이다. 그는 자기의 아내가 외간 남자인 근식이와 잠을 자는데도 개의치 않고 오히려 호탕하다. 그의 태도는 무능력한 남편 대신 가정 경제를 책임지는 들병이라는 직업의 당위성을 인정하는 포용력을 보여준다. 이는 들병이의 남편이 아내를 완전한 성적 소유로 삼기보다는 들병이라는 직업에 충실한 경제적 주체로서의 아내의 역할을 수용한다는 근거이다. 자신의 아내이면서도 성의 독점을 강요하지 못하는 들병이의 남편의 태도는 비록 그것이 극한의 궁핍의 상황에서 선택한 어쩔 수 없는 생존 본능이라고 할지라도 여성의 경제 활동을 위해 성을 해방시킨다는 측면에서 전통적인 남녀의 성역할을 전복시킨 셈이다.

> "왜 남의 솟을 쌔가는 거야 이도적년아~"
> 하고 연해 발악을 친다.
> 그러지 마는 들병이 두내외는 금세 귀가 먹엇는지하나는 짐을 하나는 아이를들러업은채 언덕으로 늠름히 내려가며 한번돌아다보는법도 없다.
> 안해는 분에 복바치어 고만 눈우에 틸썩 주저안즈며 체면모르고 울음을 놋는다.
> 근식이는 구경군쪽으로 시선을 흘낏거리며 쓴 입맛만 다실 싸름-종국에는 두 손으로 눈 우의 안해를 잡아 일으키며 거반울상이 되엇다.

"아니야 글쎄, 우리솟이 아니라니깐 그러네 참─" (155쪽)

들병이의 부부가 마을에서 유유히 사라지는 결말이다. 솥을 비롯하여 근식이가 갖다 바친 모든 살림살이를 갖고 떠나는 들병이의 부부를 향해 근식이의 아내는 남편의 외도와 배반에 대하여 분노하기보다는 한낱 살림살이인 솥에 대해 오히려 집착한다. 허황된 꿈을 배반당한 근식이의 우행으로 야기된 아내의 분노와 울음에 대하여 "아니야 글쎄, 우리솟이 아니라니깐 그러네 참─" 하는 근식이의 태도는 상황적인 아이러니를 보여준다. 상황적인 아이러니는 '자기 것이면서도 자기 것이 아닌' 이중적 소유 상황, 즉 '반(半)소유'의 상황에서 발생한다. 이것은 당시의 농민들이 수탈당하는 장이었던 식민지적 자본주의 구조와 매우 밀접한 관련을 맺고 있다.[13]

그런데 '반소유'의 상황을 드러내는 김유정의 현실 인식은 단지 그 상황을 직시하고 인정하는 데에 머물지 않는다. 식민 착취에 대한 작가의 현실 인식은 우회적이며 아이러니한 방식의 '오이디푸스의 희극적 확장'을 보여준다. 식민지 권위 체계의 모순에서 튀어나온 들병이의 경험은 디오니소스적 욕망의 탈주를 모색하는 작가의 탈식민주의 의식을 추적하게 한다. 자기의 것이면서도 자기의 것으로 정당화할 수 없는 모순된 역사를 바라보는 작가의 의식은 오이디푸스의 질서로 상징되는 소유의 개념에서 자유와 해탈을 추구하는 파격적 아이러니로 독자의 비판 의식을 환기시킨다.

한편으로 「총각과 맹꽁이」에서 작가의 입장은 작중인물 덕만이의 시점을 빌려 들병이의 역할과 위상을 전도시키면서 당대 농촌 현실의 모순을

---

13 김준현, 앞의 글, 160쪽.

핍진적으로 보여준다. 들병이를 아내로 맞고 싶었지만 그 꿈이 깨어진 덕만이의 외로운 심사는 암수 짝을 지어 사랑의 노래를 부르는 맹꽁이의 희락과 대비된다. 여기에서 독자는 소수자의 좌절과 패배를 보여주는 덕만이의 좌절에 대하여 절실한 연민을 갖게 된다. 뿐만 아니라 그 처지를 공감하게 되는 것으로 당대 농촌 사회의 모순을 비판하게 된다.

> 약물가티 개운한밤이다. 버들사이로 달빗은해맑다. 목이 터지라고 맹꽁이는노래를부른다. 암숫놈이 의조케 주고바든 사랑의노래이엇다.
> 이 소리를드르매 불현듯 울화가 터젓다. 여지껏 누르고눌러오든 총각의 쿠더븐한 울분이 모조리폭발하엿다. 에이 하치못한인생! 하고 저 몸을책하고난뒤 게집의아프로 달겨들어 무릅을꾸럿다. 두손은공손히 무릅우에언젓다. 그행동이 너무나 쑥스럽고 남다르무로 벗들은눈이 컷다.
> "저는 강원두춘천군신남면증리아랫말에 사는김덕만입니다. 우라버지가 승이 광산김갑니다."
> 두손을 작구 비비드니
> "어머니허구 단두식굽니다. 하치못한 사람을차저주서서 너무고맙습니다. 저는 설흔넛인대두 총각입니다." (35쪽)

가난한 처지에 노총각 신세를 면할 수 없던 덕만이는 아내를 얻고 싶은 절실한 심정에 들병이 앞에 공손하게 무릎을 꿇고 자신을 소개한다. 술자리에서 보여주는 진지한 덕만이의 태도는 거의 들병이를 경외하는 수준이다. 이러한 덕만이의 어색한 행동거지에 의해 그 절실성이 독자들에게 아프게 전달된다. 가난 때문에 장가를 갈 수 없는 것은 당대 농촌 청년들의 보편적인 상황이라는 점을 상기할 때, 작가의 궁핍한 농촌현실에 대한 묘사는 일종의 민중적 직접성을 획득한다. 민중 자신의 느낌을 민중 자신의 시점으로 전달하는 '민중적 시점'을 통해 김유정은 민중의 체험과 심리가 스스로 말하게끔 한다.[14] 이는 당대 농촌 현실의 실상을 극적으로 보여주며 독자의 비판 의식을 환기시키는 아이러니의 효과를 수확한다.

이와 같이 김유정은 소수자로서의 들병이라는 직업의 순기능과 위상을 농촌 총각의 필요성이라는 또 다른 소수자의 상대적 입장과 욕망을 충분히 고려하여 부각시킨다. 따라서 독자는 아이러니를 통해 당대 농촌 사회의 모순을 우회적인 각도에서 통찰하는 비판 의식을 갖게 된다. 김유정의 소설에 그려진 들병이의 경험을 통해 독자는 제국주의 권력을 비소하듯 이탈을 꿈꾸는 해학적 확장에 반영된 탈식민주의의 의식을 아이러니로 추적하게 된다.

3. 소수자 희망의 역설적 회복

김유정의 소설에서 여성의 재현 양상은 소수자였던 여성의 가치를 전도시킨다. 이것은 식민 치하의 모순의 징후이기도 하지만, 그 이면에는 제국적인 권력의 편입에 대한 저항으로 오이디푸스의 질서에서 탈주하는 디오니소스적인 생성의 역설적 회복을 읽게 한다.

김유정의 소설에서 확인되는 공통점은 남녀 간의 관계가 비화해적인 양상으로 나타나며 여성의 현실적 능력이 보다 능동적으로 그려져 있는 것이다. 무기력한 남자들, 능동적인 여성들, 이들의 도취된 기능 관계는 다시 말해 비정상적인 상황, 거꾸로 뒤집힌 세계에 대한 우회적 표현법을 이룬다. 그것은 상식적이고 논리적인 질서의 상태가 아니라 몰상식적이

---

14 윤지관, 앞의 글, 256쪽.

고 비논리적인 혼돈에 대한 정서적 반응이다.[15] 김유정의 소설에서 보여주는 여성성의 가치 전복은 여성의 정체성을 긍정적으로 구현하는 데 있어 남녀 성정체성의 파격적인 혁신을 드러낸다. 이는 탈식민주의 역사에 대한 미래 대안적 희망을 여성성으로 추구하는 작가의 현실 인식과 평등의식을 반영한다고 볼 수 있다.

1) 긍정과 생성의 역설―여성성

김유정은 「안해」에서 갈등을 첨예화시키기보다는 웃음을 유발하는 아이러니로 삶의 긍정성과 사랑의 중요성을 강조한다. 우회적이며 반어적인 표현으로 남편의 삶을 밝혀주는 반려로서 아내를 태양으로 바라보는 화자를 통해 작가는 불평등한 피해자로서의 여성의 운명을 초월하는 치유적 여성성[16]을 제시한다. 이 작품에서 미래에 대한 희망을 여성성으로 모색하는 작가의 입장은 일인칭 화자인 '나'의 가치 전도를 통해 남/녀의 이분법적 경계를 허물고 양성평등의 조화로운 삶을 역설적으로 보여준다.

> 년이 나에게 되지 않은 큰체를 하게 된 것도 결국 이 자식을 낳앗기 때문이다. 전에야 그 상판대길 가지고 어딜 찍소리나 제법 했으랴. 흔히 말하길 계집의 얼골이란 눈의 안경이라 한다. 마는 제 아무리 물커진 눈깔이라도 이 얼골만은 어쩨볼 도리 없을게다.
> 이마가 훌떡 까지고 양미간이 벌면 소견이 탁 트였다지 않냐. 그럼

---

15 김병익, 앞의 글. 284쪽 참조.
16 송명희, 「탈식민주의와 지역문학 연구」, 『현대소설연구』 제19호, 한국현대소설학회, 2003. 9, 39쪽.

좋기는 하다마는 아기자기한 맛이 없고 이조로 둥글넓적이 나려온 화관에 멋없이 쑥내민것이 입이다. 두툼은 하나 건순입술, 말좀 하랴면 그리 정하지못한 운이가 부질없이 뻔찔 드러난다. 설혹 그렇다 치고 한복판에 달린 코나 좀 똑똑히 생겼다면 얼마나 나겠나. 첫대 눈에 띠는것이 그 코인데, 이렇게 말하면 년의 숭을 보는것같지만, 썩 잘보자 해도 먼 산 바라보는 도야지의 코가 자꾸만 생각이 난다.(170쪽)

　이 작품에서 일인칭 화자는 아내의 얼굴에 대한 남편으로서의 자신의 인식 변화를 드러낸다. 작품의 모두에서부터 아내의 못생긴 얼굴에 대한 구체적인 정보를 제공한 화자는 아내의 얼굴에 대한 가치를 아들을 낳아주는 기능으로 무화시켰지만, 들병이를 하겠다는 아내의 제안을 받아들이면서 또다시 그 가치를 거론하는 입장의 변화를 보인다.

　아내의 얼굴에 대한 화자의 평에서 돋보인 것은 과장된 표현의 해학이다. 얼굴에 대한 평가 기준에서 화자는 아내의 얼굴에서 코에 가장 큰 비중을 두고 있다. 특히 '년의 숭을 보는 것 같지만, 썩 잘보자 해도 먼 산 바라보는 도야지의 코가 자꾸만 생각이 난다.'는 아내의 얼굴 묘사에서는 아내의 못생긴 얼굴을 오히려 '도야지의 코'라는 동물-되기의 탈주에 빗대고 있다. 이는 암담한 비극적 현실에서 오히려 희극적 웃음을 생성시키며 미래지향적 희망을 아이러니로 추구하는 작가의 긍정적 세계관과 문학적 개성을 확인할 수 있다.

　너는 들병이로 돈벌 생각도 말고 그저 집안에 가만히 앉었는것이 옳겠다. 구구루 주는 밥이나 얻어먹고 몸 성히있다가 연해 자식이나 쏟아라. 뭐많이도 말고 굴때같은 아들로만 한 열다섯이면 족하지. 가만있자, 한놈이 일년에 벼 열섬씩만 번다면 열다썸이니까 일백오십섬, 한 섬에 더도 말고 십원 한 장식만 받는다면 죄다 일천 오백원이지. 일천오백원, 일천오백원, 사실 일천오백원이면 어이구 이건 참 너무 많구나. 그런 줄 몰랐더니 이년이 배속에 일천오백원을 지니고 있으니까 아무렇게 따져도 나보담은 났지 않은가. (179쪽)

이 작품의 결말은 아내에 대한 가치의 전도를 역설적으로 보여준다. "그런 줄 몰랐더니 이년이 배속에 일천오백원을 지니고 있으니까 아무렇게 따져도 나보담은 났지 않은가."라는 화자의 인식에서 아내는 더 이상 타자의 얼굴이 아니라 미래의 희망을 생성하는 주체로 그 가치가 전도된다. 상식을 배반하는 상황적 아이러니의 결말을 액면 그대로 파악하면 화자가 가난을 탈출하는 방식으로 자식의 수를 돈으로 환산하는 어처구니없는 발상이지만, 그 심층적 의미는 탈식민주의에 대한 대안을 작가적 전망으로 제시한 것이다.

순진스런 화자의 우행으로 하여금 여성의 생산 가치를 터무니없게 계산하게 하는 작가의 진의야말로 자손들의 번성만이 식민지를 극복하는 힘이 된다는 미래지향적 전망을 뜻한다. 아들 열다섯을 아내가 낳을 것으로 기대하는 화자의 바람에 투영된 작가의 현실 인식은 궁핍한 상황에서 먹여 살리느라 오히려 돈이 필요한 자식들을 돈을 벌어들일 가치로 전락시키는 계산적 아이러니를 통해 탈식민주의 의식을 역설적으로 제시한 것이다.

식민 현실을 극복하기 위한 작가의 바람은 제국의 편입으로서 오이디푸스화의 권력과 질서를 거부하는 대신 여성성을 추구하는 아이러니로서 탈식민주의의 희망을 탐색한 것이다. 자식이라도 많이 낳겠다는 바람과 그것으로 아내의 가치를 부각시키는 화자의 태도는 어떠한 경우라도 믿고 의지해야 하는 아내에 대한 사랑을 역설적으로 보여준다. 그러므로 이 작품의 심층에 내포된 작가의 전망은 식민 치하 민족적 정체성을 후손에게 계승시켜야 한다는 역사의식을 아이러니로 강화시키고 있다.

2) 순정과 갈등의 역설—실연인

갈등을 해결하는 긍정적 사유를 상상의 자유로 형상화시킨 김유정의 소설은 소수자의 경험을 통해 작가가 독자에게 건네는 본원적인 메시지를 낯설게 한다. 「두꺼비」에서 추구해 보이는 화자의 지순한 순정은 실연의 상황에서도 타자로서의 여성의 가치를 아름다움과 젊음에만 두지 않고 만물의 가치로 확대시킨다. 실연의 슬픔과 좌절을 긍정적 사유로 대치시키는 화자의 내면은 작가의 세계관을 엿보게 한다.

> 나는 얼빠진 등신처럼 정신없이 나려오다가 그러자 선뜩 잡히는 생각이 기생이 늙으면 갈데가 없을 것이다. 지금은 본체도 안하나 옥화도 늙는다면 내게 밖에는 갈데가 없으려니, 허고 조곰 안심하고 늙어라, 늙어라, 하다가, 하다가 뒤를 이어 …(중략)… 큰 거리를 한복판을 나려오며 늙어라, 늙어라, 고 만물이 늙기만 마음껏 기다린다. (211쪽)

「두꺼비」의 마지막 장면에서 화자는 실연이라는 패배적 감정을 세계와의 조화로 승화시킨다. 옥화라는 기생에 대한 짝사랑이 거절당하자 화자인 '나'는 자신의 순정을 상상의 영역으로 극대화한다. 실연의 갈등과 좌절을 더 큰 순정으로 유희하는 화자의 태도는 자아와 세계를 화해시키는 역설적 자유의지를 보여준다.

기생이 늙으면 갈 데가 없을 테니 그때는 자신에게 올 거라는 화자의 희망은 비극적인 상황의 갈등을 희극적인 순정으로 해결하는 아이러니이다. 젊은 지금에는 나눌 수 없는 사랑을 대상인 여성이 늙어서는 얻을 수 있으리라는 믿음 때문에 일체가 빨리 늙기만을 기다린다는 이 단순성은 확실히 순진한 바보스러움 바로 그것이다. 그의 문학적인 성격은 이른바 '가치의 전가치화(transvaluation of values)'의 기능성을 지니고 있다.[17] 화자가 '늙어라, 늙어라'를 반복 되풀이하는 것은 실연의 비애를 순정의 극대화로 전환시킨 가치의 전환이다.

화자의 바보스러움이 추구하는 진정성은 독자의 연민과 공감을 증폭시키는 아이러니로 작가의 긍정적 세계관을 반영한다. 상상적 영역으로 사유 체계를 확대시키며 실연의 상황에서도 타자와 세계를 바라보는 화자의 긍정적 관점은 슬픔과 좌절이라는 부정적 가치를 전도시켜 역설적 희망을 추구한 셈이다. 실연의 좌절에서도 화자는 자신이 흠모하였던 여인에 대한 사랑을 만물의 가치와 동일하게 확장시키고 있다. 이러한 화자의 태도는 절망에서 희망을 모색하는 작가의 현실 극복의 의지를 읽게 하며, 타자를 바라보는 주체의 시각을 만물-되기로 확장시키는 해학에서 탈식민주의 의식의 창조적 탈주를 추적하게 한다.

4. 소수자 억압의 초월적 해방

바흐친의 관점에서 보면, 김유정의 소설에 형상화된 만무방적 태도나 소작인의 경험은 독자의 전복적 상상력으로 탈식민주의를 경험하게 한다. 그의 소설에서 구체화되는 소수자들의 특수한 경험은 식민지 권력을 위반하고 비소하는 역설적 해방을 보여준다.

김유정의 단편에서 형상화된 성실한 삶을 거부하는 만무방의 반항적 태도나 일확천금을 꿈꾸는 소작인의 역설적 태도는 소수자의 억압을 해

---

17 '가치의 전가치화'는 월터 카이저가 하나의 가치를 예찬하는 방법에 의해서 가치 전환이 이루어지는 상태를 정의한 것이다. 이재선, 『한국문학의 원근법』, 민음사, 1996, 485~487쪽 참조.

방시키는 탈식민주의의 인식을 아이러니로 추동한다. 이들을 통해 보여주는 식민지 경험은 식민 치하 민족적 경험과 동질감을 환기시킴으로써 식민정책을 통렬하게 비판하는 작가의 역사의식을 읽게 한다.

1) 질서와 노동의 초월―만무방

김유정은 그의 소설 「만무방」에서 만무방적 사유 체계를 형상화하여 제국주의 억압을 초월하는 해방된 자유를 보여준다. 작가의 현실 인식은 식민 치하 사회적 모순이 한 개인의 삶의 가치와 태도에 있는 것이 아니라 국권 잃은 역사에 있다는 것을 직시하여 제국의 권력이 요구하는 질서와 노동을 무시하고 닥치는 대로 살아가는 반항과 항거의 의지를 만무방적 태도로 반성한다.

만무방적 성격의 창조는 제국주의 질서와 강요를 탈식민의 정체성으로 조롱하며 초월하는 아이러니의 형상화이다. 응칠이의 만무방적인 모습과 대비되는 그의 아우 응오의 성실한 모습을 후행 서사에 전이시키는 시점의 이동은 성실한 응오가 자기 논의 벼를 훔쳐야만 했던 당대 현실의 궁핍상을 부각시킨다. 식민 치하 주권을 상실한 민족의 정체성이 삶의 좌표를 잃고 방황하는 만무방으로 구체화된다. 이러한 작가의 서술 전략은 독자에게 만무방이라는 역설적 독법을 통해 민족적 동일성을 읽게 함으로써 오이디푸스의 탈주로서 해방 의지와 실천적 행동을 이해하게 한다.

> 그는 콧노래로 이러케 흥얼거리다 갑작스리 강능이 그리윗다. 펄펄 뛰는 생선이 조코, 아츰햇발에 비끼어 힘차게 출렁거리는 그물결이 조코, 이까진 둠 구석에서 쪼들리는데대다니. 그래도 즈이 따는 무어 농

사좀 지엇답시고 약을 복복 쓰며 잘두 떠들어 대인다. 허지만 그런 중
에도 어듸인가형언치 못할 쓸쓸함이 떠돌지안는 것도 아니다. 삼십여
년전 술을 빗어노코 쇠를울리고흥에 질리어 어깨춤을 덩실거리고 이
러든 가을과는 저 딴쪽이다. 가을이 오면 기쁨에 넘처야 될 시골이 점
점 살기만 떠어옴은 웬일일고. 이럿게 보면 재작년 가을 어느 밤 산중
에서 낫으로 사람을 찍어죽인 강도가 문득 머리에 떠오른다. (111쪽)

만무방적 태도는 다름 아닌 국권 잃은 채 닥치는 대로 살아갈 수밖에
없는 민족의 정체성을 아이러니로 형상화한 것임을 입증해주는 장면이
다. 서술자는 작가의 관점에서 담화 밖에 위치하는 역사적 인식으로서의
시간성을 제시함으로써 식민 치하/식민 치하 전, 즉 현실 공간/과거 공간
을 비교한다. '삼십여 년 전'과 '재작년 가을'의 비교는 식민지 전후의 상
황을 대비시키는 작가의 역사인식이다.

'삼십여 년 전 술을 빚어놓고 쇠를 울리고 흥에 질리어 어깨춤을 덩실
거리고 이러든 가을과는 저 딴쪽이다.'에서는 식민 치하 전의 평화로운
상황이 부각된다. 30여 년 전에는 풍요롭고 흥이 나는 행복한 시간이었
지만 재작년으로 대비되는 식민지 현실은 낫으로 사람을 끔찍하게 찔러
죽이는 반인륜적 사건이 난무하는 잔혹한 시대라는 서술적 태도는 식민
주의에 대한 작가의 통렬한 비판 의식을 보여준 셈이다.

대뜸 몽둥이는 들어가 그 볼기짝을 후려 갈겼다. 아우는 모루 몸을
꺽더니 시납으로 찌그러진다. 대미처 압 정갱이를 때렷다. 등을 팻다.
일지 못할 만치 매는 나리엇다. 체면을 불구하고 땅에 업드리어 엉엉
울도록 매는 나리었다.
홧김에 하긴햇으되 그꼴을보니 또한 마음이 편할수없다. 침을 퇴 배
타던지곤 팔짜드신놈이 그저 그러지 별수잇나. 쓰러진 아우를 일으키어
등에업고 일어섯다. 언제나 철이 날는지 딱한 일이엇다. 속 썩은 한숨

을 후— 하고 내뿜는다. 그리고 어청어청 고개를 묵묵히나려온다. (120~
121쪽)

　결말에서 '언제나 철이 날는지 딱한 일이었다.'는 응칠이의 독백은 그
의미의 다양한 해석을 열어놓는다. 그 의미는 단순하게 형이 아우의 철없
는 행동을 탓하기보다는 우리 국민의 주권이 회복되기를 바라는 심경으
로 우리 민족의 철을 고대하는 작가의 우려와 기대를 표현한 것으로 이해
할 수 있다. 작가는 자신의 역사 인식을 '지금—여기'의 경험을 환기시키
는 응칠이의 행동과 심리로 구체화함으로써 식민지의 지난한 삶과 모순
에 대한 비판 의식을 보여준다.
　응칠이의 경험으로 구체화시킨 만무방의 태도는 곧 우리의 주권이 회
복되기를 기대하는 작가의 우려와 기대를 내포한다. 식민지 가치 전도
에 대한 작가의 총체적 비판은 무능한 응칠과 성실한 응오의 삶을 대비시
켜 결국 그들의 역할을 극적 반전시킴으로써 주권을 잃은 국민의 정체성
을 만무방으로 보여준다. 30년 전은 우리의 철로 풍요롭다면, 식민지 철
인 재작년은 궁핍과 약탈로 극악무도하다는 작가적 현실 인식은 자주 국
가에 대한 염원을 보여준 것이다. 이와 같이 김유정은 제국주의적 억압과
질서를 거부하는 탈식민주의의 역사 인식을 오이디푸스 권력에서 탈주하
는 해학과 자유의 영토와 맞닿게 하는 만무방의 태도에 투영시킴으로써
독자의 연대적 비판을 반성하게 한다.

2) 운명과 정한의 초월—소작인

　「金따는 콩밧」에서 작가는 모순된 사회의 운명인 궁핍을 극복하려는
해방 의지로서 소작인들의 경험을 아이러니로 제시한다. 이 작품에서 작

가는 식민 치하 현실 탈주 의지를 드러내듯, 어둠 속 콩밭에서 금을 캐려는 작중인물의 지난한 경험을 다음과 같이 부각시킨다.

> 땅속 저 밑은 늘 음침하다.
> 고달픈 간드렛불. 맥없이 푸르끼하다. 밤과 달라서 낮엔 되우 흐릿하였다.
> 거츠로 황토장벽으로 앞뒤좌우가 콕 막힌 좁직한 구뎅이. 흡사히무덤속같이귀중중하다. 싸늘한 침묵, 쿠데브레한 흙내와 징그러운 냉기만이 그 속에 자욱하다.
> 고깽이는 뻔질 흙을 이르집는다. 암팡스러이 나려쪼며, 퍽 퍽 퍽－
> 이렇게 메떠러진 소리뿐. 그러나 간간 우수수하고 벽이 헐린다. (64쪽)

이 작품의 모두에서부터 서술자는 불확실한 작중인물의 경험을 한 편의 시적 분위기로 환기시켜 무덤 속과 흡사한 식민 치하의 삶을 은유로 제시한다. '땅속 저 밑은 늘 음침하다.'는 작중인물의 지각은 '고달픈 간드렛불', '쿠데브데한 흙내', '싸늘한 침묵', '싱그러운 냉기' 등의 형용사와 명사의 결합과 '푸르끼하다', '흐릿하였다', '귀중중하다' 등의 서술형용사와 더불어 작중인물의 경험을 '지금－여기'로 확장한다. 또한 '간간 우수수', '퍽 퍽 퍼억－' 등의 의성어와 의태어는 독자 반응을 강화시키는 시적 리얼리티를 보여준다. 이와 같은 서정의 형상화는 독자에게 작중인물의 경험을 각인시켜 콩밭에서 금을 따려는 영식이의 고단한 작업과 절망을 통해 '무덤 속같이 귀중중'하고 '싸늘한 침묵'의 구뎅이로 은유되는 식민 치하 삶의 단면을 공감하게 한다.

> 이윽고 남편은 안해를 부른다. 그리고 내 뭐랫서 그렇게 해보라구
> 그랬지 하고 설면설면 덤벼오는 안해가항결어여뻣다. 그는 엄지손가

락으로 안해의 눈물을 지워주고 그리고나서 껑충거리며 구뎅이로 들어간다.

"그흙속에 금이 있지요"

영식이 처가 너머 기뻐서 코다리에 고래등같은 집까지 연상할제, 수재는 시원스러히

"네 한포대에 오십원씩 나와유─"하고 오늘밤에는 정연코 꼭 다라나리라 생각하엿다. 거즛말이란 오래 못간다. 뽕이 나서 뺵따구도 못추리기전에 훨훨 벗어나는게 상책이겟다.(76쪽)

이 작품의 결말에서 작가는 작중인물의 갈등과 사건을 첨예화하여 비극적으로 종결하기보다는 해학적 상황의 아이러니로 독자의 연대 의식과 비판을 반성하게 한다. '거즛말이란 오래 못간다.', '뽕이 나서 뺵따구도 못추리기전에 훨훨 벗어나는게 상책이겟다.' 등으로 열려지는 작가의 현실 인식은 식민지 치하의 삶이 결코 '金따는 콩밧'이 될 수 없는 '무덤 같은 구뎅이'라는 역설적 진리를 아이러니로 개방시키고 있다.

이와 같이 김유정은 콩밭에서 금을 따려는 소작인의 경험을 통해 식민 치하 모순과 궁핍에서 탈주하려는 탈식민주의 의식을 역설적으로 보여준다. 따라서 이 작품에서 독자는 식민 치하 소작인이 콩밭에서 금을 따려는 욕망의 탈주를 추적하게 되는데, 이 궤적은 오이디푸스의 희극적 확장으로 초월적 해방을 추구한다는 점에서 작가의 탈식민주의의 의지와 역사관을 아이러니의 의미로 파악하게 한다.

5. 나오며

이 글은 김유정의 단편에 투영되어 있는 소수자와 아이러니에서 발견

되는 탈구조주의 의식을 분석하고자 하였으며, 그 결과 소수자 권익의 전복적 자유, 소수자 희망의 역설적 회복, 소수자 억압의 초월적 해방 등의 특징이 나타남을 살필 수 있었다. 김유정의 단편에 투영되어 있는 탈구조주의 의식은 따라지, 들병이, 실연인, 여성성, 만무방, 소작인 등으로 구체화되는 아이러니의 형상화로 소외된 삶에 대한 새로운 성찰과 민족적 동질성을 보여주고 있다.

첫째, 빈곤하지만 자신의 권익을 포기하지 않는 따라지와 들병이의 자유는 소유의 가치를 무화시키는 아이러니의 형상화를 통해 처참한 식민 치하의 현실 앞에서 오히려 당차고 꿋꿋한 삶의 정체성을 구현하는 탈식민주의를 보여주었다. 제국의 식민주의적 약탈로 인해 불안정한 식민 경제적 현실에서 김유정은 소유의 권위와는 가장 거리가 먼 따라지의 전복적 사유로서 소수자 권익의 타당성을 부각시킨다.

둘째, 전통 가부장제에서 소수자였던 여성성을 바라보는 주체의 희망은 식민 극복에 대한 미래지향적 대안으로서 역동적 생성을 모색하는 위치 변화와 가치 전도로서 아이러니를 구현하는 방식으로 탈식민주의를 제시하였다. 여성의 역동성을 추구하는 가치 전복의 아이러니를 통해 작가 김유정은 모순된 역사를 극복하는 연대 의식과 도래하는 미래의 희망에 대한 긍정적 세계관을 그려낸다.

셋째, 식민 치하의 치욕적 삶을 소유가 아닌 존재로 유희하는 만무방과 소작인의 해방은 식민 권력에 대한 초월 의식으로 모순된 역사의 권력을 비소하며 해체하는 방식으로 민족의 정체성을 강조하였다. 모순된 역사와 사회의 권력을 비소하는 만무방으로 상징되는 아이러니의 의미는 당대 시대적 모순을 읽게 하는 비판적 전망으로 자주적 역사의 전통성을 모색하는 작가의 현실 인식을 보여준다.

결론적으로 김유정은 당대 식민 치하에서의 주권 상실이 가져다준 모순적 역학 관계인 소유/무소유, 지배/피지배, 남성/여성, 억압/자유 등의 이분법적 경계를 해체하고 긍정적인 삶의 조화를 추구하는 작가 의식을 보여주고 있다. 김유정 소설에서 소수자의 의미는 민족의 정체성과 동일화를 추구하는 아이러니로서 국권 잃은 수난의 시대에 대한 독자의 연대 의식을 환기할 뿐만 아니라, 양극화된 현대에도 화합을 모색하는 탈식민주의의 성찰로서 공존공영(共存共榮)의 의미를 되새기게 한다.

김유정 단편소설의 크로노토프와
식민지 외상의 은유

1. 들어가며

이 장의 목적은 김유정의 단편소설 「산ㅅ골나그내」(1933)와 「만무방」
(1935) 등의 텍스트에 내재된 식민지 크로노토프를 파악함으로써 김유정
의 탈식민주의 의식을 구명하는 데 있다.

바흐친에 따르면 크로노토프는 문학 속에 예술적으로 표현되어 있는
시간적, 공간적 관계의 본질적 연관성으로 경험을 이해하는 방식이다.[1)]
김유정의 단편소설 「산ㅅ골나그내」와 「만무방」 등의 텍스트 정보 체계에
서 드러난 시간과 공간의 연관성에는 식민지 외상의 징후가 포착되는데,
그 중심에는 식민지 현실의 모순을 통찰하였던 작가의 현실 인식이 자리
한다. 위의 텍스트에서 식민지 농촌으로 가시화된 크로노토프는 단순하
게 물리적인 공간 배경으로서 토속적인 농촌의 분위기를 환기하기보다

---

1   바흐친은 크로노토프(chronotope, xronotop, 時空性)를 시간과 공간 중 어느 한쪽에
    특권을 부여하지 않고 이 두 요소가 상호 의존적으로 관계를 맺고 있는 것으로 파
    악한다. 김욱동, 『바흐친과 대화주의』, 나남신서, 1990, 363쪽.

는, 식민지 현실의 모순을 증언하기 위하여 민초들의 궁핍한 삶의 경험과 애환을 산골 나그네 내지는 만무방의 구체적 경험으로 보여줌으로써 식민지 민족의 정체성을 고발하는 작가의 식민지 역사의식과 밀접한 관련이 있다. 그러므로 김유정 소설의 크로노토프는 식민지 외상(trauma)[2]의 징후를 예리하게 포착하여 식민지 현실의 비극을 폭로한 작가의 세계관과 소통할 수 있는 통로가 될 수 있다.

식민지 현실에 뿌리를 둔 김유정 소설 세계의 독창성은 모더니즘이나 리얼리즘으로 재단하기보다는 김유정 문학적 진실을 온전히 드러낼 수 있는 많은 제3의 관점[3]들로 다채롭게 조명되어야 할 것이다. 이와 같은 맥락에서 필자는 기존 연구의 성과[4]를 바탕으로 식민지 농촌의 장소성을 두드러지게 보여주는 「산ㅅ골나그내」와 「만무방」의 크로노토프를 우선적

---

2 식민지 외상(trauma)은 인위적인 재난의 상상력을 구현한다. 김유정 소설 작품에서 잠복하고 지속되는 상처의 근원으로 제시되는 것은 식민지 체험의 외상이다. 이재선, 「재난과 트로마의 시학−1950년대 이후의 한국소설」, 『현대소설의 서사시학』, 학연사, 2002, 337~338쪽 참조.

3 김유정 문학의 성격을 파악하는 관점은 크게 보면 둘로 갈라진다. 하나가 1930년대의 민족 현실과 결절된 목가로 보는 관점이라면, 다른 하나는 그 시대의 독특한 민중문학으로 보는 관점이다. 나는 이 양분법이 근본적으로 극복되어야 그의 문학적 진실이 온전히 드러나리라는 제3의 관점을 지지한다. 최원식, 「모더니즘 시대의 이야기꾼−김유정의 재발견을 위하여」, 『민족문학사 연구』, 민족문학사연구소, 2010, 342쪽.

4 김유정 소설 연구는 다각적으로 천착되어왔지만 소설 텍스트에 나타난 식민지 외상의 시공간적 의미를 작가의 탈식민주의 의식과 연계한 경우는 많지 않다. 이 글과 관련이 되는 선행 연구를 대략 제시하면 다음과 같다. 김병익, 「땅을 잃어버린 시대의 언어」, 『문학사상』 제22호, 1974. 7; 신동욱, 「김유정 소설의 연구」, 『1930년대 한국소설 연구』, 한샘, 1994; 최병우, 「김유정 소설의 다중적 시점에 관한 연구」, 『현대소설연구』 제23호, 한국현대소설학회, 2004; 김원희, 「김유정 단편에 투영된 탈식민주의−소수자와 아이러니의 형상화를 중심으로」, 『현대문학이론연구』 제29집, 현대문학이론학회, 2006, 12; 김원희, 「다성적 경향과 서정성의 조율」, 『현대소설연구』 제34호, 현대소설연구, 2007. 6.

으로 파악함으로써 김유정이 바라본 다양한 식민지 외상의 징후가 그의 소설 세계에 어떻게 형상화되어 있는지를 조명하고자 한다. 이들 텍스트에서 식민지 외상의 징후를 재현하는 크로노토프는 공히 산간 농촌의 장소성을 구현할 뿐만 아니라, 산골 나그네와 만무방이라는 식민지 민초들의 정체성을 표제로 제시한 점에서 식민지 역사에 대한 비판 의식을 민초들의 삶과 애환으로 보여주는 작가의 세계관과 소통할 수 있는 공통점이 있다.

같은 맥락에서 김유정의 많은 작품들이 농촌 공간을 배경으로 하고 있음에도 불구하고 위에 제시된 두 텍스트에 우선적으로 초점을 맞추게 된 이유는 첫째, 김유정의 첫 창작 소설인 「산ㅅ골나그내」에는 작가의 세계관의 방향성이 드러나 있고, 둘째, 「만무방」은 작가의 현실 비판 의식이 가장 잘 반영되어 있다는 판단에서다. 셋째, 두 작품의 서술에서는 '다중적 시점'[5]을 활용하여 작중인물들의 경험과 애환을 입체적으로 보여주는 공통점이 발견되기 때문이다. 또한 이 소설들이 김유정의 대표작으로 알려진 「봄·봄」이나 「동백꽃」 등에 비하여 많이 알려져 있지 않는 작품들이지만, 식민지 궁핍한 농민들의 구체적인 삶의 경험을 전달한 점에서 작가 김유정의 비판적 현실 인식을 구명할 수 있는 문제작으로 평가받을 만하다는 점도 그 이유가 될 것이다.

그러므로 「산ㅅ골나그내」와 「만무방」의 크로노토프를 다양한 식민지 외상의 은유로 읽어내는 작업[6]은 식민지 민초들의 피폐한 삶을 형상화한 김유정 소설 시학이 당대 식민지 사회 문화를 바라보는 작가의 비판적 세

---

5   최병우, 앞의 글, 29쪽.
6   이 글의 텍스트는 『원본 김유정 전집』(전신재 편, 도서출판 강, 1997)으로 한다. 이하 본문의 인용은 괄호 안 쪽수로만 표기한다.

계관에 뿌리를 두고 있음을 밝히는 길이 될 것이다. 또한, 식민지 민족의 정체성을 '산골 나그네'와 '만무방'으로 은유한 김유정 소설 시학의 심층 의미가 리얼리즘 문학이 추구하는 역사의식과 무관하지 않을 뿐만 아니라, 궁극적으로는 작가의 탈식민주의 의식을 함의하고 있음을 조명할 수도 있을 것이다. 이러한 문제의식으로 필자는「산ㅅ골나그내」,「만무방」등의 텍스트에 내재된 식민지 크로노토프를 식민지 현실을 비판적으로 바라보았던 작가의 세계관적 은유로 해명할 것이다.

2. 김유정 소설 세계와 식민지 크로노토프

김유정(金裕貞)은 1908년에 강원도 춘성군에서 태어나 1939년 세상을 떠나기까지 불과 30여 년간의 짧은 생을 살았지만, 그가 남긴 단편소설은 일제강점기 민초들의 삶을 입체적으로 증언하는 점에서 한국 문학사적 의미가 크다. 1933년「산ㅅ골나그내」를 처음 창작한 김유정은 1937년까지 불과 4년 정도의 짧은 기간에 독창적인 소설 세계로 평가받기에 충분한 30여 편의 작품을 발표하였다.[7] 김유정 소설 세계의 독창성을 보여주는 작가 시점은 대부분 식민지 궁핍한 민초들의 삶의 고난과 애환을 입체적으로 보여주는 서술 전략에 기반을 두고 있다.

이처럼 대부분의 김유정 소설은 "서술자의 논평과 해석을 최소한으로 줄이는 대신에 작중인물의 관점을 이동시키면서도 작중인물 누구에게도

7　김유정(金裕貞)이 1935년 조선일보 신춘문예에「소낙비」가 일등으로 당선되면서부터 1937년까지 기간에 발표한 30여 편의 작품은 우리 문학사에서 독특한 가치를 가진 작품들로 평가되고 있다. 신동욱, 앞의 책, 345쪽 참조.

절대적인 해석의 권위를 넘겨주지 않는 다중적 시점"8)을 기반으로 식민지 현실을 바라보는 내포 작가의 세계관을 서정적 은유로 장치함으로써 독자의 공감을 증폭시킨다. 달리 표현하면, 김유정의 소설 시학은 '다성적 경향과 서정성의 조율'9)로 식민지 현실을 입체적으로 보여주는 독창성을 확보한 셈이다.

한편, 김유정의 단편소설은 농촌 공간을 배경으로 하는 작품과 도시 공간을 배경으로 하는 작품으로 분류할 수 있다. 「산ㅅ골나그내」(1933), 「소낙비」(1935), 「만무방」(1935) 등을 비롯한 여러 편의 소설 배경이 농촌 공간인 반면에, 「봄과 따라지」(1935), 「두꺼비」(1935), 「따라지」(1935) 등을 비롯한 여러 편의 소설 배경은 도시이다. 이렇듯 농촌과 도시로 소설 배경을 분류할 수는 있지만, 김유정 소설에서 포착되는 공통된 장소성은 식민지 궁핍한 민중들의 삶에 초점이 맞춰져 있다는 점에서 작가의 역사의식을 반영하고 있다. 따라서 김유정의 소설 시학과 작가의 현실 인식을 풍부하고 적확하게 해석하기 위해서는 작중인물들의 경험과 당대 사회 환경과 밀접하게 관련되어 있는 텍스트의 시간성과 공간성의 연관 관계로서 크로노토프를 식민지 외상의 다양한 징후로 읽어낼 필요가 있다.

주지하다시피, 바흐친이 주창한 크로노토프는 문학작품 속에 예술적으로 표현된 시간과 공간 사이의 내적 연관이라고 할 수 있다.10) 그의 소설 이론의 주요한 개념 중 하나인 크로노트프는 시/공을 뜻하는데, 바흐

---

8 최병우, 앞의 글, 29쪽.
9 김원희, 앞의 글 참조.
10 바흐친의 소설 이론의 주요한 개념 중 하나인 크로노토프(chronotope, xronotop, 時空性)는 시/공을 뜻하는데, 바흐친이 사용할 때는 재현된 시/공간적 범주들의 비율과 본성에 따라 텍스트를 연구하는 단위를 의미하게 되었다. 김욱동, 『대화적 상상력』, 문학과지성사, 1988, 209쪽.

친이 사용할 때는 재현된 시/공간적 범주들의 비율과 본성에 따라 텍스트를 연구하는 단위를 의미하게 되었다. 바흐친에게 예술적 크로노토프는 객관적 현실을 예술작품의 세계로 구조화하는 재현 수단이다. 객관적 현실은 크로노토프를 통해서만 예술적 의미의 세계가 될 수 있으며, 예술가는 크로노토프를 통해서만 객관적 현실을 볼 수 있는 것이다. 이것은 그가 현실과 예술과의 상호 관계를 역사 시학적 관점에서 바라보고 있다는 것을 의미하는 것이다. 그러므로 소설 텍스트에서 크로노토프는 "작가가 시간과 공간을 경험하는 특정한 인식의 형식, 즉 세계관이라는 의미"[11]로 조명될 수 있다.

이와 같은 역사 시학적 관점에서 살피면, 김유정의 소설 텍스트의 크로노토프는 식민지 역사와 내적 연관성을 타자들의 경험으로 심도 있게 재현한 식민지 외상의 은유로서 작가의 현실 인식을 내포한다. 김유정은 식민지 현실을 소설 세계로 재현하는 데 있어 작중인물의 다양한 경험을 다각적으로 보여주는 동시에 그것들을 바라보는 작가의 세계관적 서정으로서 은유를 장치한 것이다. 즉, 김유정 소설 텍스트는 식민지 현실의 시간성과 공간성의 은유를 민초들의 궁핍한 삶의 애환을 보여주는 타자성의 다층적인 경험의 객관화와 식민지 역사를 바라보는 작가의 세계관적 주관성의 조율로 형상화함으로써 식민지 현실에 대한 독자의 공감과 비판 의식을 증폭시키는 효과를 낳는다. 김유정 소설의 역사 시학적 의미를 고려하여 필자는 우선적으로 산간 농촌의 장소성을 부각시킨 「산ㅅ골나그내」와 「만무방」 텍스트의 정보 체계에 주목하여 김유정이 자기와 더불어 살고 있는 농민들이 왜 가난한가를 직접 말하기보다는, 어떻게 작중인물의 경

---

11 송명희, 「김정한 소설의 크로노토프」, 『한국문학이론과 비평』 제25집, 한국문학이론과 비평학회, 2004. 12, 111~112쪽.

험을 '산골 나그내'와 '만무방'의 은유로 보여줌으로써 식민지 현실에 대한 독자의 연대 의식 내지는 비판 의식을 환기시키는지를 밝힐 것이다.

식민지 민초들의 삶과 애환을 선명하게 보여주는 「산ㅅ골나그내」「만무방」 등의 텍스트 전체 공간[12]은 식민지 경제의 모순이 노골화된 극도로 궁핍한 시대와 맞물려 있다. 1930년 초 한국 경제 상황은 세계적인 경제 공황의 여파로 미곡이 모자라는데도 쌀값은 떨어지고 수리 시설을 했음에도 땅값이 하락하며 급격한 이농 현상이 야기되고 실업자와 유휴 노동력은 전 인구의 5분의 1 이상을 차지하였다.[13] 이러한 식민지 현실의 모순을 통찰한 김유정은 그의 소설 텍스트의 크로노토프로 민초들의 궁핍한 삶과 애환을 다층적으로 재현하였고, 독자는 그 속에 형상화된 다양한 식민지 외상의 징후를 통하여 탈식민주의 의식을 꾀한 김유정의 역사의식과 다각적으로 소통할 수 있다.

요컨대, 「산ㅅ골나그내」와 「만무방」 등의 크로노토프는 "기본적인 서술적 사건의 구조적 중심이자 서술의 매듭이 묶이고 풀리는 곳"[14]으로 식민지 외상의 징후를 형상화한 작가의 세계관적 은유로 해명될 수 있다. 이에 근거하여 필자는 식민지 객관적 현실 세계가 어떻게 김유정 소설 텍스

---

12 전체 공간이란 어떤 시야로도 정보가 주어지지 않는 공간이다. 그것은 실제적으로 재현되는 공간의 경계 너머에 존재하는 공간적 정보인 것이다. 하나의 서사 텍스트에 있어서 전체 공간이라는 개념은 우리가 일반적으로 공간에 대해서 생각하는 방법이기 때문에 필수적인 것이다. 전체 공간은 서사 텍스트로 형성된 공허한 복사가 아니라 그 자체의 기능을 가진 본질적 구성이다. 김병욱, 「서술미학」, 김춘섭 외,『문학이론의 경계와 지평』, 한국문화사, 2004, 158쪽.

13 김병익, 앞의 글. 279쪽.

14 바흐친 자신이 전통적인 장르의 구분을 연결하려는 통합적인 분류를 제시하려는 고도의 시도였지만, 그는 묶인 것이든 풀린 것이든 간에 이들의 관계는 통합적이지만 또한 확산적인 잠재력을 갖춘 대화하려는 힘으로서 담론적 상황의 역할을 강조한다. 여홍상, 『바흐친과 문화이론』, 문학과지성사, 1995, 211쪽.

트의 예술적 크로노토프로 변형되었는가를 조명하는 방식으로 작가의 세계관을 해명하게 될 것이다. 그 궁극에서는 식민지 현실에 대한 입체적 조망을 가능케 한 김유정 소설의 시학적 의미가 리얼리즘 문학이 추구하는 지향과 닿아 있음을 확인할 수 있을 것이다. 또한, 식민지 한국 근대문학이 제국주의 권력 앞에 자유로울 수 없던 억압 상황을 고려할 때 김유정의 현실 인식을 적극적으로 해명하는 본 논의는 작가의 세계관과 소통하는 길을 통하여 식민주의 역사를 반성하고 21세기 미래지향적 역사를 열어가는 탈식민주의 문학 교육의 모색에도 도움이 될 수 있을 것이다.

3. 「산ㅅ골나그내」의 은유와 연대 의식

「산ㅅ골나그내」의 서술은 전지적 작가 시점이지만, 다중적 시점으로 식민지 민초들의 구체적인 경험과 애환을 부각시켜 보여준다. 산골 나그네로 식민지 민초들의 정체성을 보여주는 텍스트의 정보는 덕돌이 어머니, 덕돌, 나그네 아낙의 경험을 다각적으로 이동시킴으로써 민초들의 궁핍한 삶과 애환을 입체적으로 전달한다. 텍스트의 정보 전달 체계로서 식민지 크로노토프에 기반을 둔 은유는 작중인물들의 궁핍한 삶과 관련된 산골, 주막, 길, 옷, 물레방아, 산길 등의 모티프와 연결되는 식민지 외상의 징후로 민초들의 경험을 다층적으로 보여준다.

텍스트의 표층 서사는 가난한 덕돌이 모자가 거지 여인에게 배신을 당하게 되는 이야기다. 두메산골에서 가난한 탓에 장가를 못 간 노총각 덕돌이는 늙은 어머니와 살아가는데, 어느 날 갑자기 찾아온 거지 여인을 신부로 맞이한다. 그러나 거지 여인은 병든 남편 거지에게 겨울옷을 주기 위하여 덕돌이의 옷을 훔쳐 도망을 가고 만다. 병든 남편을 살리기 위하여 덕돌이와 혼인까지 한 거지 여인의 처지야말로 식민지 민족의 정체성을 은유한 것이다. 거지 여인에게 배반을 당하게 되는 덕돌이 모자의 처지 또한, 식민지 민초들이 겪는 삶의 애환과 절망을 은유한다. 이러한 식민지 크로노토프를 통하여 독자는 이들의 비극적 삶이 식민지 현실의 운명과 무관하지 않음을 공감하는 연대 의식으로 작가의 현실 인식과 소통할 수 있다.

> 밤이기퍼도 술ㅅ군은 역시들지안는다. 메주쓰는냄새와가티쾨쾨한 냄새로 방안은 괴괴하다. 웃간에서는 쥐들이찍찍거린다. 홀어머니는 쪽쩌러진 화로를 끼고안저서 쓸쓸한대로곰곰생각에젓는다. 갓득이나 침침한반짝등ㅅ불이 북쪽지게문에 뚫린구멍으로 새드는바람에 반득이며 빗을일는다. 흔버선짝으로 구멍을틀어막는다. 그러고 등잔미트로 반짓그릇을 끌어댕기며 슬음업시 바눌을 집어든다.
> 산ㅅ골의 가을은 왜이리고적할까! 압뒤울타리에서 부수수하고썰닙은진다. 바로그것이귀미테서 들리는듯 나즉나즉속삭인다. 더욱 몹슬건 물ㅅ소리 골을휘돌아맑은샘은 흘러나리고 야릇하게도 음률을 읊는다.
> 퐁! 퐁! 퐁! 쪼록 퐁! (17~18쪽)

텍스트의 모두(冒頭)에서는 산촌 주막의 장소성이 홀어머니의 지각과 정서로 전달된다. 산골 주막의 고적한 분위기는 작가 전지적 시점으로 전달되지만, 거기에는 홀어머니의 인물 시점이 반영되어 있다. 산골의 밤은 무척이나 고적하고 야릇하다. 특히 메주 뜨는 냄새의 후각, 쥐들이 찍찍거리는 청각, 화로의 촉각, 침침한 반짝 등불의 시각, 새드는 바람의 촉각 등으로 환기되는 불쾌한 현실의 시간성과 공간성의 분위기는 식민지 외상의 징후로 고적함과 야릇함의 슬픔을 부각시킨다. '고적', '야릇' 등의 형용사 또는 부사로 전달되는 깊은 밤 산골의 장소성은 서사 전개 과정에서 '주막', '물방앗간', '산길' 등의 장소성으로 확대되어 식민지 외상의 은유로 민초들의 삶의 경험에 대한 연대 의식을 확장하는 효과를 갖는다.

이와 같이 산골의 시공간성은 홀어머니가 인지하는 적막하고 고단한 삶을 넘어 식민지 현실의 불안과 의혹을 재현한다. "퀴퀴한 냄새로 방안은 쾨쾨하다.", "쥐들이 찍찍거린다.", "나직나직 속삭인다." 등의 음울하고 불안한 장소성의 효과는 서사 과정에서 주막의 난장판과 '참새'의 소리로 식민지 외상으로서 불안의 징후를 확대한다. 또한 '찍찍', '부수수', '나직나직', '곰곰', '퐁! 퐁! 퐁! 쪼록 퐁' 등의 의성어나 의태어의 반복은 집 밖 공간의 외부적 환경이라는 점에서 식민지 불안한 삶의 징후를 강화하는 효과를 낳는다.

그리고 '메주 뜨는 냄새와 같이 퀴퀴한 냄새', '바로 그것이 귀밑에서 들리는 듯'과 같이 직유법의 수사뿐만 아니라 형용사와 부사 등의 잦은 수식어로 부각되는 서사 현실의 시공간성의 정조는 식민지 예기치 못한 불행을 목도할 수밖에 없는 불안한 삶의 은유로 작용한다. 쥐 소리, 퀴퀴한 냄새들은 음모나 불운을 예기라도 하듯이 불쾌하면서도 불안하다. 특히 "산골의 가을은 왜 이리 고적할까!"라는 홀어머니의 독백에는 불안하고 외로운 삶의 의미가 함축되어 있다. 낙엽 지는 소리에서 홀어미의 고적함은 더해진다. 홀어미에게 낙엽 지는 소리의 고적함보다 더 불안과 의혹의 야릇함을 더하는 것은 '더욱 몹쓸 건 물소리'다.

"골을 휘돌아 맑은 샘은 흘러내리고 야릇하게도 음률을 읊는다!"에서 홀어미가 물소리로 감지하는 야릇한 심사는 미래에 닥칠 불안과 의혹을 예기한다. 산간 마을의 장소성을 바라보는 야릇한 심사는 '퐁! 퐁! 퐁! 쪼록 퐁'이라는 의성어 사이에 세 번이나 반복되는 느낌표(!)로 강조된다. 물론 후행 서사를 고려할 때, '고적'과 '야릇'에 반영된 정서는 시원찮은 술장사와 선채금이 없어 아들을 결혼시키지 못하는 덕돌네의 가난한 상황과 더불어 덕돌이가 거지 아낙과 결혼을 하지만 결국에는 배반을 당하는 파국을 예기한 것이다. 이처럼 홀어머니의 정서인 '고적'과 '야릇'으로 환기되는 늦은 밤 산골의 장소성에는 개인적인 외로움과 불안의 의혹을 넘어서 민초들의 궁핍한 삶의 애환으로서 식민지 외상의 징후가 포착된다.

> "이자식아 너만 돈내고먹엇니?"
> 한사람새두고 안젓든상투가 코ㅅ살을찌프린다. 그리고 맨발벗은 게집의 두발을 량손에붓잡고 가랭이를 썩벌려무릅우로 쓸어올린다. 게집은 앙탈을한다. 눈시울에 눈물이엉기드니 불현듯이 쪼록쪼록쏫 아진다.
> 방안에서 왱마가리 소리가 쓸어오른다.
> "저 잡놈보게, 으하하……"
> 술은 연실데워서 드려가면서도 주인은불안하야 마음을조렷다. 겨우 마음을노흔것은 훨신 밝아서이다.
> 참새들은 소란히지저귄다. 지직바닥이 부스럼자죽보다 질ㅅ배업다. 술짠지쪽 가래침 담배ㅅ재-뭣해 너저분하다. 우선한길치에 자리를 잡고 게배를대보앗다. 마수거리가 팔십오전 외상이이원각수다. 현금팔십오전 두손에들고안저세이고세이고 쏘세어보고…… (20~21쪽)

인용문에서는 시끄럽고 혼란한 주막의 공간성이 부각된다. 덕돌네의 주막에 찾아온 나그네 아낙이 술판에서 '젊은 갈보'로 수모를 당하는 장면이다. 술꾼들이 나그네 아낙이 주막에 있다는 소문을 듣고 몰려와 나그네 아낙을 성적으로 유린한 것이다. 밤이 지나는 시간성은 "참새들은 소란히 지저귄다."는 공간성과 맞물리면서 식민지 외상의 징후를 환기한다. '잡놈'으로 호칭되던 술꾼들의 이미지는 '참새'로 확산된다. 이는 단순한 의인법의 비유라기보다는 식민지 현실의 잡스러움 내지는 소란스러움을 보여주는 작가의 현실 인식의 은유로 볼 수 있는 이유다.

　같은 맥락에서, "겨우 마음을 놓은 것은 훨씬 밝아서다."라는 덕돌네의 독백에는 내포 작가의 목소리가 혼성되어 있다. "지직바닥이 부스럼자죽보다 질배없다."는 주막의 분위기에서 식민지 현실의 혼란이 환기되듯이 술꾼들이 나그네 아낙을 유린하던 어두운 밤은 식민지 외상의 징후로 포착된다. "계집은 앙탈을 한다. 눈시울에 눈물이 엉기드니 불현듯이 쪼록쪼록쏟아진다."에서는 나그네 아낙의 고통과 슬픔이 부각된다. 거시적 관점으로 보면, 나그네 아낙이 겪는 수모와 고초의 심층 의미는 식민지 우리 민초들의 수난과 불안한 삶의 은유로 해석될 수 있다.

> 　머리에 게를 보얏게쓰고맥이풀려서 집에돌아온것은 이럭저럭으스레하엿다. 늙흔한 다리를 슬고 쓸압흐로향하다가 그는주춤하엿다.
> 　…(중략)…
> 　"어머이도사람은 조하유…… 올해 잘만하면 내년에는소한바리사 놀게구 농사만해두 한해에 쌀 넉섬 조엿섬, 그만하면 고만이지유…… 내가 실은게유?"
> 　"……."
> 　"사네가죽어스니 아무튼엇을게지유?" 옷 터지는 소리 부시럭어린다.
> 　"아이! 아이! 아이 참! 이거 노세유."
> 　쥐죽은 듯이 감감하다. 허공에 아롱거리는 낙엽을 이윽히 바라보며 그는 빙그레한다. 신발소리를 죽이고 쓸박그로 다시돌처섯다. (23~24쪽)

　나그네 아낙과 덕돌이가 합방하는 대목이다. 덕돌네가 남의 집에 일을 해주고 '머리에 겨를 보얗게 쓰고 맥이 풀려' 집에 돌아온 "이럭저럭 으스레"한 시간성은 민초들의 고단한 삶으로 식민지 어두운 역사를 환기한다. 뜰 앞에서 덕돌 어멈은 자신의 방 마루 끝에 '나그네의 짚신이 놓인 그

옆으로 질목채 빗은 왕달 짚신이 와살스럽게' 놓인 정경을 목격한다. 말줄임표(……)에서는 말 못할 사연으로서 나그네 아낙의 침묵이 부각된다. 말 못하는 침묵은 나그네 아낙이 말 못할 사연을 가졌다는 개인적 정한으로만 국한되지 않고 식민지 민초들의 절망적인 삶의 고통으로 환기된다.

"아이! 아이! 아이 참! 이거 노세유." 하는 아낙의 반응에서는 의성어와 느낌표가 반복됨으로써 덕돌의 청혼을 순순히 수락하지 못하고 거절할 수밖에 없는 이유가 있다는 문맥적 상황이 읽혀진다. 그리고 덕돌 어멈이 흐뭇해하는 모습을 '허공에 아롱거리는 낙엽'으로 바라보는 내포 작가의 관점으로서 시공간성의 은유는 덕돌이의 행복이 낙엽이 허공에서 잠깐 아롱거리는 순간처럼 덧없다는 것을 예기할 뿐 아니라, 식민지 외상의 징후로서 행복의 순간마저도 '허무'로 귀결될 수밖에 없는 식민지 민초들의 운명을 보여준 것이다.

> 뭇우음이 터져오른다. 새신랑이 옷이이게 뭐냐. 볼기짝에구멍이 다 뚤리고…… 빈정대는 사람도잇다. 그러나 덕돌이는 상투의면데기를 털고나서 곰방대를 피여물고는 싱그레웃어치운다. 조흔옷은 집에두엇다. 인조견족기저고리 새하얀옥당목겹바지, 그러나 애씨는것이다. 일할째엔 헌옷을입고 집에돌아와 쉬일참에나입는다. 잘째에도 모조리벗어서 더럽지안케 착착 개여 머리맛헤 위해노코 자곤한다. 의복이 람루하면 인상이추하다. 모처럼엇은 구여운안해니 행여나 마음이 돌아ㄴ안즐까 미리미리 사려두지 않을 수도 업는노릇이다. 그야말로 이 십구년만에 누런 이스조각에다 어제서야 소곰을발라본것도이까닭이엇다. (25~26쪽)

인용문에서 부각되는 덕돌이가 옷을 보는 시공간성에는 식민지 민초들의 궁핍한 의식주의 구체적 경험과 더불어 아내를 지극히 사랑하는 덕돌이의 마음이 드러난다. 친구들의 놀림에도 불구하고 덕돌이는 밖에서 일할 때는 헌옷을 입고 집에 돌아와 쉴 때에는 오히려 좋은 옷들을 입는다. 심지어는 '잘 때에도 모조리 벗어서 더럽지 않게 착착 개어 머리맡 위에 놓고 자곤' 할 정도로 옷을 애지중지하면서 집 안에 있는 아내에게만 그 옷을 입는 자신의 모습을 보이려고 아낀다. 오로지 아내에게만 좋은 옷을 입어 보일 정도로 의복을 아끼는 만큼 자신의 색시가 되어준 아내를 사랑한 것이다.

그러던 어느 날 밤, 나그네 아낙이 그렇게 덕돌이가 애지중지하던 옷을 훔쳐 사라진다. 덕돌네는 '필연잠든틈을타서 살몃이 옷을입고 자긔의 옷이며 버선까지들고 내뺐슴이 분명'(28쪽)한 나그네 아낙의 부재를 확인하였지만, 며느리를 도둑년으로 생각하지 않으려고 애쓴다. 은비녀는 두고 덕돌이의 옷만 가져간 며느리에게 "두말없이 무슨 병폐가 생겼다."고 생각하는 덕돌네의 애틋한 심경에서는 식민지 민초들의 애환으로서 동병상련의 연민이 포착된다.

식민지 외상의 징후를 반영하는 의복의 은유는 덕돌이 모자에게는 가난한 민초들의 희망이 허망하게 깨어지는 것을, 거지 부부에게는 생존을 위해 도덕이 파괴되는 삶의 좌절을 내포한다. "의복이 남루하면 인상이 추하다."는 시점은 덕돌이의 독백으로 전달되지만 거기에는 사회 통념이 혼성되어 있다. 또한 내포 작가의 직접적 개입은 아니지만, 담론의 측면에서 "형제는 수족이요, 부부는 의복이다"는 관습적 해석이 가능하다. 서사의 끝에서 그렇게 아끼던 덕돌이의 옷을 나그네 아낙이 훔쳐감으로써 덕돌이의 결혼은 파국을 맞는 대신에 거지 남편은 아내를 되찾기 때문이다. 또한 옷의 은유는 후행 서사의 개연성을 담보하는 측면에서도 식민지 민초들의 생존을 내포한다. 이를 통하여 독자는 은비녀는 놔두고 유독 병든 남편의 겨울 준비를 위하여 덕돌이가 그렇게 아끼며 그녀를 위해서만 입었던 옷을 훔쳐갈 수밖에 없었던 나그네 아낙의 진정성에 대한 연민으로 식민지 민초들의 궁핍한 삶과 애환에 대한 연대 의식을 강화한다.

> 마을에서 산ㅅ길로 쌔저나는 어구에 욱어진 숲사이로 비스듬이 언덕길이 노혓다. 바로 그 밋헤석벽을끼고 깁고 프른웅뎅이가 뭇치고 넓은 그물이 겹겹산을 에돌아약십리를 흘러나리면 신연강 중턱을쭐는다. 시새에 반쯤 파뭇히어 번들대는큰바위는 내를싸고 량쪽으로 질번하다. 쇠부랑질은 그틈바귀로쩟엇다. 좀체것지못할 재갈ㅅ길이다. 내를 몃번건네고 흠상굿은 산들을 비켜서 한 오마장넘어야 겨우질다운질을맛난다. 그리고 거긔서좀더간곳에 내 ㅅ가에외지게 일허진 오막사리한간을 볼수잇다. 물방아ㅅ간이다. 그러나 이제는밥을차저 흘러가는 쓴몸들의 하로밤 숙소로변하였다. (21쪽)

오막살이 물방앗간의 공간성에는 과거의 역사와 식민지 현실의 다성악적 시간성이 변주된다. 마을에서 외진 곳에 위치하는 오막살이 물방앗간의 표층적 의미는 거지 남편이 기거하는 장소이지만, 그 심층 의미는 주권을 빼앗긴 식민지의 은유로 읽혀진다. 식민지 이전에는 물방앗간이었던 장소성이 식민지 현재에는 거처할 곳이 없는 민초들의 하룻밤 숙소라는 장소성으로 변한 것이다. '밥을 찾아 흘러가는 뜬 몸들'은 다름 아닌 주권 잃은 민초들이며, 제 기능을 잃어버린 물방앗간은 식민지 현실의 은유이다. 따라서 거지아낙과 그 남편의 신세는 집 없는 민초들의 개별적인 가난의 경험으로 국한되기보다는, 나라를 빼앗긴 식민지 민초들의 정처 없는 삶의 보편적 가난과 질고를 함의하는 식민지 민족의 정체성으로 확장될 수 있다.

> "옷이 너머커- 좀저것스면……"
> "잔말말고 어여갑시다 펄적……"
> 계집은불이나게그를재촉한다. 그리고연해돌아다보길잇지안엇다.

그들은 강ㅅ길로향한다. 개울을건너 불거저나린 산모롱이를 막 쏩쓰릴랴할제다. 멀리뒤에서 사람욱이는소리가 슨휠듯날듯간신히 들려온다. 바람에 먹히어 말ㅅ저는모르겟스나 재업시덕돌이의 목성임은 넉히짐작할 수 잇다.

"아 얼는좀 오게유."

쏭솟이마르는듯이 게집은사내의손목을 겹겹히잡아싄다. 병들은몸이라 쓸리는대로뒤툭어리며 거지도으슥한산저편으로가치사라진다. 수은ㅅ빗갓흔물ㅅ방울을 품으며 물ㅅ결은산벽에부다쓰린다. 어데선지 지정치못할 넉대소리는 이산저산서와글와글굴러나린다. (28쪽)

텍스트의 끝부분에서 부각되는 '길'의 시공간성은 작가의 식민지 현실 인식으로 확장된다. 덕돌이 옷을 훔쳐 도망쳐 나온 나그네 아낙은 물방앗간에서 병들고 가난한 거지 남편에게 훔쳐온 덕돌이 옷을 입힌 후 같이 도망을 가면서도 자꾸 뒤를 돌아다보길 잊지 않는다. 여기에서는 덕돌네 모자를 향한 아낙의 정한과 미련뿐만 아니라, 식민지 역사에 대한 어두운 절망이 반성된다. 옷을 훔쳐 도망해야 하였던 이유를 끝내 밝히지 못한 그녀의 가난과 병든 남편을 버릴 수 없는 심경에 대한 이해는 식민지 민초들의 삶에 대한 연민으로 이어진다. 덕돌네 모자와 나그네 부부를 바라보는 연민은 식민지 궁핍한 삶에 대한 민족적 연대 의식으로 확장된다.

'길'의 은유는 협의적으로는 나그네 부부가 도망하는 길의 시공간성을 보여주지만, 거시적으로는 식민지 역사를 바라보는 작가의 현실 인식으로 확대된다. 구체적으로 설명하자면, '으슥한 산 저편'의 시공간적 표층 의미는 나그네 아낙 부부의 미래가 어둡다는 것을 환기하지만, 그 심층 의미는 식민지 치하에서 민초들이 살아가는 역사의 질곡을 함의하는 것이다. 은비녀는 놔두고 덕돌이의 옷을 훔쳐갈 수밖에 없었던 거지 아낙과, 속절도 모르고 배반을 당한 덕돌이 모자의 구체적 경험으로 환기되는 식민지 외상의 징후가 식민지 민족의 정체성에 대한 공감으로 확장될 수 있는 까닭이다. "궁핍한 삶의 밑바닥에서 일어나는 논리와 상식을 넘어선, 그러나 그것이 엄연히 존재하는 삶의 한 형태로써 비극성을"[15] 보여주는 길의 은유는 식민지 치하에서 개인의 삶이 극복하기 힘든 역사의 어둠을 극복할 수 있는 대안으로서 식민지 민족의 연대 의식을 반성한 것이다.

텍스트의 마지막에서는 '의복'을 사이에 두고 배반하고 배반당하는 민초들의 궁핍한 삶의 징후로 포착된 식민지 크로노토프는 '벽에 부딪친 물소리', '늑대 소리'의 분노와 절규로 강화된 길의 은유로 식민지 민초들의 분노를 반영한다. '물'과 '늑대 소리'는 슬픈 역사의 운명을 고발하는 식민지 민초들의 절규이자 분노다. 텍스트의 처음에서 야릇한 물소리로 환기되었던 식민지 징후는 텍스트 끝에서 수은 빛 같은 물방울을 품으며 산 벽에 부닥뜨린 물결로 재현되는 분노의 의미로 강화되면서 식민지 민초들의 고통스런 삶의 울분에 대한 독자의 연대 의식을 증폭시킨 것이다.

물방울을 품으며 산 벽에 부딪치는 절망적인 운명과 아픔, 그것은 덕돌 모자의 것일 수도 있고 나그네 아낙과 거지 남편의 것일 수도 있다. 뿐만 아니라 식민지 민초들의 울분으로 확장될 수도 있다. 그러므로 "어디선지 지정치 못할 늑대 소리는 이 산 저 산서 와글와글 굴러 내린다."는 산의 자연 묘사는 덕돌이 모자의 노여움과 억울함을 재현할 뿐만 아니라, 산 벽에 부닥치는 물방울처럼 아픈 역사로 고통의 삶을 살아야 했던 식민지 민초들의 분노를 이 산 저 산서 와글와글 굴러 내린 진정치 못할 늑대 소리로 표출한 것으로도 볼 수 있다. 더 나아가서는 식민지 역사를 바라보는 작가의 분노이자 식민지 현실을 바라보는 우리 민족의 분노로 그 의미가 확장될 수 있다. 이와 같이 「산ㅅ골나그내」의 식민지 외상의 은유를

---

15 신동욱, 앞의 책. 360쪽.

통하여 독자는 식민지 민초들의 절규하는 아우성에 대한 연대 의식으로 식민지 민초들의 궁핍한 삶과 애환을 보여주는 작가의 현실 인식과 깊이 있게 소통할 수 있다.

4. 「만무방」의 은유와 비판 의식

「만무방」 텍스트의 크로노토프는 식민지 민족의 정체성을 만무방으로 은유하여 식민지 외상의 다양한 징후를 보여준 작가의 비판적 역사의식을 보여준다. 소설 텍스트의 표제로 제시된 만무방은 '어슬렁거리며 염치없이 막돼먹게 살아가는 사람'이라는 뜻으로 삶의 뿌리를 잃고 좌초하는 식민지 민초들의 정체성을 반영한다. 식민지 외상의 징후를 다층적으로 보여주는 만무방의 시공간성을 통하여 독자는 만무방인 형 응칠이와 성실한 아우 응오라는 가난한 소작 농민의 상반된 삶의 태도를 대비시킨 극적 반전으로 식민지 역사에 대한 비판 의식을 강화하는 작가의 역사의식과 소통할 수 있다.

이 작품의 서술은 작가 전지적 시점이지만, 응칠이와 응오로 관점을 이동시키는 다중 시점으로 개인의 성실함으로는 극복될 수 없는 식민지 현실을 다층적으로 풍자한다. 형 응칠이는 도박과 절도로 전전하며 무위도식하는 만무방이다. 반면에 동생 응오는 순박하고 성실한 농부이다. 응오 논의 벼가 도둑질을 당하자, 응칠이는 범인으로 몰리게 된다. 누명을 벗기 위해 범인을 잡으러 나선 응칠이가 어렵사리 잡은 범인은 다름 아닌 바로 동생 응오다. 스토리와 캐릭터의 극적 반전은 만무방으로 살아갈 수에 없는 식민지 민족 정체성에 대한 의미로 식민지 역사에 대한 비판 의식을 강화하게 된다.

만무방으로 살아가야 하는 응칠이와 스스로의 논의 벼를 훔쳐야 했던 응오의 처지가 대비되고 교차되는 시점에 따라 반전되는 텍스트의 정보 전달 과정은 개별적인 인물의 삶의 태도에 따라 개선될 수 없는 식민지 모순된 사회 현상을 극적으로 고발하게 되는 의미를 갖는다. 만무방의 형이 범인일 것이라는 독자의 기대를 전복시킴으로써 작가는 정상적인 삶의 가치가 통하지 않은 식민지 모순된 사회의 구조에 대한 비판을 가한 것이다. 소설 텍스트의 시작은 작중인물인 응칠이가 고향을 버리고 부랑 생활을 하다가 고향에 돌아와 어정거리는 장면으로 시작된다.

> 산골에 가을은 무르녹앗다.
> 아름드리 로송은 삐삐히 느러박엿다. 무거운 송낙을 머리에 쓰고 건들건들, 새새이 끼인 도토리, 뺏, 돌배, 갈잎들은 울긋불긋. 잔듸를 적시며 맑은 샘이 쫄쫄거린다. 산토끼 두놈은 한가로이 마주 안저 그 물을 할짜거리고, 잇다금 정신이 나는듯 가랑입은 부수수, 하고 떠린 다. 산산한 산들바람, 구여운 들국화는 그품에 새뜩새뜩 넘논다. 흙내 와 함께 향깃한 땅김이 코를 찌른다. 요놈은 싸리버섯, 요놈은 잎 썩은 내, 또 요놈은 송이― 아니, 아니, 가시넝쿨속에 숨은 박하풀 냄새로군.
> (95~96쪽)

텍스트의 시작 부분에서는 응칠이의 시각으로 가을 산속의 시공간성이 재현된다. 한가롭게 송이를 찾으며 유유히 노닥거리는 모습에서는 만무방의 태도가 드러난다. "산골에 가을은 무르녹았다."에서 살펴지듯이, 가을 산속의 정경을 바라보는 응칠이의 태도는 무사태평하다. 그러나 뒤이어지는 "요놈은 싸리버섯, 요놈은 잎 썩은 내, 또 요놈은 송이", "아니, 아니, 가시넝쿨 속에 숨은 박하풀 냄새로군." 등의 내적 독백은 만무방인 작중인물 응칠이의 시각을 부각시키는 동시에 범인을 좇는 후행 서사를 예기하는 기능을 내포한다. 뿐만 아니라, 산골의 가을과는 대비적으로 철이 들지 않는 식민지 역사에 대한 비판을 내포하는 은유로 작용한다.

"응칠이는 뒷짐을 지고 어정어정 노닌다."에서는 응칠이가 만무방적인 면모를 보인다면, "유유히 다리를 옮겨 놓으며 이 나무 저 나무 사이로 호아든다", "오무렸다 연실 이러며 훅훅" 하는 장면에서는 범인을 찾아가는 후행 서사가 예고된다. 응칠이가 어정어정 노닐다가 산토끼를 추적하는 모습에서는 만무방의 태도뿐만 아니라 식민지적 외상으로서 쫓고 쫓기는 불안한 삶의 징후가 포착된다.

한편, 응칠이와 응오의 결혼 생활 또한 집의 시공간성으로 대비된다. 과거에는 응칠이도 가장이었지만 가난 때문에 가정이 해체되었다. 살을 에는 추위마저도 막지를 못하고 다 쓰러져가는 물방앗간의 장소성으로 과거 그의 가족의 궁핍한 삶의 애환이 전달된다. 응칠이와 그의 아내는 돌아다니며 밥을 빌어먹으면서 살아가는 처지였다. 농사는 열심히 지었지만 알고 보면 남은 건 겨우 남의 빚이라는 현실의 모순을 깨닫게 된 후에는 빌어먹는 삶을 연명한 것이다. "안해가 빌어다 남편에게, 남편이 빌어다 안해에게, 그러자 어느날 밤 안해의 얼골이 썩 슬픈 빗어엇다."(100쪽) 아내의 고단하고 슬픈 삶을 불쌍하게 여긴 응칠이는, 개가를 해서 젖먹이 아이나 잘 키우고 몸 성히 잘 있다가 혹시 연분이 닿으면 다시 만날 수도 있다는 아내의 말을 받아들여 아내와 헤어졌다. 그 후로는 아우 응오가 사는 동네로 와서 빈둥빈둥 만무방으로 살아간다. 형과 대비적으로 동생 응오는 성실하게 농사를 지으며, 병든 아내를 살려내려고 최선의 노력을 기울인다.

우중중한 방에서는 안해의 가쁜 숨소리가 들린다. 색, 색하다가 아이구, 하구는 까우러지게 콜록어린다. 개래가 치밀어 몹씨 괴로운 모

양- 뽑아줄사이가 없시 풀들은 뜰에 엉겻다. 흙이 드러난 집웅에서
망초가 휘어청휘어청. 바람은 가끔 차저와 싸리문을 흔든다. 그럴적마
다 문은 을쓰년스럽게 비-꺽삐-꺽. 이웃의발발이는 벅에서 한창 바
쁘게달그락거린다. 마는 아츰에 안해에게 먹이고 남은 조죽밧게야,
아니 그것도 참 남편 마자 긁엇으니 사발에 붓튼 찌꺼기뿐이리라-
(107쪽)

인용문에 제시된 응오 집의 장소성은 식민지 민초들의 궁핍한 삶의 애
환을 재현한다. 아내가 가쁜 숨을 쉬며 누워 있는 방은 우중충하다. 흙이
드러난 지붕에는 잡초가 무성하고 바람은 차갑게 싸리문을 흔든다. 음식
이라고는 아내에게 먹이고 남은 조죽밖에 없지만 그것도 사발에 붙은 찌
꺼기뿐이다. 식민지 외상으로서 민초들의 고단한 삶을 보여주는 응오의
초라하고 궁핍한 집의 은유는 식민지 역사 비판의 의미로 확대된다.

응칠이는 54원의 빚 때문에 아내와 헤어져 만무방의 삶을 살아가는 반
면에 소작농인 응오는 아내의 병을 낫게 하기 위하여 약을 끓이는 정성으
로 만무방과는 상대적인 삶의 모습을 보여준다. 아내를 맞이하기 위하여
꼭 3년간을 머슴을 살고 먹고 싶은 술 한잔 못 마시고 돈을 마련하여 아
내와 가정을 이루었기에 응오는 아내와 더불어 잘 살아보고자 성실하게
농사를 지으며 노력하였다. 그런데 응오의 아내는 무슨 병인지도 모를 병
을 앓고 있지만, 응오는 돈이 없어 아내를 의원에게 보인 적이 없다. 그런
탓에 응오는 손수 약을 끓이면서 아내의 병수발을 하지만, 아내의 병은
나을 기미도 없고 궁핍한 생활은 더욱 피폐해진다.

그것은 작년 응오와 가치 지주 문전에서 타작을 하던 친구라면 묻지
는 안흐리라. 한해동안 애를 졸이며 훗자식 모양으로 알뜰히 가꾸든 그
벼를 거둬들임은 기쁨에 틀림업섯다. 꼭두새벽부터 엣, 엣, 하며 괴로

움을 모른다. 그러나 캄캄하도록 털고나서 지주에게 도지를 제하고, 장리쌀을 제하고, 색초를 제하고보니 남는것은 등줄기를흐르는 땀이 잇슬따름. 그것은 슬프다 하니보다 끗업시 부끄러웟다. 가치 털어주든 동무들이 뻔히 보고 섯는데 빈지게로 덜렁거리며 집으로 돌아오는건 진정 열없기 짝이업는 노릇이었다. 참다참다 못해 응오는 눈물이 흘럿든 것이다. (102쪽)

응오는 성실한 농부였고 동리 사람들도 만무방인 응칠이와는 다른 성실한 사람으로 응오를 인정해주었다. 그렇게 모범적으로 성실하였던 농부로 평가받았던 응오가 이번 가을에는 자기가 소작하는 논의 벼를 벨 생각조차 안 하고 추수철을 넘기고 있었다. 이런 응오를 이상하게 여겨 장리를 놓은 김 참판과 지주가 계속 찾아와 응오에게 벼를 베라고 독촉을 하였지만, 응오는 아내가 아파 죽을 지경이라는 핑계를 대면서 기어코 벼를 베지 않았다. 응오가 벼를 베지 않은 진짜 이유는 병든 아내 때문이 아니라는 것이 후행 서사에서 드러난다. 그것은 "벼를 거뒀다고 말만 나면 빚쟁이들은 우우 몰려들 거니깐—"이라는 응오의 독백에서 추정되듯이, 성실하게 농사를 지어도 빚만 지는 식민지 민초들이 극복할 수 없는 삶의 한계를 직시한 응오의 현실 비판 인식에 기인한 것이다.

이러한 응오 현실 비판 인식에는 식민지 구조적 현실의 모순을 폭로하는 작가의 현실 비판 의식이 환기된다. 특히 "캄캄하도록 털고 나서 지주에게 도지를 제하고, 장리쌀을 제하고, 색초를 제하고 보니 남는것은 등줄기를 흐르는 땀이 있을 따름."으로 반복되는 당대 농부들의 허무한 삶의 토로에는 식민지 민초들의 궁핍한 삶과 더불어 아무리 노력하여도 빼앗기고 얻는 것이 없는 식민지 민초들의 삶을 바라보는 작가의 비판적 현실 인식이 반영된 것이다. 결국 벼를 훔칠 수밖에 없는 응오의 처지를 통하여 작가는 모순된 식민지 사회의 가치 전복으로서 식민지 외상의 징후를 만무방적인 삶의 타당성으로 극화하여 보여준 것이다.

> 그는 콧노래를 이러케 흥얼거리다가 갑작스리 강능이 그리웟다. 펄
> 펄 뛰는 생선이 조코 아츰햇발에 비끼어 힘차게 출렁거리는 그물결
> 이 조코. 이까진 둠 구석에서 쪼들리는데대다니, 그래도 즈이 따는 무
> 어 농사좀지엇답시고 약을 복복쓰며 잘두 떠들어 대인다. 허지만 그
> 런 중에도 어듸인가 형언치 못할 쓸쓸함이 떠돌지 않는 것도 아니다.
> 삼십여년 전 술을 빗어노코 쇠를울리고흥에 질리어 어께춤을 덩실거
> 리고 이러던 가을과는 저 딴쪽이다. 가을이 오면 기쁨에 넘쳐야 될 시
> 골이 점점 살기만 띠어옴은 웬일일고. 이렇게보면 재작년 가을 어느
> 밤 산중에서 낫으로 사람을 찔러죽인 강도가 문득 머리에 떠오른다.
> (110~111쪽)

응칠이는 떠나온 강릉을 그리워하면서 과거 식민지 이전 역사를 환기
하는 삶의 터전인 장소성과 식민지 현재의 공간성을 대비한다. '삼십여 년
전'과 '재작년 가을'은 식민 치하 이전과 이전을 뜻한다. 이들이 서로 대비
를 이루며 현실에 대한 언급의 역할을 하고 있는 것은 부정과거를 사용하
여 당시의 식민지 상황을 제시하고 있다.[16] 여기에서는 내포 작가의 관점
에서 담화 밖에 위치하는 역사적 시간성의 차이가 대비된다. 그것은 30년
전 조선의 주권과 현재 주권을 잃은 식민지의 시공간성을 은유로 반성하
는 내포 작가의 비판적 현실 인식이 작용한 것이다. 또한 응칠이가 듣고
따라 부르는 민요에는 만무방과 상통하는 식민지 외상의 징후가 부각된

---

16 부정과거란 일반적으로 시간의 지속성이나 절차상의 완성과 그 전개의 의미가 배
   제된 과거를 지시하는 동사의 범주를 말한다. Roland Bourneuf, 『소설이란 무엇인
   가』, 김화영 역, 문학사상사, 1988, 135~136쪽; 박정규, 『김유정 소설과 시간』, 깊
   은샘, 1992, 113쪽에서 재인용 및 참조.

다. "옥씨기 강낭이는 심어 뭐하리"에서 밝혀지듯이 주권을 잃은 식민지 땅에서 민초들의 노동은 허무하기 그지없다. 민요 역시 흥겹기보다는 유유자적 의미 없이 살아가야 하는 만무방의 태도처럼 가락마저 구슬프다.

응칠이는 '삼십여 년 전 이러던 가을'의 시공간성을 '저 딴쪽이다'의 시공간성의 경험으로 대비한다. "삼십여년 전 술을 빚어놓고 쇠를 울리고 흥에 질리어 어깨춤을 덩실거리고 이러던 가을과는 저 딴쪽이다."로 전달되는 역사의식은 30여 년 전 식민 치하 전의 주권과 식민 치하 후의 시공간성을 대비시킴으로써 식민지 현실 인식을 '저 딴쪽'으로 비판한 것이다. '저 딴쪽'이 아니라 '이러던' 철을 그리워하며 살아가는 응칠이의 만무방적 삶의 태도는 곧 식민 치하의 삶을 수긍하지 않는 작가의 역사의식을 반영한 것이다. '삼십여 년 전 이러던' 우리의 가을은 풍요롭고 흥이 났지만, '저 딴쪽'의 가을은 다르다. '저 딴쪽'으로 환기하는 식민지 외상은 재작년 극악무도한 사건으로 환기된다.

> 장을 보고 오는 농군을 농군이 죽엿다. 그것도 만이나 되엇으면 모르되 빼앗은것이 한끗 동전 네닙에 수수 일곱되, 게다 흔적이 탄로 날가 하야 낫으로 그 얼골의 껍질을 벅기고 조깃대강이 이기듯 끔찍하게 남기고 조긴망난이다. 흉악한 자식. 그 잘량한 돈 사전에 나가트면 가여워 덧돈을 주고라도 왓스리라. 이번 놈은 그따위 깍다귀나 아닐는지할때 찬 김과 아울러 치미는 소름에 머리 끄치 다 쭈볏하였다. 그간 아우의 농사를 대신 돌봐주기에이럭저럭 날이 느젓다. 오늘밤에는 이놈을 다리를 꺽거노코 내일쯤은 봐서 설넝설넝 뜨는 것이 올흔 일이겟다. 이산을 넘을까 저산을 넘을까 주저거리며 속으로 점을치다가 슬그머니 코를 골아올린다 . (111쪽)

응칠이의 기억을 통해 작가는 식민지 외상의 징후를 다음과 같은 현실 비판 의식으로 전달한다. 식민지 즉 주권을 빼앗긴 우리의 가을철은 낫으로 사람을 끔찍하게 찔러 죽이는 반인륜적 사건이 난무하다. 30여 년 전 농군들의 삶은 신명이 나고 흥이 있었지만, 재작년으로 표현되는 식민지 치하에서 농군은 같은 농군을 죽이며 강도질을 하는 '망나니'이 며, '흉악한 자식'이 되어버린 것이다. 농민들의 궁핍 상황이 얼마나 심 했던지 그것도 많은 것을 훔치기 위한 것도 아니고 '동전 네 닢에 수수 일곱 되'를 훔치기 위해 사람을 잔인무도하게 죽였다. 사람을 죽인 것으 로도 부족하여 '흔적이 탄로날까 낫으로 그 얼굴의 껍질을 벗기고 조깃 대강이 이기듯 끔찍하게 남기고 조긴' 망나니와 흉악범으로 변해버린 잔 인무도한 인정은 식민지의 현실에 드리워진 역사의 비극 그 자체이다. 이러한 식민지 외상의 징후로 드러난 시공성의 은유는 작가의 비판적 현 실 인식과 맞닿아 있다.

텍스트의 마지막에서 부각되는 길의 은유는 식민지 역사성을 환기한 다. "이슥한 그믐은 칠야—길은 어둡고 흐릿한 은저리만 눈압헤 아물거린 다."(113쪽) 응오의 논에 있는 벼를 누가 훔쳐간 것을 듣게 된 응칠은 자 신이 도둑으로 몰린다는 두려움에 도둑을 잡기 위하여 나선 것이다. 어둠 속 길은 고개로 이어진다. 고개를 넘고 또 고개를 넘어가면서 응칠이는 아우 응오의 벼를 훔친 범인이 성팔이라고 확신한다. 그러나 깊은 밤중에 응오의 논에서 응칠이가 잡은 도둑은 다름 아닌 아우 응오다.

> 대뜸 몽둥이는 들어가 그 볼기짝을 후려갈겻다. 아우는 모루 몸을 꺽드니 시납으로 찌그러진다. 대미처 압 정갱이를 때렷다. 등을 팻 다. 일지 못할만치 매는 나리었다. 체면을불구하고 땅에 업드리어 엉 엉울도록 매는 내리엇다.
>
> 홧김에 하긴햇으되 그꼴을보니 또한 마음이 편할수업다. 침을 퇴 배타던지곤 팔짜드신놈이 그저 그러지 별수잇나, 쓰러진 아우를 일으

키어 등에업고 일어섯다. 언제나 철이 날는지 딱한 일이엇다. 속썩은
한숨을 후-하고 내뿜는다. 그리고 어청어청 고개를 묵묵히나려온다.
(120~ 121쪽)

성실하였던 응오가 자신의 논에서 벼를 훔칠 수밖에 없는 상황은 모순
된 식민지 현실의 구조로는 제대로 살아갈 수 없다는 소작농들의 궁핍한
삶의 비극을 보여준다. 땀 흘려 농사를 짓고 추수를 해도 돌아오는 결실
이 없기 때문에 어쩔 수 없이 자기가 농사를 지은 벼를 훔칠 수밖에 없는
응오를 통하여 작가는 식민지 역사의 구조적 모순을 비판한 것이다. 텍스
트 표층에 드러난 아우 응오의 벼 이삭을 도둑맞은 후 그 도둑이 누구인
가를 찾아가는 탐색적 서사의 은유를 통해서 독자는 '남의 철'이 되어버
린 식민지 현실에서 오히려 만무방적인 삶의 태도가 '우리 철'의 역사의
식을 견지할 수 있다는 식민지 민초들의 저항 의식을 엿볼 수 있다.

텍스트의 말미에 제시된 '언제나 철이 날는지 딱한 일이었다.'라는 응
칠이의 독백에는 식민지 역사를 넘어 30년 전과 같이 자주 주권을 회복
해야 한다는 작가의 비판적 역사의식이 반영되어 있다. 이처럼 '철'에 대
한 시공간성을 식민지 주권의 회복이라는 은유로 파악하였을 때, 독자는
언제나 우리 민족의 철 즉 우리 민족의 자주적 역사의 때가 올까 하는 우
려와 기대가 섞인 작가의 탈식민주의 의식과 소통하면서 식민지 역사에
대한 비판 의식을 지금-여기 우리 삶의 반성으로 확대할 수 있다.

5. 나오며

이상에서 살핀 바와 같이 필자는 김유정의 단편소설 「산ㅅ골나그내」

와 「만무방」의 크로노토프를 파악하는 방식으로 작가의 현실 인식을 구명하였다. 식민지 외상의 징후를 다각적으로 재현하는 「산ㅅ골나그내」 「만무방」 등의 텍스트에 형상화된 시공간성은 토속적이거나 도회적인 이야기의 배경이라기보다는 식민지 역사를 바라보는 작가의 세계관적 은유로 기능한다. 또한 텍스트의 시공간성에 반영된 다중적 시점은 식민지 민초들의 삶을 입체적으로 증언하기 위한 작가의 서술적 전략으로 볼 수 있다. 이러한 점에서 김유정의 소설의 크로노토프는 민초들의 궁핍한 삶과 경험 그리고 애환을 식민지 외상의 징후로 재현함으로써 탈식민주의 의식을 보여준 작가의 실천적 삶의 가치와 소통할 수 있는 통로이다. 「산ㅅ골나그내」 「만무방」 등의 텍스트에 내재된 식민지 크로노토프는 다음과 같이 파악되었다.

먼저, 「산ㅅ골나그내」 텍스트의 크로노토프는 덕돌이와 거지 아낙의 결혼과 배반으로 인한 궁핍한 삶의 절망을 산간 농촌, 주막, 의복, 물방앗간, 길 등의 은유로 장치하여 식민지 민족의 정체성을 산골 나그네의 경험으로 환기하는 작가의 연대 의식에 뿌리를 두고 있다. 텍스트 시작에서 '고독'과 '야릇'으로 환기된 궁핍한 삶의 불안과 허무는 텍스트 말미에서 식민지 민초들에게는 희망이 절망으로 바뀌게 되는 식민 외상의 징후를 반영한다. 거지 아낙이 덕돌이를 배반할 수 없는 사정은 식민지 궁핍한 민초들의 절망적인 삶의 은유라면, 거지 아낙과 그의 남편이 머무른 물방앗간에 대한 과거와 현재의 대비는 식민지 주권을 상실한 민족 정체성의 은유로 읽혀진다. 작품의 끝에서 물방울이 벽에 부딪치는 소리와 늑대의 성난 소리 등의 자연 묘사의 은유로 재현된 식민지 외상의 징후를 통하여 독자는 식민지 민초들의 분노와 절규에 대한 연대 의식을 증폭시킨다. 이처럼 '벽에 부딪친 물소리', '늑대 소리'의 분노와 절규로 재현된 '산속 어두운 길'의 은유는 '의복'을 사이에 두고 배반당하고 배반할 수밖에 없는 민초들의 궁핍한 삶으로 구체화된 식민지 역사에 대한 독자의 연대 의식을 확대하는 효과를 낳는다.

다음으로, 「만무방」 텍스트의 크로노토프는 무능한 응칠과 성실한 응오의 삶의 태도로써 공간성을 대비시키면서 결국 그들의 역할을 극적 반전시키는 탐색적 서사의 은유로 주권을 잃은 식민지 외상의 징후를 보여주는 식민지 현실에 대한 작가의 비판 의식에 뿌리를 두고 있다. 30년 전과 현재를 바라보는 응칠이의 시점에는 식민지 이전과 식민지 현실의 시간을 대비하는 시간성으로 식민지 역사를 비판하는 작가의 세계관이 드러난다. 30년 전은 우리의 철로 풍요롭다면 재작년은 궁핍과 약탈로 극악무도하다. '언제나 철이 날는지 모르겠다.'는 독백에는 우리의 주권이 회복되기를 바라는 작가의 비판적 역사의식이 반영되어 있다. 식민지 사회적 모순이 한 개인의 가치와 삶의 태도에 따라 달라지는 것이 아니기 때문에 닥치는 대로 살아갈 수밖에 없는 식민지 민족의 정체성으로서 만무방과 '철(때)이 나지 않은 딱한' 현실 비판의 은유는 식민지 역사에 대한 독자의 비판 의식을 확대하는 효과를 거둔다.

이와 같이 김유정 소설의 크로노토프는 식민지 외상의 징후를 내포하는 은유를 통하여 식민지 역사에 대한 독자의 연대 의식 내지는 비판 의식을 끌어낸다. 결과적으로 필자는 김유정 소설의 식민지 크로노토프를 통하여 식민지 민초들의 피폐한 삶과 애환을 입체적으로 보여준 작가의 역사의식이 리얼리즘 문학이 추구하는 비판적 현실 인식과 닮아 있을 뿐만 아니라, 궁극적으로는 작가의 세계관이 탈식민주의 의식과 닿아 있음을 밝힐 수 있었다. 그러므로 본 연구의 결과는 김유정 소설 시학이 한국 모더니즘과 더불어 리얼리즘 문학의 확장에 공히 기여하였다는 시사적 의미뿐만 아니라, 문학 교육의 생산적 담론으로서 김유정의 탈식민주의 의식과 소통할 수 있는 단초를 제공할 수 있을 것으로 기대된다.

박태원「소설가 구보씨의 일일」의
서사 시학과 존재 의식

1. 들어가며

"The best thing about the futures is that it comes one day at a time."
(미래의 가장 좋은 점은 한 번에 하루씩 온다는 것이다.)

— 에이브러햄 링컨

박태원의 「소설가 구보씨의 일일」[1]은 식민지 작가의 자의식을 토대로, 복잡하고 거대한 식민지 현실의 다양한 양상들을 불과 하루 동안의 일상적 경험 속에 축약시켜 제시한 점에서 1930년대 한국 모더니즘 소설의 독특한 위상[2]을 차지한다. 또한, 식민지 소설가의 존재론적 소외와 갈등

---

1 「小說家 仇甫氏의 一日」은 1934년 9월 『조선중앙일보』에 발표되었다. 이 장의 텍스트는 박태원 소설집, 『소설가 구보(仇甫)씨의 일일』(깊은샘, 2004)에 실린 「소설가 구보씨의 1일」로 삼는다. 단, 텍스트의 제목은 「소설가 구보씨의 일일」로 표기한다. 이후 본문 인용은 괄호 안 쪽수로 표기한다.
2 이호, 「박태원의 「소설가 구보씨의 일일」에 나타난 현실 인식의 한 측면」, 『한국문학이론과 비평』 제2집, 1998, 273쪽.

을 반영하고 있는 작품[3]이라는 점에서는 하루가 갖는 소중한 의미를 시공을 초월한 실천적 삶의 가치로 환기하는 문제작으로 평가할 수 있다. 그러므로 「소설가 구보씨의 일일」 텍스트의 인지 경로를 파악하는 방법은 소설가 구보의 하루로 작가 박태원의 현식인식을 해명함으로써 지금-여기 우리의 하루를 반성하는 동시에 민주 시민 의식을 함양하는 측면에서 미래지향적 문학 교육의 효과를 기대할 수 있을 것이다.

「소설가 구보씨의 일일」에 대한 기존 연구를 살펴보면, 대부분 모더니즘 소설 기법에 대한 논의[4]이지만, 그 가운데서도 문학 교육에 대한 논의도 눈에 띈다. 전자의 논의에서는 주로 박태원의 소설 쓰기의 욕망이 미적 구조물로서 순도 높게 가공[5]된 점에 초점을 맞춤으로써 텍스트에 드러난 모더니즘 형식 즉 장거리문장, 플롯의 비선조적 해체, 영화 또는 심리기법, 메타픽션(matafiction) 내지는 고현학 등의 독창적 소설 기법을 조명하였다. 모더니즘 소설 기법에 대한 논의 중에서도 공종구는 「소설가 구보씨의 일일」에 재현된 모더니즘 기법을 박태원의 식민지 소설가의 존재론적 소외와 갈등을 반영하는 윤리의 관점으로 해명하였다. 이러한 윤리의 관점은 식민지 작가의 현실 인식을 통하여 지금-여기 우리의 현실을 반성할 수 있는 가능성을 제공하는 점에서 문학 교육의 의미를 내포한

3　공종구, 『한국 현대소설의 윤리』, 박문사, 2009, 30쪽.

4　선행 논의를 대략 밝히면 다음과 같다. 이호, 「박태원의 「소설가 구보씨의 1일」에 나타난 현실 인식의 한 측면」, 『한국문학이론과 비평』 제2집, 1998; 김종구, 「박태원 "小說家 仇甫氏의 一日"의 담론상황 연구」, 『한국문학이론과 비평』, 한국문학이론과비평학회, 1999, 215~235쪽; 차원현, 「'현대적 글쓰기'의 기원: 박태원론」, 『상허학보』 3집, 2000, 227~247쪽; 이윤진, 「「소설가 구보 씨의 일일」의 영화적 서술 기법」, 『한국문학이론과 비평』 제15집, 2002. 6, 330~348쪽; 이은선, 「박태원 소설과 '재현'의 문제」, 『현대소설연구』 제44호, 2010, 293~316쪽.

5　김종구, 앞의 글, 216쪽.

다. 한편, 후자에 관계된 논의[6]들은 본격적인 문학 교육의 방법론으로서 소설 쓰기 의미, 패러디 기법, 매체를 활용한 플롯 지도 차원에서 글쓰기 교육적 방안을 제공하였다.

이와 같은 선행 연구의 토대 위에서 이 글은 「소설가 구보씨의 일일」 텍스트의 인지 경로를 작가의 실천적 삶의 가치로 확장함으로써 21세기 대학생의 민주시민 의식을 함양하는 역사적 윤리성, 타자적 윤리성, 존재론적 윤리성 등의 존재 의식의 가치를 제공하고자 한다. 우선적으로 남한에서는 한국 모더니즘 문학의 선봉으로, 북한에서는 '북한 최고의 역사소설가'[7]라는 정평을 받아온 작가 전기적 의미가 갖는 존재 의식을 간과할수 없다. 박태원은 1930년대 식민지 현실을 모더니즘 기법의 소설로 재현하였으나, 해방 이후에는 월북하여 역사소설 창작에 전념하다가 생을 마쳤기 때문이다. 그러므로 「소설가 구보씨의 일일」에서 읽혀지는 하루의 의미는 남북한 문학사에 공히 커다란 족적을 남겼던 작가 박태원의 실천적 삶의 윤리로서 문학 교육의 의미를 제공할 수 있을 것이다.

문학 교육과정을 살펴보더라도, 「소설가 구보씨의 일일」은 제7차 교육과정기 고등학교 『문학』 5종 교과서에 실려 있을 만큼 문학 교육적 의미

---

6 김명숙, 「『소설가 구보씨의 일일』을 통한 소설 쓰기의 의미 연구」, 경희대학교 교육대학원 석사학위 논문, 2000; 김현영, 「『소설가 구보씨의 일일』의 창작 교육적 연구: 패러디 기법을 중심으로」, 성신여자대학교 교육대학원 석사학위 논문, 2003; 차상윤, 「UCC 동영상을 활용한 심리소설의 플롯 지도 연구: 박태원, 「소설가 구보씨의 일일」을 중심으로」, 경희대학교 석사학위 논문, 2010.

7 박태원은 1933년 구인회에 가담 후 본격적으로 작품을 발표하였고, 1934년에는 「식객오참봉」 「딱한 사람들」 「애욕」 등에 이어 『小說家 仇甫氏의 一日』을 발표하였다. 월북 후에는 주로 역사소설 집필에 주력하였는데 1965년 이후 건강 상태가 극도로 악화되어 실명과 전신불수의 역경 속에서도 그의 필생인 역작인 『갑오농민전쟁』을 저술하여 북한 최고의 역사소설가라는 칭호를 얻었다. 박태원 소설집, 『소설가 구보仇甫씨의 일일』, 앞의 책, 작가 연보, 355~367쪽 참조.

가 크다. 텍스트의 심층 의미로서 작가의 실천적 삶의 가치는 시공을 초월하여 인간 누구에게나 주어진 하루의 의미를 윤리적으로 반성할 수 있는 교훈을 제공할 수 있다. "작품의 주제는 독자의 세계 인식과 작품 내적인 의미 사이에 이루어지는 텍스트 연관성을 통해 형성되는"[8] 점을 감안할 때, 식민지 작가 박태원의 문학적 성과는 텍스트에 내재된 소설가 구보씨의 하루의 가치가 집적된 결과로 볼 수 있다.

「소설가 구보씨의 일일」이라는 제목에서 강하게 암시하고 있는 바와 같이, 이 작품에는 박태원의 자전적인 체험소가 짙게 투영되고 있다. 그런 점에서 이 작품의 서사 주체로 기능하는 구보씨는 단순히 미학적 가상으로서의 허구적 인물이라기보다는 박태원의 무의식적 욕망이 투사된 그림자라고 할 수 있지만 생활과 소설, 욕망과 당위의 대립적인 가치 사이에서 진자운동을 반복하는 양가성을 통해서 소설 장르의 정체성 유지에 필요한 경험 세계와의 미학적 거리를 확보하고 있다.[9] 달리 표현하자면, 「소설가 구보씨의 일일」 텍스트 속 "허구적 세계에서 일어나는 사건은 필연적 사건이다. 소설 속의 필연적인 인과관계에 의해 새롭게 형성된 질서는 리얼리티를 형성한다."[10] 따라서 독자는 「소설가 구보씨의 일일」 텍스트의 정보 체계에 구축된 허구적 인과 관계에 의하여 구축된 리얼리티를 통하여 식민지 작가 박태원의 현실 인식에 내재되어 있는 존재 의식을 다층적으로 해명할 수 있다.

---

8 우한용, 『한국 근대문학 교육사 연구』, 서울대학교 출판부, 2009, 306쪽.

9 공종구, 앞의 책, 21쪽, 30쪽.

10 허구는 리얼리티가 뒷받침이 될 때에만 허구로서의 가치를 획득할 수 있다. 소설은 현실에 바탕을 두고 있으나 일상적인 현실과는 다른 허구적인 현실을 다루며, 그 허구성에 리얼리티가 획득될 때, 그 세계는 생동하고 살아 있는 현실이 되는 것이다. 송명희, 『현대소설의 이론과 분석』, 푸른사상사, 2006, 47쪽.

이러한 맥락에서 「소설가 구보씨의 일일」 텍스트의 교훈적 가치는 대학생들에게 "원칙적인 차원에서 '문학이란 무엇인가'를 강제하기보다는, '포스트–진정성의 주체'에게 문학이 과연 무슨 의미를 지니고 있는지를 구체적으로 확인하고 문학이 달라진 위상을 받아들이는"[11] 실천적 문학교육의 효과로 21세기 민주시민 의식을 함양할 수 있을 것이다.

2. 병리적인 현실의 인지 경로와 역사적 존재성

식민지 병리적 현실에 대한 구보의 인식은 식민지 역사를 비판적으로 바라보는 작가의 세계관과 맞물려 있다. 소설가 구보씨가 바라보는 현실에 대한 정보는 식민지 역사의 그늘을 '존재 인식의 위험성'[12]으로 인지하는 작가의 역사의식에 기반을 두고 있는 셈이다. 현실의 병리적 인지 경로에 따른 소설가 구보씨의 정체성은 작가의 역사의식으로 해명될 수 있는 것이다. 그러므로 우리는 구보가 바라보는 병리적 현실에 대한 인식을 통하여 작가 박태원의 실천적 삶의 가치를 해명하는 궁극적 의미로 21세기 분단 조국의 병리적 현실에 대한 역사적 존재 의식을 함양할 수 있

---

11 근대문학의 이념과 그 요구적 이상을 벗어나 곳에서 문학 교육이론은 신천지를 발견할 수 있을 것이다. 오문석, 「문학 교육의 위기와 문학 교육이론의 성장」, 『인문학연구』 제40집, 조선대학교 인문학연구원, 2010.

12 존재 인식(B-cognition)의 중요한 위험성은, 행동을 한다는 것이 불가능하거나 적어도 결정적이지 못하다는 것이다. 존재의 인식에는 판단이나 비교나 비난 평가가 없다. 또한 결정도 존재하지 않는데 왜냐하면 결정이란 행동을 하기 위한 준비이기 때문이다. 그리고 존재의 인식이란 수동적인 사고이고 인식이며, 방해를 받지 않고 내버려두는 것이다. 에이브러햄 머슬로우, 『존재의 심리학』, 이혜성 역, 이화여자대학교 출판부, 1996, 181쪽.

다.

텍스트의 표층적 서사는 아침에 구보의 외출을 바라보는 어머니 시각에서 시작하여 다음 날 새벽 2시에 귀가하는 구보의 시각으로 끝난다. 초점 주체 구보의 시점을 반영하는 작가 시점은 1장부터 31장까지 각 장 첫 어절의 음영 효과와 호수 변화로 장의 구별을 보여준다. 지문과 대화의 구분이 없이 뒤섞어놓는 서술 방법은 구보의 주관에 의해 채색되는 내면 의식과 그것을 서술하는 방식[13]이다. 만남과 헤어짐이 반복 연쇄되는 길의 구조적 은유[14]로 재현된 구보의 하루는 어머니의 아들로서 구보, 소설가로서 구보, 조선인으로서 구보에 대한 '정체성의 형성'[15]을 보여주는 작가의 역사적 윤리성과 맞닿아 있다.

이와 같이 구보가 인지하는 병리적 현실 경로는 식민지 역사를 비판하는 작가 시점으로 어머니의 아들로서 구보, 고현학적 글쓰기를 하는 소설가로서 구보, 나라 잃은 식민지 조선인으로서 구보의 정체성을 다층적으로 보여준다.

우선, 병리적 현실의 습관에 대한 인지 경로는 어머니의 아들로서 구보의 정체성을 반성한다. 텍스트 도입부에서 구보에 대한 정보가 어머니의 시각으로 제한된 것은 구보의 일상적 습관으로 구체화된 식민지 병리적 현실의 객관적 의미를 강조하기 위해서다. 어머니가 바라보는 아들 구보의 정체성은 직업도 가지지 않고, 결혼도 하지 않은 아들이 늦게 일어

---

13 정현숙, 『박태원문학연구』, 국학자료원, 1993, 151쪽.
14 구조적 은유는 우리 경험 내부의 체계적인 상관 관계에 그 근거를 두는데 여기에서 부각과 은폐의 차이가 드러난다. G. 레이코프·존슨, 『삶으로서의 은유』, 노양진·나익주 역, 박이정, 2006, 21~37쪽.
15 아이덴티티의 형성은 동시적인 반성과 관찰의 과정을 취하는데, 이 과정은 정신적 기능의 모든 수준에서 일어나는 것이다. 융·에릭슨, 『현대의 신화/아이덴티티』, 이부영·조대경 역, 삼성출판사, 1997, 209쪽.

나 매일 낮 반복적으로 외출을 하고 새벽에 들어오는 습관으로 전달된다. 어머니는 "대체, 그애는, 매일, 어딜, 그렇게, 가는, 겐가" 하는 의구심으로 구보의 외출을 부정적으로 인지한다. "늙은 어머니에게는 온갖 종류의, 근심, 걱정거리"(18쪽)에서 구체화되듯이, 구보의 정체성은 식민지 병리적 역사를 비판하는 작가의 현실 인식과 깊은 연관을 보여준다.

텍스트의 모두(冒頭)에서 늙은 어머니에게 "온갖 종류의, 근심, 걱정거리"인 아들의 정체성은 텍스트 말미에서 어머니의 헌신적 사랑의 가치를 되새김하는 아들의 정체성으로 변화된다. 텍스트의 말미에서 구보의 관점으로 반성되는 구보의 정체성은 텍스트 초입에서 드러난 정체성과는 다른 미래지향적 삶의 방향성을 환기한다. 좋은 소설을 쓰고, 어머니를 위해 어머니가 권하는 결혼을 할 수 있다면서 어머니의 행복을 생각하는 아들로서 구보의 정체성은 어머니의 아들로서 긍정적 입장을 보여준 것이다. 작가 전기적 측면에서 이 작품이 작가 박태원이 결혼한 해에 발표[16]된 점을 고려할 때, 병리적 현실을 극복하기 위한 구보의 인식의 전환은 어머니가 원하는 생활을 꾸리겠다는 작가 박태원의 실천적 삶의 의지가 반영된 것으로 볼 수도 있다. 요컨대, 병리적 현실에 대한 구보의 미래지향적 반성은 식민지 작가 박태원의 역사적 존재성에 뿌리를 두고 있다.

다음으로, 구보의 신체에 대한 병리적 인지 경로는 식민지 소설가의 정체성을 환기한다. 대문을 나서지만 구보는 자신의 외출의 목적을 알지 못한다. 외출 과정에서 드러나는 신체에 대한 병리적 인지 경로는 식민지 역사를 바라보는 작가의 고현학적 글쓰기의 시간으로 식민지 현실에 대한 비판 의식을 보여준다.

---

16 1934년 구보는 보통학교 교원인 김정애와 결혼하였고 「소설가 구보씨의 1일」을 신문에 연재하였다. 박태원 소설집, 앞의 책, 356쪽.

어느 기회에 그는 의학사전을 뒤적거려 보고, 그리고 별 까닭도 없이 자기는 중이가답아(中耳加答兒)에 걸렸다고 혼자 생각하였다. 서전에 의하면 중이가답아(中耳加答兒)에는 급성급만성(急性及慢性)이 있고, 만성중이가답아(慢性中耳加答兒)에는 또 다시 이를 만성 건성 급 만성 습성(慢性 乾性 及 慢性 濕性)의 이자(二者)로 나눈다 하였는데, 자기의 이질(耳疾)은 그 만성습성의 중이가답아에 틀림없다고 구보는 작정하고 있었다.[17]

구보의 병리적 신체에 대한 정보는 구보의 외출 과정에서 인지된다. 먼저, 구보는 한낮의 거리 위에서 격렬한 두통과 더불어 자신의 신경쇠약과 귓병에 대한 병리적 징후를 자각한다. "별 까닭도 없이 자기는 중이가답아에 걸렸다고 혼자 생각"(23쪽)하면서 왼쪽 귀뿐만이 아닌 바른쪽 귀에도 자신을 갖지 못한다. 귀에 대한 병리적 정보에 이어 "이렇게 대낮에도 조금의 자신을 가질 수 없는"(24쪽) 무수한 맹점을 가진 시력의 병리적 상태가 반복적으로 전달된다. 그리고 구보의 병리적 신체에 대한 결정적 원인이 17년 전, 소년 시절 밤을 새워 소설책들을 읽었던 독서 습관에서 연유된 것임을 밝힌다.

또한, 구보의 병리적 신체로 인지된 독서와 글쓰기에 대한 정보는 식민지 소설가 구보의 정체성을 전달한다. 구보는 '모데로노로지오'를 게으르게 하고, 독서에 게으름을 피운 시간에 대한 회상으로 소설가의 정체성을 반성한다. "'모데로노로지오'를 게을리하기 이미 오래다."라고 글쓰기를 게을리한 시간을 반성한다. 그리고 "오직 서해의 작품뿐이 아니다. 독서를 게을리하기 이미 3년. 언젠가 구보는 지식의 고갈을 느끼고 악연(愕然)하였다."(37쪽)고 독서를 게을리한 시간에 대한 반성을 보여준다. 한

---

17 박태원 소설집, 앞의 책, 23쪽.

편, "자신에게 황금광시대 목적이 있다면 그것은 소설 창작이다"는 입장으로 황금광시대 생활을 추구하는 사람들이 생활이 없는 자신보다 진실할 수 있다는 식민지 소설가의 정체성에 대한 반성을 보여주기도 한다.

마지막으로, 식민지 병리적 사회 문화의 인지 경로는 식민지 조선인으로서 구보의 정체성을 환기한다. 온갖 병명을 떠올리게 하는 "살풍경하고도 또 어수선한 태평통의 거리는 구보의 마음을 어둡게 한다."(37쪽) 경성역에서 구보는 "마땅히 인생이 있을 게다"고 생각하였으나 그곳에서 고독만을 본다. 사무원들은 "오직 자기네들 사무에 바빴고" 기차를 기다리는 사람들 또한 "변소에 다녀올 동안의 그네들 짐을 부탁하는 일조차 없었다."(39쪽) 구보는 남을 결코 믿지 않는 그네들의 고독을 딱하고 가엾게 여긴 것으로 식민지 조선인의 정체감을 확인한다. 부종을 한 사내의 얼굴에서는 신장염을 추측하면서, 구보는 자기 자신의 만성 위확장을 생각한다. 40여 세의 노동자의 "전경부의 광범한 팽륭. 돌출한 안구. 또 손의 경미한 진동"(41쪽)에서는 '바세도우씨병'을 확신한다.

이처럼 구보의 눈에 반복적으로 포착되는 고독과 질병의 병리적 징후는 식민지 조선인의 정체성에 다름이 아니다. 식민지 조선의 사회 문화는 황금광시대와 닿아 있다. "시내에 산재한 무수한 광무소. 인지대 100원. 열람비 5원. 수수료 10원. 지도대 18전⋯⋯ 출원등록된 광구, 조선 전토의 7할."(41쪽). 황금광을 좇아 시시각각 졸부가 되기도 하고 몰락하여갔던 많은 사람들 중에는 평론가와 시인, 이러한 문인들조차 끼어 있었다. 황금광시대 "고도의 금광열은, 오히려, 총독부 청사, 동측 최고층, 광무와 열람실에서 볼 수 있었다⋯⋯."(41쪽)는 구보의 인식에서는 식민지 경제적 모순을 고발하는 작가의 역사적 존재성을 엿볼 수 있다.

구보 자신을 포함한 모든 사람들을 정신병자로 관찰하고픈 충동의 유희는 식민지 조선인의 병리적 정체성을 다음과 같이 확장한다. 구보는 다방에 있는 사람들을 "의상분일증, 언어도착증, 과대망상증, 추외언어증, 여자음란증, 지리멸렬증, 질투망상증, 남자음란증, 병적기행증, 병적허언기편증, 병적부덕증, 병적낭비증, 당의즉답증"(70~71쪽) 등의 정신병 환자로 간주하면서 자신 또한 정신병의 일종인 다변증 환자로 여긴다. 황금광시대 속물적 삶을 바라보는 구보의 인식에는 식민지 모순된 사회 문화로 조선인의 정체성을 병리적으로 반성하는 작가의 역사의식이 반영되어 있다.

이처럼 구보의 현실 인식은 황금광 시대 속물적 삶을 비판하는 식민지 작가의 역사의식에 뿌리를 두고 있다. 이에 따라 우리는 식민지 현실을 비판적으로 직시한 작가 박태원의 역사적 존재성을 통하여 지금-여기 분단 현실과 더불어 물질만능주의 삶을 살아가는 우리의 정체성을 반성할 수 있을 것이다.

이를 문학 교육에 적용하자면, 병리적 현실의 인지 경로를 통하여 교수는 식민지 현실을 비판적으로 바라본 작가 박태원의 역사적 윤리성을 거울 삼아 학생들에게 21세기 분단 현실과 물질만능주의 현실의 문제를 반성할 수 있는 기회를 제공할 수 있을 것이다. 텍스트에 내재된 식민지 병리적인 현실에 대한 인지 경로에 따른 작가의 역사의식을 제공함으로써 학생들은 분단 역사에 대한 문제의식으로 자기 정체성을 성찰하는 동시에 하루가 모여 인생이 되고, 역사가 되는 미래지향적 역사의식을 함양할 수도 있을 것이다.

3. 대립적인 관계의 인지 경로와 타자의 존재성

소설가 구보가 지향하는 대비적 공간성은 식민지 소외[18]로서 문화적 갈등을 해소하고자 하는 작가의 민족 동질성에 기반을 두고 있다. 텍스트에서 어머니-아들, 벗-벗이 아님, 남성-여성, 정신-물질, 명랑-우울 등으로 확장되는 대립적 관계의 인지 경로는 타자의 윤리성으로 확장된다. 이와 같이 구보가 바라보는 대립적 관계의 궁극적 의미는 식민지 갈등을 넘어 화해를 꾀한 작가 의식을 보여준다. 대립적 관계를 넘어 소외된 이웃을 연민으로 바라보는 구보의 시선에는 식민지 민족 동질성 회복을 지향하는 작가 의식이 자리한다. 그러므로 독자는 식민지 훼손된 삶의 회복을 바라는 구보의 연민을 통하여 식민지 민족 동질성의 회복을 꾀한 작가 박태원의 타자의 윤리성을 통하여 다문화시대 민족애를 넘어 인류애의 실천적 가치로서 민주시민 의식을 회복할 수 있다.

대립적 관계의 인지 경로에서 드러난 '소외의 극복 상태'[19]로서 인간성의 회복은 타자의 존재성으로 식민지 조선인의 동질감을 확장한다. 이처럼 구보가 보여주는 타인에 대한 연민을 통하여 독자는 식민지 조선인의 동질성을 꾀한 작가 의식을 엿볼 수 있다. 대비적 관계를 통한 구보의 연민은 아들 구보와 어머니의 관계, 구보가 외출 중에 만난 사람들과 식민지 조선인의 관계로 이어진다.

먼저, 아들 구보와 어머니의 대비적 관계성은 아들을 걱정하는 어머

---

18 사회적 고립으로서의 소외는 가치상의 고립이나 무규범성과도 긴밀히 연결되어 있다. 정문길, 『소외론 연구』, 문학과지성사, 1994, 213쪽.

19 소외는 '소외하다'라는 말이 가진 언어적 의미, 즉 '낯설게 하다', '타인의 것으로 만든다'라는 점에서만이 아니라 '소외된 상태' 자체가 상실, 결여, 불만족, 왜곡의 상황을 지칭하는 것이라고 본다면 거기에는 현재의 '소외된 상태'를 중심으로 하여 그 이전의 '소외되지 않은 상태'와 그 다음의 '소외가 극복된 상태'를 예상할 수 있을 것이다. Seeman, Melvin, "Alienation and Engagement" in *The Human Meaning of Social Change*, eds by A. Cambell and P. Converse (New York : Russell Sage Basic Books, 1972), ch.12, p.473. 정문길, 『소외론 연구』, 문학과지성사, 1994, 214쪽에서 재인용.

니에 대한 구보의 상반된 반응으로 식민지 지식인의 현실적 갈등을 보여준다. 텍스트의 처음에서 구보는 "나이 찬 아들의, 기름과 분 냄새 없는 방이, 늙은 어머니에게는 애달팠다."(18쪽)고 자신을 향한 어머니의 관심을 인지하지만, 언제나 어머니가 혼인 말을 꺼내면, "돈 한푼 없이 어떻게 기집을 멕여 살립니까?"(19쪽)라는 답으로 어머니의 관심을 외면한다. 그러나 집을 막 나와 외출을 시작한 구보는 어머니에게 한마디 "네-" 하고 대답을 못한 것을 뉘우치는 것으로 어머니에 대한 연민을 표출한다.

특히, 구보의 외출은 어머니와 구보의 관계성의 소외를 부각시키는 동시에 관계성의 연민을 강화하는 대비적 동기로 기능한다. 텍스트 시작 부분에서 어머니는 아들 구보의 외출에 대하여 부정적 반응으로 소외 의식을 드러낸다. 구보 또한 아들의 불편한 심정을 배려해서 결혼 이야기를 매번 다음으로 미루곤 하는 어머니의 습관적인 망설임과 침묵을 외면한 채 외출을 시작한다. 이처럼 외출의 시작은 모자간의 관계성이 소외되는 기능으로 작용하지만, 외출이 끝나갈 즈음에 외출의 의미는 구보가 어머니에 대한 연민을 강화하는 기능으로 작용한다. 구보는 외출을 마치고 귀가하기 직전에 밤늦도록 잠들지 않고 아들을 기다릴 어머니의 '힘 있고 거룩한 사랑'에 대하여 연민을 보여준다. 어머니의 혼인 요구를 쉽게 물리치지 못하리라는 구보의 생각은 식민지 사회 문화의 소외와 불안을 극복하고자 하는 식민지 지식인의 삶의 편린을 보여준 것이다.

다음으로, 구보의 만남과 헤어짐의 대비적 관계성은 벗-벗이 아님, 물질-정신, 여성-남성 등의 사회 문화 확장의 의미로 식민지 조선인의 동질성을 지향한다. 구보는 경성역에서 빽빽하게 모여 있지만 인간 본래의 온정을 찾을 수 없는 군중들을 연민으로 본다. 고독한 군중의 모습은 비판의 대상이 아니라 연민의 대상이다. 구보의 연민을 통하여 독자는 식민지 조선인을 향한 작가의 민족 동질성을 엿볼 수 있다.

또한, 다방에서 '사내'와의 만남에서 드러난 구보의 연민은 '괴이한 마음'과 '우울한 마음'의 대립적 관계성을 민족의 동질감으로 지향한다. 그 사내와 구보는 어두운 거리에서 인사를 한 일이 있었으나, 그 후 구보는 그를 만났어도 알아보지를 못한 것이다. 그 사내는 구보가 자기를 보고도 아는 체 안 한 것이라 생각하고 불쾌한 시선을 돌렸고 구보는 그 사내를 괴이하게만 여겨왔다. '마침내 구보가 그를 그라고 알 수 있었을 때'(35 쪽) 그는 구보를 외면한다. '괴이한 마음'과 '우울한 마음'의 관계성에 대한 구보의 연민은 "빈약한, 너무나 빈약한 옛 궁전"의 장소성으로 식민지 민족의 동질성을 지향한다.

식민지 옛 궁전의 장소성으로 재현된 구보의 우울은 보통학교 시절의 옛 동무에 대한 연민으로 민족 동질성을 확장한다. "모시 두루마기에 흰 고무신, 오직 새로운 맥고모자를 쓴 그의 행색은 너무나 초라"(38쪽)한 친구를 보고 구보는 지나칠까 망설이다가 마침내 용기를 내어 친구를 안 체 하지만, 벗은 약간 얼굴조차 붉히며 간단한 인사말만을 서먹하게 건네고 곧바로 헤어진다. "너무나 영락(零落)"한 옛 동무의 모습은 식민지 옛 궁전의 장소성과 상응한다. 옛 동무의 모습에 옛 궁전의 장소성을 투영하면서 "울 것 같은 감정을 스스로 억제하지 못한"(38쪽) 채 서울에 있지 않은 모든 벗들에 대하여 엽서를 쓸까 하는 구보의 벗을 향한 그리움의 감정은 식민지 민족 동질성을 추구한 작가의 타자적 존재 의식과 맞물려 있다.

한편, 벗과 만남에서 정신적 가치를 지향하는 구보의 타자 의식은 관계의 소중함으로 물화된 식민지 근대성을 극복할 수 있는 민족 동질성을 지향한다. 구보의 소외 의식은 경성역에서 전당포 집의 둘째 아들로 중학 시절 매우 열등생이었던 벗이 예쁜 여자와 함께 있는 모습을 목격하는 시각으로 전달된다. 구보는 물질적 가치로 여성과의 행복을 향유하는 친구의 모습에서 정신적 교류가 단절된 고독을 본다.

또한, 물질의 가치가 추앙되는 황금광시대를 인지하는 구보의 타자 의식은 다방 안에서 인간에게 쓸모없는 대우를 받는 가엾은 강아지의 소외로 전달된다. "사람들의 사랑을 구하기를 아주 단념이나 한 듯이"(45쪽) 쓰러져 있는 강아지의 반쯤 감은 두 눈에서 구보는 숨어 있는 고독과 함께, 모든 것에 대하여 단념하는 소외를 본다. 물질적 가치로 인한 고독은 구보가 벗이 오기를 기다리는 다방에서 구보에게 "구포씨 아니요-."(64쪽)라고 인사를 건네는 생명보험회사의 외교원과의 만남으로 더욱 증폭된다. 구보는 안면에 이끌리어 그와 함께 맥주를 마시지만, 그로부터 조선의 원고료가 얼마나 되느냐는 질문을 받고 난 후 물질적 가치에서 소외된 자신의 고독을 인지한다. 구보가 느끼는 '엄청난 모멸감'은 가엾은 강아지의 고독과 단념으로 구체화된 소외 의식과 상응한다.

이에 비하여, 정신적 가치를 추구하는 벗과의 관계에서는 물질적 가치로 인한 소외 의식이 극복되는 타자 의식이 드러난다. 신문사에 근무하는 벗과의 만남에서는 벗에 대한 정신적 소외가 드러난다. 조선 문학 건설에 가장 열의가 있는 그 벗은 구보의 소설에서 구보가 늙음을 가장함을 혹독하게 비판한다. 정신적 가치에 대한 소외에도 불구하고 구보는 "오늘 처음으로 명랑한, 혹은 명랑을 가장한 듯한 웃음을 웃었다."(44쪽)는 정신적 여유로움으로 자신을 향한 연민을 보여준다. 반면에, 정신적 가치의 소중함은 구보가 진정한 벗으로 여기는, "종로에서 하얗고 납작한, 조그마한 다료를 경영"하는 시인과의 만남에서 식민지 지식인의 연민을 공유하는 타자의 존재성이 표출된다.

이 시대에는 조그만 한 개의 다료를 경영하기도 수월치 않았다. 석

달 밀린 집세, 총총하던 별이 자취를 감추고 하늘이 흐렸다. 벗은 갑자
기 휘파람을 분다. 가난한 소설가와, 가난한 시인과…… 어느 틈엔가
구보는 그렇게도 구차한 내 나라를 생각하고 마음이 어두었다. (67쪽)

　구보는 벗이 갖고 있는 내용증명의 서류우편에서 식민지 조국을 생각
하고 마음이 우울해진다. "조그만 한 개의 다료를 경영하기도 수월치 않"
아 "석달 밀린 집세"로 인한 벗에 대한 연민은 식민지 가난한 소설가와,
가난한 시인의 처지에 대한 공감대로 식민지 궁핍한 지식인의 삶을 민족
의 동질성으로 확장하는 타자의 윤리성을 보여주게 된다. 그 벗과의 정
신적 가치 지향은 텍스트 말미에서 "내일부터, 내 집에 있겠소, 창작하겠
소―."(75쪽)라는 구보를 향하여 "좋은 소설을 쓰시오."(76쪽)라고 격려하
는 벗의 진가로 강조되기도 한다.

　한편, 여성과의 관계에 대한 타자 의식은 물질―정신, 유희―윤리 등으
로 표출되는 대비적 가치로 연민을 달리한다. 먼저, 구보는 전당포 집의
둘째 아들인 벗과 함께 있는 예쁜 여자와, 구보가 짝사랑하였던 친구의
누이, 4원 28전에 구할 수 있는 팔뚝시계와 3원 60전의 보이루 치마면 완
전히 행복할 수 있겠다고 꿈꾸는 한 소녀에게서는 물화된 가치 지향의 소
외를 본다.

　이와는 달리 구보와 선을 본 적이 있는 여성, 동경의 임, 벗이 관심을
갖는 '문제의 여급'에게서는 정신적 가치 지향의 연민을 본다. 우선 동경
으로 확장되는 '임(姙)'과의 로맨스를 회상하는 장면에서 구보는 정신적
교류로서 임과의 추억을 반추한다. 또한 '문제의 여급' 말고는 어떤 여급
도 구보와 벗의 대화를 이해하지 못한 상황에서도 여성과의 정신적 교류
에 대한 가치 지향을 보여준다. 여급들과의 관계에서 드러난 정신적 가
치의 소외는 어느 날 구보에게 '카페 창 옆에 붙어 있는 종이에 女給代募

集'(73쪽)의 광고 내용을 물어보았던 마흔이 넘게 보이던 소복 차림의 한 아낙네에 대한 연민을 환기한다. 그녀에 대한 연민은 식민지 조선인 여성들의 슬픈 삶으로 민족 동질성을 확장하는 효과를 갖는다.

구보가 카페의 귀여운 여급에게 '반일의 산책'을 제안하였지만 거절당하고 유쾌하게 웃는 상황에서는 윤리적 가치 지향으로 소외를 극복한다. 밤의 유희는 생활의 피로를 잠시 잊게 할 뿐 "결코 기쁨을 느낄 수"(76쪽) 없음을 구보 스스로가 인지하였기 때문이다. 구보는 오전 두 시의 종로 네거리에서 서서 비로소 "어머니의 조그만, 외로운, 슬픈 얼굴"을 생각한다. 어머니의 모습이 밤의 유희와 다른 생활의 의미로 지향된 것이다. 구보는 "아들을 응당, 온 하루, 생각하고 염려하고, 또 걱정하였을"(75쪽) 어머니의 사랑의 힘이 자식에게로 옮겨간 생활이기에 그렇게 거룩한 것임을 인식한다. 어머니를 향한 구보의 연민은 자신의 행복보다는 어머니의 행복을 생각하면서 좋은 소설을 쓰고, 어머니가 제안하는 혼인을 받아들일 수 있다는 생활의 의미를 지향한다.

마지막으로, 생활의 갈등으로 드러난 타자 의식은 유희와 도덕의 대비적 관계에 대한 연민으로 확장된다. 다방에서 구보는 어린애 울음소리를 들으면서 성본능을 통제하지 못한 기혼남인 벗이 치매의 사생아를 얻게 되었고 마침내 비극을 맞게 된 것을 상기한다. 치매를 앓는 사생아의 울음소리를 떠올리면서 구보는 "남자의 죄악을 규탄하고, 또 영구히 저주하는 것만 같았다."(50쪽)는 성적 윤리 의식을 드러낸다.

또한 동경에서의 '임'과 이별하였던 결정적 동기로 작용하였던 구보의 타자의 윤리성은 구보자신에게는 도시 남자의 약한 기질로 인지된다. 여자가 구보와의 관계 이전에 구보의 중학 시대 동창생과 약혼했었다는 사실을 알게 된 구보는 중학 시대 동창생의 슬픈 얼굴을 떠올리고 결국은 임과 이별한 것이다.

구보의 윤리 의식에 기반을 둔 연민은 구보를 '눈깔 아저씨'라 부르는 구보 친구의 조카아이들과의 만남에서 그 의미가 증폭된다. 아버지가 따로 따로 살림을 차린 가엾은 아이들은 구보를 좋아할 뿐 아니라 구보 또한 그들에게 사랑받기를 좋아하는 쌍방향의 긍정적 관계 지향성이 드러난다. 아버지의 사랑에서 소외된 아이들에게 수박을 두 개 사서 들려주면서 따뜻한 사랑을 전하는 구보의 행동에서는 소외된 이웃에 대한 작가 박태원의 연민과 더불어 따뜻한 인간애를 엿볼 수 있다. 요컨대, 텍스트에 드러난 대비적 관계성으로 전달되는 타자 의식은 소설가 구보의 연민으로 식민지 모든 조선인들을 '딱한 사람들'[20]로 여긴 작가 박태원의 실천적 삶의 가치와 대응한다.

문학 교육의 실천적 현장에서 교수는 텍스트에 드러난 대비적인 관계에 대한 인지 경로에 따른 식민지 민족 동질성 회복의 경로를 통하여 작가의 타자 의식을 제공함으로써 학생들로 하여금 다문화 사회 소외된 이웃을 배려할 수 있는 타자의 윤리성을 함양하게끔 유도할 수 있다. 이에 따라 학생들은 식민지 민족 동질성 내지는 인간애의 회복으로 확장한 타자의 윤리성을 통하여 다문화 사회계층 간의 갈등과 소외를 해소할 수 있는 민주시민 의식을 새롭게 반성할 수 있을 것이다.

4. 조화로운 행복의 인지 경로와 존재론적 윤리성

텍스트에서 조화로운 행복 탐색의 인지 경로는 구보의 하루에 대한 반

---

20 박태원은 『小說家 仇甫氏의 一日』 후기 모두(冒頭)에서 "이곳에 모은 모든 작품이, 하나의 예외도 없이, 『딱한 사람들』의 기록"이라고 밝혔다. 박태원 소설집, 앞의 책.

성을 통하여 식민지 작가 박태원의 존재론적 윤리성으로서 글쓰기의 복합적 의미를 환기한다. 고현학적 글쓰기 과정과 맞물려 있는 존재론적 글쓰기의 의미는 구보의 외출 및 의식의 경로와 맞물려 있는 하루의 가치와 상응한다. 구보가 보여주는 하루의 반성은 구보 자신의 행복과 어머니가 바라는 행복의 사회적 요구를 조화시켜야 하는 당위성으로 작가의 존재론적 윤리성을 환기한다. 궁극적 작가 박태원의 존재론적 윤리성은 어머니의 헌신적 사랑에 상응하는 글쓰기의 의미로 해석될 수 있다.

이와 같이 구보의 존재론적 글쓰기가 추구하는 행복의 의미는 어머니의 사랑과 맞닿는 좋은 글을 쓰고자 하는 작가의 실천적 삶의 가치와도 맞닿아 있다. 구보의 하루와 맞닿는 소설가의 존재론적 은유[21]로서 글쓰기는 '크고 또 슬픈 어머니의 사랑'의 가치로 작가가 추구한 행복의 유기적 의미를 전달한다. 구보가 되새김하는 어머니의 헌신적 사랑의 가치는 도덕성의 은유[22]로서 양육의 의미를 내포한다. 즉, 좋은 글쓰기의 속성과 대응하는 소설가의 존재론적 은유는 양육의 속성, 달리 표현하면 존재론적 도덕성과 긴밀하게 연결된 것이다. 이러한 맥락에서 사회와 개인의 행복을 조화시킨 생활의 가치로서 박태원의 글쓰기는 '사소하지만 세속성을 초월하는 사랑의 의미'[23]로 식민지 작가의 존재론적 윤리성을 보여준다.

---

21 존재론적 은유는 물리적 대상이나 물질에 대한 경험으로 추상적인 사건, 활동, 정서 생각 등에 대한 심오한 근거를 제공하는 방식으로 다양한 목적을 충족시킨다. G 레이코프 · 존슨, 앞의 책, 21~71쪽.

22 도덕성의 은유는 "양육이다"이다. 졸탄 쾨벡세스, 『은유와 문화의 만남─보편성과 다양성』, 앞의 책, 289~291쪽.

23 사랑은 언제나 삶의 사적인 측면에서 출발하고 작고 사소한 일로 찾아오지만, 그래도 세속성을 초월하는 것처럼 보인다. 사랑은 사랑하는 사람 속에 인격화되어 있는 물려받은 역할에 묶여 있으며, 그/그녀를 넘어 우리 모두에게서 새롭게 재등장하고 있는 역사와 정치의 힘에 묶여 있다. 울리히 벡, 『사랑은 지독한 그러나 너무나 정상적인 혼란』, 강수영 역, 새물결, 1997, 287쪽.

우선적으로, 구보의 행복은 생활의 가치로 추구된다. 구체적 예를 들면, 구보는 화신 상회에 들어갔다가 아이와 함께 백화점에 외출한 젊은 부부의 생활에서 행복을 인지한다. "자신네들의 행복을 자랑하고 싶어하는 마음"(24쪽)을 업신여겨볼까 하다가, 문득 그들이 결혼의 새로운 즐거움으로 행복을 찾고자 하는 생활의 가치를 인정하여, 그들을 축복하기로 한 것이다.

구보는 젊은 부부에 비하여 생활의 가치가 없는 자신의 소극적 삶을 반성한다. 그는 전차 안에서 "자기는 대체, 이 동대문행 차를 어디까지 타고 가야 할 것인가를, 대체 어느 곳에 행복은 자기를 기다리고 있을 것인가를 생각"(25쪽)한다. 행복이 자기를 기다리고 있을 것이라는 생각은 백화점에 외출한 젊은 부부가 보여준 생활의 가치와는 거리가 멀다. "차라리 고독에게 몸을 떠맡겨 버리고, 그리고, 스스로 자기는 고독을 사랑하고 있는 것이라고 꾸며"온 시간에 대한 회의 또한 행복한 생활과는 거리가 먼 셈이다. 구보는 손바닥 위의 동전 다섯 닢의 숫자에서 어떤 한 개의 의미를 찾아내는 방법과, 대학병원의 연구실에서 정신병을 공부하는 친구를 찾아가도 일도 생활이 아니기에 행복이 아니라고 생각한다.

다음으로, 구보는 벗과의 만남의 의미로 행복을 탐색한다. 벗과의 만남에서 구보는 행복을 추구하는 정신적 교류를 보여준다. 정신적 교류는 공자의 제자 자로와 공자의 후손 공융이 원했던 정신적 가치를 벗들과 함께하고자 하는 욕망에 다름이 아니다. 그의 행복은 벗과 앉아 "한 잔의 차를 나누며, 또 같은 생각"을 하는 정신적 교류로 같이 늙어가고 있음을 확인하는 것이다. 이러한 맥락에서 구보는 시인이며 신문사에 근무하는 벗을 만난다.

친구는 "요사이 구보가 발표하고 있는 작품을 가리켜 작자가 그의 나이 분수보다 엄청나게 늙었음을 말했다."(47쪽) 그러나 구보는 "그의 작품 속에서 젊음을 그리려 하면 벗은, 이번에는 작가가 무리로 젊음을 가장하였다고 말할" 것을 안다. 그러므로 구보는 "오늘 벗과의 대화에서 처음으로 명랑한, 혹은 명랑을 가장한 웃음을 웃었다."(48쪽) 벗에 눈에 늙게 보인 구보는 다료를 경영하는 가난한 시인 역시 나이가 아직 청춘임에도 이미 많이 늙어 있다는 것을 확인하는 인간적 교류의 의미로 행복을 탐색한다.

한편, 구보는 여성과의 만남으로 행복의 의미를 반문한다. 구보가 백화점을 나서면서 '자기는 어디에 가 행복을 찾을까'(25쪽) 생각할 때, 전차 속에서 1년 전쯤에 선을 본 적이 있는 여자와 맞닥뜨려 그를 안 체할까, 말까를 망설이는 중 여자는 전차에서 내려 구보의 눈 밖으로 사라진다. 구보는 자신의 행복이 "그 여자와 함께 영구히 가버렸는지도 모른다."(29쪽)는 생각으로 자기가 알고 있는 자신이 만났던 여자를 차례로 떠올린다.

또한 구보는 짝사랑하였던 친구의 누이를 찾아갔을 때를 회상하는 것으로 여성과의 행복을 반문한다. 이미 두 아들의 어머니가 되어 있는 친구의 누이는 구보에게 자신의 아이들이 딱지를 다 빼앗기고 들어오자 골목 안의 아이들을 모아, 자기 아이 딱지를 가려내어 거의 모조리 회수하였다는 이야기를 들려준다. 그 이야기를 듣고 난 후 구보는 "그 여인을 아내로 삼을 수 없었던 것은, 결코 불행이 아니었다. 그러한 여인은 혹은, 한평생을 두고, 구보에게 행복이 무엇임을 알 기회를 주지 않았을지도 모른다."(32쪽)고 생각한다.

이어 구보는 팔뚝시계와 보이루 치마로 완전할 수 있다는 한 소녀의 행복을 떠올린다. '양행비(洋行費)'(33쪽)로 얻을 수 있는 행복은 금전과 시간이 주는 행복이지 완전한 생활의 행복이 아니라고 인식한다. 전당포 집의 둘째 아들과 함께 있는 어여쁜 여자를 보면서 구보는 남성에게 황금을 얻고 육체적 쾌락을 제공하는 여성을 "가엾이, 또 안타깝게 생각하다가"(43쪽) 행복이 지극히 주관적인 것을 인정하는 상대적 입장을 보이지만, 자신의 행복의 가치만큼은 물질적 가치를 쫓는 여성들과 거리를 둔다.

반면에, 구보는 정신적 가치에 바탕을 둔 여성과의 행복을 탐색한다. 동경의 임에게서는 자신이 추구하는 정신적 가치를 본다. 황혼 이후 벗과 함께하는 시간에 구보의 의식은 동경의 행복한 시절로 돌아간다. 임은 논리학을 수강하고, 스탕달과 길옥신자, 개천용지개 등을 읽는, 동경유학생으로 구보와 정신적 가치를 공유할 수 있었다. 그러나 자신의 "약한 기질"로 인하여 임과의 이별할 수밖에 없었다. 구보의 약한 기질은 그녀가 구보의 중학 동창생의 약혼자였다는 것을 수용할 수 없었다. 구보는 자신의 약한 기질을 중학 동창생을 의식한 얄팍한 도덕 의식과 비겁함으로 인식한다. 수용의 측면에서 그것은 구보의 윤리 의식으로도 인식될 수 있다.

정신적 가치로서 행복을 추구하는 구보의 존재론적 윤리의식은 불행한 벗의 성적 타락에 대한 생명의 저주에서도 드러난다. 어린애 울음소리를 들으면서 구보는 가엾은 사생자를 낳게 된 벗의 성적 타락을 저주한다. 또한 구보의 성적 윤리 의식은 자신을 '눈깔 아저씨'라고 부르는 아이들에게 따뜻한 관심과 사랑을 보여주는 태도에서도 부각된다. 그리고 열여섯이나 열일곱 되는 여급에게 데이트를 거절당한 상황에서도 구보의 윤리 의식은 드러난다. 여급이 구보가 제안한 데이트를 받아들였더라도 "결코 기쁨을 느낄 수 없었을 게다."(76쪽)라는 인식의 경로에는 그가 추구하는 궁극적 행복의 가치가 유희보다는 생활의 윤리에 기반을 두고 있음을 살필 수 있기 때문이다.

궁극적으로 구보가 추구하는 행복은 글쓰기의 존재론적 의미로 탐색된다. 그것은 어머니의 외로움과 슬픔에 보답하는 생활의 가치로 글쓰기를 실천하는 것이다. 어머니의 생활은 카페의 귀여운 여급과의 '반일의 산책'에서 얻을 수 있는 유희와는 다른 헌신적 생활의 가치이다.

> 이제 나는 생활을 가지리라. 생활을 가지리라. 내게는 한 개의 생활을, 어머니에게는 편안한 잠을─. 평안(平安)히 주무시오. 벗이 또 한 번 말했다. 구보는 비로소 그를 돌아보고, 말없이 고개를 끄떡 하였다. 내일 밤에 또 만납시다. 그러나, 구보는 잠깐 주저하고, 내일, 내일부터, 내 집에 있겠소, 창작하겠소─.
> "좋은 소설을 쓰시오."
> 벗은 진정으로 말하고, 그리고 두 사람은 헤어졌다. 참말 좋은 소설을 쓰리라. 번(番)드는 순사가 모멸을 가져 그를 훑어보았어도, 그는 거의 그것에서 불쾌를 느끼는 일도 없이, 오직 그 생각에 조그만 한 개의 행복을 갖는다. (75~76쪽)

텍스트 말미에서 살펴지듯이 구보가 추구하는 생활의 행복은 어머니의 사랑의 속성과 같은 좋은 소설 쓰기로 존재론적 의미를 환기한다. 구보가 추구한 행복의 의미는 어머니의 사랑과 같은 글쓰기의 회복을 꾀하는 작가의 실천적 삶의 가치를 보여준다. 그것은 정신적 가치와 윤리 의식을 동반한 생활의 가치다. 구보는 어머니의 '편안한 잠'과 행복을 위하여 생활을 갖으며 좋은 소설을 쓰는 삶의 조화를 꾀한 것이다.

이처럼 소설가의 존재론적 윤리성을 보여주는 구보의 하루는 작가 박태원의 소설 쓰기가 어떻게 어머니의 사랑과 같은 창작의 본질을 실현하는 좋은 소설 쓰기로 행복을 추구할 것인가를 보여주는 과정으로 읽혀진다. "번(番)드는 순사가 모멸을 가져 그를 훑어보았어도, 그는 거의 그것에서 불쾌를 느끼는 일도 없이, 오직 그 생각에 조그만 한 개의 행복을 갖는"(76쪽) 구보의 존재론적 의미는 식민지 상실된 삶의 회복을 추구하는 작가의 실천적 가치와도 상응한다. 요컨대, 소설가 구보의 좋은 소설 쓰기는 식민지 사회 훼손된 삶의 의미를 어머니의 거룩한 사랑의 가치로 회복하는 과정에 다름이 아니다.

이와 같이 존재론적 글쓰기의 인지 경로에 따른 행복의 의미는 작가 박태원의 삶의 이력과 맞닿는 '좋은 소설 쓰기'로 읽혀진다. 「소설가 구보씨의 일일」 텍스트가 완성된 작가 전기의 의미를 수용하면 구보가 좋은 소설을 쓰겠다는 결심은 작가 박태원이 추구한 행복의 가치는 실현된 셈 것이다. 이에 따라 교수는 존재론적 글쓰기의 인지 경로에 따른 조화로운 행복을 추구한 일제강점기 작가 박태원의 실천적 삶의 가치를 제공함으로써 학생들로 하여금 올바른 삶의 목표로서 행복의 가치를 자기완성과 사회적 역할의 조화로움으로 성찰하게끔 지도할 수 있을 것이다.

5. 나오며

이상에서 살핀 바와 같이, 이 글은 박태원의 대표작인 「소설가 구보씨의 일일」 텍스트의 인지 경로를 통하여 작가의 존재 의식을 구명하였다. 그 결과, 텍스트의 정보 체계는 식민지 병리적인 현실에 대한 인지 경로, 대립적인 관계에 대한 인지 경로, 조화로운 행복에 대한 인지 경로 등으로 파악되었고, 이에 대응하는 작가의 실천적 삶의 가치는 역사적 존재성, 타자의 존재성, 존재론적 윤리성 등으로 해명할 수 있었다.

텍스트의 인지 경로에 따른 탈근대적 존재시학은 다음과 같이 정리된다. 첫째, 텍스트에 드러난 식민지 병리적인 현실에 대한 인지 경로에 따른 작가의 역사의식은 독자로 하여금 21세기 분단 현실에 대한 문제의식으로 민족 정체성과 더불어 자기 정체성을 성찰하게끔 하는 역사적 존재성을 반성할 수 있다. 이를 통하여 독자들은 하루가 모여 인생이 되고 역사가 되는 미래지향적 삶의 방향성뿐만 아니라, 분단 조국의 병리적 현실을 돌아보는 역사적 존재성을 견지할 수 있을 것이다.

둘째, 대비적인 관계에 대한 인지 경로에 따른 식민지 민족 동질성 회복의 경로는 작가의 민족의식 내지는 인간애를 제공함으로써 독자로 하여금 다문화 사회 소외된 이웃을 배려할 수 있는 타자의 존재성을 함양하게끔 유도할 수 있다. 식민지 모든 조선인들을 딱한 사람들로 여긴 작가 박태원의 따뜻한 인간애와 연민을 통하여 독자들은 지금 여기 우리 사회계층 간의 갈등을 해소할 수 있는 민주시민 의식을 함양할 수 있을 것이다.

셋째, 조화로운 행복 추구에 대한 인지 경로에 따른 어머니의 헌신적 생활과 사랑의 의미는 글쓰기의 실천적 가치를 추구한 작가 의식을 통하여 독자로 하여금 올바른 삶의 목표를 정립할 수 있는 존재론적 윤리성을 형성하게끔 도움을 줄 수 있다. 독자들은 어머니의 사랑과 헌신의 의미로 행복의 조화를 추구한 작가 박태원의 존재 의식을 통하여 자기 완성과 더불어 민주사회 시민의 역할을 조화시키는 행복의 가치를 탐색할 수 있을 것이다.

결과적으로 이 글은 「소설가 구보씨의 일일」 텍스트의 인지 경로를 통하여 식민지 작가 박태원의 실천적 삶의 가치를 다각적으로 해명함으로써 21세기 민주시민 의식을 역사적 존재성, 타자의 존재성, 존재론적 윤리성으로 반성할 수 있는 존재시학의 단초를 제공하였다.

이상 소설의 장르 확장과 탈근대적 존재시학

1. 들어가며

한국 근현대문학사에서 이상(李箱)만큼 소설 형식의 파격적 실험을 시도하였음에도 불구하고 시공을 초월하여 독자의 폭넓은 공감과 관심을 받고 있는 작가를 만나기는 그리 쉽지 않다. 이러한 입장에서 이 글은 이상 소설[1]의 장르적 특징을 통하여 작가의 실천적 삶의 가치와 소통하고자 한다. 이상 소설의 실험적 형식이야말로 "절망이 기교를 낳고 그 기교가 다시 절망을 낳는" 식민지 작가 이상의 실천적 삶의 흔적을 보여주기 때문이다.

한국 모더니즘 문학사에서 이상 소설이 차지하는 높은 위상에도 불구하고 이상 소설의 장르에 대한 연구가 진척되지 못한 연유는 이상 소설에 대하여 김윤식 교수가 "잘 따져보면 이상 문학이란 시, 소설, 수필 등의 통상적인 장르 구별이 그렇게 뚜렷하지 않으며, 따라서 그러한 구별이

---

1   텍스트는 가장 최근에 발간된 김주현, 『정본 이상문학전집 2-소설』(소명출판, 2009)로 하고 본문 인용은 팔호 안 쪽수로 표기한다.

란 때로는 무의미할 경우조차 있다."[2]고 피력한 바와 같이 대부분 연구자들이 이상 소설 장르의 구별을 무의미하게 여긴 결과일 수도 있다. 그러나 이와 같은 이상 소설의 반소설적 형식이 아이러니하게도 한국 소설 장르의 새로운 지평을 확장[3]한 사실은 그 누고도 부인하기 어려울 것이다.

이상은 1936년 「날개」를 쓰기에 앞서 이상이 김기림에게 보내는 편지에서 "그 '속이 빤히 들여다보이는' 문학은 그만두겠지요."라면서 "小說을 쓰겠오. '우리들의 행복을 하느님께 과시해 줄꺼야' 그런 해괴망측한 소설을 쓰겠다"[4]고 밝힌 바 있다. 여기에서 살펴지듯이, 이상은 다른 문학과는 다른 차이로 소설 장르의 특징을 염두에 두고 소설을 창작한 것이다. 이는 이상 소설 형식을 다른 문학 장르와의 차이로 구분할 수 있는 방증이기도 하다. 그러므로 이상 소설 장르의 특징을 파악하여 작가의 존재의식을 구명하는 작업은 한국 현대 소설의 새로운 문학사적 의미를 확인하는 길이 될 것이다.

이러한 입장으로 이상 소설 장르의 접근에 대한 선행 연구를 돌아보면, 당대 최재서가 이상의 「날개」와 박태원의 『천변풍경』을 리얼리즘의 심화와 확대[5]로 평가한 것은 한국 소설 유형을 '역사적 장르 시각'[6]으로 이해할 수 있는 단초이다. 이후 '전통 변용'[7]과 '실험적 혁신'[8]이라는 대

---

2   김윤식, 『이상문학전집』2, 문학사상사, 1991, 15쪽. 177쪽.

3   이 글은 바흐친의 언급처럼 소설이 앞으로 발전하게 될 모든 가능성을 예측하기란 불가능하며 아직도 골격이 굳어져 있지 않는 소설의 장르의 유연성에 무게를 둠으로써 이상 소설의 실험적 특징을 장르 해체보다는 장르 확장으로 본다.

4   이상, 「私信(三)」, 『이상문학전집』3, 문학사상사, 1991, 225~226쪽.

5   최재서, 「「날개」와『천변풍경』에 대하여」, 『문학과지성』, 인문사, 1938, 98~99쪽.

6   30년대 경우 리얼리즘은 정치적 사회적 현실의 전체상이 아니라 등장인물의 내면 세계나 일상적 삶의 세부를 묘사하는 데서만 가능했던 것이다. 김준오, 『문학사와 장르』, 문학과지성사, 2000, 214쪽.

7   「날개」의 뿌리를 윤홍로는 「처용가」로, 조동일은 '아기장수' 설화로 본다. 윤홍

립적 입장의 논의는 이상 소설 장르의 접근에 있어 물꼬를 텄다고 볼 수 있다. 이러한 흐름 위에서 이상 소설 장르 접근에 대한 수위를 높인 선행연구에 주목하면, 패러디로 접근한 김주현의 논문[9]과 영화기법으로 접근한 장일구의 논문[10] 그리고 컴퓨터 게임의 시각으로 접근한 김유중의 논문[11] 등이 있다. 이들 논의는 이상 소설의 패러디와 매체화의 친연성을 파악하여 이상 소설 장르의 특징을 부분적으로 시사한 점에서 나름대로 성과가 돋보인다.

이러한 선행 연구의 토대 위에서 이 글은 이상 소설 장르 확장의 특징을 다각적으로 파악하는 방법으로 작가의 존재 의식을 해명할 것이다. 이상 소설 형식적 특징은 첫째, "말하기(digesis)와 보여주기(mimesis)"[12]의 두 극단을 전통소설과 다르게 변주하는 화법의 실험성 둘째, 은유와 환유를 병치한 '허구적 담화'[13]의 다면성에 기반을 두고 있다. 조동일의 한국

로, 「날개」와 「처용가」와의 거리」, 『한국 문학의 해석학적 연구』, 일지사, 1976, 281~282쪽. 조동일, 『한국문학통사』, 지식산업사, 1988, 447쪽.

8 이상 소설의 형식적 실험을 최재서는 '시와 소설의 결합의 산물'로 본 데 비하여, 김준오는 '소설의 수필화'로 규명하였다. 김준오, 앞의 책, 219~222쪽 참조.

9 김주현, 「이상 소설에 나타난 패러디에 관한 연구-「날개」 「종생기」를 중심으로」, 『한국학보』 72, 1993, 229쪽.

10 장일구, 「영화기법과 소설 기법의 함수-몇 가지 국면에 대한 시론」, 『한국문학이론과 비평』 제9집, 2000. 12.

11 김유중, 「이상(李箱) 소설과 컴퓨터 게임-이상 소설에 대한 새로운 접근 가능성을 제안한다」, 한중인문학회, 2007.

12 디게시스(digesis)와 미메시스(mimesis)는 화법의 두 극단이면서, 아리스토텔레스의 장르 구분의 기준 가운데 하나인 '모방 방식' 개념에 해당한다. 헤르라디는 디게시스를 주석적 화법으로, 미메시스를 시각적 화법으로, 서사 장르에서 이 두 화법이 교차되는 혼합화법으로 간주한다. 아리스토텔레스, 『시학』, 최상규 역, 예림기획, 1997, 172~173쪽; 폴 헤르라디, 『장르론』, 김준오 역, 문장사, 1983, 110쪽.

13 허구적 담화에서 '나'가 있는 경우에도 그것은 실제의 화자나 기술자를 가리키는 것이 아니라, 허구적인 화자나 기술자를 가리킨다. 이인칭 대명사도 마찬가지다.

문학의 장르 구분에 따르자면 이상 소설 장르의 새로운 형식은 '서사, 서정, 극, 교술'[14]의 일반적인 장르 체제의 차이와 교섭하면서 그 흔적을 다층적으로 드러내는 방식에 다름이 아니다. 따라서 이 글은 이상 소설의 장르 확장의 특징을 파악하는 궁극에서 식민지 현실에 연루된 개인의 경험으로 '역사적 저항'[15]을 보여준 이상 소설 시학이 작가의 탈근대적 존재 의식에 맞닿아 있음을 다각적으로 해명하게 될 것이다.

2. 수필적 경향의 메타 현실 반영적 타자성

우선적으로 이상 소설의 장르 확장의 특징은 수필적 경향의 메타 현실 반영적 타자성의 경험으로 밝혀진다. 소설 장르의 허구적 구성 원리를 감안하면, 이상 소설에서 폭넓게 살펴지는 수필적 요소는 식민지 현실에 대한 독자의 비판 의식을 끌어내기 위하여 식민지 현실의 구체적인 경험을 메타화한 작가의 서사 전략으로 볼 수 있다.

그동안 많은 논자들이 이상 소설의 특징을 수필적 요소와 관련지었다.

그것은 허구적인 청자나 독자를 가리킨다. 실제의 청자나 독자가 하는 일은 이들 보고되는 화행을 '엿듣는' 일이다. 폴 헤르나디, 『문학이란 무엇인가』, 최상규 역, 예림기획, 1998. 193쪽.

14 조동일은 한국문학의 장르를 서정, 서사, 극, 교술의 4분법으로 구분한다. 김준오는 조동일의 장르 구분이 프라이의 네 인격 요소, 즉 작품 내적 자아와 세계, 작품 외적 자아와 세계와 일치하는 점이 있다고 본다. 조동일, 『문학연구방법』, 지식산업사, 1990; 김준오, 앞의 책, 174쪽.

15 사이드는 "권력이 있는 곳에 저항이 있다."는 푸코의 주장이 개인이나 지향성에 관심을 두지 않는 점에 반발하여 개인의 중요성이 갖는 의미를 확보함과 동시에, 광범위한 저항 지대를 정립한다. 피터 차일즈 · 패트릭 윌리엄스, 『탈식민주의』, 김문환 역, 문예출판사, 2004, 226~227쪽.

김상태는 이상 소설에서 수필적 요소를 당시 소설은 순수 국문으로 표기하는 관행을 파괴한 점, 소설 속에 필자의 실명을 그대로 쓴 점, 스토리가 전개되지 않는 점, 1인칭 서술자의 목소리가 대체로 작가의 목소리와 흡사한 점, 몇몇 작품은 소설이라고 보기에는 분량이 짧다는 점 등으로 정리하였다.[16] 김윤식은 이상 소설 장르의 특징을 산문 쪽 '글쓰기'의 일종으로 보면서, 1930년 『朝鮮』에 발표한 이상의 첫 장편소설인 『十二月十二日』과, 그의 절필이 소설 「종생기」인 사실에서 드러나듯이 이상 소설에서는 이상의 전기적 삶의 흔적을 지우기가 어려울 정도라고 지적[17]하였다.

물론 이상은 『十二月十二日』에서부터 그의 소설 속에 작가 전기적 요소를 반영하였고 「지주회시」 「날개」 「봉별기」 등에서는 이상 자신의 연애, 결혼, 실연의 경험을 구체적으로 보여주기도 한다. 『十二月十二日』 「지도의 암실」 「지팡이 역사」 「종생기」 등에서는 '李箱'이라는 작가의 필명을 노출하며 자신의 정체성을 드러낼 뿐만 아니라, 「金裕貞」에서와 같이 작가 주변인들의 정체성과 경험을 노출시킨 경우도 있다. 그런데 이상 소설에 드러난 수필적 요소는 비규범적 소설 장르[18]의 속성을 고려할 때, 이와 같이 작가적 전기와 밀접하게 관련된 메타 현실의 타자성은 식민지 작가와 작가 주변의 경험을 반영하여 식민지 현실의 리얼리티를 강화하는 동시에 식민지 현실에 대한 독자의 비판 의식을 유도한 점에서 이상 소설 장르의 확장의 의미를 역사적 시각으로 바라보게끔 하는 동력이 된다.

한편, 김준오는 이상 소설의 혁신적 실험성을 '소설의 수필화'로 규명

---

16 김상태, 「소설과 수필의 경계」, 『현대소설연구』 제42호, 2009. 12. 18쪽.

17 김윤식, 앞의 책, 15쪽. 177쪽.

18 바흐친의 언급처럼 소설의 장르적인 골격 또한 아직도 굳어져 있지 않으며, 따라서 소설이 앞으로 발전하게 될 모든 가능성을 예측하기란 불가능하다. 송명희, 『현대소설의 이론과 분석』, 푸른사상, 2006, 13~14쪽 참조.

하였다. 그는 이상의 「날개」 모두 부분을 한 편의 비평적 에세이로, 국한 문 혼용체로 쓰인 「봉별기」는 허구라기보다 자전적 수필로 간주하고, 소 설과 수필이 잘 구분되지 않는 이런 '소설의 수필화' 현상은 「종생기」에서 는 더욱 두드러진다고 평가한다. 또한 그는 이상 자신을 비롯한 실제 인 물의 등장, 1인칭 시점, 사건 서술보다 내면 분석이 우세한 지적 논평적 요소들이 그의 소설을 사색적 수필로 보이게 한다면서, 이러한 '소설의 수필화'는 이것이 사소설 또는 신변소설로 연결된다는 점에서 우리 소설 사의 한 중대한 계기가 된다고 밝힌다.[19] 이렇듯 김준오가 이상 소설 형 식의 새로움을 '소설의 수필화'로 보면서 이상 소설을 사소설 또는 심경 소설의 범주에 포함시킨 것은 소설 장르의 비규범적 특징 내지는 다층적 화법에 기반을 둔 서사의 근원적인 특징[20]을 간과한 한계로 볼 수 있다. 그럼에도 불구하고 당대 사소설을 일본의 사소설과 비교하여 식민지 사 회의 전체상을 그릴 수 없는 억압 상황, 또는 위기의식의 산물[21]로 본 것 은 적확한 역사적 시각으로 평가된다.

역사적 시각에서 바라보면, 수필적 경향의 메타 현실 반영적 타자성은 작가와 작가 주변의 경험을 재현하여 식민지 현실에 대한 리얼리티와 독 자의 비판 의식을 강화하는 측면에서 작가의 탈식민주의 의식과 소통할

---

19 이상의 소설에서는 거의가 1인칭 서술이거나, 3인칭 인물 시점의 서술에서도 1인 칭과의 경계가 해체되는 방식으로 작가의 목소리가 재현되지만, 그것은 '나'와 '그' 의 경계가 해체된 경험자아와 서술자아의 차이, 그리고 인물 시점의 차이로 접근 할 필요가 있다.

20 바흐친은 소설의 기본적 특성을 첫째, 스타일상의 3차원성, 둘째, 다른 문학과는 다른 시간 구성, 셋째, 당대 현실을 최대한 사용한 문학적 이미지를 구성, 마지막 으로 이들이 유기적 관련성으로 규명하였다. 김욱동, 『대화적 상상력』, 문학과지성 사, 1988, 199~201쪽 참조.

21 김준오, 앞의 책, 220~221쪽.

수 있는 단초로 읽혀진다. 또한 이것은 우리가 살아가는 일상의 현실까지도 소설이 상상 세계를 만들어내는 과정과 마찬가지로 구성되고 '쓰여지는' 것임을 보여주려는 메타픽션[22]의 목적과도 비슷하다. 독자는 이상 소설에 부각된 식민지 사회 문화와 밀접하게 연결된 개인의 구체적인 경험을 통하여 역사적 맥락에서 자유롭지 못하는 식민지 역사의 허구성을 절실한 현실의 문제로 바라보고 비판할 수 있기 때문이다. 예를 들자면, 「날개」에 드러나는 '나'의 외출은 길거리를 무료하고 헛되게 방황하는 반복되는 도시의 일상적인 삶을 보여주는 방식으로 직장도 없고 아무도 만나지 못한 채 거리를 방황하는 이상의 정신적 방황의 등가물[23]이라고만 단정할 수 없다. 오히려 '나'의 외출의 의미는 식민지 현실에 연루된 개인적 경험을 '방-거리-경성역-공원(산)-미쓰꼬시 옥상' 등의 공간 이동과 맞물리는 인식의 전환을 보여주며 식민지 현실에 대한 독자의 비판 의식을 강화하는 타자성의 구현으로 볼 수 있기 때문이다.

이와 같이 이상 소설에 드러난 수필적 경향의 메타 현실 반영적 타자성은 이상 자신과 주변인의 경험을 재현하여 식민지 현실에 대한 리얼리티와 독자의 현실 비판을 강화하는 효과를 갖는다. 포스트모더니즘 관점으로 바라보면, 이상 소설의 메타 현실 반영적 타자성은 '역사기록 메타픽션' 즉 소설의 역사적, 사회-정치적 배경을 소설의 자기 반영성과 불편하게 병치시킴으로써 소설이 원래 갖고 있던 본질적인 역설을 단지 전경화시킨[24] 서사적 의도와도 일맥상통한다. 그것은 "사실주의의 투명성과

22　퍼트리샤 워, 『메타픽션』, 김상구 역, 열음사, 1989, 34쪽 참조.
23　김준오, 앞의 책, 224쪽.
24　소설이란 항상 허구적인 동시에 현실적이어왔다. 그렇다면 포스트모더니즘의 역사기록 메타픽션은 소설의 역사적, 사회-정치적 배경을 소설의 자기 반영성과 불편하게 병치시킴으로써 소설이 원래 갖고 있던 본질적인 역설을 단지 전경화시킨

모더니즘의 반영성을 그 특유의 절충적이고도 비판적인 방식으로 탈자연화시킨"[25] 포스트모던한 재현이 지닌 이중적 정치성이라는 측면에서 이상 소설의 탈근대적 시학을 해명할 수 있는 근거가 된다. 이상 소설에 드러난 수필적 경향의 메타 현실 반영적 타자성에서 한국 소설의 오래된 미래를 읽을 수 있는 이유이기도 하다.

3. 희극적 경향과 패러디의 풍자적 주변성

1) 희극적 경향의 풍자적 주변성

이상 소설 장르 확장의 특징은 현실의 비극에 토대를 둔 희극적 풍자로 살펴진다. 소설 장르에서 부각되는 극적 장르와의 교섭은 크로노토프[26]의 혼합적 구성 원리와 관련된다. 이상 소설의 혼합적 구성 원리에 따른 희극적 경향의 풍자는 실제의 인물이 아닌 인간보다 낮은 동물적 차원의 시공성과 연관을 갖는 주변 의식의 확장으로 식민지 현실 비판의 의미를 강화하는 효과를 갖게 된다.

것이라고 볼 수 있다. 린다 허천,『포스트모더니즘의 이론과 전략』, 장성희 역, 현대미학사, 1998, 35쪽 참조.

25 린다 허천, 앞의 책, 61쪽.

26 바흐친은 크로노토프를 재현된 시공간적 범주들의 비율과 본성에 따라 텍스트를 연구하는 단위의 의미로 사용하였다. 이러한 크로노토프는 공간 안에서 시간을 객관화하는 중요한 수단으로 작용하는 동시에 구체적 재현의 중심이며 소설 전체에 실체를 부여하는 힘으로 나타난다. 김욱동,『대화적 상상력』, 문학과지성사, 1988, 209쪽; 미하일 바흐친,『장편소설과 민중언어』, 전승희 · 박유미 역, 창작과비평사, 2002, 260쪽 참조.

일찍이 김현은 이상을 "태도의 희극이라는 문학적 주제를 극한에 이르기까지 몰고 간 식민지 시대의 유일한 작가"[27]로 구명하였다. 풍자는 원래 깎아내리는 문학이다. 인간을 동물의 차원으로 끌어내렸을 뿐 아니라 자신마저 비하시킨 자학적 풍자 양식의 자리에 이상 문학이 놓인다. 이러한 관점에서 김준오는 이상이 희극으로 풍자문학의 현대성을 구현하였다고 평가하면서, 프라이의 장르적 시각에서 「지주회시」「날개」「봉별기」 등은 도덕적 감각이 결여된 등장인물을 제시한 악한 소설이며, 풍자적 양식으로 보았다.[28] 작중인물의 경험을 동물의 차원으로 끌어내리면서 현실에 대한 풍자를 강화한 대표적 예는 「날개」와 「지주회시」를 들 수 있다. 전자에서는 아내에게 사육되는 동물과 같은 '나'의 현실이 '剝製가되어버린天才'로 풍자되는 데 비하여, 후자에서는 제목에서부터 돈과 성욕에 의하여 지배당하는 모든 인간관계를 거미와 돼지의 관계로 풍자된다. '지주회시'는 '거미가 돼지를 만나다'는 의미다. 이를 김윤식은 '거미가 발얽은 돼지걸음 걷기' 또는 '거미가 돼지를 그리다' 해석하였으며 김주현은 '거미가 돼지(또는 돼지의 살)를 저며 먹다'로 해석[29]하는데, 후자에서 현실 풍자가 더욱 강하게 전달된다.

희극적 풍자는 작품 표제에서뿐만 아니라, 작중인물의 성격과 작품 구성의 측면 등 서사 전체에 걸쳐서 고루 분포되어 있다. 프라이에 따르면 희극은 풍자와 어울리는데, 다른 한편에서는 로망스와 어울린다. 「지주회시」에서 풍자는 공간 추락의 반복적 운동력으로 극적인 효과를 강화한다면, 「날개」에서는 공간 상승의 운동력으로 극적인 효과를 강화한다. 이

---

27 김현·김윤식, 『한국 현대문학사』, 민음사, 1973, 189쪽.
28 김준오, 앞의 책, 244~245쪽.
29 김주현, 앞의 책, 233쪽, 각주 637 참조.

처럼 이상 소설의 희극적 풍자와 어울리는 로망스의 공간은 사건의 일관된 흐름보다는 "비극과 대비적인 측면, 즉 현실적인 것에서 이상적 세계로 변화"[30]를 통하여 작가의 현실 비판 의식을 반영한다. 이처럼 이상 소설의 희극적 풍자는 현실의 비극을 폭로하는 극적 공간을 확장하는 데 있어 작품의 말미에서는 이상적인 공간 지향을 상승 또는 하강의 의미로 극화하였다. 언술의 층위에서 희극적 특징은 말하기보다 보여주기의 현재형 서술과 관련된다. 또한 1인칭과 3인칭 소설의 경계가 무화된 극적 서술 공간은 「날개」와 「지주회시」를 비롯하여 이상의 많은 소설에서 부각되는 텍스트의 양면적 구성과도 관련된다. 희극적 특징과 접속되는 양면적 구성의 예를 들면, 「날개」의 에필로그에서 '나'의 의식은 극적 독백으로 연출된 데 비하여 본격적 서사에서 '나'의 경험은 다양한 사건과 행동으로 지금-여기 공간성을 보여준다. 이에 비하여 풍자의 극적 장면은 대화나 독백이 많은 반면에 요약이나 설명을 줄이는 보여주기 서술로 극화된다.

> 그리자뭇는그의무색해하는것을볼수없다는듯이들창샷타를내렸다. 자 나가세. 그는여기서나가지않고그냥그의방으로돌아가고싶었다. (육원짜리셋방) (방밖에없는방) (편한밤) 그럴수는 없다. 「그뚱뚱이어떻게아나?」「그저알지」「그저」「친헌가」「천만에-대체그게눈가」「그거-그건가부꾼이지-우리취인점허구는 돈만원거래나있지」「흠」「개천에서 龍이나려니까」「흠」 (238~239쪽)

30 프라이는 로망스, 비극, 희극, 아이러니(풍자)라는 보통문학의 장르들 보다 선행하는 네 개의 범주가 존재하다고 본다. 희극은 알지 못하는 사이에 한 쪽 끝에서는 풍자로 어울리고, 다른 한 쪽 끝에서는 로망스와 어울린다는 것이다. 남송우, 「N.프라이 장르론이 한국문학 장르론에 미친 영향-김준오를 중심으로」, 『한국문학논총』 제42집, 2006, 294쪽, 300쪽.

「지주회시」 인용문에서 드러나듯이 서술자의 역할을 소거하는 지문과 대화로 사건을 전개하는 극적 서술은 서술자아보다는 경험자아의 지금-여기의 공간성을 확장하는 방법으로 현실의 사건과 인물에 대한 희극적 풍자를 보여준다. 제한된 시공간의 극적 장면의 확장은 작중인물의 의식과 행동에 대한 적극적 변화보다는 파편적인 의식과 행동을 극화하는 양상으로 식민지 현실의 모순을 풍자하게 된다. 이상 소설의 희극적 풍자의 중심에서는 평범한 사람보다 더 낮은 작중인물 '나' 또는 '그'의 경험과 인식이 주변적 가치로 확장된다. 여기에서 발산하는 연민과 해학의 웃음은 골계문학인 사설시조와 판소리 등에서 발견되는 풍자의 모습과 많이 닮아 있다.

이와 같이 이상 소설의 극적 경향의 풍자적 주변성은 크로노토프의 혼합적 구성 원리의 구체적 실현으로 식민지 현실 비판을 주변적 인식으로 확대하는 효과를 추수한다. 이상 소설에서 희극적 풍자의 말하기보다 보여주기의 서술에 기반을 두는 지금-여기의 주변적 의식을 확장한다. 그 효과는 식민지 인습적 삶과 관념에 따르는 인간을 동물의 주변적 가치로 끌어내림으로써 오히려 식민지 현실에 대한 독자의 비판을 강화하게 된다. 요컨대 이상 소설의 희극적 풍자는 중심의 가치가 부재한 식민지 시대 주변적 삶의 단면을 확대하여 보여주는 방식으로 현실 비판의 수용 영역을 강화한 것이다. 아이러니하게도 이상 소설의 희극적 풍자에서 엿보게 되는 이상의 탈근대적 시각은 "현실 비판적 거리에 대한 환상"[31]을 제공하는 포스트모더니즘 문화의 지향과도 닮아 있다.

---

31 오늘날 패로디는 새롭게 하는 힘을 부여받았다. 반드시 새롭게 할 필요는 없지만 새롭게 할 능력을 가진 것이다. 패로디와 '현실 세계' 간에는 이중적 성격, 즉 심미적 사회적 견지에서 보수적 충동과 변혁적 충동이 혼합되고 있음을 결코 잊지 말아야 한다. 린다 허천, 『패로디 이론』, 김상구 · 윤여복 역, 문예출판사, 1992, 187쪽.

2) 패러디의 풍자적 주변성

이상 소설의 장르 확장의 특징은 패러디의 풍자에서도 드러난다. 이상 소설의 창작 방법으로 볼 수 있는 패러디의 풍자는 전통의 변용과 동서양의 문학 텍스트를 혼합적으로 재현하는 크로노토프의 구성 원리의 구체적인 실현을 보여준다. 이상 소설의 패러디 풍자의 궁극적 지향은 식민지 현실의 구체적 경험인 풍부한 살과 피의 예술적 형상화 능력에 기반을 둔 크로노토프의 재현[32]으로 주변 의식을 확장함으로써 식민지 현실에 대한 비판 의식을 강화하는 효과를 낳는다.

주지하다시피 윤흥로는 「날개」에서 '나'와 아내 그리고 내객의 관계를 「처용가」의 처용, 처용 처 그리고 역신으로 동일하게 바라보았고, 조동일은 「날개」의 날개를 열망하는 '나'에게서 날개 잃은 아기장수의 흔적을 발견함으로써 이상 소설의 패러디를 온고지신의 의미로 해명하였다. 이에 비하여 김주현은 이상의 새로운 소설 쓰기[33]로서 패러디를 포스트모더니즘의 관점으로 해명할 수 있는 길을 열어놓았다. 그의 지적처럼 패러디는 이상 소설의 창작 방법에 다름이 아니며 「날개」 「종생기」 「지주회시」에 드러난 텍스트 양면적 구성 또한 그 방법으로 볼 수 있다. 우선 「날개」의 아포리즘에서 아이러니, 위트, 패러독스를 작품의 무기로 삼겠다는 창작 방법은 "그대의 작품은 한번도 본 일이 없는 기성품에 의해 경편하고 고매하리라"에서 읽혀지는 패러디로 해석된다.

---

32 크로노토프의 재현적 의미는 소설의 추상적 요소들이 크로노토프의 인력권 안에 끌려 들어가고, 그것을 통해 피와 살이 붙으며, 예술의 형상화 능력에 참여하는 것이다. 미하일 바흐친, 앞의 책, 같은 페이지 참조.

33 김주현, 앞의 글, 229쪽, 230쪽.

十九世紀는 될수있거든 封鎖하야버리오. 도스토 에프스키精神이란
자칫하면 浪費인 것 같人오, 유-고-를 佛蘭西의 빵한조각이라고는
누가 그랬는지 至言인듯싶오. 그렇나 人生 或은 그 模型에있어서 띠
테일때문에 속는다거나해서야 되겠오? 禍를보지마오. 부디그대께 告
하는 것이니……

(테잎이끊어지면 피가나오. 상차기도 머지안아 완치될줄믿人오. 끝
빠이) (263쪽)

인용문에서 드러나듯이 이상의 소설 쓰기는 패러디와 그 목적이 지향
한 수용의 미확정성[34]으로 독자의 능동적 역할을 강조한다. 즉 이상의 소
설 쓰기의 방법으로서 아이러니, 위트, 패러독스 그리고 패러디까지도
"인생 혹은 그 모형에 있어서 디테일"로 규정함으로써 이상 소설 텍스트
가 다성성과 활성화 가능성을 지닌 유희 공간이라는 것을 강조한다. 이
어서 화자는 독자를 향하여 도스토예프스키 정신보다 그가 보여준 현실
을 주목하라고 예의 경고한다. 또한 유고의 '불란서의 빵 한 조각'에 불
과한 것처럼 그의 휴머니즘에서 당대 프랑스의 현실을 읽으라고 독려하
는 듯하다.

"인생 혹은 그 모형"이 이상의 소설이라면, 그 디테일한 아이러니, 위
트, 패러독스의 형식에 속지 말라는 당부는 텍스트와 능동적으로 상호작
용하는 독자의 역할을 강조하는 입장으로 파악된다. 즉 화자는 자신의 소
설에 드러난 디테일한 형식의 의미로 인생 즉 현실의 문제를 직시할 것을

---

34 잉가르덴의 이론에서 미확정성(Unbestimmtheit)을 독자가 임시로 확정하는 것이 곧
해석의 과정이며 독자는 때로 저자 못지않게 자신의 완성된 작품을 완성하는 것이
다. 텍스트는 그런 섬에서 그러한 다성성과 활성화 가능성을 지닌 유희공간이 셈이
다. 임환모 · 최현주, 「수용미학」, 김춘섭 외, 『문학이론의 경계와 지평』, 한국문학
사, 2004, 204쪽. 188쪽.

작가 자신 또는 독자에게 당부한다. 심지어는 디테일한 형식에만 속은 채
그 의미를 간파하지 못할 때는 화를 볼 수 있다고까지 경고하기까지 한
다. 같은 맥락에서 '테잎이끊어지면 피가나오. 상차기도 머지안아 완치될
줄믿ㅅ오. 끝빠이'에서는 주권을 상실한 역사를 "테이프가 끊어진 상태"
로 인지하면서 식민지 역사와 결별하고자 하는 의지와 역사 회복의 의식
을 테이프가 끊어지는 상황으로 패러디한 것이다.

이처럼 이상 소설 패러디의 풍자는 작가 이상의 탈식민주의 의식을 새
롭게 탐색할 수 있는 단초이다. 예컨대, 「날개」에서 처용 설화 패러디는
박제된 식민지 개인의 비극적 삶에 대한 비판 의식을 강화하는 효과를 갖
는다. 처용의 열린 세계관과 '나'가 '인공의 날개'로 날기를 열망하는 자
유의지에는 현실 부정에 대한 인식이 공통적으로 깔려 있다. 처용의 춤
이 현실 해탈의 관용이라면, '나'가 날고자 하는 욕망은 현실 초극의 자유
의지다. 텍스트 마지막에서 "겨드랑이가 가렵다"(290쪽)는 구절은 '아기
장수 전설'의 패러디의 풍자로 불우한 시대 희생된 민간 영웅의 이야기로
식민지 시대 박제된 천재로 살아가야 하는 부정적 현실에 대한 독자의 비
판 의식을 끌어내게 된다. 또한 '인공의 날개'의 패러디의 풍자는 그리스
로마 신화 내용과 일본 작가 아쿠타가와를 패러디화한[35] 차원으로만 머
물지 않고 신화와 국경의 차이뿐만 아니라 근대를 넘어 첨단의 과학기술
문명과 자연의 동물까지를 통섭하는 주변 의식의 확장으로 독자의 식민
지 비판 의식을 강화하게 된다.

「종생기」에서 패러디의 풍자는 삶과 죽음의 복합적 관계의 주변 의식으
로 독자의 식민지 비판 의식을 끌어낸다. 「날개」에서 '그대'로 제시되던 독
자는 「종생기」에서 '족하'로 제시된다. 뿐만 아니라 「날개」에서 서두 부분

---

35 김주현, 앞의 글, 242쪽.

에 제한된 작중 서술자의 모습이 「종생기」에서는 더욱 자주 등장한다. 종생기에서 서술자인 '나'와 작중인물의 구별은 작가 모습의 "잔존하는 또 하나의 이상"과 종생하는 경험자아인 "지하의 이상"으로 구분되는 삶과 죽음 그리고 서술 간의 간격으로 주변 의식의 풍자를 낳는다. "인색한 내 맵시의 절약법"과 "자자레한 치레" "도회", "금칠"과 같은 패러디의 풍자에 따르면 "그러기에 大抵 어리석은民衆들은 「원숭이가 사람 흉내를 내이네」 하고 마음을놓고 지내는모양이지만 사실 사람이 원숭이흉내를 내이고지내는"(366쪽)에서는 원숭이 흉내로 확장된 주변 의식으로 독자의 식민지 현실 비판을 끌어낸다. 인간이 원숭이를 모방하는 행위가 해학, 풍자의 패러디라면, 이상 소설의 패러디는 "사실 사람이 원숭이흉내를 내이고 지내는" "至當한 典故를 理解"하지 못한 식민지 현실을 풍자하는 차원에서 전통 문학과 세계 문학 텍스트를 패러디한 주변 의식으로 중심이 부재한, 즉 주권이 상실된 식민지 역사에 대한 독자의 비판 의식을 강화한다.

이와 같이 이상 소설의 패러디의 풍자적 주변성은 크로노토프의 혼합적 구성 원리의 구체적 실현으로 "악마적 이미지와 묵시적 이미지를 대비시켜 실인생(real, life)의 모방"[36]을 병치하는 주변 의식의 확장을 통하여 식민지 현실에 대한 독자의 비판 의식을 강화한다. 패러디가 과거의 단순한 복사가 아니라 차이를 가진 모방 또는 창조적 모방이라고 전제할 때, 이상 소설 패러디의 제일원리로서 혼합의 원리[37]는 국권이 없는 식민지 역사에 대한 비판을 주변 의식으로 확대한 점에서 포스트모더니즘적 재현의 미래적 지표가 될 수 있다.

---

36 프라이에 따르면 악마적인 이미지의 중심주제의 하나는 패러디로서, 이 패러디란 '실인생'을 소재로 모방하는 듯이 암시하지만, 실제로는 그 인생을 풍자, 과상의 기본으로 조롱하는 방법을 일컫는다고 보았다. 남송우, 앞의 글, 293~294쪽.

37 김준오, 앞의 책, 104쪽.

4. 시적인 은유와 매체화의 유목적 주관성

1) 시적 은유의 유목적 주관성

이상 소설 장르 확장의 특징은 시적 은유로 밝혀진다. 이상 소설의 언술 체계는 서사 갈래의 환유보다는 시적 갈래의 은유에 가깝다. 시적 은유로 재현된 작가의 유목적 주관성은 소설의 새로운 형식을 꾀한 작가의 창조 의식에 다름이 아니다. 은유로 드러나는 개인의 경험은 역사의 사슬과 연계되어 식민지 시대 인식에서 벗어날 수 없다는 작가의 깨달음과 상관이 있다.[38] 따라서 이상 소설의 시적 은유는 식민지 현실을 바라보는 '주관성이라는 개념'[39]으로 작가의 세계관을 해명할 수 있는 근거로 작용한다.

이상 소설의 은유는 이상의 창조적 시간 인식과도 깊은 관련을 갖는다. 아이러니하게도 이상이 처해 있던 식민지적 사회 상황이 존재에 대한 인식, 삶의 본질을 파악하려는 그의 자아 의식을 더욱 강화한 것이라고 할 수 있다.[40] 이상 소설에 드러난 시적 은유의 포즈화에 대한 예를 들면, 먼저, '剝製가되어버린天才'에서는 식민지 역사에 연루된 개인의 부정적 현실의 유희가 포즈화된다. 이는 본격적 서사에서 아내와 '나'의 관계성으로 구체화된다. 식민지 이전의 역사를 신화적 재생으로 복원하는 의미에서 "날개야 다시 돋아라."는 과거의 어느 시점을 미래화한 사유의

---

38 김옥순, 「언술 은유와 李箱의 역사의식」, 『한국문학이론과 비평』 제2집, 1998. 5, 31쪽, 56쪽 참조.
39 주관성이란 개념을 역사적으로 위치시키는 이런 종류의 작업은 메타픽션적이고 자기반영적인 방식을 강하게 띠고 있다. 린다 허천, 앞의 책, 69쪽 참조.
40 정덕준, 「이상의 자아의식, 창조적 회상」, 『한국문학이론과 비평』 제8집, 2000, 66쪽, 82~83쪽.

순간적 의미를 부각시킨다. 화자가 열망하는 '날자'의 의미는 과거에 없던 새로운 경험이 아니다. '한 번만 더'에서 드러나듯이 그것은 과거의 어느 때, 즉 식민지 훼손된 역사를 회복하고자 하는 열망을 '인공의 날개'로 포즈화한 것이다.

또한 「동해」의 은유에서는 '동해'라는 음성 작용에 따른 유희로 현실 비판의 의미가 강화된다. 생기발랄하고 순진무구한 어린이에게서 어린아이 해골로 의미론적 전이가 일어난 것이다. 그런데 '童孩'에서 '童骸'로의 음성 작용에 의한 의미론적 전이에서는 '나'와 임이의 속고 속이는 관계의 은유로 식민/제국에 대한 비판적 현실 의미가 생성된다. 텍스트는 "觸角이 이런 情景을 圖解한다."로 시작된다. '촉각'은 곤충의 감각기관이다. '촉각'의 은유는 경험주체이자 서술주체인 '나'가 자신의 지각에 초점을 맞춤으로써 국가를 상실한 한 개인으로서 삶을 촉각만 남은 동물로 비하하는 의미로 읽혀진다. 그러므로 도해의 주역은 '나'와 '임'을 포함한 인간의 속성에서 제국과 식민의 권력관계로 확장될 수도 있다.

대부분 앞선 연구는 "지상 최종의 걸작"을 만들겠다는 「종생기」의 은유를 이상의 문학적 신념으로 읽지만, 필자는 그것을 죽은 뒤에도 신념을 저버릴 수 없는 조국에 대한 이상의 열망으로 읽게 된다. 본격적 서사에서 "지중한 산호편을 자랑"하기 위하여 '종생기' 처처에다 뿌려둔 쓰레기, 우거지의 은유는 국권이 훼손된 식민지 현실의 의미로 포착되기 때문이다. 산호편의 은유는 죽음과 삶을 초극한 이상의 식민지 역사관으로 확장될 수 있는데, 그것은 정희의 정체성에 대한 은유에서도 읽혀진다. "정희의입상은 제정로서아쩍 우표딱지처럼 적잖이 슬프다."(374쪽)에서 "제정로서아쩍 우표딱지"로 은유된 정희의 슬픈 모습이 한 개인의 정체성이 아닌 주권을 빼앗긴 식민지 정체성으로 확대되기 때문이다. "제정로서아쩍 우표딱지"는 식민지 국민의 입장에서 보면 슬플 수밖에 없다. 이러한 맥락에서 정희와 '나'의 관계적 은유는 개인의 차원을 넘어 식민지 현실로 확대된다.

> 그렇나 假足이 强行하였을때쯤은 貞姬는 이미 自進하여 賣春한 후 오래오래 後다. 당홍 당기가 늘 貞姬등에서 나붓겼다. 家族들은 不意에 올 災앙을막아줄 단하나 값나가는 다홍당기를 忌憚없이 믿었건만―
> 그렇나―
> 不意는 貴人답고 참 즐겁다. 간음한處女―이는 不義中에도 가장즐겁지않을수없는 永遠의 密林이다. (389쪽)

인용문에서는 매춘부로서 정희의 내력이 소개된다. 14세의 정희를 가족이 강제로 매춘시키려 하였지만 정희는 가족이 강제하기보다 훨씬 앞서 자진하여 매춘한 매춘부가 된다. 매춘한 정희의 정체성은 식민지 현실의 은유로 볼 수 있다. 작가의 유목적 주관성은 "간음한 처녀―이는 불의 중에도 가장 즐겁지 않을 수 없는 영원의 밀림"의 은유로 식민지 비판적 역사의식을 보여준 것이다. 간음한 처녀로서 정희의 정체성이 식민지 역사를 은유한다면 독화로서 '나'가 정희에게 속아 넘어가는 것은 식민지 현실을 역설적으로 유희하는 작가의 정체성의 은유다. 이상은 정희의 매춘부로는 산호편의 본래 의미가 반영되지 않음을 인식하고 '나'를 "독화"로 은유하여 식민지 현실 비판의 유희를 확장한 것이다. 정희를 매춘부로, 성스런 신랑을 탕아로 쓰레기화하고 우거지화하는 은유야말로 '나'의 삶과 죽음이 해체되는 지점에서 이상의 비판적 역사의식을 산호편화하는 것이다. 작품의 말미에서 종생을 한 '나'는 시체가 되었으면서도 정희의 호흡에 화끈 달아오르듯이 죽어서도 후대를 향한 역사 회복에 대한 열망을 저버릴 수 없는 것이다.

이와 같이 죽음과 삶의 경계를 무너뜨리는 이상의 주관적 유목 의식을 반영한 이상 소설의 탈구조적 시학은 이상의 탈식민주의 의식과 닿아 있다. 정희의 후텁한 호흡이 묘비 즉 '나'의 종생기에 와 닿으면 시체가 새로운 생명력을 발하는 삶과 죽음이 하나가 되는 은유는 조국의 국권을 죽어서도 열망하는 이상의 창조적 역사의 시간성과 맞물려 있기 때문이다. 요컨대 이상 소설의 은유는 작가의 유목적 주관성에 따른 창조적 시간의 유희로 새로운 소설 형식의 가능성을 보여준 것이다.

2) 매체화의 유목적 주관성

이상 소설 장르 확장의 특징은 영화나 컴퓨터 게임 등의 매체화의 친연성에서도 발견된다. "서사물에 재현된 공간성을 어떤 기하학적 공간성에만 초점을 맞추어 분석할 수도 있지만 실제로 공간이 서사물로 재현되는 것은 매우 복합적이다. 하나의 소설, 나아가 서사물에는 다양한 종류의 결합과 재구의 수준이 존재한다."[41] 이와 같이 복합적인 서사 공간성의 관점에서 살펴보면, 이상 소설에서는 영화나 컴퓨터 게임과의 친연성이 탐색된다. 먼저 이상 소설과 영화적 친연성은 "1930년대 당대 지식인들은 영화의 출현을 주로 시각의 확장이라는 측면에서 주목"[42]하여 자연스러운 현상으로 볼 수 있다. 그런데 서사적 갈래의 이야기가 현실 반영의 문제와 관련될 수밖에 없는 점을 고려할 때, 이상 소설과 영화 장르와의 친연성은 식민지 현실을 보여주는 측면에서 그 의미를 따져보아야 할 것이다.

---

41 김병욱, 「언어 서사물에 있어서의 공간의 의미」, 『문학이론의 경계와 지평』, 한국문화사, 2004, 155~156쪽.
42 최혜실, 「21세기에서 바라본 20세기 한국 근대문화의 특성」, 『국어국문학』 152, 국어국문학회, 2010, 163~164쪽.

이상 소설의 시점의 경우 영화와의 영향 관계와 함수를 따지기 어려울 만큼 호환된다고 밝힌 장일구의 주장은 설득력을 갖는다. 소설의 서술자에 상응하는 카메라만 실체 아닌 기제로 전제된다면 시점을 논의하는 작업은 두 경우 다를 것이 없지만, 단지 소설의 시점은 거시적인 지표로 상정할 것이 아니라 쇼트 단위, 문장 단위 등 미시적인 국면에 작용하는 기제들의 역학이라고 전제해야 한다는 것이다. 또한 영화 쇼트의 병치 기법이 적용된 예로 「날개」의 에필로그에서 부각되는 비연속적인 은유 축의 장면화는 영화의 병치된 쇼트와 다를 바 없이, 연상이나 상징적 추론을 통해서만 독자의 해석이 가능하다는 주장이다. 이렇듯 이상의 「날개」는 영화에서 유력한 기법 가운데 하나인 몽타주의 여러 국면들을 소설로 보여주는 전범으로 볼 수 있다는 것이 장일구가 영화적 시각으로 이상의 소설을 바라보는 논리[43]의 골자다.

이에 따라, 「날개」뿐만 아니라 「지주회시」 「동해」 「종생기」 등의 소설에서 부각되는 공간의 비연속적 은유 축을 몽타주의 여러 국면들과 같은 영화 기법으로 볼 수 있다. "이상 작품 속에 숨겨진 대칭 구조를 파악하여 분석하면, 시와 초기 소설에서 실험되었던 수학적이며 도식적인 대칭성들은 서사성을 전제로 하는 후기 소설로 넘어와서는 남/녀 대칭을 기본으로 한 갈등 구조를 갖게 된다. 따라서 초기 소설에서 보이는 주인공의 반복 혹은 순환되는 공간 이동이 기본 플롯에 해당된다고 한다면 후기 소설에서는 두 인물 사이의 팽팽한 긴장 관계가 그 시각적 공간 대칭이나

---

43 영화에서 스토리텔링이 기법으로 작용하는 플래시 백, 슬로모션, 페이드, 디졸브 등도 소설에서 이야기를 전개해 나가는 데 그대로 적용되는 것들 모두가 서사 기법이란 차원에서 포괄된다. 영화는 변증법 없이는 존재할 수 없듯이 소설에서 작가의 주관성 또한 배제하기 어렵다. 장일구, 앞의 글, 30~51쪽.

이동에 앞서는 기본 플롯이 된다고 할 수 있다."[44] 이상 소설의 대칭 구조의 변화를 고려할 때 영화의 기법은 전기 소설에서 롱테이크식의 큰 동선으로 공간 이동을 보여준 데 비하여, 후기 소설에서는 더욱 섬세한 공간 분할로 내면 의식을 보여주는 병렬적 몽타주 기법의 전환이 살펴진다. 여기에서 읽혀지듯이, 작가의 유목적 주관성은 전기보다는 후기로 갈수록 작중인물의 행동과 의식을 환유에서 은유로 변화시켜 공간의 배치를 섬세하게 분할하는 방향으로 점차 식민지 현실의 모순에 대한 독자 비판 영역을 확장한 것이다.

요컨대 이상 소설에서 부각되는 비연속적 서술의 은유는 영화의 '몽타주 기법, 컷백, 플래시백' 등과 같은 '보여주기'의 측면에서 기존 소설과는 다른 시각적 기법의 차이로 리얼리즘을 심화하는 작가의 현실 인식을 재현하는 효과를 갖는다. 물론 그러한 보여주기의 주체는 식민지 현실 비극과 연루된 개인의 삶을 현실 유희로 바라보는 작가의 유목적 주관성이다. 그것은 식민지 현실에 연루된 존재의 양면성, 가치 전도의 경험을 다각적인 공간의 분할과 병치로 보여줌으로써 비극적 역사에 대한 독자의 비판 의식을 끌어내는 효과를 낳는다. 영화 기법과의 친연성을 보여주는 이상의 유목적 주관성에서 식민지 현실 비판의 유희로서 탈식민주의 의식을 발견할 수 있는 까닭도 여기에 있다.

다음으로, 이상 소설의 장르 확장의 특징은 디지털 매체화의 친연성에서도 발견된다. 이상이 멀티미디어 인간으로 평가[45]받았듯이, 이상 소설에 드러난 디지털 매체와의 친연성은 언술의 층위만이 아닌 작중인물과, 구성의 측면에서도 살펴진다. 예를 들면, 「동해」에서 〈TEXT〉로 제시된 6

---

44 최혜실, 『한국모더니즘소설 연구』, 민지사, 1992, 190쪽 참조.
45 김민수, 『멀티미디어 인간 이상은 이렇게 말했다』, 생각의나무, 1999.

장에서 문과 평의 교환은 컴퓨터 문답의 장면과 흡사하다. 〈TEXT〉의 대화 장면은 마치 컴퓨터의 대화방에서 채팅을 하거나 리플을 다는 것 같은 디지털 글쓰기를 연상케 한다. 육체적 정조를 화두로 삼은 이 장은 19세기적인 봉건적 윤리 도덕성을 비판하는 '임'의 발화가 먼저 제시되고 그에 대한 평으로서 정신적 간음을 문제 삼는 '평'이 리플된다. 이러한 과정에서 서술 층위가 해체될 뿐만 아니라, 지문조차 생략되고 지금 여기 대화만으로 이루어진 말장난 같은 유희적 시각은 컴퓨터 메신저의 소통과 흡사하다.[46]

한편, 김유중은 이상 소설에 드러난 인물들의 변신과 복잡한 갈등 그리고 열린 플롯 구조 등에 주목하여 다음과 같이 컴퓨터 게임의 가능성을 본다. 첫째, 「불행한 계승」 「지도의 암실」 「불행한 계승」 「날개」 「봉별기」 「종생기」 등의 주인공은 대부분 작가인 이상 자신의 분신인 '나', 혹은 '그'로 설정되어 있는 점에서 게임에서의 아바타와 유사한 속성을 보인다는 것이다.[47] 둘째, 주인공의 맞수로 등장하는 '여인'은 각종의 테크닉과 아이템으로 무장한 상대방 캐릭터와 유사한 속성을 지니며 여인들과의 대결에서 주인공은 게임의 재미를 보여준다는 것이다. 셋째, 기존의 소설론에서는 용납되지 않는 서사 진행상의 가변성, 조작 가능성을 열어두었다는 점에서도 컴퓨터 게임의 가능성을 지적한다.[48] 이상과 같이 밝혀진 이상 소설 세계와 컴퓨터 게임과의 친연성은 이상이 보여준 현실 유희로

---

46 김원희, 「1920~30년대 한국 단편소설의 冒頭 서술자 기능연구」, 전남대학교 박사학위 논문, 2005, 209~211쪽 참조.
47 여기에서 김유중은 이러한 주인공 캐릭터의 이중성이 이상 소설이 당대 유행하였던 일본 사소설의 양상과도 구분되며, 그의 소설을 우리 주변의 여타의 소설들로부터 구분 짓게 만드는 첫 번째 요인이라고 지적한다.
48 김유중, 앞의 논문, 139~162쪽.

소설 형식이 새로운 국면[49]으로 창조될 수 있음을 시사한다.

그렇다면 이상 소설에 나타난 유목적 주관성의 현실 유희가 지향한 궁극적 의미는 무엇일까. '해괴망칙한 소설'로 '우리들의 행복을 신에게 과시해'주기 위한 소설을 쓰겠다는 탈근대적 기획을 통하여 필자는 역설적이게도 식민지 현실의 고통을 소설 창작의 유희로 상쇄하면서 신과 소통하고자 하는 이상의 존재 의식을 본다. 이상에게 소설 창작은 독자뿐만 아니라 신을 향한 소통인 셈이다. 현실 상황을 신의 영역으로 반성하는 경우는 이상 소설 곳곳에서 발견된다. 우선 「날개」에서 게으른 동물적 삶에 안주하는 '나'는 아내의 '여왕봉' 같은 권력에 예속된 상태다. 아내에게 의존하는 의타적 삶에 대한 반성에는 "이렇게도 편안하고 즐거운 세월을 하느님께 흠씬 자랑하여 주고 싶"은 나태와 비겁의 의미를 "하느님도 아마나를 칭찬할수도 처벌할수도 없는것같다."(285쪽)면서 신의 영역까지 식민지 현실 인식을 확장한 유희적 시각이 내포되어 있다. 여기에서 이상 소설이 지향하는 유목적 주관성은 현실의 모방이나 회피가 아니라, 부정적 현실에도 불구하고 신을 향한 현실 유희의 삶으로 읽혀질 수 있다. 작가의 유목적 주관성이 펼쳐 보이는 현실 유희의 궁극에서는 식민지 역사를 체휼하는 이상의 실천적 삶의 가치가 드러난다. 그것은 후대를 위한 역사적 증언이라는 점에서 일체의 권력에 저항하는 탈식민주의 의식을 보여줄 뿐만 아니라, 인류를 위하여 십자가를 져야 하였던 예수의 복음과도 닮아 있다.

"식민지 영토란 아무 것도 일어나지 않는 땅이며, 자신의 서사를 스스

---

49 소설의 발전 과정은 아직 끝나지 않았다. 소설은 오늘날 새로운 국면으로 접어들고 있다. 미하일 바흐친, 전승희·박유미 역, 『장편소설과 민중언어』, 창작과비평사, 2002, 61쪽.

로 창조해오기보다는 통치자들의 서사에 반응해온 땅이다. 역사를 빼앗긴 민족'에게 있어 이야기야말로 그들에게 남겨진 모든 것이다. 그러나 이야기('담론')도 분명 일종의 행동이다."[50] 이와 같은 린다 허천의 탈식민주의 시각으로 살펴보면 이상 소설 장르의 특징인 매체화의 친연성에서 살펴지는 이상의 유목적 주관성을 통하여 독자는 소설 형식이 새로운 국면으로 창조될 수 있는 가능성을 보게 되는 지점에서 식민지 역사를 체휼하는 희생양으로서 작가의 실천적 삶의 가치와 소통할 수 있다.

5. 나오며

이 글은 이상 소설의 장르 확장의 문제를 식민지 작가의 존재 의식과 소통하는 차원에서 조명하고자 하였다. 그 결과 이상 소설의 장르 확장의 특징은 1) 수필적 경향의 메타 현실 반영적 타자성 2) 희극적 경향과 패러디의 풍자적 주변성 3) 시적인 은유와 매체화의 유목적 주관성 등으로 파악되었다. 그 특징과 존재론적 의미는 다음과 같이 정리할 수 있다.

첫째, 수필적 경향의 메타 현실 반영적 타자성은 비규범적 소설 장르의 속성을 보여주는 지점에서 식민지 현실에 대한 이상 자신의 경험을 타자화하여 독자 비판의 영역을 강화하는 효과를 거둔다. 둘째, 희극적 경향과 패러디의 풍자적 주변성은 크로노토프의 혼합적 구성 원리의 구체적 실현으로 식민지 현실 비판을 주변적 인식으로 확대하는 효과를 더한다. 셋째, 시적인 은유와 매체화의 유목적 주관성은 이상이 보여준 현실 유희로 소설 형식이 새로운 국면으로 창조될 수 있음을 시사하는 동시에

---

50 린다 허천, 앞의 책, 105쪽 참조.

독자로 하여금 식민지 역사를 체휼하는 희생양으로서 이상의 실천적 삶의 가치를 보게끔 한다.

이와 같이, 소설 장르를 확장한 이상의 탈근대적 존재 의식은 인간과 하느님의 소통을 지향하는 측면에서는 복음주의와 닮아 있으며 식민지 역사를 구체적인 경험으로 증언하는 측면에서는 탈식민주의 의식과 닿아 있다. 그러므로 이상 소설 장르 확장의 특징을 파악하여 작가의 존재 의식을 해명하는 작업은 한국 현대 소설의 새로운 문학사적 지평을 확인하는 점에서도 의의를 갖는다. 결국 이상의 탈근대적 존재 의식은 식민지 현실에 대한 역설적 저항의 유희로 물화된 근대와 폐쇄된 식민지 부조리한 삶을 넘어 문명과 자연 그리고 신화와 과학기술이 조화를 이루며 신과 소통할 수 있는 행복한 삶의 조화를 꾀한 것이다. 이상 소설 세계와의 소통을 통하여 21세기 포스트모더니즘 시대 우리의 존재 의식을 새롭게 반성하여야 하는 이유가 여기에 있다.

이상 「날개」의 은유와 탈식민주의 존재시학

1. 들어가며

이 글은 이상의 대표작 「날개」(1936)[1] 텍스트의 정보 전달 구조를 탈근대성의 은유로 파악함으로써 탈식민주의 존재시학의 단초를 제공하는 데 그 목적이 있다. 이상의 「날개」는 "1930년대 강화된 식민지 억압상황의 필연적 소산이면서 우리 소설사의 중대한 변화를 대표하는"[2] 한국 단편소설 시학의 진수뿐만 아니라, 탈식민주의의 단초를 보여준다. 한국 현대소설사에서 차지하는 단편소설의 위상을 고려하더라도, 이상의 「날개」는 한국 소설사에 있어 최고의 문제작으로 볼 수 있다.

이러한 작품의 위상을 반영하듯, 현대소설사에서 「날개」에 대한 연구는 1936년 최재서가 박태원의 「천변풍경」과 이상의 「날개」를 리얼리즘의

1　「날개」는 1936년 9월 『朝光』에 발표되었다. 텍스트는 가장 최근에 발간된 김주현, 『정본이상문학전집 2-소설』(소명출판, 2009)로 삼는다.

2　1930년대 당대의 경우 리얼리즘은 정치적 사회적 현실의 전체상이 아니라 등장인물의 내면세계나 일상적 삶의 세부를 묘사하는 데서만 가능했던 것이다. 김준오, 『문학사와 장르』, 문학과지성사, 2000, 214쪽.

확대와 심화로 해명[3]한 이후 지금까지 주로 모더니즘 소설 시학의 토대를 천착하는 방향으로 진척되었다. 「날개」에 주목한 다각적인 방법론적 접근은 그 자체로 연구사가 정리될 만큼 축적되었으며, 선행 연구의 수 또한 헤아리기가 어려울 정도다.

이러한 맥락에서 「날개」에 대한 기존 연구사를 대략적으로나마 검토하면, 많은 선행 연구들이 이상 소설의 전위적 충동과 파격에 주목하여 텍스트에 내재된 시공간적 서사 구조,[4] 시학적 기법,[5] 모티프와 이미지,[6] 글쓰기 방식과 의미 생성[7] 등을 규명하는 방법으로 괄목한 성과를 이루

---

3   최재서, 「리얼리즘의 확대와 심화-「천변풍경」과 「날개」에 관하여」, 『조선일보』, 1936. 11. 31~12. 7.
4   홍경표, 「이상의 「날개」 그 구조와 상징 형식」, 『문학과언어』 1, 문학과언어연구회, 1980; 김종구, 「이상의 「날개」의 시간 공간 구조」, 『서강어문』 1, 서강어문학회, 1981; 김중하, 「이상의 「날개」-「날개」의 패턴 분석」, 『한국현대소설작품론』, 문장사, 1983; 박선경, 「'박제가 된 천재'가 꾸민 역설 구조」, 『서강어문』 9, 서강어문학회, 1993; 한성봉, 「「날개」의 의미구조와 탐색담적 성격에 관한 고찰」, 『한국언어문학』 41, 한국언어문학회, 1994; 장일구, 「서사적 공간론의 이론과 실제-「날개」해석을 중심으로」, 『서강어문』 13, 서강어문학회, 1997; 엄정희, 「이상의 「날개」 연구-카니발적 구조를 중심으로」, 단국대학교 석사학위 논문, 2002.
5   이재선, 「도착과 가역의 논리-이상의 「날개」」, 『문학사상』, 1981; 황패강, 「이상의 「날개」 소고-'사이렌'의 상징을 중심으로」, 『한국문학』, 1983; 이태동, 「자의식의 표백과 반어적 의미-「날개」를 중심으로」, 『이상문학연구 60년』, 문학사상사, 1998; 김성수, 「이상의 「날개」연구 1-페티시즘의 양상에 대한 해석」, 『연세학술논집』 28, 연세대학교 대학원, 1998; 이미림, 「공간적 상상력으로 본 「날개」연구」, 『학술논총』 31집, 원주대학교, 2000; 박남희, 「이상의 「날개」의 은유와 환유」, 『숭실어문』 제20집, 숭실어문학회, 2004.
6   김상태, 「「날개」의 동굴모티프-폐쇄된 현실, 이카루스의 비상」, 『문학과 비평』 3, 1987; 김정동, 「이상의 「날개」에 나타난 건축적 이미지에 관한 연구-1930년대 경성 거리를 중심으로」, 『건축 도시환경연구』 8집, 목원대학교 건축도시연구센터, 2000; 최용석, 「「날개」에 구현된 모티프의 상징성 고찰」, 『우리문학연구』 14집, 우리문학회, 2001; 이수정 「이상의 「날개」에 나타난 '어항'의 의미 연구」, 『한국현대문학연구』 15집, 한국현대문학회, 2004.
7   최인자, 「「날개」의 글쓰기 방식 고찰」, 『현대소설연구』 4, 한국현대소설연구회,

었다. 또한 텍스트의 내재적 분석과 더불어 문학 외적인 상관관계를 규명하는 차원에서 정신주의, 해체주의, 역사주의 등의 시각[8]으로 접근한 연구도 눈에 띈다. 이와 같은 방법론적 접근은 텍스트의 실험적 기법을 토대로 작가의식 내지는 역사의식을 해명한 점에서 성과가 있다.

물론, 「날개」를 비롯한 이상 소설 전반에 대한 연구는 대체로 모더니즘과 리얼리즘의 연관성 및 소설 텍스트의 전위적 실험성과 시학적 의미를 탐구하는 방향으로 전개되어왔다. 특히 「날개」 텍스트를 포함하여 이상 소설 전반에 걸친 전위적 충동과 파격을 다각도로 조명한 연구[9]들은 이상 문학의 모더니즘과 근대성 내지 탈근대성을 해명하는 측면에서 그 성과가 돋보인다.

1996; 김윤식, 「『날개』의 생성 과정론 1, 2-이상과 박태원의 문학사적 게임론」, 『문학과 의식』47~48호, 문학과의식사, 2002; 박상준, 「잃어버린 정체성을 찾아서-「날개」 연구」, 신범순 외, 『이상 문학연구의 새로운 지평』, 역락, 2006; 김주리, 「근대적 신체 훈육의 관점에서 본 「날개」의 의미」, 같은 책; 이수정, 「지느러미와 날개의 변증법」, 같은 책.

8 정귀영, 「이상의 「날개」 정신분석학적 시론」, 『현대문학』, 1979; 김진국, 「해체주의 비평과 한국문학-이상의 「날개」의 체험론적 접근」, 『논문집』25-1, 원광대학교, 1991; 헨리 홍순 임, 「이상의 「날개」; 반식민주의적 알레고리로 읽기」, 『역사연구』, 역사연구소, 1998; 이정석, 「이상 문학의 정치성」, 『현대소설연구』 제42호, 한국현대소설학회, 2009.

9 이상 소설 전반에 걸친 전위적 실험성으로서 문체, 시공간, 패러디, 몸과 근대성, 영화기법, 컴퓨터 게임과의 친연성, 장르 확장 등에 주목한 연구는 대략 개괄하면 다음과 같다. 김정자, 「이상 소설의 문체」, 『한국 근대소설의 문체론적 연구』, 삼지원, 1985; 황도경, 「이상 소설의 공간 연구」, 이화여자대학교 박사학위 논문, 1993; 김주현, 「이상 소설에 나타난 패러디에 관한 연구-「날개」「종생기」를 중심으로」, 『한국학보』 72, 1993; 정덕준, 「이상의 자아의식, 창조적 회상」, 『한국문학이론과 비평』 제8집, 2000; 장일구, 「영화기법과 소설 기법의 함수-몇 가지 국면에 대한 시론」, 『한국문학이론과 비평』 제9집, 2000; 이재복, 「이상 소설의 몸과 근대성에 관한 연구」, 한양대학교 박사학위 논문, 2001; 김유중, 「이상(李箱) 소설과 컴퓨터 게임-이상 소설에 대한 새로운 접근 가능성을 제안한다」, 한중인문학회, 2007; 김원희, 「이상 소설의 장르 확장과 탈근대적 존재시학」, 『현대문학이론 연구』 제44집, 2011.

그러나 선행 연구에서는 「날개」 텍스트의 시학과 대응하는 이상의 작가의식을 심층적으로 구명하는 연구가 미진할 뿐만 아니라, 이상 소설 텍스트를 토대로 한 문학 교육 방법론에 대한 본격적 연구가 수행되지 않은 미비점이 없지 않다. 즉 선행 연구의 한계는 첫째, 「날개」 텍스트의 전위적 실험성을 독자 기대 지평으로 확장하는 방법론적 적용을 구체적으로 보여주지 못한 점, 둘째, 「날개」 텍스트에 드러난 모더니즘 기법과 연계되는 현실 비판적 의미로 작가의 실천적 삶의 가치로 적극 구명하지 못한 점, 셋째, 이상 소설의 심층 의미를 21세기 우리들의 삶을 반성할 수 있는 탈식민주의 존재시학으로 확장하지 못한 점 등으로 지적된다.

이러한 문제의식으로 출발한 본 논의는 다음 세 가지 측면에서 기존 연구와는 다른 연구 성과를 기대할 수 있다. 첫째, 「날개」 텍스트의 전위적 실험성을 독자 기대지평으로 확장할 것이다. 단편소설의 시학적 관점으로 보더라도, 「날개」는 우리 소설 문학사상 불확정적인 요인이 가장 많은 작품이다. "불확정적인 요인들이 많기 때문에 난해하다고 여겨지고, 반면 더욱 능동적인 독자의 참여를 야기시키는 작품이다. 불확정적인 요인들이 많다는 것은 효과 요인들이 많다는 의미이며 또한 빈자리가 많아 독자가 상상적으로 뛰어노는 무대가 넓다는 의미도 되겠다."[10] 이러한 입장으로 본 논의는 독자 기대 지평으로 「날개」 텍스트에 드러난 전위적 충동과 파격의 의미를 확장할 것이다.

둘째, 인지론적 관점으로 「날개」 텍스트의 정보 체계를 파악하는 방법으로 작가의 현실 인식을 구명할 것이다. 21세기에도 많은 독자들이 이상의 「날개」를 새로운 감동으로 접하면서 그 의미를 새롭게 바라보는 까

---

10 권희돈, 「연루된 독자」, 김춘섭 외, 『문학이론의 경계와 지평』, 한국문학사, 2004, 213쪽.

닭은 텍스트의 정보 체계가 작가의 실천적 삶의 가치를 "억압된 역사의 존재를 바라볼 수 있는"[11] 은유로 작동하기 때문이다. 이상 소설에 드러나는 형식적 실험은 명백한 '의도'를 드러내지 않지만, '탈식민주의의 중요한 문화적 자산'[12]의 의미로 식민지 현실에 대한 독자 비판 의식을 고양하는 작가의 실천적 삶의 가치를 반영하고 있다. 따라서 「날개」 텍스트에 내재된 은유를 인지론적 관점으로 파악하는 방법은 이상의 실천적 삶의 가치를 적극 해명하는 길이 될 것이다.

셋째, 작가의 실천적 삶의 가치를 통하여 21세기 우리의 삶을 반성할 수 있는 탈식민주의[13] 존재 의식의 단초를 제시할 것이다. 텍스트의 인지 구조는 식민지 작가 이상의 실천적 삶의 가치를 통하여 우리의 삶을 반성할 수 있는 '개념적 은유'[14]로 교육적 효과를 추수할 수 있다. 그러므로 본 논의는 이상의 실천적 삶의 가치를 통하여 우리의 주체적 삶을 반성할 수 있는 기회가 될 것이다.

이러한 맥락에서 본 논의는 제국주의의 식민지 지배에만 관심을 제한

---

11 박종성, 『탈식민주의에 대한 성찰』, 살림, 2006. 20쪽.
12 우리의 경우에도 이상과 김수영이 보여주듯이 리얼리즘뿐만 아니라 모더니즘(포스트모더니즘) 역시 탈식민 문학의 중요한 영역인 것이다. 정치와 문화의 영역에서 대서사와 미시서사의 접합이 필요하듯이, 문학의 영역에서는 리얼리즘과 모더니즘(포스트모더니즘)의 연계(그리고 병치)가 요구된다. 나병철, 「한국문학과 탈식민」, 『한국문학과 탈식민주의』, 상허학회, 깊은샘, 2005. 35쪽.
13 탈식민주의는 형식적인 독립과 해방의 이면에서 우리의 의식구조를 더욱 근원적으로 틀 지워온 가시적 또는 불가시적 식민담론을 비판하고 그것들의 정체를 밝혀냄으로써 그것들에 저항하고자 하는 이론이다. 또한 탈식민주의는 제국주의의 식민지 지배에만 관심을 제한하는 것이 아니다. 송명희, 『김정한 소설의 크로노토프』, 한국문학이론과 비평, 2004. 12, 130~131쪽.
14 레이코프와 존슨에 따르면 '은유(mataphor)'란 우리에게 익숙하고 구체적인 '근원영역'의 체험을 바탕으로 낯설고 추상적인 '목표영역'을 개념화하는 인지기제다. G. 레이코프 · 존슨, 『삶으로서의 은유』, 노양진 · 나익주 역, 박이정, 2006.

하는 탈식민주의 의식에서 벗어나, 21세기 문학 교육의 현장에서 개인이나 지역, 집단이 다른 개인 또는 다른 집단, 지역을 복속시키고 통제하는 상황을 분석하고 비판함으로써 주체적인 삶을 위한 탈식민주의 존재 의식의 실천적 방향을 제공할 수 있다. 또한 "단편소설로 무엇을 가르치는 것이 아니라 단편소설에 접근하고 그 안에서 더불어 즐기며 깨닫는, 나아가 그러한 과정에서 자아를 일구어내는 작업이 이루어지는 내면화가 가능한 문학 교육[15]의 실천으로도 적용될 수 있다. 요컨대, 이 논문은 인지론적 접근으로「날개」텍스트의 전위적 충동과 파격을 보여준 이상의 실천적 삶의 가치를 구명함으로써, 지금-여기 우리들의 주체적 삶의 의미를 반성하는 탈식민주의 존재시학을 제시할 수 있을 것이다.

2.「날개」텍스트의 은유와 탈식민주의 존재 의식

이상은「날개」를 발표하기 직전 김기림에게 보내는 편지에서 "아마 이상은 그 '속이 빤히 들여다보이는' 문학은 그만두겠지요."라면서 "小說을 쓰겠오. '우리들의 행복을 하느님께 과시해 줄꺼야' 그런 해괴망칙한 소설을 쓰겠다."[16]고 밝힌 바 있다. 이상이 "소설을 쓰겠다."고 작정한 후 쓴「날개」야말로 작가 이상의 실천적 삶의 가치뿐만 아니라, 한국 단편소설[17] 시학의 역사적 의미를 파악할 수 있는 은유로 작용할 수 있다.

---

15 우한용,『한국 근대문학 교육사 연구』, 서울대학교 출판부, 2003, 178~179쪽.

16 이상,「私信(三)」,『이상문학전집』3, 문학사상사, 1991, 225~226쪽.

17 첫째, 단편소설은 압축적이고 잘 다듬어진 언어를 제공한다. 이는 단편소설이 상징으로 접근하고 시로 접근하는 길이 된다. 둘째, 삶의 단편을 제공한다는 점의 해석이 새롭게 이루어져야 한다. 셋째, 주제의 압축성이 두드러진다. 주제의 압축성

그러므로 이상의 「날개」 텍스트에 내재된 은유를 인지론적 관점으로 파악하는 방법은 '은유의 개념화'[18]로 이상의 실천적 삶의 가치를 독자의 기대 지평으로 확장함으로써 문학 교육의 보편적 가치를 제공할 수 있다. 「날개」 텍스트는 기존 소설 장르의 확장을 보여주는 작가의 탈구조주의의 시각[19]이 반영된 점에서도 한국 단편소설 시학의 심층 의미가 탈식민주의로 해석될 수 있는 가능성을 보여줄 수 있다. 텍스트의 정보 체계는 프롤로그와 본격적인 서사로 분리된다.

텍스트의 프롤로그에서 화자는 천재의 목소리 즉 '윗트와 파라독스'(262쪽)로 현실의 모순을 이야기한다. 이에 비하여, 본격적인 서사에서 화자는 박제가 된 죽음과 같은 삶의 구체적 경험으로 현실의 모순을 보여준다. 먼저, 프롤로그에 드러난 '人生 혹은 그 模型에있어서 띠테일'(263쪽)에 속지 말라는 화자의 발언에서 독자는 이상의 소설 쓰기 방식으로서 아이러니, 위트, 패러독스가 지향하는 궁극적 의미가 작가의 탈식민주의와 닿아 있음을 본다.

「날개」 창작 방법 역시 '人生 혹은 그 模型에있어서 띠테일때문에 속'지 않는 독자 기대 지평을 지향한 작가 의식을 보여준 것이다. 따라서 독자는 이상 소설의 디테일한 형식을 통하여 식민지 삶을 박제된 죽음으

은 독자의 자발적인 참여를 유도한다. 넷째, 소설의 창조성이 가장 확실하게 드러날 수 있는 장르가 단편소설이다. 끝으로 단편소설이 장편소설과의 관계에서 형성하는 비평적 기능이다. 잘 짜인 단편은 비평적 준거 역할을 한다. 우한용, 앞의 책, 179~180쪽.

18 은유적 개념화에서의 변화는 우연적인 것이 아니라 더 넓은 문화적 맥락의 영향을 받는다. 졸탄 쾨벡세스, 『은유와 문화의 만남』, 김동환 역, 연세대학교 출판부, 2009, 184쪽.

19 김원희, 「이상 소설의 장르 확장과 탈근대적 존재시학」, 『현대문학이론 연구』 제44집, 2011, 47~69쪽.

로 본 이상의 현실 의식을 엿볼 수 있다. '十九世紀는 될 수 있거든 封鎖하여 버리'는 새로운 소설 쓰기 방식은 '人生 혹은 그 模型에있어서 띠테일'의 효과로 리얼리즘적 현실 비판의 의미를 아이러니로 심화한 것으로 정리된다.

이에 비하여 본격적인 서사에서 드러난 '나'의 박제된 천재의 모습은 33번지 유곽에서 일하는 아내에 종속된 죽음과 같은 경험으로 그려진다. 아내와 '나'의 생활은 전통적 부부의 질서가 전복된 관계다. 아내의 권력 앞에 '나'는 박제된 삶을 살아간다. 이를 구체적으로 보여주는 것이 '나'와 아내의 대비적 시공간이며, 아내에게 예속된 '나'의 의식주의 생활이다.

'나'는 아내가 손님에게 받은 돈의 교환가치를 알게 된 후 외출을 시작한다. '나'의 외출은 정오에 나가 자정 이후에 돌아와야 한다는 아내의 구속 아래 이루어진다. 자정 이전에 돌아오면 아내의 일을 방해하기 때문에 안 된다는 시간적 억압이 따른다. 그러던 어느 날 '나'는 비를 맞고 자정 이전에 집에 돌아왔다가 아내가 손님과 함께 있는 장면을 목격한다. 귀가 시간을 지키지 않은 '나'에게 아내는 폭력을 휘두르고 약을 준다. 그 약이 아스피린 줄 알았는데, 수면제 아달린이라는 것을 알게 된 후, '나'는 경성 미쓰꼬시 옥상으로 올라간다. 어항과 같은 도시를 통찰한 후에는 날개가 돋아 한 번만 날아보기를 간절히 열망한다. 외출을 통한 '나'의 의식적 각성은 식민지 근대의 물화된 삶의 모순을 인지하고 저항하는 작가의 현실 인식에 뿌리를 두고 있다.

이와 같이 식민지 억압된 삶을 박제된 삶의 구체적 경험으로 맵핑하는 「날개」텍스트의 인지 구조는 작가 이상의 실천적 삶의 가치를 통하여 우리의 삶을 반성할 수 있는 '개념적 은유'[20]와 대응한다. 인지론적 관점으

---

20 개념적 은유는 구조적 은유, 지향적 은유, 존재론적 은유로 분류되는데, 그 차이를

로「날개」텍스트를 파악하면, 텍스트의 정보 체계는 시간성의 대비적 인지구조를 통하여 창조적 역사의식을, 공간성의 전환적 인지 구조를 통하여 주체적 타자 의식을, 그리고 존재성의 유기적 인지 구조를 통하여 초월적 자유 의식을 보여준다.

이와 같이「날개」텍스트의 정보 전달 체계는 독자로 하여금 식민지 시대를 살아야 했던 작가 이상의 탈식민주의 의식과 다각적으로 소통하면서 21세기 주체적 삶의 방향을 모색하게끔 도움을 줄 수 있을 것이다. 요컨대,「날개」텍스트의 인지론적 접근으로서 은유의 개념화는 작가 이상의 실천적 삶의 가치를 해명하는 효과적 방법일 뿐만 아니라, 21세기 독자들의 주체적인 삶의 방향을 반성할 수 있는 탈식민주의 존재시학으로 그 의미가 확장될 수 있다.

3. 대비적 시간성의 인지 구조와 창조적 역사의식

주지하였듯이, 텍스트의 시간성에 대한 인지구조는 프롤로그와 본격적 서사로 대비된다. 프롤로그에서는 천재적 화자의 목소리를 가진 화자가 '剝製가되어버린天才'에 대한 정보를 제공한다. 이에 비하여 본격적인 서사에서는 박제된 천재의 목소리, 즉 죽음과 같은 삶을 살아가는 '나'의 목소리로 '剝製가되어버린天才'가 될 수밖에 없는 현실의 구체적 경험을 보여준다. 프롤로그와 본격 서사의 대비적 구조에 따른 시간성에 대한 이

결정짓는 '맵핑'은 낯설고 추상적인 의미를 구체적인 삶의 경험이나 이미지로 사상(寫像)하는 인지 구조로 볼 수 있다. G. 레이코프·M. 존슨,『삶으로서의 은유』, 노양진·나익주 역, 박이정, 2006. 21~71쪽, 392쪽.

해는 식민지 부정적인 현실의 모순을 폭로하는 작가의 역사의식을 인지할 수 있는 길이다. 이를 통하여 독자는 작가의 창조적 시간성뿐만 아니라 주어진 삶에 순응하는 소극적 삶이 아니라 역사를 창조할 수 있는 능동적 삶의 의미를 각성할 수 있다.

'剝製가되어버린天才'의 시간적 대비 구조는 "작중인물의 행위나 사건의 전개가 비인과적으로 펼쳐지고, '보다 앞'과 '보다 뒤', '보다 다음'이 서로 경계를 뛰어넘어 결합하거나 동시적으로 병존한다."[21] 이는 탄생에서 죽음에 이르는 역사적 시간의 연속이기보다는 순간의 어느 지점에서 탄생과 죽음 그리고 재생까지의 총체적 생의 의미를 '추상적 순간'[22]으로 보여주는 작가의 창조적 시간으로 이해할 수 있는 이유다.

> 『剝製가되어버린天才』를 아시오? 나는 愉快하오. 이런 때 연애까지
> 가 愉快하오.(262)

> 날개야 다시 돋아라.
> 날자. 날자 한번만 더 날자ㅅ구나.
> 한번만 더 날아보자ㅅ구나. (290)

텍스트의 시작부분인 (가)와 끝부분인 (나)에서 드러난 시간성의 대비적 정보는 '剝製가되어버린天才'에서 "날개야 다시 돋아라."까지의 대비적 경험을 연접한다. 이는 길의 은유[23]와 대응하는 창조적 순간으로 식민

---

21 정덕준, 앞의 글, 65~66쪽.
22 베르그송에 있어서 순간은 하나의 추상 이외의 아무것도 아니다. 그것은 은유적인 리듬을 만들지 않으면 안 되는 이 '불균형한 탄성(彈性)의 간격이기 때문이다. 가스통 바슐라르, 『순간의 미학』, 이가림 역, 영언문화사, 2002, 106~109쪽 참조.
23 구조적 은유는 우리 경험 내부의 체계적인 상관관계에 그 근거를 두는데, 여기에

220 / 제2부 현대소설 시학의 다양성과 탈근대성

지 현실에 대한 부정의식을 폭로하는 효과를 낳는다. '剝製가되어버린天才'에서는 부정적 현실이 부각되는 데 비하여, "날개야 다시 돋아라."에서는 과거 역사의 회복으로서 미래지향적 시간이 부각된다. 과거와 미래가 병치된 시간성의 대비를 통하여 독자는 식민지 부정적 역사를 폭로하는 작가의 창조 의식을 볼 수 있다.

프롤로그에서 '剝製가되어버린天才'의 시간성은 '戀愛까지가 愉快'(262쪽)한 역설로 현실 비판 의식을 강화한다. 곤충이나 짐승이 아닌 인간 그것도 바보가 아닌 천재가 박제된 상황은 끔찍하다. 그것은 죽음과 같은 억압을 내포하는 그로테스크한 경험이다. 그런데도 '剝製가되어버린天才'는 '연애까지가 愉快'하다고 한다. 이러한 아이러니 상황은 현실의 모순을 유희하는 식민지 저항 의식의 발로로 읽혀진다.

이와 같이 '剝製가되어버린天才'에 대한 정보는 환유보다 은유로 그로테스크한 현실의 부정 의식을 강화하는 효과를 낳는다. 질병과 억압 그리고 죽음의 의미가 역설, 위트와 패러독스, 반복, 포-스 등의 병치로 드러나는 시간성의 은유는 작가의 식민지 역사의식과 맞물려 있다.

'肉身이흐느적흐느적하도록 疲勞했을때만 精神이 銀貨처럼 맑'(262쪽)은 육체와 정신의 부조화에는 '윗트와 파라독스'로 현실의 모순을 유희하는 저항 의식이 반영되어 있다. '니코틴이 내 蛔ㅅ배알는 배ㅅ속으로숨이면 머릿속에 의례히 백지가 준비되'고 그 위에다 '윗트와 파라독스를 바둑布石처럼 느러놓'는 '나'의 글쓰기야말로 현실 유희의 저항이다. '可恐할 常識의病'은 현실을 유희하는 방법으로 저항할 수밖에 없는 작가 의식에 대한 반성을 보여준다. 19세기 소설 쓰기에서 벗어난 새로운 소설 쓰기로서 '윗트와 파라독스' 기법은 '꼰빠이'와 상응하면서 작가의 글쓰기

서 부각과 은폐의 차이가 드러난다. G. 레이코프 · M. 존슨, 앞의 책, 21~37쪽.

가 식민지 역사의 모순을 폭로하기 위한 유희임을 시사한다.

이에 비하여 본격적 서사에서는 식민지 역사에 대한 부정적 인식이 전복된 부부 관계로 전달된다. '剝製가되어버린天才'의 구체적 정보는 '三十三번지'로 불리는 유곽에 갇힌 '나'의 시간성으로 전달된다. 아내는 해가 드는 아랫방에서 화려한 옷을 입고 손님을 맞이하면서 지낸다. 반면에, '나'는 해가 들지 않은 윗방에서 아내가 주는 맛없는 밥을 먹고 초라한 옷을 입고 지낸다. 유곽에 갇힌 '나'의 시간성에는 아내라는 권력이 요구하는 억압과 금기가 주어진다. '나'는 아내가 일하는 정오에서 자정까지의 시간에는 아내의 방에 갈 수 없다. 이것을 지키면 아내는 '나'에게 밥과 돈을 준다. 아내는 '나'를 사육하듯이 시공간과 더불어 의식주를 통제한다. '나'는 윗방에서 주로 놀다가 아내가 외출하면, 아내의 방에서 놀기도 한다. 심지어는 아내가 준 돈을 다시 아내에게 주면 아내의 방에서 아내와 함께 잠을 잘 수도 있다.

우선적으로, '剝製가되어버린天才'의 시간성은 '나'의 '나태'와 '무지'로 식민지 역사의 부정적 의미를 강조한다. 첫째, 환경에 순응하는 박제된 천재의 시간성은 '내방'에 안주하는 '나'의 게으르고 나태[24]한 상태로 식민지 역사의 부정적 의미를 강조한다. '나'의 게으르고 나태한 생활은 '늘 내방이 감사하였고 나는또이런방을위하야 이세상에 태어난것만 같아서 즐거'(266쪽)워하는 수동적인 삶으로 현실의 억압과 구속에 안주한 것이다. '나'의 게으른 상태는 '그냥그날그날을 그저 까닭없이 펀둥펀둥 게을

---

24 권태는 나태와 구분할 필요가 있다. 전자가 주변 환경의 지속과 반복이 가져다주는 갑갑증에서 비롯되는 것이라면 후자는 주체의 의도적인 게으름의 형태로 드러나게 된다. 전자가 어떻든 이 상태가 끝났으면 좋겠다는 생각, 끝나길 바란다는 생각과 연관되어 있다고 한다면 후자는 그런 생각과는 무관하게 벌어지는 일이다. 김유중, 앞의 글, 146~147쪽, 각주 12 참조.

느고만있으면 만사는 그만'이다. 이처럼 게으르고, '행복이니 불행이니하
는 그런세속적인 계산을떠난 가장 편리하고 안일한 말하자면 절대적인상
태'(266쪽)로 현실에 안주하는 생존 방식은 '剝製가되어버린天才'의 수동
적 시간성에 대한 정보로 식민지 역사의 부정적 의미를 강조하는 효과를
갖는다.

둘째, '나태'의 시간성은 방 안에서 '돋뵈기'로 불장난을 하는 '나'의 유
희와 거울을 가지고 장난하는 유치한 경험으로 식민지 역사의 부정적 의
미를 전달한다. '나'의 유희는 유아적 수준이다. 거울을 가지고 장난을 치
다가 싫증이 나면 아내의 화장품 향내를 맡으면 놀기도 하는 것이다. '여
러조각의치마에서 늘 안해의 동체와 그동체 될수있는 여러 가지포-스를
연상하고 연상하면서 내마음은 늘 점잖지못'(268쪽)한 상태에서는 식민
지 지식인의 젠더 의식의 유희가 읽혀지기도 한다.

셋째, 환경에 순응하는 시간성은 아내와 돈에 대한 '나'의 무지로 식민
지 역사의 부정적 의미를 보여준다. '나'는 아내에 대하여 확실한 정보를
제공하지 않는다. 대신에 "안해에게 직업이었었든가?" "만일 안해에게 직
업이없었다면 같이직업이없는나처럼 외출할필요가 생기지않을것인데-
안해는외출한다. 외출할뿐만아니라 래객이 많다."(270쪽) 등과 같이 추측
할 뿐이다. 아내가 주는 돈의 출처와 사용 방법도 모른다. 아내가 사다준
'금고처럼생긴벙어리'에 자기가 모아둔 돈을 아내가 가져갔다는 것을 알
면서도 그 사실조차 생각하지 않으려고 한다. '나'는 아내를 포함한 현실
에 대하여 알기를 회피하고 오히려 무지한 상태를 편안하게 생각하는 것
으로 식민지 역사의 부정적 의미를 강조한 것이다.

다음으로, '剝製가되어버린天才'의 시간적 구조는 '나'가 아내에게 동
물처럼 사육되는 의식주 경험으로 식민지 역사의 부정적 의미를 전달한
다. 첫째, '나'의 옷에 대한 정보는 불평등한 시간성을 환기한다. 아내에게

는 옷이 많지만, 아내는 '나'에게 옷을 주지 않는다. '나는 허리와 두가랭이 세군데 다-꼬무밴드가끼워있는 부드러운 사루마다를입스고'(268쪽) 스스로 잘 논다. 아내에게 길들여진 의식주 생활은 제국에 권력에 따르는 식민지 역사의 모순을 구체적으로 보여주는 효과를 갖는다.

둘째, '나'의 방에 대한 정보는 식민지 역사의 어두운 시간성을 환기한다. 아내와 '나'의 방은 '볓드는방이 안행해이오 볓안드는방이내방'(266쪽)으로 차별성이 드러난다. 이러한 차별에 대하여서도 '나'는 어떤 불평도 하지 않는다. 불평등한 삶의 조건에 묵묵부답하면서 아내에게 순종하는 '나'의 시간성에 대한 정보는 제국주의에 순응하는 식민지 역사의 부정적 의미를 강화한다.

셋째, '나'의 음식에 대한 정보는 아내가 주는 밥을 혼자서 먹는 시간성으로 가축처럼 사육되는 식민지 역사의 부정적 의미를 재현한다. 아내가 주는 밥은 너무 맛이 없고 반찬이 너무 엉성하다. 그러나 '나는 닭이나 강아지처럼 말없이 주는 모이를 넓적넙적바다먹'으며 '안색이 여지없이 창백해가면서 말러드러'(271쪽)갈 뿐, 어떠한 불평도 하지 못한다. '영양부족으로하야 몸둥이 곳곳이 뼈가 불숙불숙 내어밀'고, '하룻밤 사이에도 수십차를돌처눕지않고는 여기저기가백여서나는 백여내일수가없'는 질병의 상태에서도 어떠한 요구조차 하지 못한다. 이처럼 '나'의 소극적인 의식주의 시간성은 '剝製가되어버린天才'의 경험으로 식민지 부정적인 역사를 고발하는 효과를 낳는다.

마지막으로, '剝製가되어버린天才'의 시간적 구조는 아내의 폭력 앞에 무능한 '나'의 경험으로 식민지 역사의 부정적 의미를 맵핑한다. 첫째, 내객과 함께 있던 아내가 '나'에게 가하는 폭력은 '나'의 무능한 상태를 보여준다. 멱살을 잡고 넘어뜨리고 심지어 '내살을 함부로 물어뜯는'(341쪽) 아내의 폭력 앞에서도 '나'는 아무런 저항도 하지 못할 정도로 무기력하다.

이렇듯 무기력한 '나'의 모습은 식민지 역사의 부정적 의미를 강화한다.

둘째, '나'의 생존을 위협하는 아내의 기만 앞에서도 '나'는 속수무책이다. 감기에 걸린 '나'에게 아내는 수면제를 주는 것으로 '나'를 기만한다. "안해는 따뜻한물에 하얀정제약 네 개를준다."(284쪽) '나'는 그것을 감기약으로 알고 먹는다. 그런데 그 약은 감기약 아스피린이 아닌, 수면제 아달린이다. '나'를 속인 아내의 속임수 앞에서도 속수무책인 '나'의 모습은 제국주의 권력 앞에 기만당하는 식민지 역사의 부정적 의미를 환기한다.

이와 같이, 본격적 서사에서 구체화된 '剝製가되어버린天才'의 시간성은 나태와 무지, 짐승같이 사육되는 의식주의 경험 그리고 무기력한 모습으로 식민지 역사의 부정적 의미를 고발하는 효과를 수확한다. 텍스트의 프롤로그와 대비되는 '剝製가되어버린天才'의 시간성을 통하여 독자는 식민 "내던져짐"을 실존의 허무주의[25]로 보여주는 작가의 역사의식을 볼 수 있다. 또한 '剝製가되어버린天才'에서 "날자. 날자 한번만 더 날자구나."까지의 대비적 시간성은 식민지 현실을 폭로함으로써 식민지 삶의 회복을 꾀한 작가의 창조적 역사의식과 맞닿아 있다. 이러한 맥락으로 독자는 식민지의 부정적 현실을 고발하는 이상의 창조적 역사의식을 통하여 주어진 삶에 순응하는 소극적인 삶이 아니라 역사를 창조할 수 있는 능동적인 삶의 의미를 각성할 수 있다.

4. 전환적 공간성의 인지 구조와 주체적 타자 의식

---

25 사물을 자명함으로 이해하는 의식의 뒤에는 헤게모니를 주장하는 위식에 도전하는 어떤 것—실존의 "내던져짐"이 있는 것이다. 쟌니 바티모, 「허무주의는 운명이다」, 『근대성의 종말』, 박상진 역, 경성대학교 출판부, 2003, 125~127쪽.

프롤로그에서 드러난 공간성은 '나'의 의식에 초점이 맞추어지지만 본격적인 서사에서 드러난 공간성은 '나'와 아내 그리고 '나'의 인식의 전환에 초점이 맞춰져 있다. 본격적 서사에서 공간성의 전환은 외출의 반복으로 드러난다. 수평적 공간성의 이동은 '안'에서 '밖'으로 전환되는 공간 지향을, 수직적 공간성의 이동은 '아래'에서 '위'로 상승하는 공간 지향을 보여준다. 이처럼 안-밖(in-out) 그릇 도식 내지 공간 지향적 은유[26]와 대응하는 관계의 전환은 '나'와 '아내'의 갈등이 식민지 근대 물화된 도시로 확대되는 방향에서 주체적 타자 의식을 강화되는 의식 각성의 경로를 보여준다.

수평적 공간 이동을 거친 아내에 대한 '나'의 의식의 전환은 유희-저항-분노 등으로 변화된다. 그것은 수직적 공간 이동을 거친 다음에 식민지 물화된 근대성에 대한 비판으로 전환된다. '剝製가되어버린天才'의 공간성이 '안'의 공간, '아래'의 공간이라면, '회탁의 도시'[27]의 공간성은 '밖'의 공간이다. 이러한 수평적 공간과는 달리 '인공의날개'는 '위'의 공간인 셈이다. 수평적 이동에서 수직적 이동을 거친 공간성의 전환을 통하여 독자는 공간 지향성의 은유와 대응하는 작가의 주체적 타자 의식을 볼 수 있다.

먼저, 프롤로그에서 '나'의 의식이 지향하는 공간성은 '꼳빠이'의 반복으로 주체적 타자 의식을 재현한다. 네 번이나 반복되는 '꼳빠이'의 공간

---

26 공간적 지향적 은유는 상호 간의 체계 즉 위-아래, 안-밖, 앞-뒤, 접촉-분리, 깊음-얕음, 중심-주변의 공간적 지향을 중심으로 전체 체계를 조직하는 것이다. G. 레이코프 · M. 존슨, 앞의 책, 37~57쪽.
27 이상 전집 2. 3에는 '희락의 거리'로 표기되었다. 이 글에서는 김주현 주해에 따라 '회탁의 거리'로 바로잡는다. '灰濁의'는 '회색의 탁한'이라는 의미로 수용한다. 김주현, 앞의 책, 289쪽, 각주 883 참조.

성은 '人生의諸行이 싱거워서 견댈수가 없게끔' 되어버린 '나'의 의식을 일종의 정신분열자의 것으로 보여준 다음에 여인과의 모순된 관계성을 지향한다. '生活속에 한발만 드려놓고 恰似두개의太陽처럼 마조처다보면서 낄낄거리는'(262쪽) 공간성은 여인과의 모순된 관계를 통하여 제국주의를 바라보는 식민지 주체적 타자 의식의 방향을 함축한다.

본격적 서사에서 '나'의 외출과 대응하는 전환적 공간성은 '나'와 아내의 관계로 타자 의식의 확장을 보여준다. '나'의 방에서 '아내'의 방으로 이동하는 공간성의 전환은 수평적 공간 이동의 시작이다. '나'의 공간 이동은 '안'에서 '밖'으로, '아래'에서 '위'로 향하는 운동력을 보여줌으로써 소극적 타자에서 주체적 타자 의식을 심화하는 과정으로 전환된다.

먼저, '나'의 공간 이동에 대한 정보는 아내가 외출한 후 '나'의 방에서 아내의 방으로 이동하는 행동으로 재현된다. '나'는 아내가 외출하면 아내의 방으로 가서 혼자서 논다. '나'의 방에서 아내의 방으로 이동하는 운동력은 비록 소극적이지만 음지에서 양지를 지향하는 공간 이동을 내포한다. 그것은 주체적 타자 의식이 발아되는 동기라는 점에서 의미가 있다. 아내의 방에서 돋보기를 가지고 노는 불장난은 이불 속에서 누워 있기만 하는 나태한 습관에서 벗어난 공간 이동의 의미를 제공한다.

「돋뵈기」로 불장난을 하는 '나'의 유희는 거울을 가지고 노는 장난으로 전환된다. '평행광선을굴적식혀서한초점에뫃아갖이고고 초점이따끈따끈해지다가'(267쪽)에서는 현실 분석의 통찰력이 드러난다. 그 장난에도 싫증이 난 '나의 유희심은 육체적인데서정신적인데로비약'한다. 화장품 병들을 보고, 그것들의 마개를 빼서 냄새를 맡으면서 '안해의체臭'를 떠올린 지각의 이동은 시각에서 후각으로 전환된다. '안해의체취는 요기늘어섰는 가지각색향기의 합게'(267쪽)라는 정보는 아내의 삶을 복합적 공간성의 의미로 환기한다. 그것은 텍스트 후반에서 '회탁의 도시'의 공간성으로 전환된다. '가지각색향기의 합게'가 '안해의체臭'라면 각양각색의 인간들은 '회탁의 도시' 안의 무리다. 아내의 몸에서 도시 공간으로의 공간 이동은 반복되는 '나'의 외출로 추동된다.

다음으로, 반복적 외출의 공간 이동에서는 아내에 내한 '나'의 갈등의 전환이 부각된다. 아내가 있는 집에서 밖을 향한 공간의 이동은 아내에게 저항하는 '나'의 갈등의 표출이다. 어느 날 나는 아내가 준 돈을 모은 '벙어리를 변소에갖다 넣어버'(273쪽)린 후 외출을 감행한다. '부즈런한지구에서는 현기증도날ㅅ것같고해서 한시바삐 나려버리고싶'(273쪽)은 '나'의 의식은 주체적 삶의 방향성을 암시한다.

한편으로, 외간 남자의 품에 안긴 아내에 대한 '나'의 증오심의 표출은 적극적인 현실 비판 의식으로서 공간 지향의 상승을 내포한다. 나는 외출 후 '나는 내눈으로는 절대로 보아서는안될' 아내가 외간 남자의 품에 안긴 것을 보고 말았다. 그런 '나'에게 아내는 멱살을 잡고 '나'를 넘어뜨리며, '내살을 함부로 물어뜯'기조차 한다. 내객에게 "한아름에 덥썩 안아갖이고 방안으로 안겨드러가는것이 내눈에 여간 미운것이아니다. 밉다."(341쪽)에서 드러난 아내에 대한 미운 감정은 현실 비판적 인식의 전환을 보여준다.

또한, '나'가 돈의 논리를 인식하게 되는 외출의 의미는 아내와의 갈등을 통하여 물화된 교환가치의 삶을 비판하는 주체적 타자성 의식을 보여준다. '돈 五원'을 주고 아내의 방에서 잠을 자는 경험을 통하여서는 돈의 교환가치를 인식한다. 돈의 교환가치에 대한 인식과 대응하는 외출로 인한 공간 지향성의 전환은 '회탁의 거리'로 표상되는 식민지 근대에 대한 비판 의식을 확장되는 동기로 작용한다. 아내가 있는 집을 나와 '역사, 티룸, 공원' 등과 같은 근대적 도시 공간을 '디립다 쏘다니'는 수평적 공간 이동에서 미쓰꼬시 옥상에 올라가 '회탁의 거리'를 내려다보는 수직적 공간의 이동으로의 전환은 근대의 물화된 관계성을 통찰하는 점에서 작가의 비판적 현실 인식을 보여준다.

> 나는 또 회탁의 거리를 나려다 보았다. 거기서는 피곤한 생활이 똑 금붕어 지느러미처럼 흐늑흐늑 허비적거렸다눈에보이지안는 끈적끈적한줄에엉켜서 헤어나지들을못한다. 나는 피로와공복 때문에뭉어저드러 가는 몸뚱이를 끌고 그회탁의거리속으로 섞겨들어가지않는수도 없다생각하였다. (289쪽)

'미쓰꼬시 옥상'에서 내려다보는 '회탁의 거리'에는 근대 도시의 관계성이 부각된다. '똑 금붕어 지느러미처럼 흐늑흐늑 허비적거렸다눈에보이지안는 끈적끈적한줄에엉켜서 헤어나지들을못한' 구속과 억압의 공간성에서 모두가 자유롭지 못하다. 미쓰꼬시 옥상에 올라가 도시의 거리를 통찰한 공간 이동을 상승을 통하여 독자는 '나'와 아내의 모순된 관계를 통하여 식민지 근대에 대한 작가의 현실 비판 의식을 본다. '안해의목아지가 벼락처럼 나려떨어'(343쪽)지기를 바라는 '나'의 강렬한 분노는 '회탁의 거리'를 통찰하는 시각으로 전환됨으로써 독자는 식민지 근대의 물화된 삶을 비판하는 작가의 탈식민주의를 엿볼 수 있다.

이러한 맥락에서 살펴보면, 공간 이동에 따라 아내를 '여왕봉'과 '미망인'으로 보는 '나'의 타자성은 경성의 거리를 '회색의 거리'로 바라보는 작가의 식민지 현실 비판 의식과도 맞물려 있다. '방-거리-경성역-공원(산)-미쓰꼬시 옥상' 등으로 이어지는 공간 이동에서는 '자다-걷다-오르다'라는 행위의 변화[28]에 따른 현실 비판의 차이가 드러난다. '자다'에는 현실 각성의 움직임이 없다면, '걷다'에는 현실을 객관적으로 바라보는

---

28 황도경, 앞의 글, 22~23쪽 참조.

수평적 이동이 드러나고, '오르다'는 세상의 부조리함을 통찰하는 수직적 이동으로 현실 비판 의식이 드러난다. '자다-걷다-오르다'의 행위와 연접하는 공간 이동은 '본능적 행위-일상적 행위-의지적 행위'의 전환으로 확장되는 주체적 타자 의식과 대응한다.

이처럼 '나'의 공간 이동은 단순히 '근대적인 도시 공간으로의 외출 욕망'[29]을 보여주기보다는 '안'에서 '밖'으로, '아래'에서 '위'로 전환되면서 폐쇄된 공간에서 열린 공간으로 이동하는 주체적 타자성의 의미를 내포한다. 그러므로 독자는 식민지 현실을 비판한 작가의 주체적 타자 의식을 통하여 식민지 현실 비판을 넘어 다문화 시대 공동체 의식으로 문화의 상대성을 폭넓게 수용할 수 있을 것이다.

5. 유기적 존재성의 인지 구조와 초월적 자유 의식

텍스트 전반에 두루 편재된 유기적 존재성은 동식물 내지는 사물과 동일성을 보여주는 존재 의식으로 식민지 현실을 풍자[30]하는 작가의 현실 초극의 자유의지를 환기한다. 이와 같이 텍스트에 편재한 유기적 존재성의 이미지는 사물 또는 물질의 속성과 접속하는 존재론적 은유[31]와 대응한다. 독자는 동식물 내지는 사물의 이미지로 식민지 주변적 삶을 풍자하

---

29 이재복, 앞의 글, 74쪽.

30 김준오는 "인간을 동물의 차원으로 끌어내렸을 뿐 아니라 자신마저 비하시킨 자학적 풍자 양식의 자리에 이상 문학이 놓인다."고 평가한 바 있다. 김준오, 앞의 책, 244~245쪽 참조.

31 존재론적 은유는 물리적 대상이나 물질에 대한 경험으로 추상적인 사건, 활동, 정서 생각 등에 대한 심오한 근거를 제공하는 방식으로 다양한 목적을 충족시킨다. G. 레이코프 · M. 존슨, 앞의 책, 21~71쪽 참조.

는 극적 효과[32]로 작가의 현실 초극의 의지를 볼 수 있다. 유기적 존재성의 의미는 화자의 구체적 사건이나 행위의 발전적 의미를 보여주기보다는 심리적 '본질의 비전이나 자명성'[33]을 재현하는 풍자의 의미로서 식민지 현실을 초극하려는 작가의 자유의지를 환기한다.

프롤로그에서 드러난 유기적 존재성의 이미지는 '두 개의 상반되는 조화'라는 모순된 부부 관계로 '생명력의 포에지'[34]를 환기한다. 먼저, '剝製가되어버린天才'로 풍자된 유기적 존재성에 대한 정보는 '박제'된 동식물의 죽음 또는 재생의 이미지와 '천재'라는 인간의 특별한 삶의 조건으로서 식민지 지식인의 존재론적 의미를 전달한다. 그것은 '굳빠이'와 대응하면서 억압과 죽음의 삶에서 결별하고자 하는 자유의지를, 텍스트 말미에서는 '인공의 날개'와 대응하면서 미래지향적 삶의 자유의지를 환기한다.

프롤로그에서 '굳빠이'로 반영된 현실 초극의 이미지는 서술자아와 경험자아의 반성적 경험을 다각적으로 재현한다. '굳빠이'에 반영된 현실 풍자에 대한 정보는 전통적인 삶을 초극하는 초월적 자유 의식으로 유기적 존재성을 환기한다. '十九世紀는 될 수 있거든 封鎖하여 버리'는 글쓰기는 독자 기대 지평으로 새로운 삶의 의미를 확장한다. '傷채기'의 고통과 '感情은 어떤 포-스'(263쪽)에서는 유기적 생명체의 조화로움으로 식

---

32 이상 소설의 혼합적 구성 원리에 따른 희극적 경향의 풍자는 인간보다 낮은 동물적 차원의 시공성과 연관을 갖는 주변 의식의 확장으로 식민지 현실 비판의 의미를 강화하는 효과를 갖는다. 김원희, 앞의 글, 53쪽.

33 본질의 비전이나 자명성이라는 개념은 하이데거의 관점에서는 객체를 주체에 부과하는 모델로 채택할 수 없다. 쟌니 바티모, 앞의 책, 162쪽.

34 시적 순간이란 필연적으로 복합적인 것이다. 즉 그것은 때로는 감동시키고, 때로는 증명하고, -때로는 유혹하고, 때로는 위로하는 것- 또한 그것은 놀라운 것이기도 하고, 다정하기도 하다. 가스통 바슐라르, 앞의 책. 147~148쪽 참조.

민지 훼손된 삶의 치유를 꾀한 작가의식이 재현된다. '女王蜂과 未亡人'에 대한 '나'의 포―스가 여성에 대한 모독이 되지 않기를 우려하는 유기적 생명 의식은 작가 이상의 에코페미니즘의 시각으로도 읽혀진다.

본격적인 서사에서 드러나는 아내에게 '동물처럼 길들여진 모습'의 풍자는 사회화 과정으로서 유기적 존재성의 이미지를 환기한다. "나에게는 인간사회가 스스로웠다. 생활이스스로웠다. 모도가 서먹서먹할뿐"(269쪽)에서 사물 또는 동식물로 확장되는 유기적 생명체의 이미지는 다음과 같이 구체화된다. 먼저, 한 덩어리 베개와 같은 물질의 속성과 상응하는 세상에 대한 '나'의 무신경한 이미지는 반사회적 삶의 의미를 환기한다. 세상을 바라보는 '나'의 시각은 '무명헌겁이나메물껍질로 떵떵찬 한덩어리벼개와도같은 한 벌 神經(268~269쪽)으로 식민지 삶을 풍자함으로써 현실 초극의 의지를 드러낸다.

다음으로, 빈대를 보는 '나'의 증오는 아내와의 관계성의 풍자로 유기적 생명 의식을 강화한다. '내게 근심이있다면 오즉 이 빈대를 미워하는 근심'(269쪽)이라는 관계성의 풍자는 아내와 '나'의 관계성을 환기한다. '나'는 빈대에게서 물려 가려운 자리를 피가 나도록 긁는 쓰라리면서도 '그윽한 쾌감'을 느낀다. 빈대에게만 향하였던 '나'의 증오는 내객의 품에 안기어 방으로 들어가는 아내를 향한 증오로 발전된다. 그 후, 빈대를 증오하는 고통의 '쾌감이라는것의 유무를 체험하고싶'(274쪽)은 존재성의 이미지는 아내의 권력으로부터 이탈하는 외출을 시작으로 유기적 현실 탈주의 의지를 환기한다.

한편, '나'의 사유는 아내의 이미지를 '여왕봉'에서 '미망인'으로 변화시키는 과정으로 유기적 존재성의 자유의지를 드러낸다. '나'의 삶이 '동물처럼 길들여진 모습'이라면, 아내는 '나'를 먹여 살리며 권력을 행사하는 '여왕봉'의 이미지다. '가장게을는 동물처럼'(269쪽) 안주하는 '나'의 삶은 아내에게 예속된 상태다. 나의 동물처럼 게으른 삶이야말로 제국주의에 예속된 식민지 삶이다. 의타적 삶에 대한 풍자는 '이렇게도 편안하고 즐거운 세월을 하느님께 흠씬 자랑하여 주고 싶'(285쪽)은 나태와 비겁마저도 "하느님도 아마나를 칭찬할수도 처벌할수도없는것같다."(285쪽)라는 타자 의식과 연결되면서 식민지 폐쇄된 현실에 대한 풍자를 강화하는 효과를 낳는다. 그리고 '미망인'의 이미지는 보다 적극적인 '나'의 자유의지로 아내에게서 탈출하는 현실 초극의 의미를 내포한다.

또한, 내객에게 안겨 방으로 들어가는 아내에 대한 '나'의 증오는 식민지 현실의 모순을 삶과 죽음의 의미로 각성하는 유기적 존재성의 의미로 확장된다. '여왕봉'과 '미망인'의 차이로 드러나는 아내와의 관계성은 '아스피린, 아달린, 아스피린, 아달린, 맑스, 말사스 마도로스 아스피린, 아달린'(286~287쪽)의 음성 이미지의 유사점과 차이점으로 그 의미를 확장한다. "두 쌍의 대립항 즉, '아스피린/아달린, 맑스/말사스'를 정치적으로 본다면, 두 쌍의 항목들은 치유의 의미를, 둘째 항목들은 단순한 마취제 혹은 합리화의 의미를 대변한다고 할 수 있다."[35] 즉, 아내가 준 아달린은 식민지 죽음과 같은 현실을 마취 또는 합리화한 의미로 읽혀질 수 있다. 이처럼 음성 이미지의 반복을 통한 유기적 존재성로의 의식의 각성은 식민지 물화된 근대성에 대한 작가의 비판 의식으로서 현실 초극의 자유의지를 환기한다.

이러한 맥락에서 '나'가 산으로 올라가는 행위는 도시와 다른 자연의 이미지로 유기적 존재성의 조화를 추구한 작가의 현실 초극의 의지를 환기한다. 산에 올라간 '나'는 '아모쪼록 안해에관계되는 일은 일체 생각하지않도록 努力하'는 대신에 '길ㅅ가에 돌창, 핀구경도 못한진개나리꽃,

---

35 헨리 홍순 임, 앞의 글, 257쪽.

종달새, 돌멩이도색기를 까는이야기, 이런것만 생각'(289쪽)하는 유기적 존재성으로 현실 초극 의지를 드러낸다.

반면에, '회탁의 도시'의 이미지는 산의 자연적 생명력과 달리 식민지 물화된 근대성을 풍자한다. '유리와 강철과 대리석과지폐와잉크광물' 등으로 표상되는 회색의 도시 이미지와 흐느적거리는 금붕어의 이미지는 근대 물화된 관계성을 환기한다. '회탁의 도시'의 삶은 '피곤한 생활이 똑 금붕어지느레미처럼 흐늑흐늑 허비적거렸다눈에보이지안끈적끈적한줄 에엉켜서헤어나지들을못'(343쪽)하는 구속의 관계다. 그것은 '피로와공 복 때문에묽어저드러 가는 몸둥이를끌고그회탁의거리속으로섞겨들어가 지않는수도없다생각'할 만큼 부자유하다. 사람들의 온갖 사건과 행동은 '네활개를펴고 닭처럼 푸드덕거리는' 가축의 이미지로 억압과 구속의 삶을 환기한다. '온갖 유리와 강철과 대리석과지폐와잉크'(290쪽)로 채워진 도시를 보면서 '나'는 어디로 갈지 분간할 수조차 없다. 아내가 있는 집으로 돌아가기를 거부하는 방황에는 자연과 조화를 이루는 유기적 존재성에 대한 탈근대적 성찰이 자리한 것이다.

> 나는 불연듯이 겨드랑이 가렵다. 아하그것은 내 인공의날개가돋았
> 든 자족이다. 오늘은없는 이 날개, 머릿속에서는 희망과 야심의 말소
> 된 페−지가 떡슈내리 넘어가듯번뜩였다.
> 나는 것든걸음을멈추고 그리고 어디한번 이렇게 외쳐보고싶었다.
> 날개야 다시 돋아라. (290쪽)

텍스트 말미에서는 "날개야 다시 돋아라."를 외쳐보고 싶은 '나'의 바람으로 식민지 현실 풍자의 유기적 존재성을 환기한다. 즉, 경성 미쓰꼬시 옥상으로 올라가 정오의 사이렌 소리를 들으면서 날개가 돋기를 희구하는 바람에는 현실 억압에 저항하는 자유의 의지가 내포되어 있다. 그것

은 시간상으로는 과거 또는 신화로의 도피이지만, 존재론적 은유로는 현실을 초극하여 자유와 해방을 추구하는 비상의 의미다.

물론, "날개야 다시 돋아라."를 외쳐보고 싶은 '나'의 바람은 현실의 시공간에 기반을 둔 행동이 아니다. 그것은 식민지 근대성을 풍자하고 더 나아가서는 식민지 현실을 초극하려는 사유의 운동—이미지[36]인 것이다. 비록 '회탁의 거리 속으로 섞여 들어'가야 하는 '나'의 비극적 숙명일지언정, '인공의날개'가 돋기를 외쳐보고 싶은 바람에는 현실 초극의 자유를 향한 유기적 존재 의식이 반영된 셈이다.

박제된 죽음에서 벗어나기 위한 바람을 반영하는 '인공의날개'야말로 인간과 짐승, 과학과 자연, 과거와 미래, 더 나아가서는 생명과 우주와의 조화를 추구한 작가의 유기적 존재 의식의 표출이다. '인공의날개' 이미지로 재현되는 현실 초극의 탈근대 의식은 '인공'과 '날개'라는 이질적인 세계, 즉 과학과 자연의 세계가 조화되는 유기적 존재성으로 식민지 근대의 삶을 초극하고자 하는 작가의 자유의지를 내포한다. 또한 '인공의날개' 흔적은 겨드랑이가 가려운 촉각을 통하여 신화와 근대, 인간과 자연이 조화를 이루는 역동적 생명 의식을 환기한다.

이와 같이 '인공의날개'로 환기된 유기적 존재성의 이미지는 구체적인 물질 세계보다는 실천적 계몽의 의미를 환기한다. 여기에서 강조되는 현실 초극의 의미는 자연적이라기보다는 의지적이다. 따라서 '인공의날개'를 열망하는 '나'의 의지는 타율적 삶의 순응에서 벗어나 자율적 삶으로

---

36 물론 운동—이미지는 단지 외연적 운동(공간)만을 갖는 것이 아니라, 내포적 운동(빛)과 감정적 운동(영혼)을 갖는다. 그렇지만 열린, 그리고 변화하는 총체로서의 시간은 모든 운동과 영혼 혹은 감정적 운동의 개인적 변화조차 뛰어넘는다. 질 들뢰즈, 『시간—이미지』, 이정하 역, 시각과언어, 2005, 461쪽.

이행하는 실천적 삶의 가치다. 이처럼 '인공의날개' 이미지의 모나드[37]로 재현된 유기적 존재성의 의미는 식민지 역사와 깊이 연루된 문제적 개인의 경험을 '剝製가되어버린天才'에서 깨어난 의식의 각성으로 보여준다. '剝製가되어버린天才'가 '회탁의 거리'를 거쳐 '인공의날개'로 변화되는 현실 초극의 이미지는 독자로 하여금 자연적 운명에 순응하기보다는 그 운명을 극복하는 실천적 삶의 자유의지를 깨우치게끔 한다.

요컨대, '인공의날개'를 열망하는 유기적 존재성은 식민지 부조리한 근대성을 극복하고자 작가의 탈식민주의와 맞닿아 있다. 작가 이상의 실천적 삶으로서 현실 초극 의지는 물화된 근대를 극복할 수 있는 유기적 삶의 조화를 꾀한 것이다. 궁극적으로 작가 이상이 보여준 식민지 현실 초극의 초월적 자유 의식을 통하여 독자는 21세기 미래지향적 삶의 실천적 자유의지를 스스로 고취할 수 있을 것이다.

6. 나오며

이상에 살핀 바와 같이 이 글은 이상의 「날개」 텍스트에 내재된 정보 체계를 인지론적 관점으로 파악함으로써 탈식민주의 교육의 단초를 제공하는 의의가 있다. 이상의 대표작으로 널리 알려진 「날개」는 1930년대 한

---

37 모나드(monade, 單子)에 있어서는 태어나고, 부활하고, 시작하고, 재개하는 것은 항상 시도했던 것 같은 행위이다. 그러나 기회는 항상 같지 않고 모든 것의 재개는 동시적이 아니며, 또 모든 순간도 같은 리듬에 의해 이용되거나 결합되는 것이 아니다. 기회는 조건의 그림자에 지나지 않으므로, 모든 힘은 존재를 부활시키고, 시작하는 일을 다시 취급하는 시간 속에 머물러 있다. 자유를 만드는 본질적인 새로움은 이러한 재개 속에서 나타난다. 가스통 바슐라르, 앞의 책. 119쪽.

국 단편소설을 대표하는 작품일 뿐만 아니라, 한국 단편소설 시학의 진수를 보여주는 문제작이다. 인지론적 관점으로 「날개」 텍스트의 정보 체계를 파악하는 작업은 작가의 실천적 삶의 가치를 개념적 은유로 확장함으로써 지금-여기 우리들의 주체적 삶을 반성하는 탈식민주의 존재시학의 효과를 거둘 수 있는 장점이 있다.

「날개」 텍스트의 정보 전달 체계는 시간성의 대비적 인지 구조를 통해 창조적 역사의식을, 공간성의 전환적 인지 구조를 통해 주체적 타자 의식을, 존재성의 유기적 인지 구조를 통해 초월적 자유 의식을 환기시킨다. 그 심층에서 독자는 작가의 실천적 삶의 가치와 맞닿아 있는 탈식민주의를 통하여 주체적 삶의 방향을 다각도로 반성할 수 있다.

대비적 시간성의 인지 구조는 프롤로그와 본격적 서사의 대비뿐만 아니라 '剝製가되어버린天才'와 "날자. 날자 한번만 더 날자구나."까지의 대비적 생존의 은유로 식민지 역사의 부정적 의미를 고발하는 작가 의식과 대응한다. 전환적 공간성의 인지 구조는 '안'에서 '밖'으로 확장되는 공간 지향성을 '회탁의 도시'의 은유로, '나'의 양가적 갈등이 '아래'에서 '위'로 상승하는 공간 지향성을 '인공의날개'의 은유로 식민지 근대의 모순을 비판하는 작가 의식과 대응한다. 유기적 존재성의 인지 구조는 텍스트 전반에 두루 편재된 동물 또는 사물과 조화를 꾀하는 생명력의 이미지로 식민지 현실 초극 의지를 환기하는 작가의 자유의지와 대응한다.

이와 같이 파악된 「날개」 텍스트의 정보 전달 체계의 탈근대성을 파악하면 첫째, 시간성의 대비적 인지 구조의 개념적 은유는 식민지 부정적 현실을 고발하는 작가의 창조적 역사의식을 제공함으로써 독자로 하여금 주어진 삶에 순응하는 소극적인 삶이 아니라 역사를 창조할 수 있는 능동적인 삶의 의미를 환기할 수 있을 것이다. 둘째, 공간성의 대비적 인지 구조의 개념적 은유는 식민지 현실을 비판한 작가의 주체적 타자 의식을 제공함으로써 독자로 하여금 다문화 시대 공동체 의식으로 주변을 돌아보며 문화의 상대성을 수용하게끔 유도할 수 있을 것이다. 셋째, 존재성의 유기적 인지 구조의 개념적 은유는 식민지 현실초극을 꾀한 작가의 초월적 자유 의식을 제공함으로써 독자로 하여금 21세기 미래지향적 삶을 추구하는 실천적 삶의 자유의지를 고취하게끔 도움을 줄 수 있을 것이다

결론적으로 창조적 역사의식, 주체적 타자 의식, 그리고 초월적 자유 의식으로 나타나는 「날개」 텍스트의 인지 구조와 이에 대응하는 이상의 실천적 삶의 가치는 식민지 현실에 대한 비판을 넘어서 21세기 우리의 삶을 다각적으로 반성할 수 있는 탈식민주의 존재시학의 단초를 제공하고 있다고 볼 수 있다.

서기원「이 성숙한 밤의 포옹」의 트라우마와 민중문화

1. 들어가며

서기원은 그의 전후소설에서 개인이 전쟁이라는 외적 환경과 맞닥뜨렸을 때 어떠한 내적 환경의 작용에 의해 어떤 행동을 선택하는지, 혹은 그러한 전쟁 체험에 의해 개인의 삶이 어떻게 굴절되는지 치밀한 문체로 묘사하였다. 그리하여 전쟁을 겪은 개인과 사회가 어떻게 일상적인 모습으로 회복해가는지를 드러내었다.[1) 서기원의 전후소설은 한국전쟁을 체험한 주인공이 전장에서 탈출하여 일상적인 삶으로 복귀하는 과정에서 겪는 정신적 갈등[2)을 보여주는 점에서 주목받을 만하다. 특히 소설 텍스

---

1   서기원은 1956년『현대문학』에 단편소설「안락사론(安樂死論)」으로, 같은 해「암사지
    도(暗射地圖)」가 추천 완료되어 등단하였다. 1950년「오늘과 내일」로 현대문학 신인
    상을 수상하였고, 1961년「이 성숙한 밤의 포옹」으로 제5회 동인문학상 후보작에
    선정되었다. 서기원을 1950년대 주요한 전후세대 작가의 한 사람으로 꼽는 이유는
    한국전쟁 체험을 형상화하는 서기원 나름의 개성을 성공적이라고 보는 데서 기인
    한다. 배경열,「서기원 초기소설의 특질」,『배달말』, 2001, 110~111쪽 참조.
2   김종욱,「서기원의 초기 소설에 나타난 자기 모멸과 고백의 욕망」,『한국근대문학
    연구』, 한국근대문학회, 2001, 16쪽.

트에 부각되는 젊은이들의 좌절과 방황은 전후 민중문화의 속성과 깊은 관련을 보여준다. 그러므로 본 연구는 서기원의 대표작으로 정평받아온 「이 성숙한 밤의 포옹」[3]을 텍스트로 삼아 몸의 은유로 드러난 트라우마의 속성과 민중문화의 재현 양상을 다각적으로 조명하고자 한다.

「이 성숙한 밤의 포옹」 텍스트에 함의된 민중문화의 속성과 더불어 트라우마의 극복 과정을 밝히는 작업은 한국전쟁의 비극을 반성하는 문학 교육의 의미뿐만 아니라, 한국 문학의 세계적 소통의 측면에서도 의미를 확보할 수 있다. 이러한 관점으로 필자는 「이 성숙한 밤의 포옹」 소설 텍스트에서 발견되는 민중문화[4]의 의미를 작중인물의 경험, 의식으로 드러난 개별 내지는 사회적 갈등의 의미가 당대 전후 사회 문화와 어떻게 관련되는지를 고찰하는 측면으로 한정할 것이다. 「이 성숙한 밤의 포옹」 텍스트에서 전후 사회 문화의 맥락에서 민중적 경험을 구체적으로 보여주는 주인공의 경험과 의식 그리고 갈등은 전쟁 트라우마의 극복 과정으로도 읽혀질 수 있다. 탈영병인 주인공의 경험과 의식은 전쟁 상황의 위계질서에 대한 일탈의 경험으로 시간의 파괴와 더불어 생명의 재생을 꾀하

---

3 이 글의 텍스트는 『이 성숙한 밤의 포옹』(삼중당문고, 1977)에 실린 「이 성숙한 밤의 포옹」으로 하고 이후 본문 인용은 괄호 안 쪽수로 표기한다.

4 민중문화란 종속계급 혹은 피지배계급의 삶과 일상적 정서에 근거를 둔 문화를 지칭한다. 민중문화는 민중의 태도 · 일상 · 행동 코드 등의 복합물이며, 정신 공간(사상 · 신앙 · 세계관)의 표현물이다. 근대 이후에는 지배계급의 공식 문화 혹은 교양계층의 문화에 대립하는 저항적 의미를 지닌 것으로 해석된다. 대중문화에 대항하는 운동으로서의 민중문화는 역사적 억압 속에서도 면면히 이어온 민중의 창조적 저항정신과 연관해 대항적 의미가 강조되고 있다. 바흐친(Michael Bakhtin)은 사육제(謝肉祭)에 나타난 민중문화의 특징을 다산(多産)과 풍요를 찬미하며, 축제의 공간에서 혁명적 전복을 기획하는 것으로 정리한다. 축제 공간에서는 모든 가치와 위계질서에 대한 익살맞은 전도가 가능하며, 시간의 파괴와 재생을 반복하는 우주론적 감각이 유감없이 발휘된다. 한국문학평가협회 편, 『문학비평용어사전』, 국학자료원, 2006 참조.

는 측면에서 전쟁을 초래한 지배층의 이데올로기에 대항하는 전복적이면서도 전도 가능한 민중문화의 속성을 내포하기 때문이다. 따라서 「이 성숙한 밤의 포옹」에서 민중문화적 요소를 해명하는 작업은 주인공의 탈영이라는 이탈이 종속계급 혹은 피지배계급으로서 민중의 일상적 경험과 저항 의식이 전쟁 트라우마와 관련되어 있을 뿐만 아니라 그것을 극복하는 과정임을 해명하는 길이 될 수 있을 것이다.

「이 성숙한 밤의 포옹」 텍스트에 부각된 트라우마 극복 과정을 통해서는 한국전쟁의 충격적 상처와 흔적의 기록뿐만 아니라 그것을 치유할 수 있는 가능성을 민중문화의 관점으로 볼 수 있다. 개인적 상처를 경유해서 이야기될 수밖에 없을 만큼 경험적 고백적 성격을 띤 그의 소설 세계의 독창성은 한국전쟁이 빚어낸 피해자로서의 작가 의식과 인식론적 허무주의를 극복하려는 시도라는 점에서 긍정적이다.[5] 「이 성숙한 밤의 포옹」에서 작가 서기원은 "결코 희망을 잃지 않는 주인공의 의지를 보여줌으로써 패배적인 자조적 결말이나 존재론적 허무에 귀착하지 않는"[6] 반성적 세계관으로 트라우마 극복의 방향성을 제시한다. 또한 "전후소설에서 중요하게 나타나는 것은 전후세계의 허무와 절망에 대한 상황 설명이 아니라 그러한 상황의 인식으로서의 그들이 새로운 질서를 갈구하여 어떻게 몸부림치고 있는가 하는 것"[7]을 텍스트에 형상화한 점에서도 작가의 미래지향적 역사의식을 엿볼 수 있다.

서기원의 소설에 대한 선행연구는 첫째, 작가론적 시각으로 고찰한 연구, 둘째, 주제론적 시각으로 전쟁 고백의 특성을 천착한 연구, 셋째, 전

---

5   배경열, 앞의 글, 110쪽 참조.
6   이호규, 앞의 글, 38~39쪽.
7   서기원,『한국현대문학전집』제35권, 삼성출판사, 1978, 해설.

후문학과 실존주의 문학의 상관성을 규명한 연구 등에서 의미 있는 성과를 이루었다.[8] 선행 연구의 몇 가지 아쉬운 점은 첫째, 텍스트에 드러난 전쟁의 경험과 기억을 '소설의 허구적 성격'[9]의 재현으로 보기보다는 민족 수난과 실존적 비극으로 환원하는 객관적인 견해가 보편화되어 있는 점, 둘째, 민중의 저항 의식 내지는 전쟁 트라우마에 대한 해석이 단순화되어 있는 점, 셋째, 전쟁 트라우마 치유와 극복 의지에 대한 민중문화의 방법론적 적용이 취약한 점 등으로 파악된다. 특히 「이 성숙한 밤의 포옹」에 대한 선행 연구는 서기원의 초기 소설[10] 연구로 포괄된바, 텍스트의 정보체계에 대한 본격적인 의미가 천착되지는 못하였다.

이러한 문제의식으로 이 글은 「이 성숙한 밤의 포옹」 텍스트에 드러난 트라우마 극복의 과정을 민중문화의 시각으로 파악함으로써 작가의 미래지향적 역사의식을 해명할 수 있을 것이다. 텍스트의 정보 체계는 전쟁 체험의 문학, 전쟁에서 젊은이들의 죽음과 성장에 대한 증언의 문학, 전쟁을 겪은 젊은이가 현실에서 어떻게 패배하고 혹은 극복하는 치유의 문

8　홍사중, 「황량한 마음의 풍경」, 『현대한국문학전집』 7, 신구문화사, 1966; 유종호, 「전쟁 체험의 지적 처리」, 『현대한국문학전집』 7, 신구문화사, 1966; 천상병, 「구질서에의 안티테제」, 『현대한국문학전집』 7, 신구문화사, 1981; 성민엽, 「역사에의 환멸과 풍자」, 『전야제』, 책세상, 1988; 김훈, 「서기원론」, 『한국현대작가연구』, 민음사, 1989; 이주형 외, 「서기원론」, 『한국 현대작가 연구』, 민음사, 1989; 이현경, 「서기원 소설 연구」, 고려대학교 석사학위 논문, 1994; 차혜영, 「서기원의 1950년대 소설」, 『한양어문연구』, 1995; 문흥술, 「전후의 병리학적 지도와 새로운 전망 모색」, 『현대문학』, 1997. 11; 배경열, 「서기원 초기소설의 특질」, 『배달말』, 2001, 117~118쪽; 김종욱, 「서기원의 초기 소설에 나타난 자기 모멸과 고백의 양상」, 『한국근대문학연구』, 한국근대문학회, 2001, 161~186쪽; 이호규, 「서기원 1950~60년대 초기 소설 연구」, 『새얼 語文論集』 제18집, 2006, 29~43쪽.
9　소설의 허구적 성격은 작가의 자전적 경험을 다룬 자전적 소설이나 역사적 사실에서 소재를 취해온 역사소설에도 그대로 적용된다. 송명희, 『현대소설의 이론과 분석』, 푸른사상, 2006, 45쪽.
10　배경열, 앞의 글, 117~118쪽.

학으로[11] 한국 전후문학의 특성을 함축한다. "전쟁이 가져온 정신적 공황 상태와 현실적인 생존의 고통, 허무적 세계관 등 전후 세대 작가들의 특징을 고스란히 보여주면서도 그러한 특징 속에 드러나 있는 현실과의 끊임없는 소통, 그것을 통한 새로운 삶에 대한 의지와 극복에 대한 소망 등은 서기원으로 하여금 더욱 현실과 역사에 대한 비판적 작품을 생산하게 한 근본적 요인"[12]이자, 다른 전후 작가들과 차이를 보여주는 민중문화의 역동성으로 이해될 수 있다.

한국전쟁은 개인의 한계를 넘어선 재난이었고, 불의의 타격이었다.[13] 그것은 민족 내부의 이데올로기 대립과 국제 사회의 냉전 논리가 야기한 동족상잔이었다. 이로 인한 후유증은 물적·인적 피해뿐만 아니라, 정신적 피해를 유발시켰다. 특히 1950~60년대는 우리 한국인의 삶 전체가 전쟁 충격증인 '셸 쇼크(Shell Shock)'의 대량적인 충격에 의한 신체적, 정신적 손상에 휩쓸린다.[14] 전쟁이라는 외상적 사건은 사후적인 상징화의 효과로서 외상적 의미가 부여되는 '의미 없는 중립적 사건'이 아니라, 외상적 사건 그 자체가 심각한 트라우마 증상을 낳고, 이 증상이 트라우마 사건의 실재성을 드러내는 '상호구속적인 관계'에 있다고 볼 수 있기 때문이다.[15] 이러한 상호구속성을 구체적으로 규정하는 것은 외상 사건 이후, 개인의 심리적 탄력성의 차이와 사회적 지위의 차이, 그리고 사회 체제 및 사회 문화의 성격에 달려 있다.[16] 이처럼 전쟁의 트라우마는 전후

---

11 김윤식,「앓는 세대의 문학」,『현대문학』, 1969, 10쪽.

12 이호규, 앞의 글, 30쪽.

13 이호규,「서기원 1950~60년대 초기 소설 연구」,『새얼 語文論集』 제18집, 29쪽.

14 이재선,『현대소설의 서사시학』, 학연사, 2002, 337~338쪽 참조.

15 알렌,『트라우마의 치유』, 권정혜 외 역, 학지사, 2010, 266쪽 참조.

16 이병수,「분단 트라우마의 성격과 윤리적 고찰」,『시대와 철학』 제22권 1호, 2011, 158쪽.

사회 구성원 사이에서 공유되는 보편적 문화의 특징을 해명할 수 있는 근거로 작용할 수 있다.

이러한 맥락에서 한국 전후소설 텍스트에서 트라우마의 징후와 그 극복 과정으로 포착되는 민중문화의 속성은 작중인물들의 경험과 갈등 그리고 의식이 전후 사회 문화의 기층적 이미지를 카니발적인 분위기로 환기하는 점에서 '실존적 민중문화'[17]의 역동성과 상관을 보여줄 수 있을 것이다. 텍스트 심층 의미로서 트라우마 극복 과정은 주체가 무의식의 세계 안에 공고하게 저장된 원초적인 기억들을 의식 안으로 끌어와 그 내용에 대하여 각성하는 작가의 전쟁 체험의 불안[18]이 승화되는 과정으로 이해될 수도 있다. 텍스트에 드러난 전쟁 트라우마의 징후로서 민중문화의 속성은 관습적인 삶의 일상보다는 변형되고 왜곡된 비정상적 삶의 전환으로 그로테스크한 삶의 욕망이 승화되는 과정으로 읽혀진다. 특히 서사 전개의 주축이 되는 탈영의 현실 저항 의식은 전후 민중들의 생존과 성장의 경험으로 구체화되면서 그로테스크한 민중문화의 속성으로 보여주게 된다. 이에 따라 필자는「이 성숙한 밤의 포옹」텍스트에 재현된 트라우마 극복 과정에서 살펴지는 탈영, 생존, 성장 등의 복합적 의미를 민중문화의 역동적인 특징으로 해명하고자 한다.

17　카이저는 '이드'를 프로이트적이라기보다는 실존주의적 정신 속에서 이해하고 있다. '이드'는 세계와 인간과 그들의 삶과 행위를 통제하는 낯설고 비인간적인 힘이다. 그로테스크는 광기의 모티프를 아주 다른 방식으로 이용하고 있었다. 미하일 바흐친, 앞의 책, 91쪽.

18　프로이드,『정신분석강의』하, 임홍빈·홍혜경 역, 열린책들, 1997, 397~399쪽 참조.

2. 탈영과 저항의 자유 의식

텍스트에서 전쟁 트라우마를 함축하는 중심축은 탈영이다. 주인공 '나'의 탈영은 민중문화의 단면으로서 그로테스크한 저항 의식을 내포한다. '나'의 회상으로 재현된 탈영으로 인한 불안과 공포는 그로테스크 리얼리즘[19]적 저항 의식을 보여준다. 전시의 질서와 명령에 대항하는 탈영이라는 현실 저항이야말로 서사 과정에서 '나'의 의식을 지배하고 인물 간의 갈등과 사건을 야기하는 핵심 요소이다. 그것은 전쟁이라는 역사적 비극에 대응하는 개인의 다양한 감정과 정서적 차이를 통하여 당대 민중들의 현실 저항을 트라우마의 상호 구속성으로 보여준 것이다. 이처럼 전쟁으로 인한 상처와 갈등을 다양한 정서와 감성으로 풀어가는 현실 저항의 동력으로서 탈영의 심층적 의미는 비인간적 전쟁의 폭력성에서 탈피하여 자유를 꾀하고자 하는 작가의 역사의식과 맞닿아 있다.

탈영의 서사는 한국전쟁을 배경으로 하고 있지만, 전쟁 이야기에 집중되기보다는 전후 민중문화의 파편적인 경험과 기억을 재현한다. 전쟁에 참가한 주인공 '나'는 전쟁의 폭력과 비인간성에 환멸과 좌절을 느껴 전쟁터를 탈출한 탈영병이다. 전쟁을 거부한 범법자라는 점에서는 '문제적

---

19 바흐친은 모든 형식들과 그것의 표현 가운데서 민중적인 웃음의 문화, 고유의 독특한 이미지 유형을 조건부로 '그로테스크 리얼리즘'이라 부른다. 바흐친은 라블레의 장편소설『가르강뒤아』『팡타그뤼엘』등을 텍스트로 삼아 라블레가 전 세계 문학의 운명을 규정짓고 있는 원인을 민중적인 원천들과 밀접하고 본질적으로 연관되는 데서 찾았다.「이 성숙한 밤의 포옹」텍스트는 단편이라는 점뿐만 아니라 전후 한국의 특수한 역사 사회 문화를 반영한 점에서는 라블레의 민중문화의 속성과는 차이가 있다. 미하일 바흐친,「서론 문제의 제기」,『프랑수아 라블레의 작품과 중세 및 르네상스의 민중문화』, 이덕형·최건영 역, 아카넷, 2004, 20쪽, 66쪽 참조.

개인'[20]으로서 전후 민중문화의 속성을 보여준다. 문제적 개인 의식을 재현하는 탈영 서사는 현실 저항으로서 자유 의식을 내포한다. 전쟁은 기존의 모든 것을 변화시켜버렸는데, 문제는 그 변화가 건설적인 것이 아니라 파괴적인 것, 따라서 그것은 절망으로 이어지고 그 절망은 실존적 허무를 낳는다는 것이다.[21] 전쟁에 대한 혐오감과 저항이 '나'로 하여금 전장에서 탈영하게끔 한 동기로 작용한다. 탈영으로 표면화된 '나'의 현실 저항은 구체적인 전쟁의 실상을 목격한 트라우마 징후로 반전 의식을 확장하는 효과를 거둔다.

텍스트 구성은 다섯 개의 장으로 구분되어 있다. 각 장마다 탈영으로 인한 구체적 사건과 의식의 흐름이 변주된다.

> S1. 기관차를 타고 폐병환자인 애인 상희를 향해 탈주하다.
> S2. 정거장에 도착하여 상희집으로 가다가 발걸음을 돌려 창녀를 찾아간다.
> S3. 창가에서 우연히 선구를 만나 그의 집에 머무른다.
> S4. 선구 방에 모아둔 오줌병과 같은 자신의 처지를 확인한다.
> S5. 자살을 시도하였으나 실패 후 다시 상희에게로 발길을 옮겼다.

탈영의 서사는 일인칭 '나'의 시점으로 전달된다. 그것은 전쟁 경험과 탈영 후 애인을 찾아가는 '나'의 의식의 흐름으로 전쟁의 폭력성과 비인간성을 고발하는 현실 저항 의식에 근거한다. 탈영병 '나'의 시점은 1인칭 주인공 시점이지만, '나'를 타자화하여 전쟁의 폭력성을 고발하는 이면에는 작가의 반전 의식이 작동한다. 전쟁을 바라보는 시점의 변이는 현재

---

20 배경렬, 앞의 글, 112쪽.
21 이호규, 앞의 글, 31쪽.

사건에서는 1인칭 주인공의 인물 시점으로 탈영을 사건으로 부각하는 데 비하여, 과거 전쟁 사건의 서술은 작가적 시점으로 반전 의식을 객관화하는 효과를 낳는다. 예컨대, 전쟁 중에 남을 죽인 대신 살아남아야 하는 비인간적인 삶의 공포는 전쟁의 폭력성을 강조하는 객관적 시점으로 내포 작가의 반전 의식을 보여준다. 이와 같이 탈영병의 복합적인 시점의 상관성은 과거 사건을 통해서는 전쟁의 참혹상을 폭로하는 데 비하여, 현재의 의식 추이를 통해서는 전쟁의 폭력에 저항하는 존재 의식을 역동적으로 보여줌으로써 그로테스크한 민중문화의 효과를 배가하게 된다.

텍스트 모두(冒頭)에서 탈영한 병사의 몸은 '늙은 기관차'로 은유된다. 전쟁으로 인하여 피폐하고 지친 탈영병 '나'의 몸과 기관차는 등가의 의미다. "유리창마다 성하지 못한 객차들을 폐물이 되어버린 혁대처럼 주체스럽게 달고 고개를 기어 올라"가는 늙은 기관차에게서 '나'는 탈영병인 자신의 현실을 본다. '나'의 현실 저항은 반전 의식으로 자유를 추구하는 주제론적 담론을 생산하게 된다. 이처럼 "늙은 기관차는 유리창마다 성하지 못한 객차들을 폐물이 되어버린 혁대처럼 주체스럽게 달고 고개를 기어 올라갔다."에서는 애인을 찾아가는 탈영의 길이 전쟁 트라우마의 징후와 상관되는 전후 민중문화의 역사적 의미를 재현한다.

'나'는 탈영병인 자신을 기관차로 바라보면서 현실 저항 의식을 표출한다. '나'가 바라보는 몸은 전쟁 경험을 통한 비극적 실존에의 각성이다. 기관차 안의 비참한 현실은 그로테스크한 전후 문화의 리얼리티를 환기한다. 즉, 탈영병의 시각에 의해 전후 그로테스크한 민중문화의 현장성이 강조된 셈이다. "내 심장은 비록 당장 쫓기고 있는 불안에 떨고 있"는 탈영의 공포가 부각된다. "벌떡벌떡 젊음의 절박한 고동 소리를 온몸에 퍼지고 있"는 상태에서는 주체적 삶에 대한 자유의지로서 저항 의식이 엿보인다. 기차 안에서의 '나'의 의식에는 전장에도 후방에도 속하지 않는 경계인의 불안이 극대화된다.

기관차의 은유는 전쟁의 비인간성과 '나'의 인간성을 함축한다. 그것은 "광물질의 날카롭고 차디찬 냄새"로 "땀과 때기름이 섞인 짐짓 내 치부(恥部)에서 풍길 성싶은 자기혐오와 아득한 향수가 얽힌 손수건의 냄새와는 몹시도 대조되고 이질적인 것"(46)으로 대비된다. '나'는 기관차를 타고 "짐승의 삶을 깨우쳐 준" 나의 냄새와 대조되고 이질적인 객차 안 광물질의 날카롭고 차디찬 냄새로 전장의 기억을 환기한다. 세상을 낯설게 바라보는 탈영의 긴장감으로 전쟁에 저항하는 자유 의식을 반성하는 '나'의 자의식이야말로 전쟁에 대한 저항을 표출하는 내면적이고 잠재적인 자유 의식의 동력이다.

이와 같이 주인공 '나'의 의식과 갈등을 추동하는 탈영의 은유는 궁극적으로 전쟁에 대한 민중문화적 저항 의식을 드러내는 '주제학적 모티베이션'[22]으로 기능한다. 전쟁이라는 특정 상황에서 얻어진 정신적 충격이나 타격이 탈영의 서사로 구체화된 것이다. 탈영의 서사는 개인의 차원을 넘어서 전후 사회 민중문화의 역사적 의미를 다음과 같이 환기한다.

먼저, 탈영병인 '나'의 의식은 기관차 안의 현실에서 살아 있는 자신의 존재성을 확인하는 데 비하여 과거의 회상에서는 자줏빛의 화약 냄새로 전쟁의 죽음을 떠올린다. 김 상사의 M1총에 가슴패기를 뚫린 적병의 군복에서 나던 화약 냄새에 대한 회상은 애인인 '상희의 폐 붉흔 핏덩어리'와 동시에 전쟁의 총소리를 기억한다. '나'는 탈영길에 민간인 여성을 성폭행하였다. 전쟁의 공포와 긴장은 역설적이게도 탈영의 순간에 성폭행과 살인을 할 수밖에 없는 트라우마의 징후로서 민중문화의 그로테스크한 속성을 보여준다.

---

22 권택영, 「낯설기 하기」, 『소설을 어떻게 볼 것인가』, 문예출판사, 1995, 25쪽.

너는 상희겠지, 틀임없는 상희겠지, 너는 상희여야 한다. 상희가 아
니면 안된다. (56쪽)

'나'가 민간인 여성을 성폭행하고 죽이기까지 한 데에는 그동안 상희
를 향한 사랑을 해소할 수 없었던 긴장과 탈영으로 인한 불안이 자리한
다. 탈영의 서사는 성폭력을 당한 민간인 여성의 "입모퉁이로 거품을 뿜
어 내며, 괴이한 비명을 짧게 질렀"던 그로테스크 이미지로 몸의 양체일
체성[23]으로 재현된다. 물론 그것들은 전쟁 트라우마의 징후인 그로테스
크적 민중문화와 상관되는 신체적 발현이다. '나'는 민간인 여성을 성폭
행하면서 그녀가 상희여야 한다는 당위성을 부여함으로써 자신의 행위를
정당화하고자 한다. 그렇지만 그녀는 상희가 아니었다. 3년 동안 참았던
욕정을 민간인 여성을 성폭행하면서 쏟아놓으면서 '나'는 그녀가 상희이
길 바랐지만, 그녀는 상희가 아니었다. 민간인 여성을 성폭행한 후 '나'는
겁을 먹은 채 결국 그녀를 죽이고 만다.

이와 같이 전쟁에 대한 '나'의 무의식적 저항으로서 탈영은 이후 서사
에서도 예기치 않은 우발적 행동을 반복하는 동력으로 작용한다. 그 중심
에는 전쟁으로 경험한 무수한 '죽음'에 대한 공포가 자리한다. 적군을 비
인간적으로 사살한 상사를 저주하였던 '나'는 전쟁터를 탈영하는 동시에
오히려 민간인 여성을 강간하고 죽이는 범죄자가 되고 만 것이다. 인간성
을 상실한 전쟁의 죽음에 대한 공포는 역설적이게도 '나'가 무모한 민간
인 여성을 성폭행하고 살인하는 범죄자가 되는 동기가 되는 한편, 상희에
게 가는 길을 돌아설 수밖에 없는 이유다.

---

23 몸은 다른 몸이나 사물, 혹은 세상과 뒤섞인다. 이러한 몸의 양체일체성(兩體─體性)
은 어디에서나 볼 수 있다. 몸의 세습적이고 우주적인 요소는 모든 곳에서 강조되
는 것이다. 미하일 바흐친, 앞의 책, 501쪽.

'나'는 기차가 정거장에 도착한 후 "상희의 입김이 서리어 있는 거리"로 들어서지만 상희 집을 지나치는 우발적 행동으로 탈영의 공포를 표출한다. '상희의 집' 대신에 찾아간 곳은 '창녀의 방'이다. 천장 밑 벽에 뚫린 구멍 가운데엔 벌거벗은 전구를 보는 '창녀의 방'에서 '나'는 탈영의 순간 자신이 목졸라 죽였던 '시골 처녀'를 떠올린다. 그 시골 처녀가 기어이 '나'를 고발하고야 말 성싶은 두려움 때문에 그녀를 죽인 것이다. 탈영의 공포는 '나'가 죽인 시골 처녀가 상희와 같은 존재로 반성되는 한편 창녀와 몸을 섞고 난 후에도 "창녀가 날이 새면 밖으로 빠져나가 헌병대나 특무기관에 밀고할지도 모를 위태로움에 겁을 집어먹고 별안간 그녀의 목을 졸라 죽일 수도 있는"(55쪽) 트라우마의 변화로 이어진다.

술병에 오줌을 누고 그것을 방 안에 늘어놓은 것을 '유일한 나의 저항'이라고 내뱉은 선구의 행위 또한 전후 민중문화의 징후로서 현실 저항 의식을 보여준다. '나'는 창녀와 밤을 보낸 다음 날 아침 우연히 만난 선구의 집에 머무른다. '나'는 선구의 집에서 머무르지만, 선구에게서마저 자신이 버려질 존재라는 불안과 소외를 갖는다. "지금 나에게 가장 큰 고민이 있다면 바로 저 병들의 처리 방법일세."(58쪽) 시간이 지날수록 '나'는 선구에게 있어 자신이라는 존재가 다름 아닌 오물을 담고 있는 병과 같이 치워야 할 존재임을 각성한다. 탈영병의 공포를 오줌병과 같은 자신의 처지로 직시하는 그로테스크한 자기 정체성의 각성이 이루어진 셈이다.

텍스트의 결말에서는 안채로부터 괘종시계가 열 시를 알려주는 것으로 탈영병의 현실 인식이 부각된다. 탈영의 현실 인식은 전쟁으로 인한 인간 상실의 피폐한 경험으로 인한 저항 의식뿐만 아니라 전후 후방에서 전쟁과는 상관없는 삶을 살아가는 젊은이들의 민중문화의 저항 의식을 보여준다. "오줌이라도 이런데 누지 않는다면 다른 축들과 다른 점이 무엇이 있나."(59쪽)라는 선구의 허무와 절망은 전쟁이 일어나 많은 젊은이들이 죽어가는데도 후방의 사람들은 일상을 무료하게 견디는 삶에 대한 반성이다. 이처럼 텍스트에 부각된 탈영의 공포로 표출된 현실 저항 의식은 한 개인만이 아닌 사회 구성원에게 확산된 트라우마의 징후로 전후 그로테스크한 민중문화와 상관성을 갖는다.

요컨대, 탈영으로 부각된 트라우마의 상호 구속성에서는 민중문화로서 저항적 자유 의식이 재현된다. 탈영의 과정으로 재현된 '나'의 현실 저항은 구체적인 전쟁의 실상을 목격하고 경험한 작가의 반전 의식을 환기한다.

3. 생존과 소외의 생명 의식

탈영 서사의 연장선상으로 이어지는 생존의 불안은 카니발적 세계감각[24]의 성적 욕망으로 전후 그로테스크한 민중문화적 속성을 보여준다. 탈영 범법자로 후방에서 방황과 갈등을 할 수밖에 없는 '나'의 내면에는 생존에 대한 무서운 불안이 자리한다. 후방에서 생존의 불안은 전쟁 공포의 반복적 연장선상에 있는 실존의 불안과 상관된다. 텍스트에서 생존의 불안은 본능적 욕망으로서 소외 의식과 맞닿아 있다.

생존의 불안은 탈영 후 만난 창녀와 친구의 관계로 구체화된다. 상희에게 가는 길에 발길을 돌린 '나'는 창녀를 찾아감으로써 현실의 모든 절망과 갈등에서 벗어나 본능에 충실한 시간을 보낸다. 창녀를 만나 성욕을 채우고 친구를 만나 잠자리를 제공받으며 식욕을 채우는 본능적인 욕망

---

24 카이저에 따르면, 그로테스크는 죽음의 공포가 아니라 삶의 공포다. 그 밑바탕에는 카니발적 세계 감각이 깔려 있는 것이다. 미하일 바흐친, 앞의 책, 91~93쪽 참조.

은 전쟁의 폭력과 다른 인간의 삶에 대한 갈망으로서 카니발적 혼돈을 보여준다. 전쟁으로 인하여 자신의 존재 이유를 박탈당한 '나'는 본능적인 욕망으로 생명력을 소비한 것이다. '나'에게 그들과의 만남은 전쟁의 비극적 아픔을 잠시나마 위로받는 힘인 동시에 다시금 실존의 외로움을 깨닫는 소외의 각성이다.

우선, 본능적인 생존의 불안은 '나'의 성적 욕구로 인지된다. 탈영 후 애인을 향하는 길은 전쟁의 폭력과는 다른 인간 본능적 생명을 지향하는 의미와 상통한다. 전쟁에서 무차별한 살인을 목격하였던 '나'의 생명력은 인간성을 상실한 전쟁의 폭력 앞에서 아직 자신에게 남아 있으리라 예기치 못했던 욕정을 느끼면서 '조상으로부터 물려받은 종족보존의 본능'에 대해 생각한다. 그런데 폐결핵 중증의 환자인 '나'의 애인 상희에게서는 본능적 욕망을 충족시킬 수 없다. "나는 도리어 욕정이 싸늘이 식어 버릴까 두려워했다."는 공포로부터 벗어나려는 안간힘을 쏟고자 하는 욕구는 "온 몸이 달아 오른 열기 속에서 생명의 지속력을 진득히 헤아려 보고 싶었"던 절박한 바람으로 이어진다.

'나'는 폐병을 앓고 있는 애인 상희가 위독하다는 편지를 받고 탈영하지만, 상희의 집 앞에서 발길을 돌려 창녀와의 관계를 갖는다. 창녀와의 관계로 본능적 욕망을 해소한 후 '나'는 선구 집에 머무는 자신을 쓰레기통 근처를 헤매는 "갈비뼈가 앙상한 개"라고 비하한다. 또한 자신의 정체성을 선구의 침대 밑에 쌓여 있는 오줌병과 같은 존재로 치부한다. 자신의 생존 본능을 '개'와 '오줌병'으로 비하한 데는 자기혐오가 읽혀진다. 병들어 죽어가는 애인을 찾아가는 길에는 인생의 또 다른 절망을 확인하는 소외가 있다. '창녀'에게서 비로소 '터무니없는 안도감'을 맛보게 된 '나'의 성적 욕망은 본능의 충족과 허무의 양면적 감정으로 소외 의식을 보여준다.

이후 '나'가 자살을 기도한 것이야말로 생존의 불안을 극복하기 위한 역설적인 생명력의 회복이다. '나'는 자살마저 무의미하다는 것을 깨닫고 마침내 상희를 만나고자 선구의 집을 떠나 거리로 나선다. 상희를 찾아가기까지 방황은 전쟁이라는 절대적 불안의 상황에서 빠져나와 진정한 삶의 회복을 찾는 일이 현실적으로 불가능한 상황에 다름 아니다. 생존의 불안으로서 소외는 탈영병인 '나'에게만 나타난 것이 아니라 '나'와 관계된 상희, 진숙, 선구에게서도 드러난다. 특히 선구와의 관계에서 드러나는 생존의 불안에서는 '나'가 친구의 방의 오물처럼 간단하게 처리될 수 있다는 불확실한 삶에 대한 소외 의식을 엿볼 수 있다.

젊은이들이 죽어가는 전쟁터와 달리 무관심한 삶들이 서로를 스쳐 지나치는 도시의 풍경에서는 카니발의 가면 모티프[25]와 연관되는 그로테스크한 민중문화적 속성이 살펴진다. 도시 사람들의 모습에서도 전쟁에서 목격한 죽음과 같은 무의미한 생존의 의미가 엿보이기 때문이다. "하나같이 굳어 버린 얼굴에 초점을 잃은 시선으로 비실비실" 지나치는 도시인에게는 탐욕, 식욕, 성욕만이 가득 찬 권태로움이 있을 뿐이다. 그것은 전쟁에서 의미 없는 젊은이들의 죽음과는 다른 얼굴을 하고 있지만, 생존의 불안이라는 점에서 그로테스크한 민중문화의 속성을 보여준다.

참혹한 도시 인간 군상들의 비극적 삶의 뿌리는 전쟁의 폐단이다. 도시 인간 군상들의 무기력한 삶을 바라보면서 혼미해진 '나'의 기억 속에서는 전쟁으로 인하여 죽어간 전우들의 주검이다. 전우들의 죽음조차 애도하지 못하게 하는 소대장의 비인간적 행위는 전우들의 죽음을 더욱 비참하게 만든다. 죽은 소대원들의 죽음을 유예시킴으로써 자신의 공명심

---

25 가면 모티브는 가장 복잡하고 가장 다양한 의미를 지닌 민중문화의 모티브이다. 가면은 변화와 체현의 기쁨과 연관되어 있으며, 유쾌한 상대성과, 동일성 및 일의적 의미에 대한 유쾌한 부정과, 자기 자신과의 둔감한 일치에 대한 부정과 연관되어 있다. 미하일 바흐친, 앞의 책, 77쪽.

을 채우고자 한 소대장의 처세는 '나'의 의식에서 전우들의 비참한 희생과 더불어 또 다른 생존의 불안을 파생하는 동기로 기능한다. 비인간적인 소대장의 행위로 목격한 생존에 대한 절망은 탐욕, 식욕, 성욕만이 가득 찬 권태로움으로 드러난 도시인들의 일상에서도 목격된다.

'나'의 생존을 향한 욕망은 애인 상희와 자신이 살해한 민간인 여성 그리고 창녀인 진숙이가 동일한 타자성으로 인지된다. 상희를 목전에 두고도 찾아가지 못하는 자책감에 괴로울 수밖에 없는 '나'의 의식에는 본능적 생존의 욕망이 강렬하게 작용한다. 지금까지 '나'가 치러냈던 전쟁과는 전혀 관계없이, 그 많은 죽음에도 아랑곳하지 않고, "식욕과 성욕 그리고 허영"만 남은 타인들이 존재하고 있었던 것이다. "나는 제자리에 굳어 선 채, 어느 지붕 밑에서 새어나오는 '라디오'의 '뉴―스' 방속에 귀를 기울였다. 그 방송의 낱말 하나하나는 또렷이 들을 수 있었지만 토막토막 단절된 나의 언어신경은 그것들을 제대로 연결시킬 수 없었으며, 흡사 이 국어의 생소한 어감으로 안타깝게 귓속을 근질렀다." 이처럼 '나'는 상희를 보기위해서 전쟁터에서 탈영하였지만 후방에서도 소외 의식을 경험할 수밖에 없다.

'더러운 방'과 '오줌병' 등은 속물적인 인간 본능의 욕망으로 오염된 전후 사회 타락을 은유하는 그로테스크한 세계[26]의 이미지다. 이들은 전쟁의 비인간성과 등가를 이루는 후방의 타락한 사회의 단면을 희화화한 것이다. 선구의 지저분한 방을 치우자는 '나'의 제의에 대한 선구의 답은 전쟁과 같은 맥락에서 이루어지는 사회의 타락에 대하여 자조적인 반응을 보인다.

이처럼 '더러운 방'과 '오줌병'의 그로테스크한 이미지에는 전쟁의 비

---

26 미하일 바흐친, 앞의 책, 91쪽.

인간적이고 부도덕한 의미뿐만 아니라 전후 문화의 비판적 현실 인식이 투영되어 있다. 병 속에 고여서 썩고 있는 오줌을 버리는 행위는 본능적 욕구의 배설과 다를 바 없다면 '나'가 갖는 창녀의 관계 또한 병속의 오줌을 버리는 의미와 같다. 같은 맥락에서 전쟁 트라우마는 오줌병들이 구두 닦이 소년에 의해 처분된 것처럼 주체적으로 삶을 정화할 수 없는 생명력의 상실을 보여준다. 그것은 이미 '나'가 탈영 중에 민간인 여성을 성폭행하고 살인한 행위에서도 반성된다. '나'는 병 속의 오물 같은 타락한 삶에 대한 반성으로 마침내 상희에게 가는 발걸음을 재촉함으로써 주체적인 생명 의식의 회복을 보여주게 된다.

요컨대 텍스트에 부각된 생존의 불안을 통해서는 민중문화로서 본능적 생명 의식이 재현된다. 생존의 과정으로 재현된 본능적 생명력의 정화 작용은 상실된 생명 의식의 회복을 꾀하는 작가 의식과 맞닿아 있다.

4. 성장과 속죄의 구원 의식

텍스트 표제에서 읽혀지듯이 텍스트의 주제는 성장의 의미를 함축한다. 텍스트 심층에서 실현된 성장의 의미는 '진정한 그로테스크'[27]의 진보적인 삶으로 인간 회복의 속죄의 관점에서 전후 민중문화와 상관성을 갖는다. 상희는 '나'의 고통과 좌절의 고백[28]을 들어주는 구원자이자, 전쟁

---

27 진정한 그로테스크는 결코 정적인 것이 아니다. 말하자면, 그로테스크는 자신의 이미지들 속에서 존재 자체의 생성, 성장, 영원한 미완성과 불완료성을 파악하고 노력하는 것이다. 미하일 바흐친, 앞의 책, 95쪽.
28 한 개인의 차원에서 오이디푸스 콤플렉스를 고백하는 일은 자신의 '원죄'를 고백하는 데서 오는 고통을 감당하고 감내해야만 된다는 점에서 실존의 심연을 바닥까지

이라는 폭력을 속죄하고 인간성을 회복할 수 있는 소통의 통로이다. 그러므로 상희를 향한 '나'의 고백은 전쟁으로 인하여 피폐한 인간성을 속죄하고자 하는 구원 의식으로 귀결된다.

'나'는 상희에게 자신의 죄를 고백하고 새로운 삶을 살아갈 희망으로 성장의 가치를 추구한다. 구원의 존재인 상희를 통하여 범죄자인 '나'는 자신의 지난날의 잘못을 인정하는 성숙을 꾀한다. 지난 과오는 '나'의 성장을 향한 속죄의 의미를 내포한다. 이처럼 성장 지향은 전쟁의 폭력 앞에 무력한 절망과 더불어 어둠 속에서 길을 찾아가는 희망을 내포한다. 이처럼 작가 서기원은 전후 사회에 존재하는 여성성을 구원자[29]로 바라보면서 궁극적으로는 훼손된 인간성의 속죄로서 여성성의 가치를 창출한다.

성숙한 사랑을 향한 성장은 병든 상희의 그로테스크[30]한 존재성으로 역설적 의미를 제공한다. '나'의 성장은 상희라는 구원과 죽음의 양면적인 존재성으로 인하여 역동성을 확보한다. 상희의 존재성은 '나'가 전쟁의 폭력에 저항하여 인간 회복을 추구하는 데 있어 절망이면서도 희망이다. 자신의 죄를 상희에게 고백하고 새로운 삶을 살겠다는 '나'의 긍정적 의지는 성장을 추구하는 구원의 의미로 확장된다. '나'가 탈영을 한 이유는 상희를 만나고 싶은 욕망 때문이었다.

그러나 전쟁 트라우마와 연관된 우발적 사건들은 '나'로 하여금 상희를 찾아갈 수 없는 분노와 절망의 죄책감을 갖게 하는 요인으로 작용한다. 선구와 진숙이를 만나 본능적 생명력을 확인한 다음에서야 '나'는 비로소 상희를 찾아가 파멸한 자신의 삶을 속죄하는 구원으로서 성장을 추구

들여다보는 용가가 전제되지 않고서는 불가능하다. 공종구, 앞의 논문, 198쪽.

29 배경열, 앞의 글, 131쪽.

30 그로테스크는 하나의 육체 속에서 두 개의 육체를, 살아 있는 생명의 세포 번식과 분열을 제시하고 있는 것이다. 미하일 바흐친, 앞의 책, 95쪽.

한다. 상희를 찾아가기까지 '나'가 보여준 우발적 행동은 구원을 향한 속죄의 의미를 제공한다. 자아에게 가해진 세계의 폭력으로 인한 경험이 구원을 향한 속죄 의식을 유발시킨 것이다. 전후 민중문화적 관점으로 보면 전쟁이라는 세계적 폭력의 억압과 은폐는 일상의 삶에서 돌발적인 징후로 표출되는 또 다른 폭력적 경험으로 이어진다. 즉, '나'가 전쟁에서 경험했던 불안은 탈영으로 이어지고 다시금 탈영으로 이어지고 그것은 다시 생존이나 관계 속에 잠복하여 우발적 사건을 만든다. 이런 점에서 성장은 탈영과 생존으로 확인한 '나'의 속죄 의식으로서 실존을 보여준다.

한편, 성장의 구원은 민중적 연대 의식을 환기한다. '나'뿐만 아니라 친구 선구와 창녀인 진숙이의 성장 역시 인간 회복을 추구한다. 창녀인 진숙과 동반 자살에 대해 진지한 면모를 보이는 선구 역시 허무주의 삶을 극복하고자 하는 의지를 보여준다. 자신들보다 더욱 비참한 '나'의 처지가 그들의 삶을 새롭게 반성할 수 있는 기회가 된 셈이다. '나'는 그들과의 관계를 통하여 자아 정체성을 확인한 후 상희를 찾아간다. 젊은이들의 미래야말로 파괴된 전후 세계를 구원할 수 있는 길이라는 전후 민중문화의 미래지향적 시각에서 청춘 남녀의 연대적 성장의 의미가 특별히 강조된 것이다.

> 저이한테 약을 더 먹여 볼까?
> 살인이야.
> 불쌍하잖아요.
> 너나 나에겐 자살할 용기도 없다. 도리어 너는 존경해야 돼. (77쪽)

'나'는 자살을 시도한 후 의식을 잃은 채, 선구와 진숙의 대화를 엿들으며 정신을 잃은 자신을 반성한다. 이 장면에서 시점은 삼인칭 인물 시점으로 '나'가 초점 대상이 되고 선구와 진숙이가 초점 주체가 되어 '나의 죽음'을 초점화하는 입체적 시점의 전이가 드러난다. '나'의 자살이 선구와 진숙에 의해 입체적으로 조명되는 과정에서 죽음을 통한 성장을 바라보는 극적 반응을 보여준 것이다. '나'가 자살을 시도했지만 죽지 못하고 살아난 것은 죽음과 재생의 의미를 동시적으로 내포한 양면가치적[31]인 성장의 의미를 제공한다. '나'가 '그'가 되어 절망하며 느끼는 분노와 수치심의 감정은 선구와 진숙이를 겨냥한 것이 아니라 자신에 대한 "분노와 수치심"과 더불어 도피적 삶에 대한 반성적 각성이다. 자살을 포기한 '나'는 상희를 만나기로 결심하고 선구의 집 대문을 박차고 거리로 나선다.

텍스트의 말미에서 '나'가 상희의 집을 향해 '걸음걸이를 재촉하는' 모습은 성장의 장애를 딛고 사랑을 추구하는 인간 회복을 보여준다. 자신에 대한 분노의 수치심의 감정은 곧바로 상희를 찾아가 자신의 죄를 고백하고 새 삶을 살고자 하는 속죄 의식으로 전환된다. '나'는 "목이 타고 혓바닥이 빳빳이 굳어 있"고 "식은땀이 자꾸만 솟을수록 갈증은 한층 심해"(77쪽)질 정도로 지쳤다. 그러나 "땀이 쉰 나의 체취"임을 분명히 인지하는 것으로 자기 정체성을 각성한다. 이러한 '나'의 모습에서는 절망과 고난을 극복하는 성장으로서 주체적 의지가 읽혀진다.

여기에서 부각되는 '체취'는 작품 첫 장면에서 기차 안의 '나'가 인지한 냄새와는 그 의미가 확실하게 구분된다. 서사의 처음 부분에서는 기관차가 뿜어내는 매연이 '내 치부에서 풍길 성싶은 나의 냄새'로, '광물의 차디찬 냄새'가 전장의 화약냄새로 대비된다. 방황과 좌절을 거친 '나'는 그

---

31 이는 민중예술의 모든 이미지들이 갖는 양면가치성과 관련된다. 죽음이 새로운 탄생을 내포하는 것처럼 결말은 새로운 시작을 내포해야 하는 것이다. 미하일 바흐친, 앞의 책, 443쪽.

렇게 자신의 정체성을 확인하는 것으로 '그 냄새는 분명히 내 것이었다'
는 주체적 성장의 의미를 보여준다. '비'가 내포하는 정화 작용[32]에서도
속죄를 통과한 성장의 의미가 전망된다. "얼굴을 하늘에 쳐들고 혓바닥으
로 빗방울을 받아 마셔가며 걸음걸이를 재촉하"는 모습에서는 자연적 생
명력으로서 인간성의 회복이 읽혀진다. 이와 같이 '나'의 성장을 예고하
는 '비'의 은유는 트라우마 극복과 삶의 속죄로서 작가의 미래지향적 세
계관을 내포한다.

상희를 찾아 나서는 '나'의 모습은 자신을 속죄하기 위한 구원 의지로
서 성장을 보여준다. 상희에게 들려줄 '나'의 고백은 전쟁의 비극과 공포
로 인한 실존의 부조리함과 비정함을 폭로하고 인간 회복의 미래지향적
삶을 살아가고자 하는 결단이다. 이러한 성장의 의미는 전후 비극적 세계
에 함몰되기보다는 인간 회복의 구원 의식을 추구하는 전후 민중문화의
시각으로 확장된다. 그 궁극적 의미는 전쟁을 경험한 증언자로서 전쟁 트
라우마를 소설 쓰기로 승화한 작가의 성장으로 해명될 수 있다. '나'가 상
희의 사랑을 찾아가는 구원 의식을 통하여 독자는 전쟁의 폭력 앞에 훼손
된 인간 회복을 추구한 작가의 고백으로써 전쟁 트라우마 극복의 실천적
가치를 통하여 분단 현실을 반성할 수도 있을 것이다.

이와 같이 성장의 추구 과정에는 미래지향적 민중문화의 속죄 의식이
재현된다. 성장의 과정으로 고백된 '나'의 속죄 의식이야말로 남녀 간의
지순한 사랑을 통하여 트라우마 극복으로서 인간성 회복의 구원 의식을
확장한 작가의 미래지향적 세계관을 보여준다.

---

32 '나'가 창녀의 집을 찾아가는 장면에서도 '비'가 내린다. 여기서 '비'는 욕정의 해소를
재촉하는데 비하여 상희 집으로 향하는 중에 맞게 되는 '비'는 삶을 정화하는 요소
로 기능한다.

5. 나오며

이 글은 서기원의 대표작「이 성숙한 밤의 포옹」을 텍스트로 삼아 몸의 은유로 드러난 전쟁 트라우마와 민중문화의 양상을 해명하였다. 텍스트에 재현된 트라우마의 극복 과정을 통해서는 전쟁의 충격과 상처뿐만 아니라 한국 전후 민중문화의 속성을 함축하는 탈영과 생존 그리고 성장의 의미가 읽혀졌다. 전쟁 트라우마의 극복 과정으로 읽혀지는 탈영과 생존 그리고 성장의 복합적 의미망은 다음과 같이 그로테스크적 민중문화의 특징을 반영한다.

첫째, 탈영에서는 민중문화로서 저항 의식이 재현된다. 탈영의 과정으로 재현된 '나'의 현실 저항은 구체적인 전쟁의 실상을 목격하고 경험한 작가의 반전 의식을 환기한다. 둘째, 텍스트에 부각된 생존의 서사를 통해서는 민중문화로서 소외 의식이 재현된다. 생존의 과정으로 재현된 본능적 생명력의 소외 의식은 상실된 인간성을 꾀하려는 작가 의식과 맞닿는다. 생존을 통해서는 민중문화로서 생명 의식이 재현된다. 생존의 과정으로 재현된 본능적 생명력은 상실된 생명 의식의 회복으로 확장된다. 셋째, 성장의 추구 과정에서는 민중문화로서 구원 의식이 재현된다. 성장의 과정으로 재현된 구원 의식은 남녀 간의 지순한 사랑을 통한 속죄의 고백 의식을 확장한 작가의 미래지향적 세계관을 반영한다.

이와 같이 이 장에서는「이 성숙한 밤의 포옹」텍스트를 통하여 한국전쟁 트라우마가 극복되는 과정을 탈영, 생존, 성장 등의 민중문화의 양상으로 조명하는 궁극에서 분단 현실을 다각적으로 반성할 수 있는 인문학적 가치의 단초를 제시하였다.

장용학「요한 시집」에 내포된 몸의 은유

1. 들어가며

이 글의 목적은 1950년대 장용학 소설「요한 시집」[1]을 텍스트로 삼아 몸의 은유를 해명하는 방법으로 전후 현실을 반성함으로써 분단 현실의 미래지향적 방향성을 고찰하는 데 있다.「요한 시집」은 텍스트의 표제에서부터 드러나듯이 은유의 특징이 서사 전반에 걸쳐서도 복합적으로 드러난다. 텍스트에서 내포된 몸의 은유는 수사법의 의미뿐만 아니라 인식의 변별적 원리 또한 포괄하는 방법[2]으로 확장됨으로써 그 의미가 다각적으로 파장된다. 그러므로「요한 시집」텍스트를 은유적 시각으로 바라보는 접근 방법은 작중인물의 타자성이나 작중인물들 간의 관계 내지는 작가의 시각으로 보여주는 한국전쟁의 역사적 의미에 국한되지 않고 독자수용의

---

1 「요한시집」은 1955년『현대문학』에 발표되었지만, 이 글에서는 장용학,「요한 시집」,『20세기 한국소설—김성한 · 장용학 외』(창비, 2005)를 텍스트로 삼고 본문 인용은 괄호 안 쪽수로 표기한다.
2 김욱동,『은유와 환유』, 민음사, 1999 참조.

입장에서 21세기 분단 현실을 반성하는 새로운 의미[3]로 확장할 수 있다.

언어의 은유적 표현은 은유적 개념과 체계적인 방식으로 연결되어 있기 때문에 우리는 은유적인 언어 표현을 사용해서 은유적 개념의 본질을 탐구하고, 또 우리 활동의 은유적 성질을 이해할 수 있다.[4] 이러한 맥락에서 살펴볼 때, 「요한 시집」에서 장용학은 한국전쟁이라는 부조리한 상황 속에 놓여 있는 분열적 자아를 통해 이데올로기와 전쟁이 안고 있는 허상을 음울하지만 날카로운 시선으로 조명하고 있다. 또한 동시에 그러한 부조리한 세계 속에 놓여 있는 자아의 내면적 고뇌를 통하여 인간 존재의 근원적 문제에도 접근하고 있다.[5] 특히 텍스트에 '담론의 규칙'[6]으로 구조화된 몸의 은유는 삶을 살아가는 육체 자체의 기호에 고정되기보다는, 작가의 기억과 상상력으로 전후 사회 문화의 흔적을[7] 새겨둔 소통으로 다양한 의미를 파장한다. 다양한 의미들은 한국전쟁과 전후 현실을 반성하는 역사적 소통의 효과이자, 새로운 '담론 생산'[8]으로 분단 현실의

---

3 상상적이고 창조적인 은유는 우리의 경험에 대한 새로운 이해를 가능하게 해주기 때문에 우리의 과거, 일상적 활동, 그리고 우리가 알고 믿는 것에 새로운 의미를 줄 수 있다. G. 레이코프 · M. 존슨, 『삶으로서의 은유』, 노양진 · 나익주 역, 박이정, 2006, 242쪽 참조.

4 위의 책, 27쪽.

5 김병로, 「장용학의 「요한 시집」에 나타나는 해체적 서사담론」, 『한국문학이론과 비평』 3집, 한국문학이론과비평학회, 313쪽 참조.

6 근대소설에서 표현된 몸의 이미지나 상징은 그것에 관여된 담론의 규칙들에 의해 규정된다. 송기섭, 「근대소설의 몸표현 형식들」, 『한국문학이론과 비평』 제48집, 한국문학이론과 비평학회, 2010, 33쪽.

7 피터 브룩스는 소설 속 몸의 재현을 '육체에 기호를 새기'는 과정으로 설명한다. 피터 브룩스, 『육체와 예술』, 이지봉 · 한애경 역, 문학과지성사, 2000, 25쪽.

8 몸은 욕망을 불러일으키고 소비를 자극할 뿐만 아니라 담론 생산의 대상으로 확고하게 자리 잡고 있다. 송명희, 「김훈 소설에 나타난 몸담론」, 『한국문학이론과 비평』 제48집, 한국문학이론과비평학회, 2010, 56쪽.

미래지향적 방향성을 모색하는 창조적 가치를 환기할 수 있다.

그러므로 독자는 「요한 시집」 텍스트에 내포된 몸의 은유로 작가의 '지각된 세계'[9]인 전쟁의 폭력과 전후 현실의 비인간성을 인지할 뿐만 아니라 그것을 통하여 역사적 상처를 치유할 미래지향적 방향성을 탐색할 수 있다. 거제도 포로수용소를 배경으로 한 「요한 시집」에서 몸의 은유에 주목해야 할 이유가 여기에 있다. 이에 따라 필자는 전후소설에 대한 기존 논의에서 한 걸음 더 나아가 대표적인 한국 전후소설가로 꼽을 수 있는 장용학의 「요한 시집」에 내포된 몸의 은유를 통하여 이데올로기 대립과 전후 현실을 반성함으로써 분단 현실의 미래지향적 방향성을 모색하게 될 것이다.

장용학 소설의 몸 또는 신체에 주목한 논의[10]는 장용학 소설의 한계로 지적되는 작가의 추상적 관념을 상쇄할 만한 방법론적 접근을 적극적으로 시도한 점에서 의미가 있다. 장용학에게 있어서 몸이란 제반 사회적 가치들과 이데올로기의 폭력이 자행되는 공간이며, 진정한 인간 존재를 탐색하는 과정에서는 반드시 넘어서야 할 현실 세계의 표상이다.[11] 이런 측면에서 가장 먼저 장용학 소설의 신체에 주목한 김장원은 「장용학 소설과 "몸"의 상관성」[12]에서 장용학 초기 소설에 나타난 몸의 의미를 살

---

9 메를로 퐁티는 몸의 표현과 어떤 매체에 의해 표현된 몸을 구분하는데, 전자가 "사람들이 신체에 강제로 부과하는 처우"에서 벗어난 고유한 신체와 결부되어 있다면 후자는 "대상의 구성의 한 계기"라 할 '지각된 세계와 연결되어 있다. 메를로 퐁티, 『지각의 현상학』, 류의근 역, 문학과지성사, 2002, 130쪽.

10 김장원, 「'몸'으로부터의 탈각과 이분법적 인식의 탈구축」, 『현대문학의 연구』 제26집, 2005; 김장원, 「장용학 소설과 "몸"의 상관성」, 『시학과 언어학』, 시학과언어학회, 2005; 이청, 「장용학 소설의 신체 담론 연구」, 『인문연구』, 영남대학교 인문과학연구소, 2010.

11 김장원, 「장용학 소설과 "몸"의 상관성」, 『시학과 언어학』, 시학과언어학회, 2005.

12 김장원의 논문에서는 신체가 실존주의의 영향을 이해할 수 있게 하는 실마리를 제

펴본 후, 몸에 대한 작가의 관심이 소설의 전반적 의미 체계를 형성하는 과정에서 핵심적인 역할을 하고 있음을 밝힌 바 있다. 다음으로 이청[13]은 장용학 소설에서 신체가 갖는 의미를 한국전쟁으로 조명되는 인간 부정의 메타포로 그리고 근대를 넘어서려는 지표로 읽어낸 성과가 있다. 이러한 선행 연구의 성과에도 불구하고 장용학 소설의 몸에 대한 기존 논의는 텍스트에 드러난 몸의 표층적 현상을 파악하는 데 치우친 결과, 한국전쟁의 반성적 사유를 분단 현실과 그것을 극복할 수 있는 미래지향적 가치로 해석하지는 못한 한계가 없지 않다. 이러한 문제의식으로 필자는 「요한시집」 텍스트에 내포된 몸의 은유를 '작가의 창조적 삶의 은유'[14]로 바라봄으로써 분단 현실의 미래지향적 방향성을 읽고자 한다.

레이코프와 존슨에 따르면 우리는 경험과 활동의 많은 부분이 그 본성에 있어서 은유적이며, 개념 체계의 대부분이 은유에 의해서 구조화된다. 우리가 지각하는 많은 유사성 또한 개념 체계의 일부인 관습적 은유의 산물이다.[15] 레이코프와 존슨이 주창한 개념적 은유[16]는 문학 텍스트의 상상적이고 창조적인 은유의 새로운 의미[17]를 부여할 수 있는 유사성의 창

공한다고 보고, 신체 이미지가 관념적 사유를 풀어내는 메타포로 작동해 인간 존재의 성찰과 인간 문명의 비판, 성찰 과정으로 확산시키는 통로의 역할을 하고 있다고 주장한다. 김장원, 위의 글.

13 이청, 「장용학 소설의 신체 담론 연구」, 『인문연구』, 영남대학교 인문과학연구소, 2010.

14 은유의 시각으로 소설 텍스트를 바라보면 그 심층에 자리한 작가의 실천적 삶은 독자로 하여금 자기 자신과 문화 그리고 미래지향적 삶으로서 세계를 인지하게끔 하는 창조적 가치를 제공한다. 김원희, 「문학 교육을 위한 백신애 소설 세계의 인지론적 연구」, 『현대문학이론연구』 제41집, 현대문학이론학회, 2010, 309~328쪽 참조.

15 G.레이코프·M. 존슨, 앞의 책, 254쪽.

16 G. 레이코프·M. 존슨은 개념적 은유를 구조적 은유, 지향적 은유, 존재론적 은유 등으로 분류하고 이러한 개념적 은유들이 유사성을 만들어낸다고 본다. 위의 책.

조와도 연관된다. 작중인물과 작가 그리고 독자의 경험적 과정의 차이[18]를 함축하는 소설 텍스트의 형식과 의미의 상관성을 해명할 수 있는 방법론적 접근으로서 개념적 은유를 유사성의 창조로 확장시켜 적용하면 「요한 시집」 텍스트에 내포된 몸의 의미는 구조적 은유의 측면에서 감각으로서 동굴, 지향적 은유의 측면에서 전신의 경계, 존재론적 은유의 측면에서 비인의 세계로 모성성, 헌신성, 통합성 등의 창조적 의미를 환기한다. 따라서 필자는 개념적 은유와 유사성의 창조적 은유의 시각을 통섭하여 「요한 시집」 텍스트에 내포된 몸의 의미를 감각으로서 동굴의 모성성, 전신으로서 경계의 헌신성, 비인으로서 세계의 통합성 등으로 읽어냄으로써 분단 현실의 미래지향적 방향성을 해명하게 될 것이다.

2. 감각으로서 동굴의 모성성

일상 언어 속의 은유적 표현이 문학 텍스트에 형상화되는 데 있어서는 작중인물의 시각, 작가의 시각, 독자의 시각을 구조화하는 '개념들의 은유적 본성에 관한 통찰'[19]을 줄 수 있다. 우선적으로 텍스트 표면에 드러난 부각과 은폐[20]의 차이로 몸의 구조적 은유[21]를 파악하면, 감각으로 부

---

17 G .레이코프 · M. 존슨, 앞의 책, 242~264쪽.
18 장용학은 전쟁의 폭력으로 인한 부조리한 세계에 대한 인식으로서 인간에 대한 근본적 회의와 의미를 제기하는 지속적 탐구를 '문화인', '전신', '비인'의 이미지를 통해 완성하고 있는데 필자는 이러한 개념을 전후 현실 경험을 재현하는 과정의 차이로 구분짓는다.
19 G. 레이코프 · M. 존슨, 앞의 책, 27쪽.
20 위의 책, 31쪽.
21 구조적 은유란 한 개념이 다른 개념의 관점에서 은유적으로 구조화되는 경우이다.

각되는 동굴의 의미가 모성성으로 환기된다. 텍스트 전반에 걸쳐 드러난 감각의 구조적 은유는 동굴과 같은 전후현실을 인지하는 작가 시각의 개념적 은유로 작용함과 동시에 동굴 이미지의 고향, 집, 안의 의미를 부각하는 구조적 은유의 유사성의 창조로서 모성성의 의미를 환기한다. 현실의 어둠과 고통을 동굴로 구조화하는 감각의 개념적 은유는 동굴에 내포된 고향-집-어머니의 의미를 부각시킴으로써 충격적이고 '비정상적인'[22] 인물들의 경험적 시간과 맞물리는 실존[23]과 유사성을 갖는 전후 현실의 공포를 극화하여 전쟁의 폭력성을 고발하는 동시에 전쟁의 상처를 치유하는 방법으로 모성성의 의미를 환기하는 효과가 있다.

토끼 우화[24]에서부터 부각되는 감각의 은유로서 시각은 작가 의식뿐만 아니라 독자에게 세계관의 문제에 대한 지속적인 질문을 제기하는 열린 의미 구조로 읽혀진다. 감각의 구조적 은유로 읽혀지는 토끼 우화의 열린 의미는 본론의 서사에서 동호가 누혜 어머니를 찾아가는 길을 통하여 모성성의 의미를 수렴한다. 토끼 우화 뒤에 시작되는 본문 서사는 상, 중, 하로 분류된다. 각각의 이야기 축은 누혜 어머니를 찾아가는 과정과 누혜와의 포로수용소 생활 그리고 누혜의 유서다. 이야기는 동호의 시점으로 전

위의 책, 21~71쪽.

22 푸코는 몸을 죄악의 근원으로 보고, 그것을 몰아내기 위한 심문으로 '비정상인들'의 몸의 담론을 파악한다. 미셸 푸코, 박정자 역, 『비정상인들』, 동문선, 2001, 225쪽 참조.

23 하이데거에 의하면 개인 자신에게 경험되는 시간은 실존의 근본 범주다. 한스 마이어호프, 이종철 역, 「시간과 자아에 대해」, 『문학 속의 시간』, 문예출판사, 2003, 44~45쪽 참조.

24 감각적 몸의 은유로서 토끼 우화는 일차적으로 새로운 세계로의 모험을 떠나는 근대적 개인과 근대적 이데올로기의 구축 과정에 대한 비유담으로 볼 수 있다. 김동석, 「경계의 와해와 분열 의식-장용학의 「요한 시집」론」, 『어문논집』, 민족어문학회, 2003, 206쪽 참조.

개되지만, 몸의 의미망은 누혜, 누혜 어머니, 동호의 경험을 토대로 전후 현실의 실존적 삶을 복합적인 감각으로 고발하는 작가 의식과 맞닿는다. 먼저 토끼 우화에 부각된 감각은 동굴로 은유된 고향과 유사한 모성성을 통하여 실존의 고통과 전쟁의 상처를 치유할 수 있는 의미망을 구축한다.

> '이렇게 고운 빛을 흘러들게 하는 저 바깥 세계는 얼마나 아름다운 곳일까……'
> 이를테면 그것은 하나의 개안(開眼)이라고 할까. 혁명이었습니다. 이때까지 그렇게 탐스럽고 아름답게 보이던 그 돌집이 그로부터 갑자기 보잘것없는 것으로 비치기 시작했던 것입니다. (83~84쪽)

동굴 벽에 비친 그림자를 통하여 동굴의 어둠을 체득한 토끼의 시각은 동굴 바깥 세계로의 모험을 결단하는 동기가 된다. 촉각으로 동굴 안을 인지할 수밖에 없는 감각의 한계는 동굴 밖의 빛을 발견하는 개안의 동기로 작용한다. 동굴 밖 빛을 보려는 토끼의 실천적 행동은 고통을 수반한다. 먼저 토끼에게는 열이 나는 고통이 따른다. "창으로 기어나가기 시작"한 몸은 "가다가 넓어진 데도 있었지만 벌레처럼 뱃가죽으로 기면서 비비고 나가야 했"던 고통으로 감지된다. 흰 토끼의 살은 터져 "그 모양을 멀리서 보면 마치 숨통을 꾸룩꾸룩 기어오르는 객혈(喀血) 같았을"(86쪽) 인간 실존의 고통이 감지된다.

한편, 토끼는 그의 발이 앞으로 움직여지지 않는 한계상황에서 "뒷날, 도로 돌아갔더라면 얼마나 좋았을까" 하는 후회를 무수히 하면서도 새 세계를 향해가는 열망을 포기하지 않는다. 토끼에게 바깥 세계는 "일곱 가지 색 속에 소리의 리듬이 춤추는 흥겨운" 감각과 "현란한 파노라마를 펼쳐 보이는" 희망으로 감지된다. "자유 아니면 죽음을!" 하는 열망이 비록 고통과 후회로 점철되긴 했지만 토끼는 드디어 마지막 관문에 다다른다.

"전율하는 생명의 고동에 온몸을 맡기면서" 희망을 보았던 토끼는 "홍두깨가 눈알을 찌르는 것 같은 충격"으로 쓰러진다. "고향에 돌아가는 길이 되는 그 구멍을 그러다가 영영 잃어버릴 것만 같아서" "죽을 때까지 그 자리를 떠나지 않"(87쪽)고 자리를 지킨 토끼의 장소 애착[25]을 통해서는 죽음의 의미를 향수(鄕愁)로 회복하고자 하는 실존적 의지가 읽혀진다.

태양광선을 감당하지 못하고 소경이 되고 만 토끼의 비극은 동굴 바깥 세계에 대한 맹목적 신념으로 인한 현실의 좌절이자 실존의 한계로 이해될 수 있다. 빛과 어둠의 대비적 감각으로 감지되는 동굴의 은유는 생명의 뿌리로서 고향을 환기하고 고향은 생명을 낳고 키우는 어머니의 몸을 환기하는 유사성의 창조적 은유를 통하여 모성성의 의미를 환기한다. 동굴 바깥 세계를 향한 토끼의 기대와 도전은 이데올로기를 관철하는 인간 의지를 반영한다. 생명의 위험이라는 공포와 불안에도 불구하고 토끼는 "자유 아니면 죽음을!" 외치며 새 세계에 도전한다. 그렇지만 토끼의 도전은 동굴 안팎의 세계를 제대로 이해하지 못한 감상적 포즈라는 점에서 맹목적 인식의 한계가 드러난다. 밖을 향한 맹목적 기대야말로 세계를 향한 경이로움이 패배가 되는 이유다.

다음으로, 주인공 '나' 즉 동호의 시각으로서 동굴의 은유는 누혜의 죽음으로 인한 상처를 치유하며 삶의 의미를 복원하는 해결책으로서 고향과 맞닿는 모성성의 의미를 환기한다. 동호는 포로수용소에서 누혜가 죽고 난 후 누혜의 시체가 난도질되는 비극을 목격한다. 포로수용소를 나온 동호는 누혜 어머니를 찾아간다. 동호는 "섬에서 돌아오면서부터 며칠

---

25 장소들이란 장소 속에서 살아가는 사람들이 그 장소와 깊이 연루된다고 느끼는 것이고, 장소에 대한 그런 깊은 애착은 다른 사람들과의 밀접한 관계만큼이나 필수적이고 중요하다. 에드워드 렐프, 『장소와 장소상실』, 김덕현 · 김현주 · 심승희 역, 논형, 2005 참조.

걸려 겨우 찾아낸 집이었지만 아까부터 주인을 찾는 것"이 무서워졌고 귀찮았다. "발을 들어 조금 떠밀어도 말없이 쓰러질 것 같은 이따위 집에도 주인이 있어야 하는가 하는 불평"은 시간이 좀 지나 "이런 집일수록 주인이 있어야"(90쪽)한다는 집에 대한 애착심으로 변한다. 같은 관점에서 하꼬방을 바라보는 동호의 시각은 귀향의 의미로서 모성성을 보여준다.

고향은 토끼가 바깥 세계에 눈을 돌리기 전 동굴 안의 의미와 대응된다. "어머니, 우리 문 안에 들어가 살아요!"(105쪽) 동호의 시각에서 문 안은 고향 내지는 어머니와 같은 의미구조다. 전쟁으로 폐허가 된 고향은 생존을 감당할 능력이 없는 누혜 어머니의 병든 몸으로 은유됨으로써 전후 현실의 비참함이 폭로된다. 고양이가 잡아다 준 쥐를 잡아먹으면서 목숨을 겨우 유지해가는 누혜 어머니의 강한 생명력의 집착에는 아들 누혜를 보기 전까지 절대 눈을 감을 수 없는 간절하고도 질긴 모성이 부각된다.

동호는 누혜의 눈으로 노파의 손과 누혜의 손을 동일시하고 죽어가는 노파를 보다가 마침내는 자신이 죽어가는 생각에 이른다. "사실은 내가 죽어 가고 있는 것이 아닌가! 그렇지 않으면 왜 내 육체가 이렇게 자꾸 차가와지는가?"(105~106쪽) 누혜 어머니의 몸을 빌린 동호의 몸은 "구리(洞) 같아지는 손의 차가움"이 "팔과 어깨를 지나 가슴으로" 지나 "혈거지대(穴居地代)로 혈거지대로"의 시간성을 거쳐 "자꾸 청동시대로 끌려드는 향수를 느낀다." "아이스케키를 사 먹다가 '동무'에게 어깨를 붙잡힌" 유년의 기억은 고향에 뿌리를 둔 존재성을 환기한다.

자살하기 전날 밤 누혜는 포로가 된 자신을 따라 이남으로 내려온 어머니가 그의 삶을 구속하는 마지막 의미였음을 동호에게 고백한다. 동호는 누혜에게 어머니가 차지하는 구속의 의미를 알기 때문에 포로수용소에서 나온 뒤 누혜 어머니를 찾아간 것이다. 누혜 어머니를 찾아가는 길은 누혜의 죽음에 참 자유를 부여함으로써 자신이 살아가는 의미를 회복하고자 하는 동호의 주체적 의지의 발로이다. 그것은 누혜가 남긴 죽음의 가치로 자신의 정체성을 확인하는 의미이자 전쟁의 아픔을 치유할 수 있는 의미를 함축한다.

요컨대, 감각으로서 동굴의 은유는 전쟁의 비극과 실존의 고통을 극복할 수 있는 치유책으로 영원한 고향이자 삶의 의미를 회복할 수 있는 치유책으로 모성성의 의미를 환기한다. 동호가 누혜 어머니를 찾아가는 귀향의 길은 전쟁으로 훼손된 삶의 치유 과정으로서 삶의 의미를 돌아보는 반성이자 생의 전환점으로서 실존을 이해하는 의미를 갖는다. 궁극적으로 감각으로 인지되는 동굴의 은유는 전쟁의 폭력을 반성하고 전후 실존의 고통을 치유할 수 있는 모성성의 창조적 의미로 치유하고자 하였던 작가의식과 맞물려 있다.

3. 전신(轉身)으로서 경계의 헌신성

지향적 은유는 상호 관련 속에서 개념들의 전체 체계를 조직하는 은유적 개념으로 어떤 개념에 공간적 지향성을 준다.[26] 은유적 지향성은 자의적인 것이 아니라, 우리의 물리적, 문화적 경험에 뿌리를 두고 있다.[27] 지향적 은유의 측면에서 텍스트에서 내포된 전신의 은유는 한국전쟁과 상관 있는 전후 문화 내지는 분단 현실에서의 '기본적인 가치'[28]로서 경계

---

26 지향적 은유는 상호 관련 속에서 개념들의 전체 체계를 조직하는 은유적 개념으로 공간적 지향성과 관련을 보여준다. G. 레이코프 · M. 존슨, 앞의 책, 21~71쪽.
27 공간적 지향성은 우리가 현재와 같은 몸을 가졌고, 그 몸이 우리의 물리적 환경에서 현재와 같이 활동한다는 사실로부터 생겨난다. 위의 책, 37~38쪽.
28 어떤 문화의 가장 기본적인 가치들은 그 문화의 가장 근본적인 은유적 구조와 정

의 의미를 환기한다. 한국 전후 공간의 지향으로 개념화된 은유는 움직이는 시간의 연쇄[29] 과정을 함축한 경계의 의미를 전환된 몸의 변화로 보여준다. 전신의 사전적 의미가 사람이 원래 있던 자리에서 몸을 옮기는 것임을 고려할 때, 텍스트에서 전신으로서 경계의 은유는 삶과 죽음이라는 시간의 변화에 따른 몸의 공간적 차이를 함축한다. 이러한 맥락에서 거제도 포로수용소 철조망에서 자살한 누혜의 죽음에 내포된 경계의 은유는 참 자유를 위한 누혜의 열망이 죽음을 선택하는 것과 유사한 창조적 의미로 헌신성을 환기한다.

누혜의 이름에 내포되었듯이 누에가 나비로 전환되는 몸의 차이로서 변화는 누혜가 철조망에서 자살함으로써 삶이 아닌 죽음으로 참 자유를 구현하고자 하였던 열망의 지향을 함축한다. 이처럼 전신으로서 은유는 철조망의 경계에서 이데올로기의 맹신에서 깨어나 죽음을 선택함으로써 진정한 자유를 실현하고자 했던 누혜의 삶의 헌신성을 강조하는 효과가 있다. 철조망에서 자유를 향한 죽음을 선택한 누혜의 주체적 의지는 이데올로기 희생양으로서 존재의 주체적 헌신성을 다음과 같이 환기한다.

먼저, 포로수용소에서 누혜의 이데올로기는 늘상 "푸른 하늘 저쪽"을 바라보는 자유를 추구한다. 자유로운 영혼의 누혜는 포로수용소에서마저 "네 편이냐, 내 편이냐"라는 폭력적인 양자택일의 강요에 반감을 갖는다. 그런 이유로 누혜가 포로들에게 두들겨 맞고 쓰러져서 쳐다본 하늘은 "지상의 검은 그림자는 티 한점 비치지 않는 거울같이 평화로운" 광명이다. 포로수용소가 암흑의 세계라면, 천상의 푸른 하늘은 광명의 세계

합성을 갖는다. 위의 책, 53쪽.
29 움직이는 대상들은 그들의 운동 방향 쪽에 앞이 있는 것으로 개념화된다. G. 레이코프 · M. 존슨, 『몸의 철학』, 임지룡 · 윤희수 · 노양진 · 나익주 역, 박이정, 2008, 213쪽.

이다. 이쪽의 지상과 저쪽의 하늘이라는 포로수용소 철조망의 경계에 선 누혜는 삶의 현실에서 참 자유를 누릴 수가 없었기에 자살을 선택한 것이다.

누혜는 "그 벽을 뚫어보기 위하여" 자신의 "육체를 전쟁에 던졌"지만, 현실은 벽이었다. 포로의 몸이 된 누혜는 "직원실로 내다보는 안경도 거기에는 없었"(122쪽)던 곳에서 "새로운 자유인"을 보았지만 그마저도 한때의 기만이자 흥분에 지나지 않았음을 고백한다. "역사는 흥분과 냉각의 되풀이에 지나지 않는 것"이라는 누혜의 깨우침은 약육강식의 논리로 야기된 전쟁과 포로 상황을 폭로한다. 누혜는 자신의 유서를 통해서도 자신의 죽음의 의미를 예수가 올 것을 예언하고 죽은 요한의 죽음에 비유하면서 자신이 죽음을 선택한 자유는 자신이 죽은 뒤에 다른 이들에게 남겨질 삶의 가치를 위한 것으로 고백한다. 결국 누혜가 선택한 자살은 이데올로기의 희생양으로서 후세에게 자유보다 더 큰 삶의 교훈을 주겠다는 헌신의 의미가 있다. 누혜가 죽음을 선택한 구체적 의미는 동호의 시점으로 전달된다.

철조망 포로수용소에서 선택한 누혜의 자살은 삶의 절망을 죽음의 자유로 초극하려는 실천적 의지를 내포한다. 이데올로기 대립의 상징적 공간인 포로수용소의 철조망에서 자살한 누혜의 죽음은 이데올로기 희생양으로서 헌신의 의미를 갖지만 실천적 삶의 미래지향적 가치를 구현하지는 못하였다. 반면에 누혜의 죽음이 남긴 교훈은 동호의 실천적 삶을 위하 교훈이 된다. "범은 죽어서 가죽을 남기고 누에는 죽어서 비단을 남긴다."의 교훈에서 가죽과 비단을 활용하는 것은 인간이듯이, 누혜의 죽음이 남긴 교훈은 그것을 되새기면서 성실하게 살아가려고 다짐하는 동호의 실천적 삶의 가치로 기대될 수 있기 때문이다.

누혜는 죽음을 택하였고 동호는 수용소에서 석방됨으로써 삶과 죽음의 경계를 달리하였지만 동호의 삶에는 누혜에 대한 기억과 죽음의 가치가 체득되었다. 즉 이분법적 경계 짓기에 대한 누혜의 비극적 생에 대한 실존 의지가 자살을 선택한 반면, 동호는 삶과 죽음의 공포와 두려움을 어떻게 극복할까 고민하는 선택의 차이를 보여준다. 누혜가 자살한 포로수용소의 철조망은 좌파와 우파라는 이데올로기의 대립이자 남과 북의 분단된 현실의 대립 상황과도 연계된다. 분단 조국의 고통과 아픔을 함축하는 포로수용소 철조망에 걸쳐진 누혜의 주검은 삶/죽음, 남/북, 좌파/우파의 대립적 갈등을 초월하고자 하는 실존적 선택이라는 점에서 헌신성의 의미가 읽혀진다. 누혜의 헌신적인 죽음은 분단 현실을 극복해야 할 동호의 실천적 삶의 교훈이 된 셈이다.

인민군으로 활동하다 포로수용소에 갇힌 누혜는 유서에서 자신이 지향하였던 이데올로기의 폐단을 목도하고 절망하였던 죽음의 의미를 다음과 같이 반성한다. 누혜는 인민의 이름으로 자유를 얻고자 하였으나 결국은 죽음으로 삶의 자유를 선택한다. "그런데 거기서는 시체에서 팔다리를 뜯어내고 눈을 뽑고, 귀와 코를 도려냈다. 아니면 바위를 쳐서 으깨어버렸다." 사상 전향이라는 이유로 죽음보다 더 잔인무도한 폭력이 작용하였던 것도 누혜가 죽음을 선택할 수밖에 없었던 원인으로 작용한다. 이데올로기는 노예의 땅을 떠나 자유의 하늘로 향하여 죽어간 누혜의 죽음마저도 난도질 한 것이다. 눈, 귀, 코 등이 해체된 누혜의 시체에는 남북이 갈리어 각각의 갈등을 드러낸 동족상잔과 분단 현실의 비극이 반영되어 있다.

"사상의 이름으로, 계급의 이름으로, 인민이라는 이름으로!" 누혜의 주검에 가해진 폭력은 인간을 "인간을 배추벌레"(112쪽)로 취급하는 저주였다. "배추벌레"의 취급을 받은 누혜의 몸에서 자신이 신봉하였던 이데올로기의 꿈은 치욕적인 저주일 수밖에 없었기에, 누혜의 죽음은 이데올로기의 허구성을 폭로하고 삶의 진정한 자유를 모색했던 희생양의 의미를 강조하는 효과가 있다.

"봉황새가 되어, 용이 되어 저 하늘 저쪽에 가보겠다."(114쪽)는 누혜의 말에 함의된 삶의 가치 지향은 이데올로기의 경계를 초월하고자 하였던 자유의지로 읽혀진다. 푸른 하늘 저쪽을 향한 누혜의 자살은 삶과 죽음의 경계 또는 구획 짓기의 한계다. 경계 짓기의 결과로 삶의 가치를 재단할 때는 폭력적 권력이 될 수밖에 없다. 누혜는 현실 세계의 거짓과 폭력을 완전하게 제거할 수 없다는 점을 인식한 것이다. 그가 바라보고 지향하였던 푸른 하늘은 평화의 세계지만 이데올로기의 폭력은 편 가르기로 인권을 짓밟았다. 이처럼 경계 짓기로 인권을 유린한 이데올로기의 폭력성을 체험한 누혜가 꿈꾸었던 푸른 하늘은 누혜가 죽은 후 동호의 실천적 삶의 가능성으로 열린 것이다.

다음으로, 전신으로서 경계의 은유는 고양이의 눈이 유서의 눈이 되고 유서의 눈이 누혜의 눈이 되고 누혜의 눈이 동호의 눈이 되는 존재성의 전환 과정으로 읽혀진다. 하꼬방 한쪽에서 동호를 바라보는 고양이의 눈은 유서의 눈이 되고, 누혜의 눈이 되는 삶과 죽음의 경계 속에서도 죽음으로서 "자유를 추구하려는 실존 의지"가 누혜의 눈에서 동호의 눈으로 전이된다. 누혜의 죽음을 통한 자유의 실현 의지가 동호의 전신으로서 헌신성을 내포한다. 우화에서 바깥 세계로 나가려는 토끼의 도전적이며 헌신적 행위가 누혜가 추구하는 자유의 의미라면, 그 이후 삶의 실천적 가치는 동호의 삶에 부여된 것과 같은 맥락이다.

한편, 누혜의 유서는 누혜가 죽음 앞에 머뭇거렸던 경계로서 어머니의 헌신성을 함축적으로 보여준다. 자유를 향한 누혜의 헌신에서 머뭇거림이 있었다면, 그것은 아들 누혜만을 위한 삶을 살았던 어머니의 희생이었다. 누혜에게 어머니는 그의 삶을 구속하는 마지막 의미였지만, 누혜는 어머니도 죽는다는 사실을 깨달아 자살을 결심하였다. 죽는 순간까지 누혜에게 어머니는 극복되지 않은 구속이었기에 죽음으로 인한 온전한 자유를 누릴 수가 없었다. 동호는 누혜의 죽음에서 어머니의 희생적 삶이 구속임을 알기 때문에 포로수용소에서 나와 누혜 어머니를 찾아가고 결국 누혜 어머니를 죽임으로써 누혜의 죽음에 온전한 자유를 부여하고자 한다. 이처럼 동호의 몸은 누혜가 되어 누혜 어머니를 바라보고 세상을 바라보는 경계의 헌신성으로서 누혜의 죽음에 참 자유를 부여한다.

그렇지만 텍스트 서사에서 반복되는 "무엇보다도 성실하게 살아야 한다."는 동호의 다짐은 누혜의 자살에 대한 맹목적인 승인도 추종도 아니다. 그것은 누혜가 선택하였던 실존적 자유의지로서 자살이라는 희생양적 가치를 토대로 성실한 삶을 실천하고자 하는 다짐이자 의지의 표명인 셈이다.

한편으로 철조망에서 죽음을 선택한 누혜의 몸은 동굴 바깥 세계로의 모험을 떠났지만, 이상적 세계에 도달하지도 못한 채 동굴 안팎의 경계에서 꼼짝없이 죽음을 맞게 되는 토끼의 운명과 동일하게 파악되는 전신으로서 경계의 의미를 내포한다. 물론 누혜가 바라보았던 푸른 하늘의 자유는 지상의 삶을 초월하기 위한 대안적 가치 지향이다. 이는 토끼 우화에서 토끼들의 후예들이 토끼를 바라보는 가치와 상응한다. 누혜의 삶과 죽음의 흔적은 "자유의 버섯"(88쪽)으로 작용한다. 토끼의 후예들은 자신들의 현실 세계를 반성하는 차원에서 희생양으로서 토끼가 남긴 죽음의 가치를 "자유의 버섯"으로 본다.

이러한 측면에서 "자유의 버섯"으로 함축된 전신으로서 경계의 은유는 후세의 삶에 교훈을 주겠다는 누혜의 죽음으로 헌신성을 환기한다. 자유의 세계를 향한 토끼의 노력과 상응하는 누혜의 자유로운 삶은 좌절되었지만, 그가 자살로 추구하였던 꿈과 도전은 다음 세대의 귀감이 되었다. 후예들에게 추앙을 받은 "자유의 버섯"의 은유로서 누혜의 죽음은 대립과 반목을 초월하고자 한 누혜의 실존적 선택이라는 점에서 후세들에게 실천적 삶의 교훈을 반성하는 당위성을 확보한다.

이렇듯 전신의 은유는 이데올로기에 희생된 누혜의 헌신적 가치로 전후현실을 반성하는 동시에 분단 현실을 극복할 삶의 가치를 환기한다. 이데올로기의 대립으로 인한 삶과 죽음의 경계에서 선택한 누혜의 죽음이 참 자유를 지향한 헌신적 가치로 해명될 수 있기 때문이다. 대립적 이데올로기와 갈등을 해소하고 경계를 초월할 수 있는 분단 극복의 가능성이야말로 독자에게 열린 실천적 삶의 가치이기도 하다. 요컨대, 「요한시집」에서 내포된 전신으로서 경계의 은유는 이데올로기의 대립과 반목을 반성하는 점에서 분단 현실을 극복할 수 있는 공존과 소통의 창조적 가치로서 헌신성을 환기한다.

4. 비인(非人)으로서 세계의 통합성

물리적 대상(특히 우리 자신의 몸)에 대한 우리의 경험은 매우 광범위하고 다양한 존재론적 은유—즉 사건, 활동, 정서, 생각 등을 개체 또는 물질로 간주하는 방식인—의 근거를 제공한다."[30] 물리적 대상이나 물질에 대한 우리의 경험은 단순한 지향성을 넘어서는, 이해의 보다 더 심오한 근거를 제공[31]하는 점에서 존재론적 은유는 작가의 현실 인식을 독자 수용의 새로운 가치 창조로 확장하게 된다. 텍스트에 내포된 존재론적 은유

---

30 G. 레이코프 · M. 존슨, 『삶으로서의 은유』, 노양진 · 나익주 역, 박이정, 2006, 59쪽.
31 우리는 대상과 물질의 관점에서 우리의 경험을 이해함으로써 경험의 부분을 선택하고, 그것을 동일한 종류의 분리된 대상이나 물질로 다룰 수 있게 된다. 위의 책, 58쪽.

32)를 살펴보면, 인간의 몸이 아닌 비인으로서 세계의 은유는 동식물과 사물 그리고 자연 등의 근원적 경험을 확장함으로써 부정적 인간성과 인간 문명을 해체하는 새로운 가치 창조로서 통합성을 환기한다.

텍스트에서 내포된 몸의 궁극적 이해로서 비인간성을 추구하는 존재론적 의미는 동물성, 자연성, 물질성 등으로 확장된다. '비인'³³⁾으로서 세계의 은유를 '전신'으로서 경계의 의미와 구분되는 데 있어 이 작품의 주인공이 누혜가 아닌 동호라고 한 작가의 발언³⁴⁾은 시사적 의미를 갖는다. 텍스트에서 중심이 되는 비인의 은유는 누혜의 죽음 자체보다, 누혜의 죽음을 반성하는 동호의 삶의 의미로 확장되기 때문이다. 동호의 미래지향적 삶의 실천적 가치를 내포하는 비인으로서 은유가 확장되는 과정은 토끼 우화에서부터 서사 전반에 걸친 동물과 식물의 이름에서도 드러난다. 이러한 맥락에서 비인의 은유는 주로 동호의 의식을 통하여 확장되지만 그 뿌리는 작가의 상상력으로 볼 수 있다.

동호의 기억 속에 동호가 포로가 된 순간의 확장은 "삼백년 묵었으리라 싶은 돌배나무"와 "천지가 육시를 당"한 순간으로 은유된다. "얼마 후, 나는 여기저기 살이 찢어져 피를 줄줄 흘리면서 닭다리를 손에 꼭 쥔 채로 '일요일의 포로'가 된 내 동호를 거기에서 발견했다."(97쪽) 포로가 되

---

32 존재론적 은유는 물리적 대상에 대한 경험을 사건, 활동, 정서, 생각 등을 개체 또는 물질로 간주하는 방식이다. 위의 책, 21~71쪽.

33 이 논문에서 비인의 의미는 인간으로서 몸이 인간이 아닌 다른 생명체 내지는 사물과 자연으로 반성되는 과정을 통하여 부정적 인간성과 인간 문명을 해체함으로써 새로운 세계의 창조적 가치를 통합하는 존재성의 의미로 확장할 것이다.

34 「요한 시집」의 주인공은 동호이다. 서장에서 그쳤으니 누혜가 주인공으로 보일 수도 있지만 누혜는 요한적인 존재이고 「요한 시집」은 동호가 자유의 시체 속에서 순화되어 탄생하는 과정을 그리려고 한 것이다. 그러나 내일 아침 해는 남에서 떠오를지 서에서 떠오를지 아직은 모를 것으로 끝난다. 장용학, 「실존과 요한 시집」, 『한국전후문제작품집』, 신구문화사, 1964, 402쪽.

는 순간의 충격이 삼백 년 묵은 나무의 생명력과 자연성으로 확장된다. 그전과는 다른 "'일요일의 포로'가 된 내 동호"로 자신의 억압된 존재성을 극화하기 위하여 "삼백년 묵었으리라 싶은 돌배나무"와 "천지가 육시를 당"한 순간의 충격을 통섭한 것이다. 자유가 억압된 포로의 의미가 식물성과 자연성으로 통섭됨으로써 새로운 세계를 창조하는 가치로서 통합성을 환기하는 효과가 있다.

누혜 어머니가 쥐를 빼앗기고 발악을 하다 숨이 잦아지는 동안, 동호는 누혜가 되어 노파를 바라본다. 동호와 노파의 만남은 '1+1=2'의 세계나 동호가 곧 누혜라는 점을 고려할 때는 '1+1=3'의 창조적 세계의 유사성으로 통합성을 보여준다. 기존 세계의 질서를 해체하는 차원에서 작중인물의 의식과 무의식은 고양이와 쥐의 동물성으로도 확장된다. 고양이 몸의 은유는 누혜의 전신으로서 어머니를 부양하여야 누혜의 역할이 부여된 것이다. 고양이가 잡아온 쥐를 먹으며 연명하는 노파의 모습에서는 생존을 위한 인간의 몸이 섬뜩하리만큼 역겨운 동물성으로 통섭됨으로써 인간성과 인간 문명의 부정적 의미가 증폭된다.

동호는 고양이가 온 쥐를 먹고 목숨을 이어가는 누혜 어머니의 비참한 생존을 목격하면서 짐승만도 못한 삶을 연명해야 하는 인간의 차별적 삶에 대한 깊은 회의를 보여준다. "산기슭에서는 셰퍼드까지 쇠고기를 먹고 있는데 이 못난 병신이!"(104쪽) 인간이라는 동호의 자괴감은 "이 땅에 인간다운 인간, 전능한 신이란 과연 존재하는가"[35]의 반성으로 새로운 세계의 창조적 가치로서 통합성을 환기한다. 또한 동물 중에서도 가장 부정적인 쥐에 의존해야 할 만큼 나약한 인간성을 풍자하는 궁극에는 부정적 인

35 최성실, 「장용학 소설의 반전인식과 개인주의적 아나키즘 특성연구」, 『우리말글』 37집, 2006. 8, 411쪽.

간성과 인간 문명의 부정성을 폭로한 작가 의식이 읽혀진다.

한편 동호의 의식으로 재현되는 비인으로서 세계의 은유는 다음과 같이 동식물의 속성으로 새로운 세계의 가치 창조로서 통합성을 환기한다. "꿀꿀 꿀꿀, 거리로 덮어든다. 뒤진다. 썩은 것을 훑는다…… 백만 인구를 자랑하던 공민사회(公民社會)는 삽시간에 허허벌판이 되었다."(107쪽) 돼지 몸의 은유는 돼지가 인간세계를 뒤엎는 비인간성의 확장으로 전후 황폐한 삶을 살아가는 민중들의 비극을 내포한다. 돼지의 색깔은 다양하다. "도살장을 부수고 쏟아져나온 돼지의 대군이 하늘 아래를 까맣게 덮었다." 이와 같이 비인으로서 세계의 은유는 전쟁의 폭력 앞에 무기력한 인간성을 풍자하는 효과를 낳는다.

동호의 의식에서 비인으로서 세계의 은유는 돼지의 저항에서 나무의 행진으로 이동된다. "페스트가 지나간 이 터전을 향하여 소리 없는 행진이 나타났다. 나무의 행렬. 나무들이 진주해 온다. 대추나무·회나무·잣나무·느릅나물·이깔나무·소나무·보리수·계수나무…… 사전(辭典)에서 해방된 모든 나무들이 천천히 걸어 들어온다."(108쪽) "페스트가 지나간 이 터전"이 전후 현실이라면, 나무는 민중들의 저항으로 읽혀진다. 나무의 "소리 없는 행진"은 묵묵하게 소시민적 삶을 살아가는 민중들의 성실한 발걸음으로 이어지는 실천적 삶의 가치다. 민중들의 주체적 삶의 모여 '그늘을 짓는' 연대가 이뤄진다. "고요하다. 아주 고요하다. 낙원이다. 낙원이 고요하다." 그것은 칼과 총을 부리지 않는 평화의 혁명과 유사한 창조적 세계의 통합성의 가치를 환기한다.

또한, "백정이 감찰(鑑札)을 읽어버린 메리의 모가지를 갈구리로 걸어서 질질 끌고 간 것이 슬퍼서였겠다."(107쪽)에 내포된 세계의 은유는 아홉 살 때 백정이 개 '메리'를 끌고 가는 시간을 지나 나뭇가지를 타고 침입해 들어오는 원인(猿人)으로 문명 세계를 해체하는 효과를 보여준다.

"아직 쭉 펴지 못하는 허리에 차고 있는 것은 또 그 돌도끼이고 손에는 횃불이다."(108쪽) 원인(猿人)의 세계로서 은유는 허리에 차고 있는 돌도끼의 노동과 손에 든 횃불의 자유로 권력에 저항하는 민중의 역사성으로 통합성을 환기한다. "그 공화국은 만세를 부르는 시민들에게 자유를 보장하는 감찰을 나누어준다."(108~109쪽)에서도 새 세계의 희망으로서 원인(猿人)의 노동과 자유의 주체적 성취가 강조된다.

더 나아가, '눈'이라는 자연 현상에까지 확장된 세계의 은유에서는 부정적인 인간 문명의 역사를 해체하고 새로운 세계의 창조적 가치로서 통합성이 강조된다. "바깥 세계에서는 눈이 시름없이 내리고 있는데, 이런 역사(歷史)는 그만하고 그쳤으면 좋겠다." 바깥 세계에서 내린 눈은 새로운 역사다. "세계는 눈이 되었다. 모든 세계는 눈으로 덮이고 공기가 걷히고 바람이 죽었다. 눈 속이 세상이다. 생물교본을 고쳐야 한다."(109쪽) 세계가 눈이 되어버린 새로운 역사의 변화는 생물 교본을 고쳐야 하는 생태계의 혁명이다. 눈을 마시고 사는 새살림이 시작되면서 공기를 마시고 살았다는 것을 잊어버릴 생태계의 혁명을 통해서도 기존 문명이 해체되는 창조적 세계의 통합적 가치가 환기된다.

동호의 의식에서 누혜 몸의 은유는 비인으로서 세계의 존재성을 다각적으로 창조한다. 그것은 돼지들의 세상, 돼지 우는 소리, 나무들의 행렬, 아홉 살 때 백정이 끌고 간 개 '메리'의 모습, 나뭇가지를 타고 침입해 오는 원인(猿人), 온 세상에 눈이 오는 모습을 거쳐 눈먼 도승(道僧)의 모습 등으로 변화됨으로써 새로운 세계의 창조적 가치를 내포한다. 과거의 회상과 상상의 이미지가 혼재된 동호의 의식은 인간 중심적인 몸의 사유에서 벗어나 유목민적 몸의 사유로서 비인으로서 세계의 의미를 확장함으로써 부정적 인간성과 인간의 문명을 해체하는 새로운 가치로서 통합성을 창조하는 효과를 낳는다.

또한 비인의 은유는 텍스트에 부각된 사람과 동식물 그리고 온갖 사물의 이름으로도 환기된다. 예컨대, 텍스트에서 누혜의 이름은 자유를 기원하는 몸의 은유다. 즉 누에고치로부터 탈피하여 나비처럼 자유로운 삶을 살아가기를 바라는 뜻을 반영한다. 누혜가 자살하기 전날 밤, 누혜는 동호를 껴안고 동성애적 포즈를 취하면서 동호에게 자신을 엊저녁 꿈에 어떤 여자가 껴안았다고 고백한다. 그 순간 동호는 "구렁이에게 잡힌 개구리처럼 꼼짝을 못했다."(115쪽) 누혜의 몸은 구렁이로, 동호 자신의 몸이 개구리로 변화되는 동물성으로 은유됨으로써 기존 관습이 해체된다. 누혜는 꿈에서 자신을 껴안았던 여인이 요한의 모가지를 탐냈던 살로메였다고 고백하고, 누혜가 밀친 동호의 몸은 날개 없는 열매로 은유된다.

"나의 열매는 익었다. 그러나 내가 나의 열매를 감당할 만큼 익지 못했다…… 영원히 익지 못할 것이다! 내게는 날개가 없다."(116쪽) 누혜 몸에서 "툭 떠밀어"진 동호의 육체는 "강간을 당한 것처럼 보잘것없는 것으로 흐무러지는 것"으로 부정적 인간성에 대한 비판 의식을 확장한다. 이처럼 요한의 존재성과 대응하는 비인으로서 누혜 몸은 전쟁의 폭력 앞에서 무너져버린 인간성에 대한 믿음에서 벗어나 인간 존재에 대한 근원적 탐색으로 자유를 추구한 반면에 동호의 몸은 누혜와는 달리 죽음의 자유로 날아갈 날개가 없기 때문에 지상에서 삶을 예수의 실천적 삶과 같은 구원으로 열매 맺어야 하는 고뇌를 내포한다.

한편 동호는 누혜 어머니를 죽인 후, 부정적 실존으로서 인간성을 동물 세계의 확장으로 폭로함으로써 속죄양의 가치로서 창조적 희망의 통합성을 환기한다. 어둠 속 고양이는 누혜의 눈으로 노파를 죽인 동호를 본다. 동호는 고양이가 물어다 준 죽은 쥐를 먹으며 연명한 누혜의 어머니를 죽인 것이다. 고양이는 누혜의 존재성과 등가다. 동호는 누혜를 낳고 키운 주인으로서 어머니를 죽인 죄의식을 폭로한다. "까마귀가 황혼을 울던 나뭇가지에 두 눈알이 켜져 있"는 것에서 동호의 죄의식이 부각된다. "저주와 복수를 자아내던 두 눈빛이 갈라지면서 그 주위에 둥그스름한 윤곽이 떠"오르듯이 동호는 새로운 세계를 본다. 그것은 "달이 둥글게 꿈틀거리면서 구름 사이를 비비고 나온 것"(126쪽) 같이 절망 속의 희망을 깨닫는 새로운 세계의 창조적 시간이다. 절망을 딛고 떠오르는 삶의 희망은 부정적인 인간성과 인간 문명을 해체하는 궁극에서 새로운 세계의 실천적 삶의 가치로서 통합성을 환기한다.

요컨대, 동호의 의식 속에 함축된 비인으로서 세계의 은유는 누혜와 누혜 어머니의 죽음까지 담보하여야 할 동호의 실천적 삶의 의미를 현실의 절망을 극복한 구원이자 창조적 세계의 통합적 가치로 확장한다. 표제에서도 반영되었듯이 메시아를 준비한 요한의 삶과 죽음을 함축하는 누혜의 죽음이 내포한 창조적 의미는 예수의 구원을 실천하여야 할 동호의 실천적 삶이 통합적 가치로 열려 있음을 보여준다. 이렇듯 비인으로서 세계의 은유는 이데올로기의 반목과 전쟁의 폭력으로 드러난 부정적 인간성과 인간 문명을 해체하는 비인간성의 존재론적 유사성들을 통섭함으로써 새로운 세계의 희망을 창조하는 통합성을 환기한다. 이를 통하여 독자는 분단 현실을 극복할 수 있는 미래지향적 삶의 가치를 반성할 수 있다.

5. 나오며

이 글은 1950년대 장용학의 「요한 시집」에 내포된 몸의 은유를 해명하는 방법으로 작가의 현실 인식과 소통하면서 분단 현실의 미래지향적 방향성을 모색하고자 하였다. 텍스트에 내포된 몸의 개념적 은유와 유사성의 창조적 은유를 통섭하는 측면에서 작가 의식과 분단 현실의 미래지향적 가치를 파악하면 다음과 같다.

첫째, 감각의 은유는 동굴의 모성성을 함축하는데, 그 의미는 전쟁의 고통과 아픔을 치유함으로써 훼손된 역사성의 회복을 꾀하는 작가의 현실 인식을 내포한다. 감각으로 읽혀지는 동굴의 모성성은 충격적이고 비정상적인 이데올로기 대립과 전쟁의 폭력성을 고발하는 동시에 전쟁의 상처를 치유하는 효과가 있다. 둘째, 전신의 은유는 경계의 헌신성을 함축하는데, 그 의미는 이데올로기의 반목과 대립으로 죽음의 자유를 선택한 누혜의 실존적 비극을 통하여 대립과 분단의 희생양으로서 의미를 강조한다. 전신으로 읽혀지는 경계의 헌신성은 포로수용소 철조망에서 자살한 누혜의 실존적 의지를 통하여 이데올로기의 대립과 분단을 초월한 자유의지를 환기시키는 효과가 있다. 셋째, 비인의 은유는 세계의 통합성을 함축하는데, 그 의미는 인간이 아닌 동물과 식물, 사물과 자연현상 등의 비인간적 속성을 부각시킴으로써 인간과 인간 문명의 부정성으로서 작가의 현실 비판을 내포한다. 비인으로 읽혀지는 세계의 통합성은 부정적 인간성과 인간문명을 비인간성으로 확장하는 지점에서 전후 현실의 절망을 딛고 새롭게 창조하여야 할 미래지향적 희망을 통합성으로 역설하는 효과가 있다.

결론적으로 「요한 시집」에 내포된 감각으로서 동굴, 전신으로서 경계, 비인으로서 세계로 드러난 몸의 은유는 모성성, 헌신성, 통합성 등으로 전쟁의 폭력과 전후 현실의 비극을 극복할 수 있는 대안으로 바라보았던 작가 의식과 관련이 깊다. 이처럼 이 장에서는 「요한시집」에 내포된 몸의 은유를 해명하는 방법으로 한국전쟁의 역사적 의미만을 반성하는 데 그치지 않고, 독자 수용의 입장에서 분단 현실의 미래지향적 방향성을 한국전쟁소설의 인문학적 담론의 지평으로 탐색할 수 있는 단초를 제공하고자 노력하였다.

제4부

디지털 시대 소설의
탈근대성

김경욱 소설의 서사 패턴과 리듬

1. 들어가며

> 내게 즐거움을 준 텍스트를 '분석'하려 할 때마다, 내가 발견하게 되는 것은 내 '주관성'이 아닌 내 '개별체'이다. 그것은 내 육체를 다른 육체들과 분리시켜 내 육체에 그것의 고통, 또는 즐거움을 적응시키는 소여이다. 그러므로 내가 발견하는 것은 내 즐김의 육체이다.[1]

롤랑 바르트의 입장에서 살펴보면 김경욱 소설[2]은 디지털 시대의 다양한 매체와 포스트모더니즘 대중문화를 서사로 육화함으로써 독자 개별체적 경험을 역동적으로 유인(誘引)한다. 영상 이미지의 미로 속에서 새

---

1   V. Jouve, *La litteerature selon Barthes*, Minuit, 1986, 100~101쪽, 롤랑 바르트, 『텍스트의 즐거움』, 김희영 역, 동문선, 2002. 11~12쪽에서 재인용.

2   김경욱은 1993년 『작가세계』로 등단, 『바그다드 카페에는 커피가 없다』(1996), 『베티를 만나러 가다』(1999), 『누가 커트 코베인을 죽였는가』(2003), 『장국영이 죽었다고?』(2005) 등의 단편집과 장편소설 『아크로폴리스』(1995), 『모리스 호텔』(1997), 『황금 사과』(2002)를 발표하였다. 이 글에서는 김경욱의 단편소설을 대상으로 삼되 소설로 약칭한다.

로운 문학적 상상력을 탐색하며 문단의 전초병[3]으로 평가받아온 김경욱은 기존 서사 문법과는 차별화된 서사의 시각화로 한국 소설의 서사 지평을 확장하였다. 따라서 김경욱 소설에 대한 논의는 후기구조주의의 해체적 독법[4] 또는 포스트모던 문화와 존재성의 측면[5]에서 진행되어왔다. 기존 논의에서 밝혀졌듯이 그의 소설에서는 '후기구조주의자들의 주장을 반영하면서도 어쩔 수 없는 의미가 포착될 수밖에 없는 자신을 부정하는 차이의 패러독스'[6]가 드러난다.

그러므로 이 글에서 살피고자 하는 서사 패턴과 리듬은 다양한 매체와 포스트모더니즘 대중문화에 대한 기억을 문학적으로 형상화한 김경욱 소설 미학의 일정한 법칙성과 차이를 밝힐 수 있는 유용한 방법론적 접근이 될 수 있다. 소설 서사에 내포된 '패턴과 리듬'[7]은 독자 경험을 활성화하는 형식이자 의미 생성의 경로이다. 반복적 특징으로서 패턴은 회화적 구도를, 리듬은 그것보다 깊은 의미 작용으로서 음악적 울림을 연상케 한다. 서사의 경로를 패턴과 리듬의 관점으로 밝히는 작업은 소설 분석에

---

3   김인숙 외, 『제27회 이상문학상 수상 작품집』, 문학사상사, 2003, 315~316쪽 참조.
4   민혜숙, 「김경욱의 「고양이의 사생활」 해체적으로 읽기」, 한국문학이론과 비평학회, 2005, 47~69쪽.
5   김병익, 「존재의 허구, 그 불길한 틈」, 『누가 커트코베인을 죽였는가』, 문학과지성사, 2004, 338~339쪽; 우찬제, 「한없이 미끄러지는 접속」, 『장국영이 죽었다고?』, 문학과지성사, 2005. 280~302쪽; 조현일, 「포스트모던 사회 심리학」, 한국현대소설학회 편, 『2008 올해의 문제소설』, 푸른사상, 2008, 42~47쪽.
6   민혜숙, 앞의 글. 69쪽.
7   포스터는 스토리가 일차적 호기심이요 플롯이 상상력과 지성이라면 패턴은 책 전체의 모습을 보게 만드는 미학적 감각의 즐거움을 준다고 밝혔다. 포스터가 리듬을 작품의 내용으로 파악한데 비하여 러보크는 리듬을 시점의 변화로 간주한다. Forster, E, M, *Aspects of the novel*, Penguin, 1974, pp.134~150; Percy Lubbock, *The Craft of fiction*, London: Jonathan Cape, 1957; 권택영, 『소설을 어떻게 읽을 것인가』, 문예출판사, 1996, 70~73쪽 참조.

있어 경직된 방법론의 잣대가 아니라 독자 개별체적 감각을 활용한 감각적이며 탄력적인 방법론적 접근이다. 더 나아가 텍스트의 즐거움과 독자의 즐김의 변증법적 욕망으로 서사의 근원적 차이를 읽어내는 능동적인 독서 행위인 것이다.

따라서 이 글은 김경욱 소설 서사에 내포된 매체 차용과 알레고리의 형식을 독자의 자율적인 교감이라 할 수 있는 패턴과 리듬의 관점을 활용함으로써 시각 분할 패턴의 불연속적 리듬과 이미지 해체 패턴의 연속적 리듬의 차이를 밝히게 될 것이다. 이러한 입장에서 김경욱 소설을 분석하면 「장국영이 죽었다고?」 「베티를 만나러 가다」 「고양이의 사생활」 「위험한 독서」 등과 같은 대부분의 작품에서는 가상 세계와 서사 현실이 원근법적 거리로 대비되는 시각 분할 패턴의 불연속적 리듬이 부각된다. 반면에 「나비를 위한 알리바이」 「나가사키 내 사랑」 「당신의 근황」 「99%」 등의 비교적 최근 작품에서는 대립적 시각 분할 구조가 깨어진 서사의 틈에 분절된 이미지가 연쇄되는 이미지 해체 패턴의 연속적인 리듬이 파장된다.

이렇듯 김경욱 소설의 근원적인 즐거움과 즐김의 동요 혹은 의미 생성의 경로는 인칭대명사의 긴장을 통해서 천착될 수 있다. 대부분이 일인칭 주인공 시점인 김경욱 소설에서 초점화자 '나'의 시각 변화는 간과할 수 없는 존재적 사유를 제공한다. 초점화자 '나'가 초점 대상인 타자와 세계를 포착한 초점 맞추기의 심층에는 세계를 바라보는 작가의 시각과 윤리의식이 침전되어 있기 때문이다. 이를 밝히는 작업은 "독자와의 대화를 통해 서로의 환상을 인정하고 욕망을 길들이며 옳게 사랑하는 법을 가르치는 상상계적 아버지의 치료사와 같은 입장"[8]과의 소통에 다름 아니다.

---

8 권택영, 「욕망에서 사랑으로」, 라캉과현대정신분석학회 편, 『우리시대의 욕망 읽기』, 문예출판사, 1999, 69쪽 참조.

궁극적으로 이 글은 김경욱 소설의 서사 패턴과 리듬을 중심으로 작가의 서사 미학과 세계관의 울림을 풍요롭게 경험하는 동시에 21세기 한국 소설의 새로운 서사 경향을 탐색할 것이다.

2. 서사 시각 분할 패턴과 불연속적 리듬

각 분할 패턴은 기표의 구별 또는 인터넷의 가상 세계나 포스트모더니즘 대중문화의 차용 경로를 구획하여 반복적으로 보여주는 서사 방식이다. 아이디와 같은 기표의 구분 그리고 인터넷이나 영화, 책 등의 매체 차용의 차별화가 진하게 표시하기로 가시화된 것이다. 이분법적 시각 분할은 주로 기표와 매체 접속을 구별 짓는 단어, 문장, 단락, 장면의 구획 등으로 반복되고 확장되는데 그 사이의 간격에서 불연속적 리듬이 파생된다. 서사의 결속력이 떨어지는 장면의 분할과 명암에서 파장되는 불연속적 리듬은 경험자아와 서술자아, 자아와 타자, 세계와 세계 간의 이분법적 구조로서 불협화음의 세계관을 내포한다. 불연속적 리듬의 심층에서 초점화자 '나'는 서술자아와 경험자아의 거리가 소거되거나 대극을 이룬 내적 갈등의 긴장을 보여줌과 동시에 타자 그리고 세계와의 좁혀질 수 없는 외적 갈등을 보여준다. 원근법적 시각 분할의 은유적 선택은 텍스트의 즐거움을 강화하는 반면 독자로 하여금 불연속적 리듬의 즐김에서 '나'와 '그' 또는 '그녀', '당신', 익명성의 소통이 차단된 소외 의식을 보게 한다.

1) 가상 세계 접속과 차단의 서사 분할

「장국영이 죽었다고?」「베티를 만나러 가다」「고양이의 사생활」 등을 비롯한 대부분의 김경욱 소설에서 드러나는 가상 세계와의 접촉과 경계 짓기는 서사 시각을 분할하는 결정적 요소로 작용한다. 가상 세계의 접속은 '이혼녀', '아비', '베티', '고양이', '아저씨' 등과 같은 아이디를 진하게 표기하는 방식으로 익명성을 강조한다. 원근법의 효과로서 기표의 구분과 가상 공간의 접속, 그리고 포스트모더니즘 대중문화의 수용 경로가 드러나는 서사 분할 패턴의 구체적인 예를 「장국영이 죽었다고?」[9]에서 살펴보면 다음과 같다.

> **2003/4/12 23:35:29 조회:121 추천:37**
>
> 장국영이 죽었단다. 어쩌면 그것은 거짓말인지도 몰랐다. (7쪽)
>
> **-정말 이혼녀예요?**
> **이혼녀**는 선뜻 대답하지 않았다. 역시 그것은 어리석은 질문이었다. 할 수만 있다면 삭제하고 싶었지만 이미 **이혼녀**에게 송신된 뒤였다. (11쪽)

이 작품의 첫 장면은 가상 세계에 초점을 맞춘다. 초점화자 '나'가 접속하는 가상 세계의 인터넷 화면은 **'2003/4/12 23:35:29 조회:121 추천:37'**의 진한 글씨체로 부각된다. 피시방에서 아르바이트를 하는 '나'는 홍콩 배우 장국영이 자살한 날 **이혼녀**와 채팅을 한다. '자칭 **이혼녀**는 실제 이혼녀인 것처럼 굴었다.'(10쪽)에서 드러나듯 **이혼녀**라는 아이디의 진한 표기는 고유한 의미를 은폐시키거나 실체를 과장과 허위로 굴절시

---

9   김경욱, 『장국영이 죽었다고?』, 문학과지성사, 2005. 이후 본문 인용은 괄호 안 쪽수로 표기한다.

키는 측면에서 기표의 차이를 강조한 것이다. 이혼녀/**이혼녀** 차이는 '나'의 대립적 세계관을 과거의 경험과 현재의 접속이라는 원근법의 발상으로 분할한다. **이혼녀**라는 아이디가 '나'의 전처인 이혼녀에 대한 의미를 압도하는 무게로 구분되듯이, 진한 글씨체로 구획된 가상 세계의 접속은 '나'의 욕망의 무게에 비중을 두고 있다. 이러한 시각 분할의 초점 맞추기는 실제 현실의 인간관계에서 고립된 '나'가 가상 세계에 접속함으로써 자신의 현실에서 탈주하고픈 욕망을 포착한 것이다.

가상 세계/현실 세계의 대립은 서술형 동사의 빈도 차이에서도 차별화된다. '그 누구와도 관계하지 않음으로써' 겨우 존재할 수 있는 '나'가 가상 세계에 접속하는 장면에서는 경험하는 '나'와 서술하는 '나' 사이의 간격이 소거되기 때문에 지금—여기의 지표로서 현재형 동사가 압도한다. 그렇지만 '나'의 과거 경험, 즉 아버지의 신용보증으로 인하여 신용불량자가 된 사건이나, 그러한 불행으로 인하여 아내와 이혼을 하고 현실의 모든 인간관계에서 소외된 이야기는 경험하는 '나'의 입장보다 서술하는 '나'의 입장을 강조하기 때문에 그때—그곳의 지표로서 과거형 동사가 압도한다. 이와 더불어 과거 경험을 바라보는 입장과 대비되는 측면에서 현재 경험의 초점 맞추기가 진한 표기로 부각된다.

또한 장국영의 죽음을 알리는 '속보로 올라온 뉴스'(12쪽), **이혼녀**와의 채팅, 영화 〈아비정전〉의 대사 '**세상에는 발 없는 새가 있다더군. 날아다니다 지치면 바람 속에서 쉬지. 평생 단 한 번 땅에 내려앉는데 그건 바로 죽을 때야.**'(12쪽) 등과 같은 매체 차용의 장면이 진한 글씨로 강조된다. 아버지 그리고 전처와의 관계와 기억은 그때—그곳으로 회상되는 반면에 매체의 접속은 지금—여기 장면으로 제시된 것이다. 이처럼 과거/현재를 바라보는 거리의 구분은 원근법의 표기로 병치되어 서사의 대립적인 공간성을 보여준다.

과거/현재, 가상 세계/현실 세계의 대립 구조를 반복하는 서사의 시각 분할은 '아파트를 장만하기 위해 아이를 갖지 않은' 부부가 아파트를 지키기 위해 헤어져야 했고, 이제는 '예전처럼 가벼운 마음으로 농담을 주고받을 수는 없'(35쪽)는 관계성에서 드러난 소외 의식을 불연속적인 리듬으로 부각시킨다. **이혼녀**와 나누는 농담 같은 우연의 반복은 농담조차 하기 어려운 전처와의 관계뿐만 아니라 현실에서 단절된 인간관계를 원근법적 각도로 조명한 것이다. **이혼녀**와 '나'는 홍콩의 조문객들의 복장을 하고 영화 〈아비정전〉을 보았던 충무로 극장 앞에서 만나기로 한다. 그러나 그 약속은 현실이 되지 않는다. 마치 농담처럼. 극장 앞에서 '나'는 검은 양복에 마스크를 착용한 익명의 무리 중 한 명이 되어 그들을 바라볼 뿐이다.

데스페라도　　장국영이 영웅본색 속편의 주제가 '奔向未來日子'를 듣고 있는데......가사 중에 이런 대목이 있네요. 인생의 참뜻은 아무도 몰라. 기쁨도 슬픔도 죽음도.
　　　　2003/4/15 11:20:57
조조할인　　다섯 개의 행성이 한꺼번에 육안으로 보이는 건 내년 만우절이 아니라 내년 3월 말임다.
　　　　2003/4/14 20:03:41
재개봉관　　아비정전, 강추. 저주받은 걸작에 기꺼이 한 표!
　　　　2003/4/14 16:37:04
동네오빠　　혜미야 사랑해!
　　　　2003/4/13 14:28:32 (35쪽)

작품의 끝에서도 처음 장면처럼 가상 세계에 초점이 맞춰진다. **데스페라도, 조조할인, 재개봉관, 동네오빠** 등의 아이디는 접속의 즐거움을 다채롭게 보여준다. **'3월 말임다'**와 같이 입말의 댓글에서는 문자 언어의 파격이 드러난다. 가상 세계의 접속 장면에서도 서사 시각이 원근법적으로 분할된다. 장국영의 죽음을 매개로 접속한 아이디와 댓글은 진한 글씨체로 익명성의 욕망을 부각시키는 반면 년, 월, 일, 시간, 분, 초로 제시된 댓글 표기의 시각은 보통 글씨체로 서사 현장의 핍진성을 담보한다. 또한 **'저주받은 걸작에 기꺼이 한 표!'** 와 같이 한 문장 안에서도 글자의 크기를 달리하는 초점화의 거리 조준은 장면의 입체성을 더한다.

이와 같이 경험자아와 서술자아의 거리가 소거되는 장면의 선택적 초점 맞추기에서 드러난 입체적 장면과 현장성은 텍스트를 바라보는 즐거움을 원근법과 다중적인 거리 조정으로 배가시킨다. 그렇지만 '나'의 현실과 가상 세계의 접촉 장면 사이에서 파장되는 불협화음의 리듬은 그 심층에서 불안한 소외 의식을 파장시킨다. 따라서 「장국영이 죽었다고?」의 불연속적 리듬을 함축하는 물음표(?)는 단순하게 의문형에 그치지 않은 익명성의 아우성에 대한 반문을 내포한 메타시각으로서 소통되지 않는 현대인의 고독과 소외 의식을 응시하게 한다.

한편, 「고양이의 사생활」[10]에서는 실체 없는 욕망의 기표로서 **고양이** 를 진한 글씨로 표기한다. 아이디의 진한 글씨체는 현실 세계/가상 세계의 차이를 시각 분할로 드러낸 것이다. 초점화자 '나'가 **고양이**의 방을 찾아가는 길 찾기는 가상 세계/현실 세계의 대립적 공간에 따라 달라지는 욕망의 긴장과 이완을 내포한다. 작품의 첫 장면에서는 '나'와 아내의 조화되지 않은 관계에 초점이 맞추어진다. '나'의 아내는 털이 무성한 애완견 슈나우저를 기르지만 '나'는 개 알레르기가 있어 아내가 부재할 때 개를 베란다에 꽁꽁 묶어둔다. 그런 '나'는 지난 봄부터 '이 세상에서 온전

---

10 김경욱, 『누가 커트 코베인을 죽였는가』, 문학과지성사, 2003. 이후 본문 인용은 괄호 안 쪽수로 표기한다.

히 나만을 위해 존재하는 그 무언가'(9쪽)로 **고양이**를 기르기 시작했다. '나'와 아내의 욕망은 개/**고양이**라는 기표와 같이 대립각을 보여준다.

　고양이를 찾아가는 길을 안내하는 문자 메시지는 서사적 욕망의 지침이다. **고양이**를 찾아가는 이정표는 놀이공원, 등기소, 외환은행, 세븐일레븐, 번개표, 그리고 고욤나무이다. '나'는 찾아가야 할 최종 목표 지점에 위치한 고욤나무의 정체를 알지 못한다. 이것은 삶의 목표를 모르는 '나'의 정체성으로 읽혀진다. 실체 없는 욕망이 도달하고자 하는 위치에서 그 정체를 알지 못하는 '나'의 목표 없는 삶의 의미가 고욤나무로 상징된 것이다. 같은 맥락에서 '고양이의 체취가 고스란히 배어 있을 그 방'(30쪽) 즉 '고양이의 사생활'에 대한 '나'의 욕망은 아내와의 관계 즉 현실의 삶과 결연된 실체 없는 욕망이라 할 수 있다.

> 　방문이 열리는 소리에 놀라 나는 실행하던 프로그램을 서둘러 종료시켰다. 실행하던 프로그램을 종료하시겠습니까. 예. 지금까지의 데이터를 저장하시겠습니까. 예. 이윽고 프로그램 종료를 알리는 시그널이 컴퓨터 모니터에 떴다.
> 　Cat's privacy. copyright ©1999–2004 Macrosoft Inc(MNC).
> 　All right reserved.
> 　"저녁은?" 아내가 물었다. "대충 먹었어"라고 나는 대답했다. 그것은 사실이 아니었다. (30쪽)

　작품의 끝에서는 가상 세계의 접촉과 차단을 프로그램 종료 시그널로 경계 짓는다. '바야흐로 게임의 마지막 한계를 돌파할 수 있는 결정적인 순간'에 아내가 들어와 '나'의 욕망이 차단된 장면이 강조된 것이다. 가상 세계와 현실 세계의 경계를 드러내는 장면에서 이어지는 **'놀이 공원 입구에서 오른쪽으로 두 블록 지나……100미터쯤 가면 정육점이 나오고 정**

육점 앞에서……'(31쪽)의 문자 메시지는 **고양이**를 찾아가는 길의 안내를 되풀이함으로써 '나'의 현실 탈주의 반복적 욕망에 무게를 가한다.

이처럼 **고양이**를 찾아가는 길은 아이디 구분의 표기, 가상 세계/현실 세계의 구획 등의 원근법적 시각으로 '오늘의 우리 시대가 펼치고 있는 황량한 세계 속을 살고 있는 인터넷 세대의 쓸쓸한 내면 풍경'[11]을 보여준다. 반복되는 아이디와 문자 메시지 그리고 한글/영문 등의 진한 표기의 차별화를 통한 서사의 시각 분할에서 파생하는 불연속적인 리듬을 통하여 독자는 진정한 삶의 목표를 상실한 현대인의 욕망과 소외 의식을 불협화음으로 감지한다.

2) 문자 시각과 영상 시각의 서사 분할

김경욱 소설에서 강박적일 만큼 자주 반복되는 책과 독서 경험은 문자 문화에 대한 작가적 관심을 넘어선 각별한 애정을 보여준다. 「위험한 독서」 「성난 얼굴로 돌아보라」에서는 책과 인간의 상호작용을 메타 시각으로 강조한다.

특히 「위험한 독서」[12]에서는 독서와 드라마, 홈페이지의 수용 경로가 이분법적 시각으로 부각된다. 작품의 시작에서는 초점화자 '나'의 의식이 부각된다. '당신'으로 지칭하는 여성의 홈페이지를 방문하여 '오늘 당신은 바쁘다. 당신의 안부를 궁금해하는 방문자들의 사교적인 글에 댓글 한 줄 남기지 못할 정도로 바쁘다. 어제도 당신은 바빴다.'(160쪽)고 독백하

---

11 김병익, 「존재의 허구, 그 불길한 틈」, 앞의 책, 349쪽.
12 김경욱, 「위험한 독서」, 정미경 외, 『제30회 이상문학상 수상 작품집』, 문학사상사, 2006. 이후 본문 인용은 괄호 안 쪽수로 표기한다.

는 '나'의 의식은 현재와 과거 '당신'의 지속적인 습관을 '바쁘다/바빴다'
로 반복하여 서술한다.

'당신'이라는 호칭은 독서치료사인 '나'를 찾아온 여성을 향한 호명이
지만, 그 반향은 독자를 향하여 확산된다. 따라서 독자는 '당신'이라는 수
화자 위치에서 며칠째 '당신'의 근황을 궁금해하는 '나'의 의식과 마주친
다. '나'의 시각은 '당신'의 근황을 알기 위한 홈페이지에서 책으로 초점
대상을 옮긴다. 당신이 빌려갔던 '니체의 책'에 남겨진 흔적에서 '나'는
자신의 심연을 응시한다. '내가 붉은 얼룩을 응시한 것이 아니라 붉은 얼
룩이 나를 노려보고 있는'(161쪽) '나'의 전복된 시선의 심층에는 처녀성
의 환상이 웅숭그린다.

> 기괴한 형식의 죽음을 선택했던 이방의 작가가 쓴 소설 속에서 소
> 년이 발견한 것은 단 한 번도 타인에게 드러내 보인 적 없는, 스스로
> 도 부정하기에 바빴던 자기 자신이었다. **남에게 이해되지 않는다는
> 점이 유일한 긍지였기 때문에 무언가 남들을 이해시키겠다는 표현의
> 충동을 느끼지 못했다. 남의 눈에 띄는 것들이 나에게는 숙명적으로
> 결여되어 있다고 생각했다. 고독은 자꾸만 살쪄갔다. 돼지처럼.**[1]

> 각주 1) "미시마 유키오, 『금각사』 페이지 번호는 일부러 적지 않는
> 다. 의도적인 불친절이 못마땅하거든 앞으로의 각주를 무시하면 될 일
> 이다. 목마른 자 우물을 팔 것이니, 만에 하나 정확한 출처가 궁금하다
> 면 해당 책을 찾아 첫 문장부터 읽어볼 일이다. 인용된 문장을 발견할
> 때까지. 정말로 그런 문장이 있기나 한 것인지 확인할 때까지. (165쪽)

한편, 빈번하게 활용된 각주 삽입[13]은 작가 편집의 시각을 공간 분할

---

13 각주는 아홉 번이나 삽입된다. 각주 2) 제임스 M. 케인 『포스트맨은 벨을 두 번 울

로 보여준다. 특히 인용문 각주 1)에서 드러난 서술적 권력은 전통적 소설의 작가적 권위를 방불케 한다. 인용한 텍스트의 진한 표기는 독서 치료를 받은 소년의 자의식뿐만 아니라 각 주1)로 구획된 서사, 즉 인용한 텍스트의 페이지를 일부러 적지 않을 것이라는 작가 권위적 발화와도 분리된다. 서사 시각 분할은 '나'의 현학적인 독서 목록에 비해 '당신'의 독서 목록(각주 17의 3) 참조)이 빈약한 데서도 드러난다. 이러한 차이는 치료자/치료 대상, 남/녀의 지적 수준을 가시화한다.

각주에서 드러난 서술의 권위는 로고스에 대한 남성적 열망을 과시한 반면, 드라마와 홈페이지의 공간 서술에서는 영상 기법의 문단 구획과 여성적 감각의 간결체를 활용한다. '나'는 해박한 독서치료사답게 자신의 성적 욕망을 D. H. 로렌스, 어니스트 헤밍웨이, 제임스 조이스 등의 지적 편력으로 위장한다. 유부남과 처녀의 불륜 과정을 책에 대한 독자의 영향력으로 전가시키는 부분에서도 지적 권위가 강조된 것이다. 이러한 문자와 영상의 시각 분할에서 파장하는 불연속적 리듬의 잦은 반복은 장면들의 간극을 심화시키면서 서사의 약화를 초래한다. 고지식한 독자를 향한 '어수룩한 당신. 당신의 터무니없어 보일 정도의 진지한 반응에 하마터면 웃음을 터뜨릴 뻔했다.'에서는 '나'의 위트가 도드라지기도 한다.

남성 권위적 시각은 작품의 끝에서 반복되는 '나'의 독백에서 다시 부

린다.」(166쪽), 3) 참고로 당신이 작성한 독서카드의 내용으로 최근에 읽은 책─『다이어트! 제대로 알고 하자』, 감명 깊게 읽은 책─『데미안』, 아끼는 사람에게 권해주고 싶은 책─『홀로 눈 감으면 언제나 내 안에 있는 너』, 앞으로 읽고 싶은 책─『빵 굽는 사람이 아름다운 스물일곱 가지 이유』(167쪽), 4) 가브리엘 가리시아 가르시아 마르케스, 『콜로라 시대의 사랑』(168쪽), 5) 밀란 쿤테라, 『참을 수 없는 가벼움』(169쪽), 6) 이 에피소드에 대한 더 자세한 내용이 알고 싶다면 다셸 해메트의 『몰타의 매』를 읽어보라.(170쪽). 7) 다자이 오사무, 『인간실격』(172쪽), 8) 아니 에르노 『아버지의 자리』, 9) 다자이 오사무 『사양』(175쪽).

각된다. '당신은 여전히 나의 책이니…… 글을 쓰고 배경음악을 **바꾸는 데 게을러서는 안 된다.**'는 진한 글씨체와 명령 투의 어조에는 독자를 겨냥한 작가 권위적 시각이 드러난다. 드라마에서 정체성을 모방한 '당신'은 홈페이지의 주인이 되었고, '나'는 '당신'을 읽는 독자가 된 것이다. 그렇지만 당신을 향한 '나'의 목소리는 여전히 위풍당당하다. 메타 시각으로서 작가의 윤리성을 표제 '위험한 독서'로 표명하듯 '나'의 태도는 이분법적 발상으로서 여성을 향한 남성 권위와 독자를 향한 작가 권위적 시각을 견지한다.

3. 서사 이미지 해체 패턴과 연속적인 리듬

이미지 해체 패턴은 독자의 대중문화에 대한 기억을 암묵적인 카오스 또는 우회적인 알레고리로 내장하여 연쇄적인 이미지를 환기시키는 서사 방식이다. 이미지 해체의 경로로서 서사는 문학적 상상력을 자극하는 대중문화에 기반을 둔 초기 조건에 입각한 이미지의 미세한 차이에서 환유의 에너지를 끌어내기 때문에 구체적 시각 구조로 분할되기보다는 잠재적 이미지(actual image)와 현실적 이미지(virtual image)[14]의 연쇄로 이어진다. 이미지의 분절들은 커트된 필름이 암전(페이드 아웃-페이드 인)[15] 기법으로 연속되는 장면의 흐름처럼 서사를 잇는다. 이미지의 변형과 대치[16]의 연쇄 과정에서 파장되는 연속적인 리듬은 서사의 섬세한 결을 이

---

14 박성수, 『영화 · 이미지 · 이론』, 문화과학사, 1999, 14쪽.

15 페이드 같은 영화적 구두점(filmic punctuation)은 아무런 현실적 대상도 재현하지 않는, 이미지의 이미지 혹은 어둠의 이미지이다. 위의 책, 197쪽.

16 추상적인 무의식적 사고를 구상적 이미지로 무대 위에 올리기 위해서는 필연적으

루는 차이와 변화의 환유 효과를 점진적으로 끌어낸다. 이미지들의 운동으로서 환유 효과는 서사를 작품 내 심리적, 정서적 교접에만 머물지 않고 독자의 문화 체험적인 의식 내지 무의식을 자극한다. 이미지의 연쇄 반응은 초점화자 '나'의 현실과 밀접하게 관련된 인접성의 차이와 연기로 서술자아와 경험자아의 긴장을 산포함과 동시에 타자 즉 세계와의 갈등으로 자리바꿈한다. 작중인물의 별명 또는 실명의 이름 붙이기는 연쇄된 이미지의 흔적을 아이러니 또는 풍자로 봉합[17]하는 환유 효과의 계기로 기능한다.

1) 대중문화 차용과 서사 이미지 해체

「나비를 위한 알리바이」 「나가사키 내 사랑」 등의 서사는 포스트모더니즘 대중문화의 잠재적 에너지로서 독자의 상상력을 이미지의 변형과 대치로 환기시키는 환유의 효과를 아이러니로 봉합한다. 「나비를 위한 알리바이」[18]에서는 텔레비전의 영향과 무용함이 초점화자 '나'의 의식에서 태아의 운명을 '한 마리의 나비'로 변형하는 이미지의 반사작용으로 대치된다. 나의 의식에서 '한 마리의 나비'로 대치된 쌍둥이의 태아는 또 다시 텔레비전의 영향과 무용함을 반사하는 운명의 자리바꿈으로 변형된다. 텔레비전의 영향에서 비껴난 '나'의 의식은 '나비' 이미지의 겹침과 펼침

로 변형적 대치 과정이 요구된다. 박찬부, 「언어와 '같이' 구조화된 무의식」, 앞의 책, 27쪽.

17 자크 알랭 밀러가 언급한 봉합(la suture)은 담론의 세계에서 주체가 출현하는 과정으로 그 주체란 담론의 세계에서 펼쳐진 이미지와 자신을 동일시하는 이데올로기적 주체이다. 정여울, 『아가씨, 대중문화의 숲에서 희망을 보다』, 강, 2006, 206쪽.

18 김경욱, 『장국영이 죽었다고?』, 문학과지성사, 2005. 이후 본문 인용은 괄호 안 쪽수로 표기한다.

의 차이를 연기시키는 환유의 효과로서 사랑의 순정을 독자 반응의 연쇄 작용으로 이끌어낸다.

> 한 마디의 나비를 나는 기억한다.

> 간밤의 숙취로 쪼개질 듯한 머리를 두 손으로 감싸며 눈을 떴을 때 사위는 어둑어둑했다. CNN의 아침 뉴스였다. (129쪽)

초점화자 '나'의 의식은 '뜬금없이 날아든' 한 마리의 나비에 초점을 맞춘다. '한 마리의 나비'에 대한 기억은 텔레비전도 가르쳐주지 않는 예고 없는 운명을 자연 발생적 이미지의 연쇄로 이끌어낸다. 광고회사에 다니던 '나'는 짝사랑하는 그녀가 같은 부서의 팀장을 사랑한 것을 알면서도 구조조정의 와중에 그녀를 위하여 사표를 던지고 집 안에서 텔레비전만 본다. '나'에게 텔레비전은 세상을 바라보는 도구이고 인간관계를 이어주는 매개다. 방 안에 유폐되어 텔레비전만 시청한 지 한 달 만에 외출한 '나'는 서점에서 짝사랑했던 그녀를 우연히 만난다.

한 달 후 그녀와의 만남은 '나'의 운명을 텔레비전의 절대적 영향력에서 벗어나게 한다. '자발적 유폐는 그녀의 귓불 뒤의 점 하나도 내 마음으로부터 밀쳐내지 못했다.'(147쪽)는 '나'의 고백은 텔레비전과는 무관한 그녀와의 운명을 '귓불 뒤의 점 하나'의 이미지로 환기시킨다. 임신 중절을 위해 산부인과에 왔다는 그녀 앞에서 '나'는 '정녕 분노 없이 사랑할 수는 없는가.' 자문한다. 그러나 '나'의 분노는 '그녀의 가난한 운명'(154쪽)에 대한 북받치는 연민으로 자리바꿈한다. 태중의 쌍둥이가 마치 나비처럼 보였기에 도저히 지울 수 없었다는 그녀의 말을 들은 후, '나'의 의식은 '텔레비전의 불륜'과는 상관없는 나비를 위한 알리바이다. 태중의 쌍둥이를 '한 마디 나비'로 변형시킨 '나'의 의식에서 텔레비전의 유용함이 무용함의 이미지로 대치된 것이다. 이미지 해체의 연속적 리듬에서 파장되는 환유 효과는 예측 불허의 운명이 인간 본연의 순정으로 자리바꿈하는 아이러니로 봉합된다.

한편 「나가사키 내 사랑」[19]은 영화 〈히로시마 내 사랑〉(Hiroshima, Mon Amour, 1959)에 대한 독자의 불확정한 기억을 우회적으로 끌어냄으로써 서사 이미지를 해체시킨다. 영화의 시작에서 클로즈업되는 육체적 욕망의 이미지는 소설에서 초점화자 '나'가 그녀를 바라보는 이미지로 대치된다. 특히 소설의 시작에서 '나'가 자신의 애인인 유부녀를 '별'이라고 부른 것은 환유를 추동하는 계기로 기능한다. 사랑에 빠진 애인의 입장에서 '나'는 그녀를 '별'이라고 호명하는 데 비해 그녀의 남편은 결혼 후 그녀를 '저기'라고 부른다. '나'는 '사내들은 결혼하면 왜 아내의 이름을 잊어버리는 것일까?'라고 남녀의 관계성에 대하여 반문한다. 그녀의 정체성에 대한 '나'의 욕망이 투영된 '별'이라는 기표는 이미지의 흔적으로 서사를 연기한다.

> 별과는 분위기가 사뭇 다른 녀석에게서 나는 별의 남편을 본다. 나는 녀석의 이름도 알고 있다. 녀석이 거추장스럽지만 어쩔 수 없다. 녀석은 별과의 여행을 위한 알리바이였으니까. 녀석과 눈이 마주쳤다. 호기심 가득한, 무구한 눈빛이다. 나쁜 짓을 하다 들킨 아이처럼 나는 짐짓 딴청을 피웠다. (13쪽)

인용문에서는 별의 아들을 바라보는 '나'의 지각과 감정에 초점이 맞춰진다. 별의 아들에게서 별의 남편을 본 '나'는 그를 '녀석'으로 부르며, 그의 '무구한 눈빛'을 외면하는 것으로 거리를 유지한다. '별과의 여행을

---

19 한국소설학회 편, 앞의 책. 이후 본문 인용은 괄호 안 쪽수로 표기한다.

위한 알리바이'로 여겼던 별의 아들은 여행 과정 내내 '나'의 욕망의 방해자이면서도 관계 성찰의 조력자로 기능한다. 이러한 거리에서 '나'는 '별'과의 관계성을 진지하게 성찰한다.

가난한 대학생인 '나'와 부유한 유부녀인 '별'과의 관계와 차이를 환기시키는 이미지의 해체는 육체적 욕망과 사회적 위치를 교호시키는 인접성으로서 환유를 추동한다. '나'와 '별'은 애인이지만 불륜과 나이 차이라는 사회적 시선에서 자유로울 수 없다. 별의 절망은 '나'의 무기력을 닮았지만, 그들의 정체성은 관계를 바라보는 시각차의 이미지로 환기된다. '요시모토 바나나부터 에쿠니 가오리까지', '일본 여성 작가의 소설만' 읽는 별과 '미야베 미유키의 소설'과 '레이먼드 챈들러'의 『기나긴 이별』을 반복하여 읽는 '나'의 독서 취향은 대중문화의 전달 작용[20]을 기호화한다면, 그들의 소비 브랜드로 환기되는 취향[21]은 존재의 가치를 '스와치', '캘빈클라인', '테디베어' 등의 상품 이미지로 환기시킨다. 뱀의 허물벗기가 '나'에게는 '언젠가 다리가 생길지도 모른다는 기대'의 희망이지만 '별'에게는 '불어나는 몸집 때문'에 벗는 이탈인 점에서 독법의 차이는 곧 이미지로 연기되는 욕망의 차이인 셈이다.

한편 '나가사키'와 '하우스텐보스'는 '나'의 욕망이 투영된 육체의 이미지이자 알레고리다. 역사의 고통을 모방하는 공간처럼 나의 사랑은 육체적 감각에 갇혀 있다. '비 때문인지 도시는 나른한 침묵의 욕조에 길게 몸을 누인 듯했다'에서 드러난 공간성은 '안개가 살갗에 들러붙은 듯 몸이 욕조 바닥으로 한없이' 가라앉은 '나'의 육체와 흡사한 이미지를 산포한

---

20 문화는 전달 작용과 깊이 관련되어 있다. 송효섭, 『문화기호학』, 민음사, 1997, 171쪽.
21 취향은 구분하고, 분류하는 자를 분류한다. 삐에르 부르디외, 『구별짓기 : 문화와 취향의 사회학』上, 최종철 역, 새물결, 1995, 27~28쪽.

다. 해소되지 못한 육체적 욕망의 이미지는 나가사키에서 꿈꾸었던 밀애가 아이러니하게도 사랑의 파국 아니면 사랑의 희망으로 해체되는 흔적을 존재의 각성으로 굴절시킨다.

역사 모방의 이미지로서 원폭기념관 지하의 현장이 '원폭의 참혹'을 간직한다면, '나'의 참혹은 '별의 주위를 위성처럼 맴돌 뿐'인 별의 아들 그리고 별과 '나'의 관계성으로 환기된다. '나'는 그녀에게 갈 수 없다. 언제나 그녀가 '나'에게 온 거리에서 별은 '갑'이고 '나'는 '을'이다. 심지어 섹스를 할 때조차 '일제 콘돔만 고집'하는 '별'의 태도를 상기하면서 '나'는 '꼭 피임 때문'만이 아닌 '그 무언가'를 권력의 문제, 즉 '불평등하고 한시적인 고용계약' 관계로 각성한다. 그리고 '나'는 처음으로 별에게 주기 위한 선물로 '테디베어'를 산다.

> 이게 뭐야? 점퍼 안주머니에 넣어둔 테디베어를 녀석이 기어이 꺼내고 만다. 정현이 가져. 녀석의 얼굴이 등이라도 내건 듯 환해진다. 정말? 근데 아저씬 내 이름 어떻게 알아? 녀석이 나와 눈을 똑바로 맞추며 묻는다. 아저씨 아냐. 형이라고 불러. 나는 대답 대신 녀석의 머리를 쓰다듬는다. 항구 쪽에서 시원한 바람이 불어온다. 녀석의 머리에서 별의 냄새가 난다. 저 멀리, 항구를 굽어보는 나가사키의 밤하늘에 수많은 별들이 우주의 보석처럼 반짝반짝 빛나고 있다. 네델란드의 상선이 드나들고 핵폭탄이 떨어졌을 때도 무심히 빛나고 있었을 그것들을 쳐다보며 나는 육친의 다정함으로 녀석을 꼭 껴안는다. 오늘 밤 나는 별에게 갈 것이다. (41쪽)

작품의 말미에서는 별의 아들을 대하는 '나'의 태도 변화를 이미지의 연쇄로 환기시킨다. 녀석과의 첫 만남에서 '나'는 별의 남편을 보았던 것과는 달리 녀석의 눈을 맞추고 머리를 쓰다듬고 마침내 별의 냄새를 확인한다. 그를 '정현'이라고 호명한 것도, 테디베어를 별이 아닌 아들에게 주는 것도 예사롭지 않은 관계 변화의 흔적이다. 또한 여행의 출발지에서 '나쁜 짓을 하다 들킨 아이처럼' 녀석의 눈을 피했지만 더 이상 '나'는 녀석의 눈을 피하지 않는다. 이러한 변화를 끌어낸 이미지의 연속적 리듬은 '오늘 밤 나는 별에게 갈 것이다.'라는 다짐을 '별'의 기표로 해체한다.

'나'의 사랑은 육체적 욕망의 메타포이자 존재의 희망이다. 별은 '그녀'의 애칭을 넘어 '절망'을 넘어서는 '희망'의 징표이다. '밤하늘에 수많은 별'은 '핵폭탄이 떨어졌을 때도 무심히 빛나'는 어둠의 절망을 밝히는 빛의 이미지다. 그러므로 '나'가 별에게 가는 행위는 관계의 전복을 넘어 진정한 삶의 '희망'을 모색하는 의지로 읽혀질 수 있다. 사랑 아니면 상실, 어떤 것이든지 그 흔적은 나가사키가 환기시키는 역사적 고통처럼 '나'를 성장시킬 것이다. 사랑의 고통과 희망을 해체시키는 '별'의 기표는 육체적 욕망의 이미지를 연기하는 환유 효과를 아이러니로 봉합함으로써 독자로 하여금 포스트모던 사회의 존재 의식을 반추케 한다.

2) 자본문화 모방과 서사 이미지 해체

「당신의 수상한 근황」「99%」 등의 작품에서는 물질에서 자유로울 수 없는 현대인의 허구적 욕망을 이미지의 차이로 해체하는 연속적 리듬으로 환유의 효과인 풍자를 봉합한다. 「당신의 수상한 근황」[22]은 서울 지역 교통 정보를 알리는 '폭설입니다.'(36쪽)라는 뉴스 멘트로 시작된다. 뉴스 멘트가 환기시키는 시사적 이미지는 서사 전반에 걸쳐 연쇄된다. 초점화자 '나'는 보험사기 클레임 분야의 전문가다. '나'가 옛 애인의 보험사기

---

22 김경욱, 「당신의 수상한 근황」, 『장국영이 죽었다고?』, 문학과지성사, 2005. 이후 본문 인용은 괄호 안 쪽수로 표기한다.

행각을 냉정하게 파헤친 과정은 옛 애인의 얼굴의 상처와 화장실 구조에서 연쇄되는 이미지의 대치에 따른 사건의 의혹과 해결의 반복으로 서사를 연기시킨다.

작품의 끝에서는 교통사고로 전복된 자동차 안에서 돈을 요구하는 동생과 아버지의 전화를 받는 '나'의 입장이 드러난다. 연쇄된 이미지들로 봉합된 '나'의 입장은 물질에 예속될 수밖에 없는 현대인의 허구적인 욕망으로서 초상을 풍자한다. '터져 나오는 울음을 애써 참으며 '나'는 복권을 마저 긁기 시작했다. '멀리서 사이렌 소리가 들렸다.'(65쪽)는 거리에서 경험자아와 서술자아의 경계는 무화된다. 복권을 긁고 사이렌 소리가 들린 청각적 이미지의 연쇄 반응으로 인하여 '나'의 전복된 세계관으로서 허구적인 욕망이 해체된 것이다.

한편, 「99%」[23]의 서사는 자본주의 문화의 결정체라 할 수 있는 광고에 반영된 욕망의 허구를 '나'의 정념으로 변형시킨 동시에 알레고리로서 '기시감의 미각화'[24]를 대치시킨다. 이미지의 해체는 '삶의 세 가지 방식, 즉 나타나 보임, 말, 실체 사이의 관계'[25]의 차이와 연기로 환유 효과를 강화시킨다. 초점화자 '나'는 광고회사의 최 대리라는 직함을 가졌다. 직함의 기호로 정체성이 대비되듯 '나'가 '스티븐 킴'을 바라보는 의혹은 시기와 질투의 정념을 기시감의 이미지로 변형시키고, 1%를 향한 욕망의 알레고리는 99% 초콜릿의 씁쓸한 맛으로 대치된다.

'나'의 강박적 의혹과 욕망의 자리바꿈은 이미지의 연속적 리듬으로 환유 효과를 강화한다. '나'가 혜성처럼 등장한 '제작고문' 스티브 킴을

---

23 김경욱, 위의 책. 이후 본문 인용은 괄호 안 쪽수로 표기한다.
24 김윤식, 「기시감의 미각화」, 김경욱 외, 『현대문학상 수상 소설집』, 현대문학, 2008, 343쪽.
25 김화영, 「삶의 환상과 실체」, 위의 책, 344쪽.

보는 순간 어디선가 보았다는 느낌은 '누군가를 대면했을 때 초콜릿 생각이 간절했던 건 그때가 처음'(12쪽)인 것으로 시각적 이미지가 미각적 욕구로 변형되고, 질투는 초콜릿의 단맛에 대한 욕구로 대치된다. '나'의 의혹은 '광고계의 떠오르는 마이다스', '자본주의 심장 미국에서 잔뼈가 굵은 국제통'(12쪽)으로 소개되는 스티브 킴의 실체를 그의 모습과는 전혀 딴판인 '째진 눈, 뭉툭한 코, 각지고 돌출된 턱의 소유자', '김현빈이라는 펜팔용 이름', '본명 김태만'이었던 고등학교 동창생으로 대치시키며 스티븐 킴과는 상반된 이미지의 연쇄로 의혹을 증폭시킨다. 반면에 '나'의 의혹은 '왼발이 오른발보다 컸'고 '왼손잡이였던' 태만과의 공통된 이미지로 스티브 킴의 실체로서 김태만의 정체를 확신한다. 스티브 킴과 김태만과의 정체성을 환기시키는 이미지의 나뉨과 겹침의 반복적 차이는 환유 효과로 연기된다.

한편 '나'와 스티브 킴과의 외적 갈등은 광고 이미지의 해체로 변주된다. 연쇄되는 광고 이미지는 '나'와 스티브 킴의 외적인 갈등을 자본주의 문화로 환기시킨다. 융프라우의 높이가 4,158미터에서 빙하의 해빙으로 2미터 줄어든 디테일한 정보 제공으로 '나'를 압도하는 스티브 킴의 순발력은 '입꼬리가 살짝 치켜올라가 야비한 인상을 자아내는 미소'(19쪽)로 약육강식의 논리에서 패배하는 '나'의 굴욕을 환기시킨다. '적막한 새벽', '트레이닝복 차림의 젊은 여자', '이마의 땀을 훔치며', '우유 뚜껑을 따 먹는' 등의 연쇄적인 이미지의 흔적은 "아침을 여는 우유로 당신의 하루가 거뜬합니다."(26쪽)는 '나'의 카피의 의미를 증폭시키게 된다. 그러나 "명색이 우유 광곤데 젖통이 저리 소박해서야……"(26쪽)라는 광고주의 반응은 디테일한 이미지의 창조에 실패한 '나'의 한계를 확인시킴과 동시에 스티브 킴의 우월감을 상대적으로 환기시킨다. 광고 이미지에 따른 긴장과 이완의 연쇄 반응은 서사의 흔적으로 환유 효과를 연기한다.

흔들림 없는 그의 목소리. 우리는 역발상을 밀고 나갈 겁니다. 1퍼센트를 슬로건으로 내세우면서 99퍼센트를 공략하는 거죠. 1퍼센트 말입니다. 우리는 그 이율배반적인 욕망의 뇌관을 건드려주는 겁니다……잠시 뜸을 들인 뒤 그가 두 팔을 쫙 벌리며 말했다 펑! (42쪽)

스티븐 킴의 실체를 의심하는 '나'의 욕망은 광고에서 1%를 모방하고자 하는 99% 대중들의 욕망과 닮은꼴이다. 컵라면, 우유, 스포츠카 등으로 연쇄되는 광고 이미지의 차연은 '나'가 바라보는 스티븐 킴에 대한 시기 질투의 정념과 다를 바 없다. '이율배반적인 욕망의 뇌관' 즉 1%를 모방하고자 하는 욕망이 스티븐 킴의 실체를 의심하는 정념과 초콜릿의 욕구로 자리바꿈한 셈이다. '나'의 의심을 부추기는 시기 질투의 정념은 1% 단맛을 기대하는 99% 초콜릿의 씁쓸한 맛의 굴절로 이미지를 강화시킨다. 서사의 처음에서 드러난 아몬드 초콜릿의 달콤한 맛의 욕구가 작품의 끝에서는 카카오 함량 99%의 씁쓸한 맛에서 1% 단맛을 찾는 기대로 변주된다. 미각의 차이로 드러난 이미지의 연쇄반응은 소설적 진실로 욕망의 허구성을 드러낸다.

'나'의 내면에 도사리는 시기와 질투의 감정은 스티븐 킴에 대한 기시감의 변형과 초콜릿 맛의 대치로 환기되는 이미지의 해체를 연쇄적으로 끌어낸다. 시각, 미각, 청각에 두루 걸친 공감각적 이미지의 해체에서 드러난 연속적 리듬은 나눔과 겹침을 반복하는 이미지의 운동력으로서 환유의 효과를 증폭시키는 동시에 풍자를 강화한다. 시기와 질투의 정념을 욕망의 변형과 기시감의 대치로 풀어낸 서사에서 독자는 '씁쓸한 맛이 갈수록 지독'한 초콜릿 맛으로 모방하는 삶의 허구적 욕망을 발견한다. 이처럼 이미지 해체 패턴의 연속적 리듬은 현대인의 삶을 풍자하는 통찰의 즐거움과 환유의 즐김을 리드미컬하게 충족시킨다.

4. 나오며

이 글은 패턴과 리듬의 관점으로 김경욱 소설의 서사를 시각 분할 패턴과 불연속적 리듬 그리고 이미지 해체 패턴과 연속적 리듬으로 읽어내는 것을 목적으로 하였다. 디지털 시대 매체와 포스트모더니즘 대중문화를 창조적으로 용해시켜 새로운 소설 시학으로 형상화한 김경욱 소설의 서사 패턴과 리듬을 정리하면 다음과 같다.

첫째, 「장국영이 죽었다고?」「베티를 만나러 가다」「고양이의 사생활」「위험한 독서」 등에서 부각되는 서사의 시각 분할 패턴에서는 디지털 시대 매체의 접속과 차단의 장면들이 대비적으로 반복됨으로써 불연속적 리듬이 파장된다. 둘째, 「나비를 위한 알리바이」「나가사키 내 사랑」「당신의 근황」「99%」 등에서 드러난 이미지 해체 패턴에서는 대중문화에 대한 기억을 환기하는 동시에 서사 이미지가 변형과 대치로 연쇄됨으로써 연속적인 리듬이 파장된다. 전자에서는 가상 세계 접속과 차단 또는 문자 시각과 영상 시각의 서사 분할로 현대인의 소외 의식을 은유적으로 내포한다. 이에 비해 후자에서는 대중문화의 차용과 자본문화 모방 이미지의 서사 해체로 아이러니와 풍자의 환유 효과를 보여준다. 시각 분할 패턴에서 부각된 매체 차용의 경로는 이미지의 해체 패턴에서 한층 섬세한 서사의 결로 융합됨으로써 문학적 성취를 고취시킨다. 시각 분할 패턴의 작품들보다 이미지 해체 패턴의 작품들이 상대적으로 최근작임을 고려할 때 김경욱 소설의 서사 패턴과 리듬의 차이는 익명의 덧없음과 이분법적 시각에서 벗어나 실명의 정체성과 소통을 모색하는 초점화자 '나'의 태도 변화와 맞닿는 작가의 세계관적 변화로 읽혀졌다.

결국 김경욱 소설의 서사는 디지털 매체와 대중문화를 문학적으로 형상화함으로써 소설 미학의 독창성을 확보한다. 이러한 성과는 영상 문화가 압도하는 시대에 소설 미학의 새로운 지평을 열고자 노력한 작가의 고민과 의욕의 흔적인 점에서도 의의를 갖는다. 디지털 시대 매체와 포스트모더니즘 문화의 이질적이며 역동적인 리얼리티를 시각 분할과 이미지 해체의 서사로 변주시켜 현대인의 삶의 풍속을 다채롭게 보여주는 즐거움의 심연에서 독자는 '나'의 존재 의식의 차이를 향유할 수 있다. 패턴과 리듬의 관점으로 파악되는 서사의 차이를 현 시점에서 김경욱 소설의 발전단계로 규정 짓는 것은 성급한 예단이겠지만, 텍스트의 즐거움과 독자의 즐김으로 그것을 만끽하는 것은 21세기 한국 소설의 새로운 서사 경향을 가늠하는 측면에서 의미 있는 소설 읽기의 한 방법이 될 것이다.

김경욱 소설의 매체 접속 양상과 은유

1. 들어가며

김경욱 소설은 디지털 시대 삶의 풍경과 현대인의 존재 의식을 다양한 매체[1] 접속을 통하여 보여준다. 김경욱 소설을 관통하는 영화, 컴퓨터, TV 광고 등의 매체 접속은 디지털 시대 삶의 '은유적 상호작용'[2]으로 현대인의 존재 의식을 대중문화의 현상[3]으로 전달한다. 이처럼 김경욱 소

---

1   이 장에서 매체 접속은 활자 매체를 제외한 영화, 컴퓨터, TV 광고 등으로 구체화한다. 대중문화는 대중들이 일상에서 향유하는 문화 전반을 포괄하는 개념으로 활용한다.

2   우한용은 문화를 상징 작용으로 설명한 카시러의 개념을 빌려 문화를 상징적 상호작용(symbolic interaction)으로 규정한다. 동일한 시각에서 필자는 문화를 은유적 상호작용(metaphorical interaction)으로 규정한다. 은유는 삶의 양식과 의식을 대리 표현할 뿐만 아니라 이념적 지표 역할을 하는 상징을 포괄하기 때문이다. 이에 따라 필자는 매체 접속으로 매개되는 대중문화는 삶의 양태일 뿐만 아니라 극복해야 하는 삶의 대상이라고 간주한다. 우한용, 「21세기 한국사회의 다양성과 소설적 전망」, 『현대소설연구』 제40호, 현대소설학회, 2009, 11쪽 참조.

3   모든 문화 현상은 '반영적(reflective)'이면서 '반성적(reflexive)'이다. 반성되는 자아이면서 동시에 반성하는 자아라는 역설적 특성을 갖는 문화의 표현 속에는 그 자체에 대한 자아의 의식이 담겨 있다. 송효섭, 『설화의 기호학』, 민음사, 1999,

설에서 부각되는 매체 접속은 대중문화와 동일성을 내포하는 디지털 시대 존재 의식으로 그 의미를 확장하는 은유[4]로 기능한다. 그것은 다양한 매체와 사용자 간의 접속을 드러낼 뿐 아니라 매체의 인터페이스와 사용자 간, 매체 내 사용자와 사용자 간의 접속으로 서사 내적 경험을 다각적으로 변경한다. 따라서 이 글은 김경욱 소설 세계를 이해하는 관건이라 할 수 있는 매체 접속의 양상을 서사적 은유로 파악함으로써 작가의 실천적 윤리성을 해명하려고 한다.

21세기 소설 공간의 변화를 유도하는 가장 큰 환경의 변화는 사이버 공간을 포함한 영상 매체의 위력을 꼽을 수 있다. 이는 근본적으로 문학이 의존해왔던 매체인 문자에 위기가 드러났음[5]을 시사한다. 김경욱 소설은 다양한 매체 융합으로 디지털 시대 '현실의 변화'[6]에 능동적으로 대처한다. 같은 맥락에서 21세기 한국문학은 각기 나름의 방식으로, 고정된 것으로 여겨왔던 자연화된 동일성의 경계를 해체하고 그와 관련되어 있는 관습과 이데올로기를 심문하거나 탈피하는 시도를 보여준다. 2000년대 젊은 작가들에서 나타나는 문학의 탈신비화 전략에서 나타나는 "신비한 진실"과 "평범한 진실"의 대립은 의미심장하다. 게다가 그 "평범한

34~35쪽.

4   본래 하나의 사물을 (다른 사물을 향해) 넘어(meta) 이동시킨다(phora)는 뜻의 희랍어에서 연유된 메타포 즉 은유는 문학에서 수사법적 차원으로 이해되어왔지만, 레이코프와 존슨의 인지언어학의 입론에 대한 논의는 '은유'의 개념을 언어적 기호 작용 전반의 과정과 인간의 일반적 사고 작용에 이르는 전 단계로 확장하였다. 최성민, 「은유의 매개와 서사의 매체」, 『시학과 언어학』, 2008, 52~54쪽; G. 레이코프 · M. 존슨, 『삶으로서의 은유』, 노양진 · 나익주 역, 박이정, 2006 참조.

5   박상천, 「디지털 시대의 문학의 확장 가능성」, 『한국언어문화』, 한국언어문화학회, 2006, 10~11쪽 참조.

6   소설은 현실의 변화에 민감하되 역사전망으로 표현되는 이념은 잠재태를 겨우 벗어나게 하는 데 멈춘다는 게 원칙이다. 우한용, 앞의 글, 9쪽.

진실"이란 "재미있게 노는" 것이다.[7] 자동화된 동일성의 경계를 해체하는 '재미'는 새로운 형식의 변화로 모색되기도 한다. 김경욱 소설 역시 인터넷을 기축으로 한 가상 세계나 영화, 텔레비전 등 대중적 허구 문화 세계에 접속하여 새로운 존재의 감각[8]적 형식을 추구하였다.

그런데 디지털 시대 감각적 즐거움을 지속적으로 추구한 김경욱 소설 세계는 형식의 쾌락 너머에서 삶에 대해 회의하는 작가 의식을 보여주는 점에서 동시대 작가들의 작품과는 다른 변별성을 확보한다. "김경욱의 소설 세계는 그보다 몇 해 연상이거나 그 또래일, 가령 김영하나 백민석의 그것들과는 당연히 다르다."[9]라는 김병익의 언급은 디지털 시대 삶의 풍요로움보다는 살풍경한 세계의 폭력성을 깊이 응시한 김경욱 소설의 독창성을 높이 평가한 것으로 여겨진다. 이러한 관점에서 김경욱 소설에 대한 선행 연구는 후기구조주의의 해체적 독법, 21세기 한국 현대소설의 서사 경향의 특징 등을 규명한 논문[10]과 포스트모던 문화와 존재 의식을 해명한 다수의 평론[11] 등에서 김경욱 소설의 새로운 형식과 의미에 대하

---

7 김영찬, 「경계를 넘어서는 문학들」, 『현대소설연구』 제40호, 현대소설학회, 2009, 77쪽 참조.

8 우찬제, 「한없이 미끄러지는 접속」, 『장국영이 죽었다고?』 해설, 문학과지성사, 2005, 283쪽.

9 김경욱은 1990년대 작가임에도, 뜻밖에도, 그 세대가 즐길 풍요로움을 즐기지 않고 있다. 아니, 즐기지 않는 정도가 아니라 그것의 허구를, 어쩌면 '이물감'까지를 느끼고 있는 것 같다. 김병익, 앞의 글, 335쪽, 349쪽.

10 민혜숙, 「김경욱의 「고양이의 사생활」 해체적으로 읽기」, 『한국문학이론과 비평』, 한국문학이론과 비평학회, 2005, 47~69쪽; 김원희, 「김경욱 소설의 서사 패턴과 리듬」, 『한국문학이론과 비평』, 한국문학이론과 비평학회, 2008. 9, 119~143쪽.

11 손정수, 「잃어버린 기억들의 역습」, 『베티를 만나러 가다』, 문학동네, 1999, 217~231쪽; 김병익, 「존재의 허구, 그 불길한 틈」, 『누가 커트코베인을 죽였는가』, 문학과지성사, 2004, 335~339쪽; 우찬제, 앞의 글, 280~302쪽; 조현일, 「포스트모던 사회 심리학」, 한국현대소설학회 편, 『2008 올해의 문제소설』, 푸른사상, 2008.

여 주목하여 논의를 진척시켰다. 이 글은 기존 논의에서 한 걸음 더 나아가기 위하여 김경욱 소설의 매체 접속과 서사적 은유를 장르 교섭의 의미로 풀어내고자 한다.

레이코프와 존슨에 따르면 한 정신 영역을 다른 정신 영역에 의해 개념화하는 방식으로서 개념적 은유는 두 가지 개념적 영역으로 나뉜다. 우리가 인지하고자 하는 개념적 영역을 '목표영역(target domain)', 이 목적을 달성하기 위해 사용하는 개념적 영역을 '근원영역(source domain)'이라 한다. 은유는 '근원영역'과 '목표영역' 사이의 '맵핑(mapping)'으로 정의되며, 개념적 은유는 구조적 은유, 지향적 은유, 존재론적 은유로 분류된다.[12] 여기에서 은유는 목표영역에 도달하기 위하여 근원영역을 설정하여 맵핑(mapping)[13]하는 과정으로 실현된다. 따라서 김경욱 소설에서 드러나는 매체의 다양한 접속은 서사가 궁극적으로 인지하고자 하는 디지털 시대 존재 의식이라는 낯설고 추상적인 의미를 구체적으로 이해하도록 우리에게 낯익은 삶의 풍경과 구체적인 체험을 맵핑하는 서사적 은유로 볼 수 있다.

이러한 관점에서 살펴보면, 김경욱 소설 세계는 디지털 시대 존재 의식에 대한 반성을 끌어내기 위하여 영화, 컴퓨터, TV 광고 등의 접속으로 현대인의 삶을 대중문화의 현상으로 맵핑한다. 매체와 존재 의식의 대화적 관계는 각기 다른 인상의 차이를 없애지 않으면서도 그것들을 본질

42~47쪽.

12 G. 레이코프 · M. 존슨, 앞의 책, 21~71쪽.

13 이처럼 맵핑은 독자로 하여금 낯설고 추상적인 의미에 도달하도록 독자에게 익숙하고 구체적인 삶의 체험을 서사 경험으로 변경해 주는 인지기제이다. 이 경우 근원영역과 목표 영역은 공유된 특성에 바탕을 둔 대응관계를 형성한다. 위의 책, 392쪽.

의 차원으로 상승[14]시킨다. 이는 독자에게 일정한 정보를 정확하게 전달하는 것이 아니라 독자의 마음 안에 일정한 심상을 불러일으키는 '중의적 의미'[15]로 작용한다. 작가의 가치 지향[16]은 디지털 시대 삶을 보여주는데 그치지 않고 독자로 하여금 현대인의 존재 의식을 대중문화의 속성으로 반성하게 한다. 매체 접속으로 확산되는 텍스트의 의미망은 궁극적으로 삶의 목표를 상실한 현대인의 존재 의식을 대중문화의 현상으로 반성하는 효과를 거둔다. 그러므로 김경욱 소설에 드러난 매체 접속의 양상을 은유로 밝히는 작업은[17] 21세기 한국 소설의 장르 확대의 의미와 더불어 디지털 시대 삶을 천착하는 기회가 될 것이다. 더불어 한국 소설 연구에서 환유와 상대적인 개념으로 제한되었던 은유의 방법론적 접근[18]을 확장하는 기회가 될 것이다.

---

14 은유와 식별은, 두 개의 인상의 차이를 없애지 않으면서도 그 인상들을 본질의 차원으로 상승시킨다는 공통점을 갖는다. 폴 리쾨르, 김한식·이경래 역, 「시간의 허구적 경험」, 『시간과 이야기』 2, 문학과지성사, 2000, 309쪽.

15 은유적 표현이란 언어의 의미에 대해서 역설적 내지는 반의미론적인 진리를 은유적 중의성으로 보여준다. 김진우, 『은유의 이해』, 나라말, 2005, 261~282쪽.

16 문화를 대상으로 하여 작업하는 연구자로서 문화를 규정하는 방법은 객관성을 띤 것이라야 한다. 그러나 문화 안에서 문화를 향유하고 창조하는 작가로서 문화를 규정하는 방식은 가치지향적일 수 있다. 우한용, 앞의 글, 11쪽.

17 김경욱은 1993년 『작가세계』로 등단한 이후 『바그다드 카페에는 커피가 없다』(1996), 『베티를 만나러 가다』(1999), 『누가 커트 코베인을 죽였는가』(2003), 『장국영이 죽었다고?』(2005), 『위험한 독서』(2008) 등의 단편집과 장편소설 『아크로폴리스』(1995), 『모리스 호텔』(1997), 『황금 사과』(2002) 등을 발표하였다. 작품 분석은 대중매체의 접속 경로가 선명하게 드러나는 단편을 대상으로 한다.

18 개념적 은유의 방법론적 접근이 시도된 소설 연구는 다음과 같다. 오윤호, 「서정인 「강」의 서사적 은유」, 『시학과 언어학』, 시학과 언어학회, 2008; 장일구, 「은유의 문화적 구성 역학」, 『시학과 언어학』 15호, 시학과언어학회, 2008.

2. 영화 세계의 지향적 접속과 허구 의식

영화 세계 지향적 접속에서 은유는 영화를 바라보는 현실과 괴리된 서사적 경험과 욕망을 근원영역으로 설정하여 독자로 하여금 허구적인 삶의 반성이라는 목표영역에 도달하게끔 하는 과정으로 실현된다. 영화 관객으로서 비판적인 작가 의식은 영화 세계의 상상력이나 스타 이미지로 삶을 바라보는 허구성을 영화 세계와 접속하는 서사 경험으로 맵핑한다. 영상으로의 매체 변화[19]에 민감하게 대체한 김경욱 소설 세계는 영화 세계를 재현하거나 영화 속 캐릭터나 영화배우들의 이미지를 모방하는 방식으로 영화 스크린이 제공하는 환상과 꿈을 서사 속 이야기로 오버랩한다.

영화 세계와 작가 간의 접속으로 드러난 영화를 보며 흘려보냈던 시간에 대한 작가의 추억과 상상력은 많은 작품에 폭넓게 편재되어 있다. 아이러니하게도 영화를 즐겼던 작가의 취향과 영화에 대한 '감식안'[20]이 소설 창작의 기폭제로 작용한 것이다. 이를테면 영상 텍스트를 활자 텍스트로 수용[21]한 김경욱 소설 세계는 영화에 대한 정보나 영화의 이미지를 소설적 상상력으로 활용하였을 뿐만 아니라 동서양의 영화 경계를 해체하

---

19 활자의 인간은 기꺼이 필름을 맞아들였다. 왜냐하면 영화는 서적과 마찬가지로 환상과 꿈의 내부로 향하는 세계를 사람들에게 제공하기 때문이다. 마샬 맥루한, 『미디어의 이해』, 커뮤니케이션북스, 2001, 416쪽.

20 영화 한 편에는 한 사회의 문화적 메시지들이 담겨 있고 그것은 도처에서 상영되며 널리 퍼지는 것이다. 어떠한 정치적, 사상적 이데올로기도 일단 영화에 실리면 전파되는 것이며, 그만큼 영화는 강력한 무기가 될 수 있는 것이다. 그렇기 때문에 우리가 감식안을 가지는 것이 매우 중요하다 할 것이다. 서정남, 『할리우드 영화의 모든 것』, 이론과실천, 2009, 319쪽.

21 영화를 텍스트로 받아들이면서 우리는 본의 아니게 우리에게 보다 익숙한 언어 텍스트로 그 속성을 바꾸게 되는 것이다. 유리 로트만·유리 치비얀, 『스크린과의 대화』, 이현숙 역, 우물이 있는 집, 2005, 258쪽.

기도 하였다. 그것은 작품의 기원에 대한 질문과 작품이 제시하는 해결책을 결합함으로써 생겨나는 독특한 실체를 지칭하며 그것 자체가 현실 서사를 엮어내는 소설의 새로운 방법으로서 허구와 실제 현실의 경계[22]를 포섭하는 은유적 시각의 발현인 셈이다. 관객으로서 영화를 바라보는 선호도가 반영된 김경욱 소설은 "할리우드가 주류 영화와 스타덤의 지배적인 패러다임을 형성해온 탓에 스타는 대부분 미국인"[23]이었던 서구 스타와 스타덤의 의미 작용을 해체하였다. 할리우드 영화와 서구 스타에 편향되었던 관객의 시선을 동양권 영화와 장국영, 주윤발 등의 동양인 스타이미지로 서사적 경험을 재현한 것이다.

이처럼 김경욱 소설은 영화와 스타를 바라보는 관객의 꿈과 희망을 소설 서사로 재생산하는 역발상으로 영상 세대의 정체성에 대한 반성을 끌어낸다. 「미림아트시네마」에서는 영화 세계와 관객 간의 접속이 부각된다. 작가는 관객으로서 경험을 〈로버트 태권 브이〉 같은 만화 영화를 보기 위하여 자다가도 벌떡 일어나고, 구구단을 벼락치기로 외웠던 유년의 추억과 '미림아트시네마' 극장에서 〈영웅본색〉 〈동방불패〉 등의 영화 세계 속에 빠졌던 대학 시절의 추억으로 반추한다. 이에 비해 『바그다드 카페에는 커피가 없다』 『누가 커트 코베인을 죽였는가』 『장국영이 죽었다고?』 등에서는 영화 세계의 이미지를 부각시켜 현대인의 삭막한 삶을 고

---

22 은유는, 순전히 연속적인 영상적 시각이 감각과 추억을 연관시킬 수가 없기에 실패하는 그곳을 지배한다. 폴 리쾨르, 「시간의 허구적 경험」, 『시간과 이야기』 2, 김한식 · 이경래 역, 문학과지성사, 2000, 309쪽.

23 대중문화의 산물인 스타는 산업 마케팅 장치이지만 동시에 영화 속에서의 의미 작용이기도 하다. 또한 스타는 문화적 의미와 이데올로기적 가치를 전달하는 일종의 기호로 개별 퍼스낼리티의 친밀감을 표현하며 욕망과 동일시를 이끌어낸다. 크리스틴 글레드힐 편, 『스타덤 : 욕망의 산업』, 곽현자 역, 시각과언어, 2000, 15~16쪽 참조.

발한다. 소설집과 많은 단편소설의 제목에서 드러나듯 김경욱은 영화와 스타 이미지를 반영한 관객의 취향으로 작가적 상상력을 발휘한다. 「나가사키 내 사랑」에서는 〈내 사랑 히로시마〉라는 영화 제목을 변용한 소설 제목으로 관객의 기억을 암묵적으로 자극한다.

「우체부와 올리비아 핫세와 로보트 레드포드」에서는 제목에서 노골화되듯이 서구 문화에 대한 맹목적인 추종에 대한 반성을 서구 스타덤의 이미지와 욕망의 재현으로 맵핑한다. "그는 로퍼트 레드포드를 닮았다. 따라서 그가 〈내일을 향해 쏴라〉나 〈스팅〉을 빌려가는 것은 겨울에 눈이 내리는 것만큼이나 당연한 일이다."[24]와 같이 '나'는 영화의 상상력으로 사람을 보고, 세상을 본다. 우체부는 비디오 가게 여주인 '올리비아 핫세'를 사랑하고, '올리비아 핫세'는 자신의 고객인 '로버트 레드포드'를 사랑한다. '로버트 레드포드'는 스크린과 추억과 같은 옛사랑의 과거 속에 갇혀 있기에 이들의 관계는 모두 현실과는 거리가 멀다. 이들은 실체로서 인간을 사랑하기보다는 사랑의 대상을 영화 세계와 스타의 이미지로 열망한다.[25] '올리비아 핫세'와 '로버트 레드포드' 등의 서구 스타덤으로 드러난 관계성은 서구 문화를 매혹[26]으로 추앙하는 허구의식을 폭로한 셈이다.

영상이라는 물리적인 경험이 지배하는 허구적 상상력은 스크린의 스펙터클한 스타 이미지와 흥미를 추구한 현실감각이 떨어진 부조리한 삶에 대한 반성을 끌어낸다. 「장국영이 죽었다고?」와 「베티를 만나러 가다」

---

24 김경욱, 『베티를 만나러 가다』, 문학사상사, 1999, 106쪽.
25 이러한 사랑은 자기 지향적이며, 항상 폐쇄 회로 속의 열망으로만 존재한다. 그 결과 연결이나 열망의 내용보다는 연결 그 자체, 열망 그 자체만이 추구된다. 손정수, 「잃어버린 기억들의 역습」, 위의 책, 221쪽 참조.
26 매혹의 기능이란 바로 타인이 이미 우리를 응시하고 있다는 사실을 보지 못하도록 우리의 눈을 가리는 것이라고 말할 수 있을 것이다. 슬라보예 지젝, 『삐닥하게 보기』, 김소연 · 유재희 역, 시각과 언어, 1995, 230쪽.

등에서는 소설의 제목에서부터 영화 세계와 접속한다. 영화배우나 영화 주인공에 대한 접속은 소설 제목뿐만 아니라 작중인물 간의 관계로 확장된다. 「베티를 만나러 가다」에서 베티는 영화 〈베티 블루〉를, 아비는 영화 〈아비정전〉의 주인공 이름을 차용하는 방식으로 영화 세계에 대한 관객의 기호를 재현한다. 그들의 관계는 스크린의 욕망으로 향락[27]을 지향한다.

「장국영이 죽었다고?」에서는 동양인 스타 장국영의 죽음에 대한 대중들의 호기심으로 현실 소외 의식을 맵핑한다. 서사는 장국영의 죽음을 알리는 컴퓨터 화면으로 시작된다. 가상공간 내 인물 간의 접속으로 연결된 '나'와 '이혼녀'의 채팅은 장국영의 죽음을 알리는 소식을 접한 후 활기를 띤다. '나'와 '이혼녀'는 장국영이 출연했던 영화 〈아비정전〉을 관람하였던 기억을 공유한다. '나'가 반추하는 영화 〈아비정전〉의 대사는 스타 장국영의 허무한 죽음으로 현대인의 삶을 되돌아보게 한다. "세상에는 발 없는 새가 있다더군. 날아다니다 지치면 바람 속에서 쉬지. 평생 단 한 번 땅에 내려앉는데 그건 바로 죽을 때야."[28]로 전달되는 장국영의 죽음은 현대인의 허무한 삶을 내포한다. 그것은 '나'에게 현실의 아버지의 죽음보다 더 심각하고 절실하게 다가온 장국영의 죽음에 대한 의미에 대한 반성이기도 하다. 그러므로 '발 없는 새'는 아버지의 죽음보다 오히려 장국영의 죽음을 비중 있게 바라보는 '나'의 허구적 존재 의식을 은유한다.

한편, 「나가사키 내 사랑」의 영화 지향적 접속은 1959년 알랭 레네 감독의 영화 〈히로시마 내 사랑(Hiroshima, Mon Amour)〉에 대한 독자의

---

27 향락은 존재론적 일탈이고, 무로부터 그 어떤 것으로의 이행을 설명해주는 깨진 균형(변모)이다. 슬라보예 지젝, 『환상의 돌림병』, 김종주 역, 인간사랑, 2002, 102쪽.

28 김경욱, 『장국영이 죽었다고?』, 문학과지성사, 2005, 12쪽.

대중문화에 대한 기억을 우회적으로 자극하는 거리에서 포스터모던 문화의 허구 의식을 맵핑한다. 독자의 불확정한 기억을 환기하는 영화 세계와의 접속은 '문학과 영화의 호환되기 어려운 장르적 교섭'[29]을 서사의 복합적 이미지로 형상화함으로써 독자 수용 영역을 확장하는 효과를 추수한다.

「나가사키 내 사랑」[30]과 영화 〈히로시마 내 사랑〉의 제목의 유사성에서는 매체 간의 접속의 의미가 부각된다. '내 사랑'의 의미는 히로시마와 나가사키라는 공간성에 따라 각기 다른 존재 의식을 함축한다. 페미니즘 영화로 알려진 〈히로시마 내 사랑〉의 골자는 원폭으로 가족을 잃은 일본인 건축가와 첫사랑인 독일군의 죽음을 목격하고 사랑의 고통을 간직한 프랑스 여배우의 사랑 이야기다. 과거에 대한 상처를 극복하지 못한 이들의 사랑은 끝내 파국을 맞는다. 이에 비하여 소설 서사의 골자는 27세 대학생인 '나'가 사랑에 빠진 39세 유부녀와 나가사키의 하우스텐보스로 떠난 2박 3일간의 밀애 여행이다. 여행 중 애인의 모정을 확인한 '나'가 여정의 끝에서 애인의 아들을 육친의 다정함으로 포용하는 것으로 서사는 끝난다.

영화의 도입부는 여성이 프랑스로 돌아가기 전날 밤 일본인 건축가와 사랑을 나누는 장면에 초점이 맞춰진다. 창문이 열린 호텔 방에서의 두 연인의 실존성이 벌거벗은 육체의 욕망으로 맵핑된다. "몸과 영혼에 새겨

---

29 문학과 영화는 서로 호환하기 어려운 양식적 특성을 받아들임으로써 서로의 영역을 무한대로 넓혀가는 동시에 서로의 독립적 존재의 이유에 대한 확고한 근거를 만들어가는 중이다. 한옥희, 「문학과 영화의 만남」, 돈암어문학회 편, 『문학과 대중문화의 만남』, 푸른사상, 2005, 96~97쪽.
30 김경욱, 「나가사키 내 사랑」, 한국현대소설학회 편, 『2008 올해의 문제소설』, 푸른사상사, 2008. 이후 본문 인용은 괄호 안 쪽수로 표기한다.

진 상처와 흔적과 그것을 지우는 침묵의 대화, 마치 원자 잿더미로 덮인 듯한 누드의 흉상은 몸과 영혼의 상처를 쓰라리게 훑는 듯한 이미지로 다가온다."[31]

> 그녀를 관찰하는 것은 나에게 은밀한 즐거움을 선사했다. 그녀는 소설책을 즐겨 읽었다. 요시모토 바나나부터 에쿠니 가오리까지 일본 소설을 주로 읽었다. 정확히 말하자면 일본 여성 작가의 소설만 읽었다. 최근에는 미야베 미유키가 그녀의 무료를 달래주었다. 그녀는 늘 치즈 케이크 한 조각을 주문해 먹었다. 그것은 그녀의 점심이었다. 타미 힐피거나 랄프 로렌 티셔츠를 자주 입었고 폭스바겐 골프를 몰았다. 차 값은 아메리칸 익스프레스 카드로 결재했다. 골드 회원이었다. 모토롤라 휴대폰으로 누군가와 통화했다. (16쪽)

소설의 도입 부분에서는 영화의 시작에서 클로즈업되는 나체의 욕망이 '나'가 그녀를 바라보는 상품 브랜드의 이미지로 해체된다. 영화가 시각적인 상상력과 다큐멘터리 기법으로 과거와 현재를 넘나든다면, 소설의 문학적 형상화는 영화의 이미지를 굴절시킨 터에서 그녀를 바라보는 '나'의 환상을 물화된 이미지로 현시한다. '나'는 그녀를 '요시모토 바나나', '에쿠니 가오리', '미야베 미유키'의 일본 소설과 '치즈 케이크', '타미 힐피거', '랄프 로렌', '폭스바겐' '골프아메리칸 익스프레스 카드', '모토롤라 휴대폰' 등의 상품 브랜드로 본다.

---

31 영화는 전쟁이 끝난 15년 후의 일본을 배경으로 해서 영화의 기억을 주제로 삼고 있다. 과거와 현재는 히로시마 거리에서 벌어지는 세계 평화를 위한 시위와 영화 그 자체를 찍는 프랑스 여배우의 다큐멘터리 필름으로 연결된다. 완벽하게 재구성될 수 없는 과거는 너무 끔찍해서 생각조차 할 수 없는 불길한 미래의 징조이다. 존 오르, 『영화와 모더니티』, 김경욱 역, 민음사, 1993, 43쪽.

'별'의 이미지는 그녀를 바라보는 '나'의 시선과 등가를 이룬다. 소설의 시작에서 '나'가 유부녀인 그녀를 '별'이라고 부르는 호칭은 포스트모던 문화의 허구성을 맵핑한다. 사랑에 빠진 애인의 입장에서 '나'는 그녀를 '별'이라고 호명하는 데 비해 그녀의 남편은 결혼 후 그녀를 '저기'라고 부른다. '나'는 '사내들은 결혼하면 왜 아내의 이름을 잊어버리는 것일까?'라고 남녀의 관계성에 대하여 반문[32]하는 것으로 '나'는 별에 대한 사랑의 의미를 부여한다. 서사의 말미에서 "나가사키의 밤하늘에 수많은 별들"을 통하여 '나'는 "네델란드의 상선이 드나들고 핵폭탄이 떨어졌을 때도 무심히 빛나고 있었을" 별의 이미지를 "오늘 밤 나는 별에게 갈 것이다."(41쪽)는 다짐으로 해체한다. "육친의 다정함으로 녀석을 꼭 껴안는" 부정을 모방하는 '내 사랑'은 불륜을 희망으로 바라보는 포스트모던 문화의 허구성을 내포한다.

또한 소설과 영화 제목에서 공유되는 '내 사랑'의 의미는 역사적인 실존과 그것을 모방하는 경험을 해체한다. 영화의 배경인 '히로시마'의 공간을 모방하는 소설의 '나가사키'는 역사를 모조한 하우스텐보스의 공간성으로 '내 사랑'의 허구성을 반영한다. '밤하늘에 수많은 별'은 '핵폭탄이 떨어졌을 때도 무심히 빛나'는 어둠을 밝히며 현현하는 영화 세계 빛의 이미지를 지금-여기 삶의 허구로 호출한 것이다. 히로시마의 역사적 고통과 아픔을 모조한 나가사키의 공간성은 영화가 추구하였던 여성해방주의를 유부녀의 외도 경험으로 파편화하여 맵핑함으로써 포스트모던 문화를 소비하는 삶의 허구성을 깨우친다.

---

32 김원희, 앞의 글, 133쪽.

3. 가상공간의 구조적 접속과 소외 의식

가상공간의 구조[33]적 접속에서 은유는 익명성의 관계로 현실에서 탈주하는 가상 세계의 경험을 근원영역으로 설정하여 디지털 시대 소외된 현실에 대한 반성이라는 목표영역에 도달하게끔 하는 과정으로 성립된다. 컴퓨터와 작중인물의 접속, 컴퓨터의 정보와 작중인물 간의 접속, 가상 세계 내 작중인물 간의 접속 등으로 드러나는 서사 경험은 소외된 현실을 다각적으로 맵핑한다. 디지털 시대 목적 없는 삶은 현실과 가상을 넘나드는 구조적 경험과 대응된다.

가상공간의 지표로 기능하는 아이디는 익명성의 욕망으로 현실에서 탈주하는 현실 소외의 관계성을 함축한다. 「베티를 만나러 가다」 「고양이의 사생활」 「장국영이 죽었다고?」 외에도 많은 작품에서 가상공간의 구조적 접속이 폭넓게 드러난다. 가상공간의 경험을 지시하는 '아비', '베티', '고양이', '아저씨', '발없는 새', '이혼녀' 등의 아이디는 현실의 얼굴을 가리는 가면 즉 익명성으로 기능한다. 아이디는 '나'의 기호이지만, 실제 현실의 '나'의 실체를 익명성의 욕망으로 가리는 가면인 셈이다. 그러므로 아이디로 접속되는 가상공간의 만남은 대중문화에 대한 취향을 공유하지만 실체에서 멀어진 관계성을 가장무도회의 풍경으로 드러낸다.

「고양이의 사생활」[34]에서는 아내와 불화된 '나'의 욕망이 가상 세계로 탈주하는 경험으로 디지털 시대 목적 없는 삶의 허무를 맵핑한다. 컴퓨

---

33 어떤 개념의 한 측면을 다른 개념의 관점에서 이해하도록 해주는 체계성은 필연적으로 우리에게 어떤 개념의 한 측면에 초점을 맞추도록 함으로써 그 은유와 일치하지 않는 개념의 다른 측면에 초점을 맞추는 것을 방해한다. G. 레이코프 · M. 존슨, 앞의 책, 31쪽.
34 김경욱, 『누가 커트코베인을 죽였는가』, 문학과지성사, 2003.

터 게임과 접속하는 '나'의 욕망은 고양이의 방을 찾아가는 길로 변경된다. '아저씨', '고양이' 등의 아이디는 '나'가 현실에서 탈주하는 가상을 욕망을 내포한다. '나'와 아내의 욕망의 차이는 '고양이'와 '개'의 기표 차이로 드러난다. '개'는 현실 세계에서 '나'와 불화된 아내의 욕망을 내포한다면, '고양이'는 가상 세계에서 떠도는 '나'의 욕망을 내포한다.

고양이의 방을 찾아가는 길 찾기는 아내와 불화된 현실에서 탈주하는 '나'의 희망 없는 욕망을 맵핑한다. 그것을 안내하는 문자 메시지는 가상공간을 정처 없이 떠도는 목적 없는 삶의 여정을 내포한다. 놀이공원, 등기소, 외환은행, 세븐일레븐, 번개표를 지나 고욤나무까지 이르는 고양이를 찾아가는 이정표는 가상공간의 경험을 지시하고 변경한다. 놀이공원에서 번개표까지는 인공적인 공간성이라면 최종 목표인 고욤나무는 자연적인 공간성이다. 그러므로 '나'가 고욤나무를 알지 못하는 것은 자연적인 삶의 목표가 없는 부끄러운 삶을 뜻한다. "부끄러워할 줄 알아야 한다"라는 아버지가 죽는 순간 남긴 유언은 "희망없이 사는 건, 죄악이야."라는 아내의 말과 '부끄러움을 알라'는 고양이의 말로 맵핑되면서 희망 없는 가상공간의 욕망을 아버지의 법에서 멀어진 부끄러운 삶으로 반성한다.

서사의 끝 부분에서 영문으로 표기되는 프로그램 종료 시그널은 컴퓨터와 접속이 종료되는 순간을 알리는 기호이다. '게임의 마지막 한계를 돌파할 수 있는 결정적인 순간'에 아내가 들어왔고 '나'는 가상 세계와 차단된다. 그 후에도 고양이를 찾아가는 길을 안내하는 문자 메시지가 반복된 것은 가상 세계에 대한 '나'의 욕망으로 되풀이될 수 있는 현실 소외에 대한 성찰을 제공한다.

「장국영이 죽었다고?」[35]에서는 가상공간에 접속하는 인물과 인물 간의 익명성의 관계로 디지털 시대 현대인의 소외 의식을 맵핑한다. '이혼녀'와 '이혼녀'로 전달되는 음영의 차이는 현실과 가상의 경험을 대비하는 의미 효과로 현실을 은폐하는 대신 가상 세계의 욕망을 부각시키는 효과를 초래한다. 피시방에서 아르바이트를 하는 '나'는 홍콩 배우 장국영이 자살한 날 이혼녀와 채팅을 한다. "2003/4/12 23:35:29 조회:121 추천:37", "장국영이 죽었단다. 어쩌면 그것은 거짓말인지도 몰랐다."(7쪽)라는 컴퓨터 화면을 초점화한 서사의 시작은 장국영의 죽음을 조회한 대중들의 관심을 통하여 인터넷으로 유포되는 소문이 부풀어지고 왜곡되는 과정으로 대중문화의 속성을 강조한다.

장국영의 죽음에 대한 '나'의 관심은 증폭되지만, 아버지의 신용보증을 선 탓에 신용불량자가 되고 아버지가 돌아가신 후 아내와 이혼을 하게 된 불행한 현실은 은폐된다. 현실의 경험이 가상공간의 소문이나 농담보다도 가볍게 처리되듯이, 현실에서 소외된 '나'의 욕망은 가상공간에서 소비된다. 서사의 마지막 장면에서 초점화되는 데스페라도, 조조할인, 재개봉관, 동네오빠 등의 다양한 아이디와 댓글은 제2의 구술성[36]으로 익명성의 관계를 재현하며 디지털 시대 소외 의식을 컴퓨터 화면의 시뮬레이션으로 보여준다. 반면에 '나'의 현실은 농담과 같이 산포된다. 표제에 드러난 물음표(?)는 가상공간에서 부풀려지고 와전되는 대중문화의 속성

---

35 김경욱, 『장국영이 죽었다고?』, 문학과지성사, 2005.
36 제2의 구술성은 우리로 하여금 담론의 대중성을 실현토록 하며, 그로 인해 기표들의 놀이에서 드러나는 꿈과 환희의 황홀한 세계 속에 빠져들게 한다. 모든 것은 우리 감각을 통해 전해지는 환상으로 나타나며, 그것이 곧 현실인 보드리야르가 말한 '시뮬레이션'의 상황이 생겨난다. 송효섭, 앞의 책, 308~310쪽.

을 반성하는 거리에서 현실 소외를 잠재적 현재의 시간[37]으로 강조하는 효과를 낳는다.

한편 「위험한 독서」[38]에서 드러난 가상공간과 작중인물 간의 접속은 독서치료사인 '나'의 위치가 독서치료 대상이었던 그녀의 홈페이지를 방문하는 방문객으로 전이되는 과정을 통하여 디지털 시대 문화 권력의 흐름을 맵핑한다. 그것은 독서치료사인 '나'가 독서치료 대상이었던 여성의 홈페이지를 방문하는 경험으로 보다 구체화된다. "오늘 당신은 바쁘다. 당신의 안부를 궁금해하는 방문자들의 사교적인 글에 댓글 한 줄 남기지 못할 정도로 바쁘다. 어제도 당신은 바빴다."(160쪽)라는 '나'의 독백은 '당신'이라는 여성의 홈페이지를 반복적으로 방문하는 경험으로 소외 의식을 보여준다. 유부남과 처녀의 불륜으로 대중문화의 속성을 맵핑하는 은유는 영상 매체가 활자 매체를 압도하는 대중문화 권력에 대한 경종에 다름이 아니다. 이렇듯 김경욱 소설에 드러나는 컴퓨터의 구조적 접속은 대중문화가 소비되는 가상공간의 다양한 경험으로 현실 소외를 보게 한다.

4. TV · 광고의 존재적 접속과 모방 의식

TV나 광고 이미지의 접속으로서 은유는 삶의 진정성에서 괴리된 물

---

37 디지털 이미지의 잠재적 현재의 시간들은 사이와 간격의 개념이 사라진 동시적 현재성으로 존재 의미를 부각시킨다. 이 시간은 바라보는 주체-사용자-에 의해 잠재된 이미지가 직접적으로, 즉각적으로 현재화된다. 심은진, 「디지털 이미지의 시간성」, 『기호 텍스트 그리고 삶』, 도서출판 월인, 2006, 115쪽.

38 『제30회 이상문학상 수상 작품집』, 문학사상사, 2003.

화된 가치와 욕망을 추구하는 서사적 경험을 근원영역으로 설정하여 독자로 하여금 현대인의 모방 의식에 대한 반성이라는 목표영역에 도달하게끔 하는 과정으로 작용한다. TV나 광고 이미지로 환기되는 존재 의식은 TV나 광고 이미지와 작중인물 간의 접속, TV나 광고 속 이야기를 공유하는 인물 간의 접속 등으로 서사 경험을 확장한다.

"시청자는 곧 스크린이다."[39]라고 할 만큼 스크린으로 전달되는 TV나 광고 이미지는 현대인의 존재 의식을 가감 없이 반영할 뿐만 아니라, 그 파급효과 또한 크다. 「미림아트시네마」에서는 TV와 시청자의 접속으로 작가의 존재론적 의미를 환기한다. "그때 밥이 없어도 좋았다. 텔레비전만 볼 수 있다면."(320쪽)이라고 과거를 회고하는 화자의 고백은 TV와 함께한 작가의 유년의 추억을 엿보게 한다. 한편 「위험한 독서」에서는 TV의 드라마의 접속으로 책의 내용을 바꿀 만큼 막대한 멜로드라마의 영향력을 보여준다. 〈내 이름은 삼순이〉라는 드라마와 접속하는 서사는 독자의 취향이 멜로드라마를 즐기는 수준이기 때문에 책의 의미가 그 영향을 받을 수밖에 없는 상황을 유부남과 처녀의 위험한 관계 즉 불륜으로 내포한다. '책의 의미는 작가의 창조적 능력이 아니라 독자의 취향에 따라 결정된다.'(180쪽)는 작가적 시각은 작가와 독자, 드라마와 독서 등의 역학 관계를 통하여 포스트모던 문화 권력에 대한 반성을 유도한다.

「나비를 위한 알리바이」[40]에서는 '나'의 순정을 TV 멜로드라마로 맵핑하여 현대인의 모방 의식을 반성한다. 광고회사에 근무하던 '나'는 구조조정 와중에 짝사랑하는 그녀를 위해 스스로 사표를 던지는 순정을 간직

---

39 마샬 맥루한, 앞의 책, 447쪽.
40 김경욱, 『장국영이 죽었다고?』, 문학과지성사, 2005. 이후 본문 인용은 괄호 안 쪽수로 표기한다.

한 채 집 안에서 텔레비전을 보며 유폐된 시간을 보낸다. "CNN의 아침 뉴스였다."로 시작되는 소설의 첫 문장에서부터 TV와 접속하는 '나'의 존재 의식은 TV 스크린으로 맵핑된다. '나'의 의식은 CNN의 아침 뉴스로 전달되는 전쟁터에서 강남의 성형외과 수술실로도 호환된다. 그리고 TV가 활자에 대한 관용을 베풀듯이 제공하는 책에 대한 정보를 받기도 한다. "볼륨을 높여라."라는 마지막 말을 남긴 채 죽음을 맞았던 아버지에 대한 기억도 TV의 일기예보가 매개한다. 텔레비전이 없었다면 부자지간의 아무런 추억도 없을 만큼 모든 인간관계와 기억을 잇는 텔레비전은 '나'의 순정까지도 지배한다.

> 어쩌면 텔레비전이라면 보여줄지 모른다. 인간 세상의 모든 드라마를 속속들이 꿰고 있는 텔레비전은 보여줄 것이다. 이 진부한 드라마의 끝이 어떻게 될 것인지, 그녀의 마음을 돌려놓기 위해 이 드라마 속에서 내가 무엇을 어떻게 해야 하는지. 불륜이라면 텔레비전 아침 드라마를 봐야겠지. (156~157쪽)

작품의 말미에서 '나비를 위한 알리바이'로 순정을 자처하는 '나'의 의식은 아이러니하게도 텔레비전 드라마에서 해법을 찾고자 한다. 서점에서 우연히 만난 짝사랑하던 그녀가 직장 상사인 유부남의 아이를 임신하였는데 그녀는 '나'에게 태중의 쌍둥이가 마치 나비처럼 보였기에 도저히 지울 수 없다고 말한다. 그 후 '나'의 의식은 '나비를 위한 알리바이'가 되고 만다. '나비를 위한 알리바이'로 추구하는 '나'의 순정 역시 멜로드라마의 궁극적 귀결과 맞닿는다. "어쩌면 텔레비전이라면 보여줄지 모른다."에서 드러나듯이 '나'의 순정 또한 텔레비전의 영향력에서 비껴날 수가 없다. 이는 역설적인 거리에서 텔레비전 드라마를 모방하는 현대인의 존재 의식을 반성한 것이다.

한편, 「99%」[41]에서는 스티븐 킴에 대한 '나'의 양가적 태도로 1%를 질시하면서도 욕망하는 99% 대중의 심리를 광고 전략으로 맵핑함으로써 현대인의 모방의식에 대한 반성을 끌어낸다. '스티븐 킴'과 '최대리'라는 기호의 차이는 한글과 영문의 호칭의 차이를 넘어 광고계의 아마추어와 프로의 변별성으로 존재론적 차이를 환기한다. 광고계에서 '스티븐 킴'은 1%에 통하는 프로의 기호라면 '최대리'라는 '나'의 호칭은 99%에 속하는 아마추어의 기호다. 프로를 바라는 아마추어인 '나'의 욕망은 초콜릿을 원하는 미각의 욕구와 스티븐 킴을 어디선가 보았다는 기시감으로 맵핑된다. '초콜릿 생각이 간절했던 건 그때가 처음'(12쪽)이듯이 혜성처럼 등장한 스티븐 킴을 선망하는 '나'의 욕망은 강렬하다.

스티븐 킴을 어디선가 보았다는 기시감으로 왜곡하는 '나'의 질투는 '광고계의 떠오르는 마이다스', '자본주의 심장 미국에서 잔뼈가 굵은 국제통'이라는 스티븐 킴의 실체를 끊임없이 긁고 훼손시킨다. 기시감으로 가시화된 질투는 스티븐 킴의 정체성을 '째진 눈, 뭉툭한 코, 각지고 돌출된 턱의 소유자', '본명 김태만'이었던 '나'보다 열등하였던 고등학교 동창생에 대한 기억으로 덧씌우며 흠집 낸다. '나'의 질투는 스티븐 킴의 실체를 왜곡시키는 의구심으로 1%를 향한 99%의 욕망을 변경함으로써 스티븐 킴에 대한 자신의 열패감을 보상한다.

"1퍼센트를 슬로건으로 내세우면서 99퍼센트를 공략하는"(42쪽) 역발상은 대중들의 양가적 감정을 자극하여 모방 심리를 부추기는 광고의 전략에 다름 아니다. 비주얼 이미지의 다의성으로 소비의 욕망을 부추기는 광고 전략[42]이야말로 "이율배반적인 욕망의 뇌관을 건드려"(42쪽) 모방

41 『현대문학상 수상 소설집』, 현대문학, 2008.
42 광고카피는 비주얼이 만들어내는 다양한 해석 가능성들 가운데, 어떤 해석에 특

심리를 부추기는 것이다. '나'를 압도하는 스티븐 킴의 우월성은 광고의 의미 작용과 같다. 스티븐 킴의 기치는 융프라우의 높이가 4,158미터에서 빙하의 해빙으로 2미터 줄어든 디테일한 정보 제공으로 순발력을 발휘한다. 이에 반해 '나'가 제작한 우유 광고 기획은 디테일한 효과를 간과한 탓으로 "명색이 우유 광곤데 젖통이 저리 소박해서야……"(26쪽)라는 광고주의 질책을 받는다.

궁극적으로 99% 상품 이미지는 1%를 질시하면서도 선망하는 대중의 양가 심리를 맵핑하는 지점에서 현대인의 모방하는 삶에 대한 이해를 제공한다. 카카오 함량 '99%'의 초콜릿 상품명을 차용한 소설의 제목은 대중의 모방하는 심리를 1% 단맛을 향한 99% 쓴맛으로 은유한다. '스티븐 킴'을 바라보는 '나'의 시선이 1% 단맛을 기대하는 99% 초콜릿의 씁쓸한 맛으로 굴절되는 거리에서 드러난 광고 전략은 물화된 가치를 질시하면서도 추앙하고 현대인의 모방의식에 대한 반성을 끌어낸다.

5. 나오며

이상에서 필자는 김경욱 소설의 매체 접속을 서사적 은유로 파악함으로써 디지털 시대 존재 의식을 다각적으로 반성하였다. 김경욱 소설 세계는 독자로 하여금 디지털 시대 존재 의식의 반성이라는 목표영역을 이해하게끔 근원영역인 텍스트의 정보 구성을 영화, 컴퓨터, TV 광고 등의 다양한 매체 접속으로 설정하여 우리 시대 낯익은 삶의 풍경을 대중문화

권을 부여하는 기능을 지닌다. 오장근, 「기호-화용론적 광고읽기」, 한국기호학회 편, 『영상 문화와 기호학』, 문학과지성사, 2000, 145쪽.

의 현상으로 맵핑한다. 21세기 현실을 바라보는 작가의 실천적 윤리성을 내포하는 매체 접속의 양상과 은유를 해명하면 다음과 같다.

첫째, 영화 세계 지향적 접속에서 은유는 현실과 괴리된 영화와 영화배우의 이미지를 다각적으로 재현하는 서사적 경험으로 현대인의 허구적 삶에 대한 반성을 끌어내는 서사 과정으로 실현된다. 작가의 감식안은 영화 세계와 스타덤으로 대중문화를 소비하는 관객의 취향을 서사의 꿈과 욕망으로 생산함으로써 현대인의 허구성을 포스트모던 문화의 현상으로 읽게 한다. 그것은 현실과 괴리된 영화 스크린이 제공하는 무의식적 상상력으로 삶을 바라보는 영상 세대의 꿈과 욕망을 맵핑함으로써 독자로 하여금 현대인의 허구 의식을 반성하게끔 한다.

둘째, 가상공간의 구조적 접속에서 은유는 아이디와 익명성의 관계로 현실에서 탈주하는 다각적인 가상 세계의 욕망과 경험을 제공함으로써 디지털 시대 소외된 현실에 대한 반성을 이끌어내는 서사 과정으로 성립된다. 현실과 가상을 '안'과 '밖'으로 구조화한 컴퓨터의 접속은 현실 경험을 은폐하는 대신에 가상 경험을 시뮬레이션 상황으로 부각시키는 지점에서 현실 소외를 강조한다. 그것은 현실에서 탈주하는 익명성의 관계로 소외된 현실을 맵핑함으로써 독자로 하여금 가상 세계에서 방황하는 현대인의 소외 의식을 반성하게끔 한다.

셋째, TV나 광고 이미지의 접속에서 은유는 드라마나 광고 스크린의 물화된 가치를 다각적으로 모방하는 서사적 경험과 욕망을 재현하여 현대인의 모방 의식에 대한 반성을 끌어내는 서사 과정으로 작용한다. 모방하는 삶에 대한 반성을 끌어내는 TV나 광고 이미지의 존재적 접속은 삶의 진정한 가치와 거리가 먼 물화된 욕망과 경험을 대중문화의 현상으로 보여준다. 그것은 TV 멜로드라마와 광고 이미지의 접속으로 현대인의 존재 의식을 대중문화의 속성으로 맵핑함으로써 독자로 하여금 삶의 근원과 동떨어진 현대인의 모방 의식을 반성하게끔 한다.

　이와 같이 김경욱 소설 세계를 관통하는 매체 접속은 디지털 시대 삶을 반성하는 목표영역에 대한 이해를 제공하기 위하여 디지털 시대 낯익은 삶의 풍경을 근원영역으로 제시함으로써 현대인의 존재 의식을 대중문화의 현상으로 맵핑하는 은유로 읽혀졌다. 영화, 컴퓨터, TV 광고 등의 다양한 매체 접속의 은유로 소설의 장르 교섭을 꾀한 작가의 현실 인식은 대중문화로 소비되는 디지털 시대 삶을 아버지의 법에서 멀어진 소외 의식과 허구 의식 그리고 모방 의식으로 진단한다. 결과적으로 김경욱은 현대인의 존재 의식을 반성하는 다양한 매체의 접속의 은유를 꾀함으로써 21세기 한국 소설의 새로운 지평을 여는 데 일조하였다.

기본자료

一等當選短篇小說「소낙비」제1회분,『朝鮮日報』, 1935. 1. 29.

김유정 기념 사업회 편,『김유정전집』, 강원일보 출판국, 1994.

전신재 편,『원본 김유정전집』, 한림대학교, 1987.

권영민 편,『김동인』, 지학사, 1985.

김경욱,『베티를 만나러 가다』, 문학사상사, 1999.

———,『누가 커트 코베인을 죽였는가』, 문학과지성사, 2003.

———,『장국영이 죽었다고?』, 문학과지성사, 2005.

——— 외,『현대문학상 수상 소설집』, 현대문학, 2008.

김동인,『韓國南北文學百選10-감자 외』, 일신출판사, 1998.

김윤식 편,『이상문학전집 2-소설』, 문학사상사, 2002.

——— 편,『이상문학전집 3-수필』, 문학사상사, 2002.

김인숙 외,『제27회 이상문학상 수상 작품집』, 문학사상사, 2003.

김주현,『정본이상문학전집 2-소설』, 소명출판, 2009.

남정현 · 서기원 · 송병무,『한국문학전집』, 동서문화사, 1988.

박태원,『박태원 단편집-소설가 구보씨의 일일』, 깊은샘, 1994.

———,『소설가 구보씨의 일일』, 깊은샘, 1995.

———,『소설가 구보仇甫씨의 일일』, 깊은샘, 2004.

서기원,『이 성숙한 밤의 포옹』, 삼중당문고, 1977.

염상섭,『韓國南北文學百選 5-표본실의 청개구리 외』, 일신출판사, 1998.

장용학,「실존과 요한시집」,『한국전후문제작품집』, 신구문화사, 1964.

───,「요한 시집」,『20세기 한국소설-김성한 장용학 외』, 창비, 2005.

전신재 편,『원본 김유정전집』, 도서출판 강, 1997.

정미경 외,『제30회 이상문학상 수상 작품집』, 문학사상사, 2006.

한국현대소설학회 편,『2008 올해의 문제소설』, 푸른사상사, 2008.

현진건,『韓國南北文學百選 13-고향, 운수 좋은 날 외』, 일신출판사, 1998.

───,『현진건 단편 전집』, 가람기획, 2006.

논문 및 단행본

이주형 외,『한국 현대작가 연구』, 민음사, 1989.

강창구,『막스 프리쉬 물음의 극미학』, 충남대학교 출판부, 2003.

공종구,「박태원 소설의 서사지평 연구」, 전남대학교 박사학위 논문, 1992.

───,「박태원의 지식인 소설에 나타난 식민지 근대」,『현대소설연구』제16호, 한
  국현대소설학회, 2002.

───,『한국 현대소설의 윤리』, 박문사, 2009.

구인환,『한국문학 그 양상과 지표』, 삼영사, 1978.

─── 외,『한국전후문학연구』, 삼지원, 1995.

권택영,『소설을 어떻게 볼 것인가』, 문예출판사, 1995.

───,『소설을 어떻게 읽을 것인가』, 문예출판사, 1996.

─── 외,『욕망이론』, 문예출판사, 1994.

김 현,『현대소설의 담화론적 연구』, 계명문화사, 1995.

─── · 김윤식,『한국 현대문학사』, 민음사, 1973.

김동석,「경계의 와해와 분열 의식-장용학의「요한 시집」론」,『어문논집』, 민족어문
  학회, 2003, 195~221쪽.

김민수,『멀티미디어 인간 이상은 이렇게 말했다』, 생각의나무, 1999.

김병로, 「장용학의 「요한 시집」에 나타나는 해체적 서사담론」, 『한국문학이론과 비평』 제3집, 한국문학이론과 비평학회, 1998.

김병욱 편, 『현대소설의 이론』, 최상규 역, 대방출판사, 1984.

김병익, 「땅을 잃어버린 시대의 언어」, 『문학사상』 22호, 1974. 7.

김상태, 「생동의 미학」, 『현대작가 연구』, 민음사, 1976.

──── , 「소설과 수필의 경계」, 『현대소설연구』 제42호, 한국현대소설학회 2009. 12.

──── · 박덕은, 『文體論』, 法文社, 1994.

김영찬, 「경계를 넘어서는 문학들」, 『현대소설연구』 제40호, 한국현대소설학회, 2009.

김옥순, 「언술 은유와 李箱의 역사의식」, 『한국문학이론과 비평』 제2집, 한국문학이론과비평학회, 1998. 5.

김용성, 「장용학소설의 시간의식 연구」, 『한국학연구』, 인하대학교 한국학연구소, 1991.

김용재, 『한국 소설의 서사론적 탐구』, 평민사, 1993.

김용직, 「반산문적 경향과 토속성─김유정의 소설 문체」, 『문학사상』 22호, 1974. 7.

김욱동, 『대화적 상상력』, 문학과지성사, 1988.

──── , 『은유와 환유』, 민음사, 1999.

──── 편, 『바흐친과 대화주의』, 나남신서 161, 1990.

김원희, 「1920~30년대 한국 단편소설 冒頭 서술자 기능연구」, 전남대학교 박사학위 논문, 2005.

──── , 「김유정 단편에 투영된 탈식민주의─소수자와 아이러니의 형상화를 중심으로」, 『현대문학이론연구』 제29집, 현대문학이론학회 , 2006. 12.

──── , 「1920년대 김동인 · 현진건 소설의 서술자 기능」, 『현대문학이론연구』 제25집, 현대문학이론학회, 2007.

──── , 「다성적 경향과 서정성의 조율─김유정 소설 문체의 역동성」, 『현대소설연구』 제34호, 한국현대소설학회, 2007. 6.

──── , 「김경욱 소설의 서사 패턴과 리듬」, 『한국문학이론과 비평』 제40집, 한국문학이론과비평학회, 2008. 9.

────, 「문학 교육을 위한 백신애 소설 세계의 인지론적 연구」, 『현대문학이론연구』 제41집, 현대문학이론학회, 2010.

────, 「이상 소설의 장르 확장과 탈근대적 존재시학」, 『현대문학이론 연구』 제44집, 현대문학이론학회, 2011.

──── · 송명희, 「1920~30년대 일인칭 단편소설의 존재 시각」, 『현대문학이론연구』 제23집, 현대문학이론학회, 2007.

김유중, 「이상(李箱) 소설과 컴퓨터 게임─이상 소설에 대한 새로운 접근 가능성을 제안한다」, 한중인문학회, 2007.

김윤식, 「앓는 세대의 문학」, 『현대문학』, 1969. 10.

김장원, 「'몸'으로부터의 탈각과 이분법적 인식의 탈구축」, 『현대문학의 연구』, 제26집, 현대문학이론학회, 2005.

────, 「장용학 소설과 "몸"의 상관성」, 『시학과 언어학』, 시학과 언어학회, 2005.

김정자, 『한국근대소설의 문체론적 연구』, 삼지원, 1985.

김종구, 「박태원 "小說家 仇甫氏의 一日"의 담론상황 연구」, 『한국문학이론과 비평』 제4집, 한국문학이론과비평학회, 1999.

김종욱, 「서기원의 초기 소설에 나타난 자기 모멸과 고백의 욕망」, 『한국근대문학연구』 제2권 제1호, 한국근대문학회, 2001. 1.

김주현, 「이상 소설에 나타난 패로디에 관한 연구─「날개」 「종생기」를 중심으로」, 『한국학보』 72, 1993.

────, 『이상소설연구』, 소명출판, 1998.

김준오, 『한국 현대 장르 비평론』, 문학과지성사, 1990.

────, 『문학사와 장르』, 문학과지성사, 2000.

김준현, 「김유정 단편의 '반半소유' 모티프와 1930년대 식민수탈 구조의 형상화」, 『현대소설연구』 제28호, 2005. 12.

김진우, 『은유의 이해』, 나라말, 2005.

김춘섭 외, 『문학이론의 경계와 지평』, 한국문학사, 2004.

김현실, 「김유정 문학의 전통성」, 『이화어문논집』 6, 이화여자대학교 한국어문학연구소, 1983.

────, 「1910년대 단편소설 연구」, 이화여자대학교 박사학위 논문, 1988.

김화경, 「말더듬이 김유정의 문학과 상상력」, 『현대소설연구』 제32호, 한국현대소설학회, 2006. 12.

나병철, 「현진건 소설의 아이러니와 탈식민주의」, 『현대문학이론연구』 13권, 현대문학이론학회, 2000.

남송우, 「N. 프라이 장르론이 한국문학 장르론에 미친 영향-김준오를 중심으로」, 『한국문학논총』 제42집, 2006.

노　철, 「서정의 장르적 층위와 자질」, 『문학 장르의 경계와 지평』, 현대문학이론학회 제48차 전국학술대회 논문집, 2010.

돈암어문학회 편, 『문학과 대중문화의 만남』, 푸른사상사, 2005.

라캉과 현대정신분석학회 편, 『우리시대의 욕망 읽기』, 문예출판사, 1999.

문흥술, 「전후의 병리학적 지도와 새로운 전망 모색」, 『현대문학』, 1997. 11.

민혜숙, 「김경욱의 「고양이의 사생활」 해체적으로 읽기」, 『한국문학이론과 비평』 제29집, 한국문학이론과비평학회, 2005.

민혜숙, 「김경욱의 「고양이의 사생활」 해체적으로 읽기」, 『한국문학이론과 비평』 제29집, 한국문학이론과비평학회, 2005.

박기범, 「시점-서술 교육의 반성과 개선 방향」, 『국어교육학 연구』 제31집, 서울대학교 국어교육연구소, 2008.

박상천, 「디지털 시대의 문학의 확장 가능성」, 『한국언어문화』 제31집, 한국언어문화학회, 2006.

박성수, 『영화 · 이미지 · 이론』, 문화과학사, 1999.

박세현, 『김유정 소설연구』, 인문당, 1990.

박정규, 『김유정 소설과 시간』, 깊은샘, 1992.

박종성, 『탈식민주의에 대한 성찰』, 살림, 2006.

배경열, 「서기원 초기 소설의 특질」, 『배달말』 28, 2001.

백은영, 「현진건 작품론」, 『한성어문학』 1권, 한성대학교 한성어문학회, 1982.

상허학회, 『한국문학과 탈식민주의』, 깊은샘, 2005.

서정록, 「한국적 전통에서 본 김유정의 문학」, 『동대논총』 1, 동덕여자대학교, 1967.

송기섭, 「근대소설의 몸표현 형식들」, 『한국문학이론과 비평』 제48집, 한국문학이론과비평학회, 2010, 29~54쪽.

송낙헌, 『알레고리』, 서울대학교 출판부, 1980.

송명희, 「탈식민주의와 지역문학 연구」, 『현대소설연구』 제19호, 한국현대소설학회, 2003. 9.

―――, 「김정한 소설의 크로노토프」, 『한국문학이론과 비평』 제25집, 한국문학이론과 비평학회, 2004. 12.

―――, 『현대소설의 이론과 분석』, 푸른사상사, 2006.

―――, 「김훈 소설에 나타난 몸담론」, 『한국문학이론과 비평』 제48집, 한국문학이론과비평학회, 2010.

송효섭, 『문화기호학』, 민음사, 1997.

―――, 『설화의 기호학』, 민음사, 1999.

신동욱, 『1930년대 한국소설 연구』, 한샘, 1994.

신범순 외, 『이상 문학연구의 새로운 지평』, 역락, 2006.

신종한, 「한국 소설의 시점 연구―근대 이행기 소설을 중심으로」, 『동양학』 제43집, 단국대학교 동양학연구소, 2008.

신현숙·박인철 편, 『기호 텍스트 그리고 삶』, 도서출판 월인, 2006.

신희교, 「현진건의 초기소설 연구」, 『어문논집』 28권, 민족어문학회, 1989.

양희철·김상태 공편역, 『일탈문체론―리파테르·레빈·리이치의 이론들』, 보고사, 2000.

여홍상 편, 『바흐친과 문학이론』, 문학과지성사, 1997.

오문석, 「문학 교육의 위기와 문학 교육이론의 성장」, 『인문학연구』 제40집, 조선대학교 인문학연구원, 2010,

우찬제, 「서술 상황과 작가의 욕망의 관련 양상 연구」, 『현대소설연구』 5권, 한국현대소설학회, 1996.

우한용, 「소설 문체론의 방법 탐구를 위한 물음들」, 『현대소설연구』 제33호, 2007.

―――, 「21세기 한국사회의 다양성과 소설적 전망」, 『현대소설연구』 제40호, 2009.

―――, 『한국현대소설구조연구』, 삼지원, 1990.

―――, 『한국 근대문학 교육사 연구』, 서울대학교 출판부, 2003.

―――, 『한국 근대문학 교육사 연구』, 서울대학교 출판부, 2009.

유인순, 『김유정을 찾아가는 길』, 도서출판 솔과 학, 2003.

유종호, 『현대한국문학전집』 7, 신구문화사, 1966.

유형식, 「문학과 미학」, 도서출판 역락, 2005.

윤지관, 「민중의 삶과 詩的 리얼리즘-김유정론」, 『세계의 문학』 제48호, 1988.

윤흥로, 『한국 문학의 해석학적 연구』, 일지사, 1976.

이동희, 『한국소설문체론고』, 국학자료원, 1997.

이병수, 「분단 트라우마의 성격과 윤리성 고찰」, 『시대와 철학』 제22권 1호, 한국철학사상연구회, 2011, 158쪽.

이상복, 「디지털 매체시대의 새로운 브레히트 연출」, 『브레히트와 현대 연극』 제16집, 한국브레히트학회, 2007.

이성희, 「현진건의 「운수좋은 날」 연구」, 『서강어문』 10, 서강어문학회, 1994.

이재복, 「이상 소설의 몸과 근대성에 관한 연구」, 한양대학교 박사학위 논문, 2001

이재선, 「바보예찬과 해소적 놀이-김유정론」, 『한국문학의 원근법』, 민음사, 1996.

─── , 『한국단편소설연구』, 일조각, 1975.

─── , 『한국문학의 원근법』, 민음사, 1996.

─── , 『한국단편소설연구』, 일조각, 1997.

─── , 『현대소설의 서사시학』, 학연사, 2002.

이정석, 「이상 문학의 정치성」, 『현대소설연구』 제42호, 한국현대소설학회, 2009.

이진경, 「문학-기계와 횡단적 문학」, 『들뢰즈와 문학-기계』, 소명출판, 2002.

이 청, 「장용학 소설의 신체 담론 연구」, 『인문연구』, 영남대학교 인문과학연구소, 2010, 223~250쪽.

이태준, 임형택 해제, 『문장강화』, 창작과비평사, 2005.

이 호, 「박태원의 「소설가 구보씨의 일일」에 나타난 현실 인식의 한 측면」, 『한국문학이론과 비평』 제2집, 한국문학이론과비평학회, 1998.

이호규, 「서기원 1950~60년대 초기 소설 연구」, 『새얼 語文論集』 제18집, 새얼어문학회, 2006.

임종수, 「김유정 소설의 문체 고찰」, 『삼척대학교 산업과학기술연구소논문』 총5집, 2002. 2, 145~154쪽.

임지룡, 「개념적 은유에 관하여」, 『한국어 의미학』 제20집, 한국어의미학회, 2006.

─── , 『말하는 몸』, 한국문학사, 2007.

임환모·최현주, 「수용미학」, 『문학이론의 경계와 지평』, 한국문화사, 2004.

장일구, 「영화기법과 소설 기법의 함수-몇 가지 국면에 대한 시론」, 『한국문학이론과 비평』 제9집, 한국문학이론과비평학회, 2000. 12.

전상국, 『김유정-시대를 초월한 문학성』, 건국대학교출판부, 1995.

정덕준, 「이상의 자아의식, 창조적 회상」, 한국문학이론과 비평 제8집, 2000.

정문길, 『소외론 연구』, 문학과지성사, 1994.

정여울, 『아가씨, 대중문화의 숲에서 희망을 보다』, 강, 2006,

정주아, 「현진건 문학에 나타난 '기교'의 문제」, 『현대소설연구』 제38호, 한국현대소설학회, 2008.

정한숙, 「해학의 변이」, 『고대인문논총』, 고려대학교 출판부, 1972.

――――, 『한국현대작가론』, 고려대학교 출판부, 1976.

정현숙, 『박태원문학연구』, 국학자료원, 1993.

조동일, 『한국문학통사』, 지식산업사, 1988.

――――, 『문학연구방법』, 지식산업사, 1990.

――――, 『한국문학통사』 4, 지식산업사, 2002.

차혜영, 「서기원의 1950년대 소설」, 『한양어문연구』, 1995.

최병우, 「한국근대 일인칭소설연구」, 서울대학교 박사학위 논문, 1993.

――――, 「김유정 소설의 다중적 시점에 관한 연구」, 『현대소설연구』 제23호, 한국현대소설학회, 2004.

――――, 『한국 현대 소설의 미적 구조』, 민지사, 1997.

최상규 역, 『아리스토텔레스의 시학』, 예림기획, 1997.

최성민, 「은유의 매개와 서사의 매체」, 『시학과 언어학』, 2008.

최성실, 「장용학 소설의 반전인식과 개인주의적 아나키즘 특성연구」, 『우리말글』 37집, 우리말글학회, 2006. 8.

최원식, 「모더니즘 시대의 이야기꾼-김유정의 재발견을 위하여」 제43호, 『민족문학사 연구』, 민족문학사연구소, 2010.

최재서, 『문학과 지성』, 인문사, 1938.

최혜실, 「21세기에서 바라본 20세기 한국 근대문화의 특성」, 『국어국문학』 152, 국어국문학회 2010, 151~179쪽.

─────, 『한국모더니즘소설 연구』, 민지사, 1992.

한국기호학회 편, 『영상 문화와 기호학』, 문학과지성사, 2000.

한국문화교류연구회 편, 『해학과 우리』, 시공사, 1998,

한국현대문학연구회 편, 『한국의 전후문학』, 태학사, 1991.

한용환, 『소설학 사전』, 문예출판사, 2001.

현대소설연구회, 『현대소설론』, 평민사, 1994.

황도경, 「이상 소설의 공간 연구」, 이화여자대학교 박사학위 논문, 1993.

가스통 바슐라르, 『순간의 미학』, 이가림 역, 영언문화사, 2002.

노드롭 프라이, 『비평의 해부』, 임철규 역, 한길사, 1982.

들뢰즈 · 가타리, 『카프카—소수적 문학을 위하여』, 이진경 역, 동문선, 2001.

롤랑 바르트, 『이미지와 글쓰기』, 김인식 역, 세계사, 1993.

─────, 『텍스트의 즐거움』, 김희영 역, 동문선, 2002.

린다 허천, 『패로디 이론』, 김상구 · 윤여복 역, 문예출판사, 1992.

─────, 『포스트모더니즘의 이론과 전략』, 장성희 역, 현대미학사, 1993.

─────, 『포스트모더니즘의 이론과 전략』, 장성희 역, 현대미학사, 1998.

마틴 에슬린, 『드라머의 해부』, 원재길 역, 청하, 1980.

마샬 맥루한, 『미디어의 이해』, 박정규 역, 커뮤니케이션북스, 2001.

메를로 퐁티, 『지각의 현상학』, 류의근 역, 문학과지성사, 2002.

미셸 푸코, 『비정상인들』, 박정자 역, 동문선, 2001.

미키 발, 『서사란 무엇인가』, 환용환 · 강덕화 역, 새문사, 1961.

미하일 바흐친, 『장편소설과 민중언어』, 전승희 · 박유미 역, 창작과비평사, 2002.

─────, 『프랑수아 라블레의 작품과 중세 및 르네상스의 민중문화』, 이덕
      형 · 최건영 역, 아카넷, 2004.

바트무어—길버트, 『탈식민주의! 저항에서 유희로』, 이경원 역, 도서출판 한길사,
      1976.

삐에르 부르디외, 『구별짓기 : 문화와 취향의 사회학』 上, 최종철 역, 새물결, 1995.

슬라보예 지젝, 『삐닥하게 보기』, 김소연 · 유재희 역, 시각과언어, 1995.

─────, 『환상의 돌림병』, 김종주 역, 인간사랑, 2002.

아리스토텔레스, 『시학』, 최상규 역, 예림기획, 1997.

알라이다 아스만,『기억의 공간』, 변학수 · 채연숙 역, 그린비, 2011.

알렌,『트라우마의 치유』, 권정혜 등 역, 학지사, 2010.

에드워드 렐프,『장소와 장소상실』, 김덕현 · 김현주 · 심승희 역, 논형, 2005.

에이브러햄 머슬로우,『존재의 심리학』, 이혜성 역, 이화여자대학교 출판부, 1996.

울리히 벡,『사랑은 지독한 그러나 너무나 정상적인 혼란』, 강수연 역, 새물결, 1997.

유리 로트만,『영화기호학』, 박현섭 역, 민음사, 1974.

────── · 유리 치비얀,『스크린과의 대화』, 이현숙 역, 우물이 있는 집, 2005.

융 · 에릭슨,『현대의 신화/아이덴티티』, 이부영 · 조대경 역, 삼성출판사, 1997.

쟌니 바티모,「허무주의는 운명이다」,『근대성의 종말』, 박상진 역, 경성대학교 출판
　　　부, 2003.

조너선 컬러,『바르트』, 시공사, 1999.

존 오르,『영화와 모더니티』, 김경욱 역, 민음사, 1993.

졸탄 쾨벡세스,『은유와 문화의 만남』, 김동환 역, 연세대학교 출판부, 2009.

쥬네트,『서사담론』, 권택영 역, 교보문고, 1992.

질 들뢰즈,『감각의 논리』, 하태환 역, 민음사, 1995.

────,『시간-이미지』, 이정하 역, 시각과언어, 2005.

켈리 올리버,『크리스테바 읽기』, 박재열 역, 시와반시사, 1997.

크리스토포 노리스,『데리다』, 시공사, 2000.

크리스틴 글레드힐 편,『스타덤 : 욕망의 산업』, 곽현자 역, 시각과언어, 2000.

퍼트리샤 워,『메타픽션』, 김상구 역, 열음사, 1989.

폴 리쾨르,『시간과 이야기』2, 김한식 · 이경래 역, 문학과지성사, 2000.

폴 헤르라디,『장르론』, 김준오 역, 문장사, 1983.

────,『문학이란 무엇인가』, 최상규 역, 예림기획, 1998.

프로이드,『정신분석강의』하, 임홍빈 · 홍혜경 역, 열린책들, 1997.

피터 브룩스,『육체와 예술』, 이지봉 · 한애경 역, 문학과지성사, 2000.

피터 차일즈 · 패트릭 윌리엄스,『탈식민주의』, 김문환 역, 문예출판사, 2004.

한스 마이어호프,『문학 속의 시간』, 이종철 역, 문예출판사, 2003.

헨리 홍순 임,「이상의「날개」: 반식민주의적 알레고리로 읽기」,『역사연구』, 역사연
　　　구소, 1998.

ABRAMS, M. H.,『문학용어사전』, 최상규 역, 1997.

Bakhtin, M. M.,『문학 사회학과 대화이론』, 츠베탕 토도로프 역, 최현무 재역, 까
　　　　치글방, 1987.

G. 레이코프 · M. 존슨,『삶으로서의 은유』, 노양진 · 나익주 역, 박이정, 2006.

─────────────,『몸의 철학』, 임지룡 · 윤희수 · 노양진 · 나익주 역, 박이정,
　　　　2008.

O' Neill, Patrick.,『담화의 허구』, 이호 역, 예림기획, 2004.

S. 리몬-케넌,『소설의 시학』, 최상규 역, 문학과지성사, 1985.

─────────,『소설의 시학』, 최상규 역, 문학과지성사, 1990.

Stanzel, F. K.,『소설의 이론』, 김정신 역, 탑출판사, 1982.

─────────,『소설의 이론』, 김정신 역, 탑출판사, 1990.

─────────,『소설형식의 기본 유형』, 안삼환 역, 탐구당, 1990.

Forster, E, M, *Aspects of the novel*, Penguin, 1974.

Lubbock, Percy, *The Craft of fiction*, London: Jonathan Cape, 1957.

작품, 도서

인명, 용어

한국 현대소설과
탈근대적 존재시학